脂城四卷

南门开

NanMen Kai

郭明辉 / 著

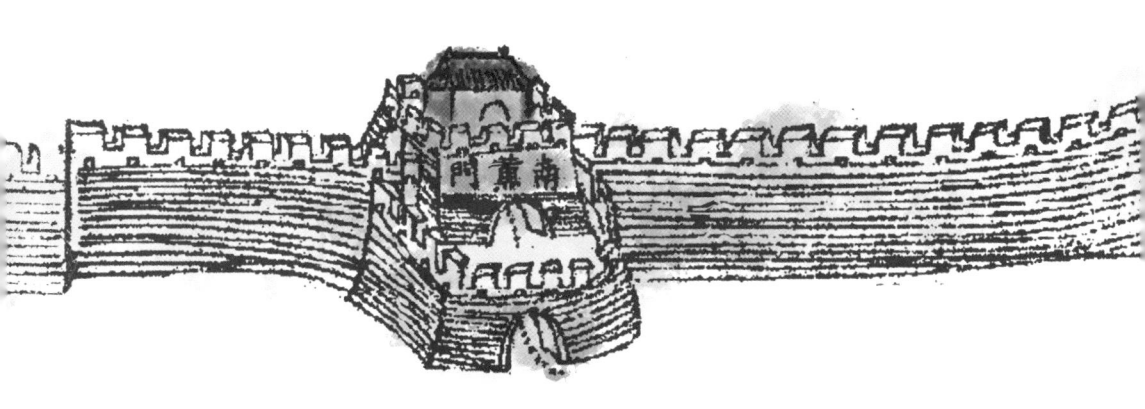

时代出版传媒股份有限公司
安徽文艺出版社

图书在版编目（CIP）数据

南门开/郭明辉著.--合肥：安徽文艺出版社,2021.8
（脂城四卷）
ISBN 978-7-5396-7205-2

Ⅰ.①南… Ⅱ.①郭… Ⅲ.①长篇小说－中国－当代 Ⅳ.①I247.5

中国版本图书馆 CIP 数据核字(2021)第 093528 号

出　版　人：段晓静
责任编辑：韩　露　　　　　　装帧设计：丁　明

出版发行：时代出版传媒股份有限公司　www.press-mart.com
　　　　　安徽文艺出版社　　　　www.awpub.com
地　　址：合肥市翡翠路 1118 号　邮政编码：230071
营　销　部：(0551)63533889
印　　制：安徽联众印刷有限公司　(0551)65661327

开本：700×1000　1/16　印张：19.25　字数：320 千字
版次：2021 年 8 月第 1 版
印次：2021 年 8 月第 1 次印刷
定价：64.80 元

（如发现印装质量问题，影响阅读，请与出版社联系调换）

版权所有，侵权必究

目 录

上部

1. 香铺 / 003
2. 双龙 / 011
3. 春联 / 016
4. 老牌坊 / 022
5. 开发区 / 027
6. 农转非 / 033
7. 杠子 / 039
8. 婚姻 / 045
9. 南七 / 052
10. 小妖精 / 057
11. 喜事 / 061
12. 红梅 / 066
13. 柳丽 / 072
14. 房东 / 077
15. 自来卷 / 082

16. 规矩 / 087
17. 榜样 / 093
18. 分家 / 098
19. 倒板 / 103
20. 老侉 / 108
21. 辫子 / 113
22. 香港发廊 / 118
23. 桃花雪 / 123
24. 小笼包 / 129
25. 绑架 / 134
26. 鸡汤 / 138
27. 合同 / 143
28. 康康 / 147
29. 霓虹 / 152
30. 包围 / 157

下部

31. 千禧／165
32. 蹄花／170
33. 毕业／175
34. 满月酒／179
35. 鱼刺／184
36. 新规矩／190
37. 鸽子／195
38. 春风／201
39. 秋老虎／207
40. 叛徒／213
41. 股份／219
42. 学区／225
43. 醉／231
44. 小艳／238
45. 高架／245
46. 大湖／251
47. 璜／257
48. 安娜／263
49. 初雪／270
50. 辣椒／277
51. 玛特罗什卡／282
52. 地铁／288
53. 大雨／293
54. 光芒／298
55. 声明／305

【上部】

1. 香铺

康宁博士的鼻炎犯了,就在抵达瑞士古镇达沃斯的当天下午。面对阿尔卑斯山区飞舞的雪花,康宁博士连打三个响亮的喷嚏,面目狰狞,神态滑稽。这一细节被同行者偷拍,发到抖音里,斩获上百个小红心。不过,这并没有影响他大出风头。次日,在出席人类命运共同体发展论坛时,康宁博士和与会者分享一份图文并茂的PPT(演示文稿软件),一起回忆爷爷康老久和外公宁万三生前曲曲折折的故事。在这些故事里,康宁博士提及许多,包括他的父亲母亲邻里亲戚朋友同学,以及初恋情人,甚至一群不知名的鸽子。但是无论提及多少人和事,故事都会围绕着一座村庄展开。

这座村庄的名字叫香铺。

康宁博士是个浪漫的人,为了增加这份PPT的生动性,他选用家乡一带流传甚广的"小七戏"作为背景音乐。事实证明,康宁博士是对的。当粗糙撼人的乐声响起时,在座的外国同行像被注射了一支兴奋剂,立马支起耳朵。坐在前排的一位金发碧眼的女士,甚至流出了激动的泪水。

百度和谷歌提供的网络地图均显示,香铺的坐标大约是北纬31°49′21.32″,东经117°13′18.26″,海拔37.5米。出脂城南门,过南七里塘,再向东南五里,紧邻雷公湖西岸,有一座古朴的村庄,这就是香铺。康宁博士的介绍像"小七戏"的音乐一样朴实。香铺这名字叫得直接,说起来也简单。原本不过是制作线香盘香的手艺人聚集地,久而久之,形成村落。不过,制香手艺在香铺业已失传,申报"非遗"都有困难,渐渐少被提及了。说起香铺的历史,香铺人喜欢往脸上贴金,说可上溯到唐宋以前,然而在地方文献中,这个名字最早出现在明代中期。这一点不容怀疑,村中那座"万世康宁"的青石老牌坊可以佐证。

从历史上看,无论人与事,被朝廷关注是青史留名的最好契机。康宁博士说,其实香铺并不出众,之所以能蒙如此浩荡皇恩,缘于香铺人的手艺,即制作各种线香盘香。自古以来,焚香被认为是人与神沟通的最佳方式,无论尊卑,尤其在中国,因此制香的重要性显而易见。据载,当时正值明室中兴,天下祥和,香铺制作的线香盘香品质优良,进贡朝廷,大受欢迎,皇上龙颜大喜,便赐御笔"万世康宁"。巧的是,当时香铺恰恰只有康、宁两姓人家,于是朝廷的祝福便有了现实的对应。之后,代代相传,脂城人提到康宁,便是说香铺,一说香铺,便想到康宁了。

从地图上看,香铺的格局确似一只香炉。老牌坊直指蓝天,宛如插在香炉里的一炷高香,古朴而倔强,沧桑中透着几分吉祥。老牌坊宽十丈有余,横跨一条青石路。青石路两旁,五丈一桂,十丈一樟,老树参天,枝繁叶茂,常年香气不绝,香铺人称香街。香街呈"S"形,将香铺分为东西两半,宛如八卦的双鱼。康姓居东,宁姓居西。几百年的规矩,至今依然。

这时候,康宁博士风华正茂,思维活跃,对于故乡香铺的回忆充满留恋,甚至陶醉,以致给与会的同行留下沾沾自喜的印象。然而,康宁博士并不以为意,依然沉浸在对香铺人与事的回忆里不能自拔,且一发而不可收。在行云流水般的回忆中,康宁博士引出了一个话题——人类命运共同体的和谐与发展,是人类赖以生存的基础,故乡香铺作为一个个案,有极高的研究价值。

此前,由于康宁博士一系列人类学著作的推介,香铺的大名早为人熟知。但是,回顾历史,香铺曾经好多次出名,这一点外人未必知晓。康宁博士讲到这里,有意停顿,引起了与会同行的极大兴趣。

香铺第一次出名,是爷爷康老久用锄头刨出来的。换句话说,爷爷康老久随意一锄头,便刨开了一段人类文明史。康宁博士的说法并非言过其实,而是事实。在这段事实里,外公宁万三扮演了不太光彩的角色。当年,正是在外公宁万三的逼迫下,爷爷康老久才举起了那把生锈的锄头。说到这里,康宁博士开了一个玩笑:"由此可见,在人类文明发展史中,搞好人际关系是多么重要!"此言一出,顿时赢得一阵热烈的掌声,可见有同感者甚众。

事实上,这个情节发生在1973年。那一年春天,"割资本主义尾巴"的运动盛行,康老久因为偷偷喂养两只下蛋的母鸡,被队长宁万三开了批斗会。批斗会上,康老久脖子上挂着那两只母鸡,看上去像个倒霉的偷鸡贼,滑稽而狼狈。鸡是芦花鸡,养得正肥,其中一只鸡在愤怒的声讨中,竟然目中无人地下了一枚蛋。蛋是红皮的,滚落在地,摔得稀碎。批斗会后,宁万三坚决割掉康老久的"资本主义尾巴",强行将那两只母鸡没收,至于是不是上交公社,不得而知。不过,当天夜里,好多香铺人闻到,在香铺的上空一直飘荡着鸡汤的香味,久久不散。

那时候,母鸡被老百姓称为"鸡屁股银行",调剂着乡村的 M2(广义货币供应量)。康老久失去母鸡,也就失去了收入来源。恰恰这时,年幼的女儿红梅患病,哭喊着嘴苦,想吃冰糖。康老久被逼无奈,操起了门边一把生锈的锄头。当然,康老久操起锄头不是找宁万三拼命,而是到雷公湖边捉黄鳝。康老久晓得,要想满足女儿红梅的愿望,就得去合作社买糖,要想买糖就要搞到钱,要想搞到钱,只有去挖黄鳝。雷公湖的黄鳝非常有名,历来被尊为滋补的上品。即便今天,在脂城一带,能吃上正宗的黄鳝烧咸肉,依然是一件令人身心俱爽的美事。说到这里,康宁博士竟像巴甫洛夫的狗一样,舌根分泌出大量的口水。

按理说,康老久自小在湖边长大,捕鱼摸虾捉黄鳝不在话下。可是那天早上,康老久跑遍大半个湖滩,用锄头刨了无数个大洞小洞,竟然没有挖到一条黄鳝,只捉到九条不大不小的泥鳅。黄鳝是狡猾的,但是再狡猾的黄鳝也没人狡猾,所以康老久不相信捉不到。黄鳝跟人一样,也有喜好,而喜好恰恰就是弱点。黄鳝喜好血腥,康老久明白,要想引出黄鳝一定要有付出,于是狠下心来,咬破手指,一滴一滴,将血洒进湖边的草丛中。果然,不多时,一条又粗又长的黄鳝游上岸来。那是一条大黄鳝,浑身金黄,粗细可比擀面杖,在阳光下闪闪发光,如果捉到,肯定卖个好价钱。康老久顿时大喜,悄悄操起锄头朝黄鳝打去,一次两次三次,居然全部落空。大黄鳝蜿蜒前行,不急不缓,好像有意和康老久游戏一般。康老久急得一头大汗,挥锄紧追不放。春天的阳光下,湖滩里上演一场人鳝追逐的生动场面。突然,大黄鳝拐上一个杂草丛生的土包,一扭身钻进一个洞里。洞口狭小阴森,康老久气喘吁吁,定了定神,脱下外衣,挥起锄头,一下一下地刨起来。

那天,康老久不晓得自己刨了多少下,总之累得腰酸背疼虎口开裂,却不见大黄鳝的踪影。太阳越来越高,望着眼前自己刨出来的大坑,康老久有点泄气。就在这时,他的耳边仿佛响起红梅的哭声,那哭声越来越大,喊着我嘴好苦我想吃糖。康老久不禁打了个冷战,浑身又来了劲,操起锄头狠狠地刨下去。老天爷做证,就在锄头入土的瞬间,康老久听到一种金属声响,手被震了一下。于是,康老久慢慢蹲下来,用手扒开乌泥,发现一只铁罐子一样的东西,拿到水里洗了洗,又在沙子上蹭了蹭,从锄头划出的痕迹看,好像是铜的。康老久见过铜盆铜碗铜茶壶,没见过这么破的铜罐子。

实话实说,康老久后来回忆时曾对康宁博士说,当时他并不高兴,因为没有挖到黄鳝。原因很简单,没有黄鳝换不来钱,没有钱就买不来红梅嘴里的甜。时候不早,康老久又累又饿,用那只破铜罐子装上九条不大不小的泥鳅,离开雷公湖,到南七里塘供销社门口碰碰运气。事实上,康老久那天的运气糟透了,在供销社门口等了半天,没有人看一眼泥鳅。泥鳅调皮,在铜罐里吐着白沫,上蹿下跳,打打闹闹,溅了康老久一身腥水。就在康老久大失所望时,一个戴眼镜的老同志走上前来,康老久顿时大喜,把泥鳅端给老同志看。老同志戴着厚厚的眼镜,端起铜罐子看了又看。康老久以为老同志怀疑泥鳅不够新鲜,指天发誓,保证泥鳅是刚从雷公湖边挖来的!老同志似信非信,问明铜罐子的来历,二话不说,掏出仅有的七角钱。七角钱可以买半斤红糖,康老久自然乐意。老同志左右看看,抬手把泥鳅倒出来,揣起铜罐子转身就跑,跑得好快,看上去着实奇怪。不过,康老久没去多想。当时,康老久想的是赶紧买糖,女儿红梅嘴里苦得很啊!

康老久从供销社买了红糖出来,见那九条泥鳅还在地上乱动,于是用一根柳枝将泥鳅穿起来,提回家做了一锅汤,味道倒也鲜美。那时候,康老久并不晓得,那个戴眼镜的老同志就是日后脂城大学著名教授、文物专家孟元济,更不知道那只铜罐子,其实是战国时期的"兽耳罍",不然那顿泥鳅汤一定喝不出滋味。"文革"后,孟元济教授将那只"兽耳罍"捐给了省博物馆,引起巨大的轰动,同时也让外界知道了香铺这个名字。康老久晚年多次说起,那条大黄鳝一定是老祖宗派来的黄鳝精,闻到血腥味跑出来,就是为了引领他去挖那个铜罐子,要不然香铺怎么能出名呢?!

多年之后,康宁博士在省博物馆参观孟元济先生捐赠古代文物展时,见到那只"兽耳罍",展览说明书上注明发现地是"香铺"。在那个罍身上,康老久当年那一锄头留下的划痕依然清晰。当时,康宁博士仿佛看见那个遥远的春天,年轻的康老久在阳光下挥汗如雨的情景。同时康宁博士还闻到一股腥味,隐约泛起。不晓得是爷爷康老久的血腥,还是大黄鳝身上的味道。不过,康宁博士晓得,这也许正是历史的味道。

有关香铺的故事,康宁博士在他的著述中曾经零星涉及,不过不够系统。且不说遥远的古代,就是二十世纪七八十年代改革开放以后,香铺的故事也层出不穷。话又说回来,有人的地方就有故事,这一条已成定律,康宁博士想必明白。然而,毕竟康宁博士是九〇后,他眼中的人和事,和上辈人相比,一定大有不同。

事实上,香铺的故事很多,也有多种讲法,每一种讲法都能成立,都是香铺历史的见证。正如康宁博士所说,香铺是香铺人的香铺,也是人类的香铺。香铺的故事就是人类的故事。

这话没人抬杠,故事从此开讲。

日月如梭,光阴似箭。话说转眼间历史来到二十世纪八十年代,香铺已有三百多口人的规模,"康宁鼎立"的局面一直没变。这时候,解放思想,改革开放,土地承包,黑猫白猫,摸着石头过河,让一部分人先富起来,一连串的政策,让香铺躁动起来。

在香铺,最先躁动的不是别人,正是康老久。康老久大名康允久,因敦厚寡言,皮黑老相,得了"老久"的外号。在他之前,香铺的生产队长是宁万三。宁万三瘦高白净,能说会写,是香铺公认的文化人。不过论种地,宁万三是半吊子,康老久是一把好手,因此实行责任制之后,在村中的影响力,宁万三是"冷水洗屁,越来越小",康老久却"傻妞做饼,越摊越大"。这是乡亲私下的议论,话糙理在。尤其是康老久成为脂城郊区第一批"万元户"之一,经广播报纸宣传,一夜之间成为远近闻名的"人物"。渐渐地,村民一有大事小情,不再找宁万三商量,都跟康老久沟通。久而久之,宁万三觉得这个队长干得实在没意思,主动请辞。

自古以来,香铺有个规矩,村中管事,两姓轮流,时间可长可短,全凭公认加自愿。解放后,这个规矩没变,如此倒显出公平来。香铺大小是个集体,不能一日无主,公社指定康老久接任,康老久也不客气,当场就答应下来。

按香铺的规矩,宁万三和康老久要举行交接仪式,在老牌坊底下,乡亲们共同见证。那天大寒,北风阴冷,老老少少缩着老颈,双手抄在袖筒里,生怕跑了一丝热气。康老久敞胸露怀,口鼻里热气直喷,好像腔子里藏着蒸笼似的。宁万三先走上来,松松垮垮,左手拿着生产队的公章,右手拿着一只铜哨子。铜哨子是"大呼隆"时期,公社配发给生产队队长的专用品,算是身份的象征。对于这只铜哨子,香铺人都不陌生,经过宁万三多年的把玩,哨身锃明瓦亮,只是拴哨子的红绒绳,天长日久,如今已辨不出本来的面目。香铺人都晓得,铜哨子的吹法也有讲究:两短一长,代表开工。一长两短,代表收工。长吹三声,代表开会。若是遇上忽长忽短,长短不一,越吹越急,且伴着不明不白的狗叫,那一定是队长宁万三喝高了,叼着铜哨子,满村撒酒疯呢。

康老久三步并作两步,来到宁万三面前,伸手接过公章,往怀里一揣,一句客气话也不说。宁万三晃了晃铜哨子,说:"还有这个!"康老久看也不看,摇摇头,说:"分田到户,各干各的,要它还有啥用!"说罢,朝地上吐一口痰。宁万三有些难堪,心头一紧,手上一抖,铜哨子掉在地上,当啷一声。宁万三生气,一脚把铜哨子踢飞,正好落在寡妇大铃铛面前。大铃铛弯腰拾起铜哨子,在身上揩了揩,看了宁万三一眼,悄悄把铜哨子揣起来。好在众人都盯着康老久,没人在意。

康老久冲着老牌坊三拜,立直后拍着胸脯,当众发誓。不知是因为天冷还是因为风大,康老久嘴张半天,就说一个字:干!众人没有反应,没有一个掌声。康老久摸摸鼻子,想了想,又说:"大家一起干,都能过上好日子,一家不能缺,一户不能少!"众人这才鼓掌,热烈鼓掌。北风越刮越紧,树梢呜呜作响。宁万三本想发表卸任感言,刚想张口,康老久没给他机会,冲众人一挥手,说:"各回各家,各找各妈,有活干活,没活烤火!散了!"

众人纷纷散去。宁万三被晾在老牌坊下,浑身冰凉,手脚不听使唤,一时竟迈不开步子。大铃铛有意留在最后,见众人散去,便上前叫一声,哎!宁万三愣了一下,抬头见是大铃铛,勉强一笑。大铃铛掏出铜哨子,递给宁万三。宁万三不接,摇摇头。大铃铛说:"那我留着。"宁万三说:"想留就留着吧!"说罢转身就走。大铃铛舍不得扔,把铜哨子又揣起来,紧跑几步跟上宁万三,随手把宁万三身上的浮灰拍了又拍。

大铃铛名叫柳玉芝,爱扭好唱,嗓子又好,唱出来如风打铜铃,悦耳动听,因此挣了这个外号。算起来,大铃铛是康老久的堂弟媳妇。十多年前,大铃铛怀头胎时,家里短粮,她男人摸黑去雷公湖偷鱼,遇上风浪,淹死了。大铃铛伤心过度,不久小产。本来,大铃铛动过改嫁的念头,康姓人开会商量过,年纪轻轻,不能耽误人家,都同意她改嫁。但是,大铃铛要嫁宁万三,康姓人觉得不舒服,都表示反对。那时候,宁万三的老婆和康老久的老婆因病相继去世,两家都有两个伢,都需要有个女人分担一下。老话说肥水不流外人田,康姓人就想撮合大铃铛改嫁康老久。可是大铃铛不干,认定要嫁就嫁宁万三。康姓人一打听,原来大铃铛做姑娘时,和宁万三一起在公社宣传队当过宣传员,一个写一个唱,说不定早就勾搭上了。这样一来,康姓人就想多了,认定这是一对狗男女,甚至把大铃铛男人淹死这笔账也算到他们头上,说大铃铛和宁万三勾搭成奸,谋害亲夫,要报告人民政府。这顶帽子扣得太大,当时正闹"文革",宁万三晓得顶不住,没敢娶大铃铛。大铃铛也不着急,铁下心来等宁万三。就这样,一拖再拖,直到如今。不过,香铺人都晓得,虽说大铃铛和宁万三没有结婚,私底下少不了黏糊。毕竟都是猜测,没有证据,也没抓过现行,最后不了了之。

　　眼看到了宁家巷口,宁万三突然转身,对大铃铛说:"好冷,回吧。"大铃铛说:"别生气,气病了划不来!你看看,你跟老久斗了半辈子,还不晓得他那臭脾气?别跟他一般见识!"

　　宁万三嘴角一挑,飘过一丝笑,也不说话,拐进宁家巷子,回家去了。

2. 双龙

宁万三和康老久相差一岁,一个属龙一个属蛇,香铺人戏称"双龙"。香铺的"双龙"似乎八字相克,自小就是一对冤家,一碰面非争即吵,好像不来个"双龙斗",日子就过得不得味。不仅争吵,还事事较劲。比方说,1965年,宁万三二月二娶亲,康老久紧跟着端午拜堂。转过年,宁万三春末添个丫头,取名春花。紧接着,康老久夏天添个儿子,取名向阳。两年后一迎秋,宁万三又添个儿子,取名春风,意思是儿女双全,春风得意。康老久也不含糊,腊月添个女儿,取名红梅,一样是儿女双全。就此,二人算是打了个平手。香铺人常拿这事开玩笑,说,这个平手不是二位冤家打出来的,是他们家老婆肚皮争气!更巧的是,那年到东大圩出河工,这对冤家的老婆嘴馋,吃了不干净的螺蛳,同一年得病,得同一种肝病,都没治好。一个年前没了,一个年后没了。人亡为大,这事不好开玩笑,香铺人厚道,从不犯忌。

不过,吵归吵,闹归闹,说到底还只是两个人的战争,最多不过是康宁两个姓氏的事,一旦涉及香铺大局,二人绝对一致对外。据说,"文革"中,脂城南门外锻压厂的几个造反派闲得蛋疼,开着拖拉机,来香铺"破四旧",要把老牌坊推倒。当时,宁万三和康老久正在老牌坊下,为贴不贴"孔老二"的大字报吵得跟斗鸡似的,毛孷冠子红。宁万三的意思是,革命形势一片大好,咱得贴!康老久的意思是,那跟香铺没关系,咱不贴!就在这时,有人来报,锻压厂的造反派要来推倒老牌坊。二人马上休战,带上各自的族人，拿上铁锹，一字排开，拦在村口小桥头，硬是把造反派吓走了。之后，二人不放心，商定召集各自族人组成保卫队，一姓一队，不分昼夜，轮流看护老牌坊。

按说，事情安排好，双方握手言和才是。可这对冤家接着吵，直到日落，没有结果，各自回家歇着。转天，二人又来到老牌坊下，接着争吵，吵到天黑，又各自回家歇着，转天再聚到老牌坊下，接着吵。如是三天，没分胜负。第四天，要不是一场暴雨突如其来，说不定还要吵上一天，也未可知。

康老久当上生产队队长之后，对康宁两姓一碗水端平，得到一致认同。只有宁万三偶尔横挑鼻子竖挑眼，时不时在场面上让他难堪。不过，康老久不生气。他晓得，宁万三对他当队长不服，等着看他的笑话。嘿嘿，就不给他这个机会！我康老久冲着老牌坊发过誓，一定让他宁万三承认我这个队长当得比他强，当然，还要让他宁万三晓得，能说会道不行，要能弯下腰杆。弯不下腰杆，啥都够不着！

脂城一带，襟江带海，温暖湿润，套种一年三熟。实行责任制之后，香铺粮食连年丰产，家家户户粮食成堆，贱卖舍不得，不卖缺钱花。谷贱伤农，伤在节骨眼上，香铺人像被点了穴位，麻爪子了。哪家有个大事小情，就得伸手借钱。康老久是"万元户"，又是队长，上门的人就多了。香铺人厚道，借钱还不上，就扛稻子抵账，久而久之，康老久家成了粮库，糠虫米蛾满天飞。康老久犯愁了，也看明白了，喂饱肚子，离小康还差得远哟！

转年春天，康老久参加市里召开的致富带头人大会，领导在讲话中说，实行土地承包责任制之后，粮食不愁，蔬菜紧缺，脂城的蔬菜供给压力相当大，急需打造"菜篮子"，改善市民生活。如何打造？黑猫白猫嘛。领导说捉住老鼠是好猫，市里决定给予政策支持，只要转为"菜农"，就可以免交公粮。康老久嘴笨，可脑瓜灵光，认定这是个好机会，会没开完，借故上茅厕，便溜了出来，骑上脚踏车往香铺赶。一路上，康老久眼前晃来晃去的全是萝卜白菜，过了南七里塘，眼前的萝卜白菜全变了，变成了一沓一沓的大票子。康老久浑身燥热，仿佛有一团火在胸腔里蹿，一时找不到出口，见四下无人，便放开嗓子，唱起《小辞店》里的一段戏文：

送哥哥送到大街东,
又得见一垧韭菜一垧葱。
哥好比韭菜割了刀刀发,
妹好比快刀切葱两头皆空……

人在戏里,戏在心中,虽文不对题,却唱得过瘾。来到香铺地界,但见田野里水面如镜,人影绰绰。已进三月,风暖土酥,家家户户正往田里放水,预备插秧。康老久下了脚踏车,跑上田埂,扯着嗓子把大家从田里喊上来,到老牌坊开会。大伙以为出了大事,不顾出水两腿泥,齐刷刷聚到老牌坊下。

香铺人万万没想到,康老久让大伙水田改旱田,种稻改种菜。难道康老久进城开会喝高了?要不就是路上脑壳被撞坏了?怎搞净说胡话呢?刚刚过上几年吃饱饭的日子,咋又瞎折腾哩?

站在老牌坊底下,康老久胸中的火还在蹿,将他的黑脸烤得油光发亮。他先把从会上听到的话说了,又把自己的想法说了。康老久晓得自己嘴笨,怕大伙听不明白,一遍又一遍,傻孩子背书似的,直说得嘴角白沫泛起,竟无一人响应。冷场好比冷水,将康老久胸中的火泼熄了,只留下一腔子气。康老久有个毛病,心里一急,嘴上就把话说重了。

康老久指着人堆说,有钱不挣,孬子!

在脂城一带,"孬子"一词有骂人的意思,相当于笨蛋呆瓜蠢货外加傻×。在场的人都不认为自己是孬子,都不搭腔,私下嘀咕。宁万三托着腮,眯着眼,似睡非睡,偶尔看一眼康老久,见他在老牌坊下走来走去,气呼呼的,像头犟驴,不禁暗笑。

康老久又说,孬子!都是孬子!

话音才落,宁万三见时机成熟,站起来干咳两声,说,老久,香铺人自古以种粮为本,你说大伙是孬子,孬在何处?要是种粮的都是孬子,那全国几亿农民岂不都是孬子?话又说回来,蔬菜重要,那粮食就不重要?天底下哪个不是吃粮食长大的?从古至今,哪个说过自己是吃菜长大的?你康老久也是过来人,一九六〇年难道你没挨过饿?万一有个天灾,一时短粮,你叫这老老少少几百口人一起喝菜汤吗?!

宁万三说完,缓缓坐下。在场的乡亲议论纷纷,一片哗然。年岁大的都挨过饿,一提菜汤,胃里泛酸,马上表示坚决不愿再喝菜汤。年轻人听着忆苦思甜的故事长大,晓得菜汤不是好东西,当然不干。就连康老久的儿子向阳和女儿红梅也低下头,看样子他们也不想喝菜汤。

人群里吵吵嚷嚷,康老久的黑脸憋得发紫。其实,宁万三站出来反对,康老久并不意外,只是没料到他宁万三臭嘴一开,放出一串带问号的屁来。本来,康老久完全可以反驳宁万三,一条一条,驳得他屁都放不响,可一着急,一肚子的话一句也说不出来。这是康老久的毛病,越急越气,嘴巴越笨,舌条越不听使唤。宁万三当然了解他,趁着他说不出话来,又站起来干咳两声,左手扶腰,右手一挥,气势颇像伟人。这是宁万三开会抢风头的经验,康老久不得不服。

宁万三说,孬子不孬子,你说了不算,我说了也不算,老天爷说了才算。老久,你不是说种菜好吗?你种吧。毕竟,你是队长,又是"万元户",饿不着!大伙说是不是?

群众被发动起来,一边说是是是,一边看着康老久。康老久长长地出了一口气,抬头看看老牌坊,结巴半天,指指自己的鼻子,又指指老牌坊,一句话没说,倔驴似的走了。

康老久一走,议论更加热闹。宁万三抓住机会,继续开展"群众工作"。香铺人是农民,农民就得种粮,不种粮还是农民吗?好比是公鸡不好好打鸣,下哪门子蛋?瞎搞嘛!有粮卖不出去怎么了?说明咱香铺人饿不着!话又说回来,种菜可能赚钱,也可能不赚钱。就算赚钱,钱能当饭吃吗?有了钱再去买粮吃,那不是脱了裤子放屁吗?就算咱愿意多此一举花钱买粮,能有自己种粮吃得快活吗?能有自己种粮吃得放心吗?

宁万三做群众工作的经验之一,就是多用反问,也就是康老久所说的带屁味的问号。不要小瞧这些带屁味的问号,绝对是做好群众工作的一大"法宝"。宁万三总结过,不管是哪个,纵有天大的本事,只要你的反问一个接着一个,不把他问倒,就把他问跑。这是斗争经验,康老久不懂,所以被他宁万三带着屁味的问号轰跑了。

大铃铛带头鼓掌,宁万三的女儿春花和儿子春风鼓掌,接着大伙都跟着鼓掌。向阳和红梅没有鼓掌,不声不响,灰溜溜地离开了。

3. 春联

那年,康老久把自家的水田全改成旱田,全部种菜。康老久在家一向霸道,说一不二。向阳和红梅相继初中毕业,都不愿再读书,正好有了劳力。康家有六亩六分田,爷儿仨齐上阵,没几天就把田整出来了。接着,康老久进城,买回蔬菜种子化肥农药,种菜的事上马了。

俗话说,人撵财走,财撵人来。当年,天公作美,风调雨顺,又无虫害。六亩六分田,康老久套种六茬菜,年底一算,收入过万。此外,还有一亩多过冬的胡萝卜捂在田里,等到年后"春缺"上市,自然能卖个好价钱。

康老久种菜赚了钱,心里痛快,给儿子女儿一人买了一辆脚踏车,"永久"的。向阳是大小伙子,二八加重型;红梅是姑娘家,二六轻便型。车子一到家,康老久逼着兄妹俩骑车在村里遛,早一次晚一次,连遛三天。这是好事,兄妹俩同意。康老久进一步提出要求,家家门口都要遛到,逢人就要打铃,最好让人家都摸一摸,试一试。兄妹俩心领神会,骑着脚踏车,一路打铃,一路招呼。一时间,香铺上下大为震动。

香铺人厚道,可眼红的毛病没改掉。尤其年轻人,后悔当初没有种菜,怨宁万三胡乱搅和,没少给他脸色看。宁万三也被康家的车铃震动,暗中打探,证实康老久确实种菜收入过万,当下后悔不迭。不过,宁万三毕竟是宁万三,肠子悔青,面子上不能露出来,逢人就说康老久自小就好吹牛!举例说明,小时候,香铺男孩喜欢跑到雷公湖边玩水,先比哪个喝水多。水喝多,尿来了,就比哪个尿得远。比喝水,他康老久赢;比尿得远,我宁万三赢！你问为啥，他个子矮嘛！

大伙都笑，不晓得是笑宁万三说得得味，还是笑康老久吹破了牛皮。宁万三善于做群众工作，接着说，人嘛，三岁看大，七岁看老，他康老久自小喜欢吹牛，狗改不了吃屎！话又说回来，脚踏车算啥？有本事他康老久买个大彩电回来试试看！

大伙觉得有道理，又鼓掌。宁万三点上一支烟，吐出一串烟圈，颇为得意。跟群众打交道嘛，关键要讲好故事。用故事说道理，是宁万三多来年总结的另一个"法宝"，用它做群众工作，回回有效。"多反问"和"讲故事"，是宁万三当队长总结的"两大法宝"。可惜，康老久没文化，搞不懂！

转天，这话就传到康老久耳朵里。康老久不生气。吹牛也好，不吹牛也罢，凡事就怕用事实说话。一进腊月，康老久托人高价买回一台电视机，虽是国产货，却是彩色的。这是香铺头一份，引起的轰动可想而知。康老久自有安排，让向阳把电视搬到老牌坊下，又让红梅炒了二十斤花生，请全村老老少少都来，吃花生看电视。头两天，宁万三没好意思去看，听说电视里演的日本片子《血疑》，里头有个丫头叫幸子，跟春花长得好像，一笑就露出小虎牙，简直一模一样！宁万三心里生痒，第三天终于忍不住，躲在人堆后面看，也觉得幸子像春花，心里美滋滋的。

电视散场，宁万三本想找机会跟大伙说说，可是大伙都不理他，收拾收拾，都回家了。说起来，这事怪不得人家。自从看上电视，香铺人才晓得宁万三的"故事"没意思，就不愿听了，宁万三因此没机会用"反问"了。香铺人厚道，也讲实惠。你宁万三再会说，有电视里说得好吗？你宁万三再能讲，有电视里讲得好吗？你宁万三再有文化，有电视有文化吗？

宁万三哑口无言，这一连串反问有力，不服不行，原本准备的故事，不好再说了。说不如做啊，看来要干点事，不能让香铺人看不起啊。转天早起，见老牌坊底下一地花生壳子，宁万三不声不响，扛上扫帚，里里外外，打扫得干干净净。

种不种菜，康老久没再劝大伙。磨嘴皮子不如挠心窝子，康老久晓得，挠得他心痒，强如说上一筐箩。最先心痒的是宁万三的一双儿女，春花和春风。春花想有一台大彩电,天天坐在家里看。都说她长得像幸子,她自己也这样认为。乖乖,没有电视哪晓得在外国还有一个和自己长得一模一样的人?哪晓得自己的小虎牙蛮有味道的?和姐姐不同,春风最想要一辆脚踏车。春风正在南七里塘读高中,好多镇上的同学都有脚踏车,让他羡慕不已。有了目标,姐弟俩三天两头闹着种菜。春风随他爸,脑瓜灵光,用数学定理证明,种菜等于赚钱,赚钱等于脚踏车,等量代换种菜等于脚踏车。其实,宁万三心动了,只是碍于面子不好直说。春花和春风不依不饶,宁万三借坡下驴,答应拿出一半水田,改旱田来种菜,多少给自己留点面子。

腊月初八夜里,下了一场大雪。一夜之间,香铺变得白白胖胖。远远看去,香街厚了不少,老牌坊矮了一截。鸡唱破晓,雪霁天晴,康老久早早起来,带着向阳和红梅下地,清理胡萝卜地里的积雪,免得日出雪化伤了胡萝卜,年后卖不上好价钱。日上三竿,爷儿仨忙完,深一脚浅一脚地回到香铺,家家户户才升起袅袅炊烟。

康老久冲着白白胖胖的香铺骂了一声,孬子,懒货!

向阳和红梅晓得康老久的意思,不敢插嘴。康老久不解恨,又骂,孬子!赖货!话音才落,脚下打滑,站立不稳,一屁股蹾在雪窝里。向阳赶紧上前将他扶起,雪地上留下脸盆大的一个坑。红梅跟在后头,捂着嘴偷笑,笑够了才走,不敢糟蹋她爸屁股创造的"杰作",扭动腰肢,绕开雪坑,朝前跑去。

宁万三说过,个子矮,一肚子拐。康老久这家伙,不仅一肚子拐,心也大。此言不虚。说实话,康老久有意显摆,让大伙眼红,不代表他满足了。整个腊月,康老久都在为来年的蔬菜增产想法子,种子肥料农药薄膜,一一备好,又担心技术。技术的重要性,康老久从电视上看到过,特意跑到脂城西门外五里墩省农学院,拐弯抹角,托人找到一个蔬菜专家请教。专家倒是热情,口若悬河,冒出一串洋名词。洋名词像一串半生不熟的烤羊肉,康老久消化不了,心里着急,又插不上嘴,不停地喝水,喝得尿急,只好告辞。好在临别时,专家给他两本种菜的书,康老久宝贝得不行,回来交给向阳和红梅,让兄妹俩先看一遍,每天晚饭后,轮流读给他听。他特意叮嘱,不明白的地方画上杠杠,得闲时进城找专家一一请教。

日子过得飞快,等到一切忙妥,已到大年三十。一大早,康老久打发向阳买来红纸,亲自登门,去找宁万三写春联。两家相距不远,跨过香街,进宁家巷子,头一户就是宁万三家。一进宁家大门,见宁万三正弓腰探臂驾辕似的运笔,写自家的春联。康老久识字不多,看不明白就问。

宁万三酸叽叽地说,我不像你,不图发财,只求平安,所以写的是"天增岁月人增寿,春满乾坤福满门"。康老久开玩笑说,又是寿又是福,福寿都要,心贪得很!宁万三说,嗒!跟你说你也不懂,这叫愿望!康老久说,愿望我懂!我嘛,愿望就是发家致富,多挣钱!宁万三晓得秀才遇到兵,不想恋战,翻了翻白眼,问,拿着红纸来,找我写对子?康老久说,在香铺数来数去就你能写,不找你找哪个?宁万三嘴一撇,说,你康老久是万元户,有钱进城买嘛,还稀罕我这几笔破字?康老久摇摇头说,我想要的,市面上没的卖!宁万三自信地一笑,指着自己的脑门儿说,那这不是吹牛,新词老词,这里都有!

康老久说,你脑壳里的词我不要,我自己有词!宁万三一边研墨,一边摇头,鼻子里哼了一声。

康老久说,听好!上联是"萝卜白菜人人爱"。

宁万三扑哧一声笑了,墨锭脱手,掉进旁边脸盆里,当啷一声,吓得两只觅食的芦花鸡扑扇着翅膀,咯咯地散去。

康老久不理他,接着说,下联是"韭菜香葱季季青"。

宁万三这下笑得差点岔气,扶着腰说,哎哟哟,老久,你以为会赚钱就能撰联?两码事!春联有春联的规矩,你听听你这个,什么萝卜韭菜的?这叫春联吗?

康老久一拍桌子,说,我就要这个!

宁万三无奈,又问,那横批写什么?

康老久说:"年入万元"!

宁万三刚好饱蘸一笔浓墨,一听这话,不禁一怔,手上一抖,笔尖洒落两滴墨,正好落在红纸上。

康老久说,好!这两个点是个好彩头,看来明年我要年入两万喽!

宁万三越发无奈,又治不住康老久的张狂。毕竟人家赚钱了,底气放在那里。生气归生气,字还要写。宁万三脑瓜一转,想到一个治康老久的法子,在写萝卜的"萝"时,故意写成繁体,有意省了两笔。反正,康老久识字不多,加之繁体的"萝"字笔画又多,谅他也看不出来。

康老久看着自己创作的春联,连声叫好。宁万三以为是给他的书法叫好,装模作样地谦虚几句。康老久从怀里掏出一瓶"脂城大曲",往桌上一放,算作感谢。

宁万三看了看酒,说,举手之劳,何必呢?康老久说,一码归一码!跟你宁万三,就得一笔一笔清,不然,我嘴笨,到时候说不清!

宁万三笑了笑,点点头,笑纳。康老久拿着春联出门,宁万三紧走几步送到门口。康老久突然站住,说,万三,憋了一年,有句话想问你,你说我康老久是不是孬子?宁万三干笑一声,说,你是"万元户",不是孬子!康老久得理不饶人,说,我不是孬子,你说哪个是?宁万三笑笑,说,这个嘛,不好说。康老久也笑,说,就是就是。不过,我咋觉得你是呢?宁万三脸涨得通红,一甩袖子回屋去了。康老久冲着宁万三的背影说,万三,开玩笑,大过年的,别往心里去!

宁万三也不应声,一头钻进堂屋去了。

康老久拿着春联回到家,吩咐红梅生火打好糨糊,又命向阳将春联贴上,然后喊向阳和红梅过来一起欣赏。只见左边是"萝卜白菜人人爱",右边是"韭菜香葱季季青",横批是"年入万元",上面还多两个墨点。红梅当场就笑了,笑得上气不接下气,扶着向阳才站得稳。向阳笑得夸张,一口气没缓上来,憋得眼泪汪汪。康老久咳了一声,兄妹俩这才收了笑。

康老久问,我想的词好不好?

兄妹俩赶紧拍马屁,一边说好,一边又笑。

康老久板着脸说,大实话,好笑吗?

向阳眼尖,指着"萝"字说,这个繁体字好像少了两笔。

红梅跑到跟前仔细看,也说确实少了两笔。

康老久哈哈一笑,说,一笔都不少,好好看看,都在横批上嘛!

4. 老牌坊

在中国乡村,老牌坊的重要性不言而喻。香铺也不例外。为了说明这一点,康宁博士打了个比方,说在中国乡村,老牌坊相当于欧洲的乡村教堂,负载着百姓的精神寄托。这个比方打通了中西文化的隔阂,自然赢得了一阵掌声。康宁博士得到鼓励,演讲起来更加卖力了。

话说那年开春,香铺家家户户都种上蔬菜,或多或少,不一而足。春风过处,绿油油一片,将香铺团团包围。绿色生动,将香铺的轮廓勾画得越发清晰。远远看去,香铺更像一只巨大的香炉。

香铺村成了名副其实的蔬菜村。康老久专门跑到郊区和市里几趟,找到有关部门要政策。有关部门答应给予政策支持,协调销售对接,并组织宣传。一下子,"香铺蔬菜"打开了局面。俗话说,不怕有事干,就怕没钱赚。种菜辛苦,但收入可观。荷包鼓起来,香铺人心里舒坦,看什么都顺眼,康老久的威信稳稳地树了起来。如今在香铺,最得人敬重的,除了老牌坊,怕就是康老久了。宁万三晓得,这一局怕是扳不回来,索性丢下面子,服了康老久,明里暗里,再不说三道四。不过两三年,香铺成了远近闻名的富裕村,很多外地人来学经验。康老久晓得自己嘴笨,就把宁万三推出来应付。宁万三乐此不疲,赢得不少称赞,于是对康老久更是心服口服了。

香铺人富了,看啥事都是小事。钱多人膨胀,像打足了气,有点飘。"衣食行"办妥,家家户户打起"住"的主意,于是家家盖房子。开这个头的不是别人,是康老久。康老久在老宅基上一口气盖起六间两层。毕竟向阳和红梅慢慢长大,得为他们将来成家着想。榜样树起,力量无穷。一时间,家家户户,三间五间,瓦房小楼,见缝插针。原本疏疏朗朗的香铺,填得密密麻麻,蔚为壮观。不过,不管房子起得高低,盖得大小,老规矩不变,以香街为界,康姓在东,宁姓在西。

趁着热乎劲,康老久跟大家商量,集资在老牌坊下面修一个小广场,给香铺弄一个敞亮的地方,有事开会议事,没事闲逛溜达。本来以为宁万三会打坝子,没承想他积极拥护。康宁两姓各有带头人,事情办得顺利,当年秋后,小广场建成。宁万三起个名字叫"康宁广场"。康宁广场就是两姓人的广场,不偏不向,公平合理。康老久觉得合适,大伙也觉得合适,于是都这么叫起来了。

以康宁广场为中心,以青石路为轴,原有的巷子连接起来,香铺看起来更是有模有样,更显的老牌坊的神气。因夏天一场暴雨,村里进水没有及时排掉,老牌坊地基受损。老牌坊是香铺的魂,村子如人,魂出了问题,肯定是大问题。宁万三建议再次集资,请石匠将老牌坊维修一下。毕竟年代久远,风吹雨淋,牌坊如人,老了难免生些毛病。这话是宁万三和康老久私下说的,康老久觉得有理,但不主张再次集资,生怕担上"增加农民负担"的名声。毕竟广播电视里天天都在强调减轻农民负担。宁万三问,不集资钱从哪来?没有钱维修怎搞?康老久想了想说,钱我出!宁万三说,老牌坊是香铺的老牌坊,维修当然是香铺的事,让你私人出钱不合适!康老久半真半假地说,要是觉得不合适,你也出一半!宁万三当场被将一军,一时下不了台。康老久哈哈一笑,拍拍他的肩膀,说,开玩笑嘛!宁万三呵呵一笑,尴尬也就过去了。

老牌坊的维修是大事,一切按规矩来办。宁万三抱着皇历查三天,挑了一个好日子。当天吉时,烧香摆供放爆竹,倒也隆重。康老久代表康姓出了钱,宁万三代表宁氏主动要求尽一份力。毕竟老牌坊上写着"康",也写着"宁"。康老久见他热情,考虑他有文化,便让他负责维修监工。

维修进行顺利,清理基座时,发现一个隐藏多年的秘密。在老牌坊基座的内槽里,藏着一个石匣,石匣里有一块石碑,长约三尺,宽约一尺,四周雕龙刻凤，中间刻着一个寿星模样的老人，做工精美，甚是奇特。

　　宁万三看不懂石碑有何讲究，但晓得是个好东西，以研究为由，带回家中，并关照在场的老石匠不要声张。可偏偏老石匠为人厚道，看透宁万三的心思，害怕自己担责任，就把这事跟康老久如实说了。康老久听罢，心里有数，并不声张，想看看宁万三如何表现。宁万三以为康老久不晓得，闷着葫芦不开瓢，康老久也不着急，想个法子作弄宁万三。

　　竣工那天，老牌坊下搭起台子搞仪式，让村民们都来参加，一起热闹热闹。这是康老久的主意，村民都支持。康老久请来唢呐乐班助兴，吹吹打打，操办喜事一般。康老久出钱办事，自然要发表讲话。本来，宁万三怕他犯老毛病，一激动说不出话，提前替他写了一篇稿子。康老久识字不多，念稿子反倒麻烦，正好上茅厕时忘记带纸，便把那稿子派上用场。不过，康老久也有自己的办法，为了给自己壮胆，上台前偷偷喝了二两老酒，顿觉浑身发热，脑瓜也活泛起来。

　　掌声热烈，康老久晕晕乎乎地登台，开门见山，说，各位父老乡亲，今天是老牌坊维修竣工的日子，大喜啊！不过，我康老久心里却有点难过！为什么呢？因为昨个夜里，我做了一个梦，梦里见到老祖宗。哎呀，老祖宗白胡子白眉毛，一看就像老寿星。他老人家说，伢哩，维修老牌坊是好事，可是好事也要办好啊！原本老牌坊底下有块宝物，保佑香铺康宁两姓代代平安，可是，如今这块宝物不见了，怕是往后香铺不得安生啊！

　　众人一听，顿时哗然，纷纷发问宝物在哪里。康老久不慌不忙，看了看人群里的宁万三。二人的目光一碰，宁万三马上把头扭开。康老久先不管他，接着说梦。

　　康老久说，老祖宗说，那块宝物上有龙有凤，是个神物，法力好大，只有在老牌坊下面镇着才是宝，没有老牌坊镇着，那就是个魔，不管哪个拿着，不出三天，都会招灾惹难！

　　众人又一番议论，纷纷发问怎么办。康老久看着人群中的宁万三，宁万三有点慌张。

　　康老久接着说，老少爷们，这是大事啊！依我看，还是报案，让公安局来好好查一查,好歹也得给老祖宗一个交代嘛!

众人赞成,有人跨上脚踏车,马上就要去报案。

这时,宁万三站出来,说,慢!

康老久说,万三,你可晓得宝物在哪?

宁万三脑瓜灵光,马上说,晓得晓得,我这就去拿来!

康老久一拍大腿,说,哎哟,差一毫毫吓我半死!快去!

宁万三灰溜溜地跑开,人群一阵哄闹。康老久抱着膀子等宁万三回来。不多时,宁万三扛着石碑跑来,上气不接下气,将石碑放在康老久面前。康老久一见石碑,像中了邪似的,突然双膝跪地,一边作揖一边说,宝物回来啦!宝物回来啦!众人不解,见康老久这般虔诚,都跟着跪下来。放眼一看,老牌坊底下,老老少少,稀里糊涂,跪下一大片。

拜完石碑,康老久让大家排队,好好看一眼,沾点福气。康老久事先强调,只许看不许摸,哪个敢乱摸,就剁哪个爪子。众人心里装着神圣,伸着老颈看,见石碑上果然刻着一个老人,果然像康老久梦里见过的老祖宗,更是觉得稀罕。有人提议,把石碑送到城里找专家看一看,说不定很值钱。有人主张,石碑既然见了光,干脆立在外面,供人参观。还有人说,这块碑少说也有几百年,算是文物,捐给国家,说不定能摆进博物馆。七嘴八舌,众说不一。最后都看着康老久。

康老久说,老少爷们,老祖宗说了,咱香铺还指望这宝物保佑,物归原处!

老少爷们纷纷举手同意,因为康老久是唯一和老祖宗对话的人,尽管是在梦里,那也不容易。于是石碑物归原处。宁万三晓得一定是老石匠告密,康老久有意作弄他,可是不好挑明,只好忍了。仪式完毕,大伙兴致盎然,说说笑笑,意犹未尽。宁万三前思后想,觉得有必要跟康老久解释一下,只是一时找不到机会。这时候,天色已晚,康老久说,宝物回来了,我得赶紧回去托梦,给老祖宗他老人家回个话,好让他老人家放心!说罢,匆匆回家睡觉去了。

那天晚上,康老久累了一天,头一挨枕头便睡着了,睡得踏实放松。奇怪的是,果然做了梦,梦里果然出现了老祖宗,白胡子白眉毛,个头跟他差不多,矮墩墩的。老祖宗说,伢哩,你干得好,把宝物找回来,我就放心喽。瞧瞧,你太辛苦了,比往年瘦好多,啧啧!伢哩,你这人好强,随我。可是人啊,好强没有错,就怕心强命不强,那也白搭!伢哩,听我一句劝,香铺老少爷们都看着你哩,我也看着你哩。你得好好撑着,香铺要是有个闪失,我会来找你,到时候非拧你耳朵不可,非打你屁股不可!好了好了,时候不早,回去歇着了!老祖宗说罢,身子一耸,便飞起来,飞到半人高,一屁股蹾在地上,痛得白胡子乱颤,骂,小孬子,你揪着老子的胡子,老子咋能飞起来嘛!说罢,举起拐杖,没头没脸地打过来。康老久赶紧躲闪,左躲躲不开,右躲躲不开,急得他气喘不匀,上气不接下气,一下子就醒了。

康老久翻个身才发现,原来荞麦枕头抵在心窝子处,弄得生疼。于是坐起来,摸摸脑门,湿淋淋的,回想梦里的故事,觉得荒唐可笑。原本瞎编故事为了作弄宁万三,不承想化入自己梦里,倒把自己编派进去。又一想,我康老久编出一个老祖宗的故事,乡亲们更把我看重,往后有老祖宗撑腰,还怕讲话不管用?!

于是心情大好,推开窗子透气。窗子一开,传来康宁广场上的欢闹声。康老久深深吸了几口气,心里熨帖不少,慢慢躺下,思前想后,竟然睡不着了。

5. 开发区

那时候,"开发区"这个词冒出来,似乎有点突然,好比鸡窝里孵出美凤凰,大蒜丛中冒出郁金香。不过,香铺人认为那是报纸广播里的事,跟自己没有一毛钱关系。开始,康老久也是这样认为。康老久在郊区开过几次会,晓得市里正在积极筹建开发区,还晓得建设开发区是脂城人民当前的大事。这话是领导开会时说的,至于是多大的大事,康老久不晓得,总之跟种菜没关系。毕竟,种菜是香铺人自己的事,也是小事。

柳芽吐绿,燕子归巢,香铺家家户户抢种头茬蔬菜。这时候,香铺来了一支测绘队。几个测绘员拿着仪器,测来测去,又是定标,又是插旗,忙活了好几天。有人说是找矿,有人说是寻宝,还有人说是搞战备。康老久当时一心想着种菜,没往心里去。有一回,他从菜地回来,顺便去看热闹,一眼看见人家拿的地图上写着"开发区规划",顿时晓得问题来了。果然,三天后,康老久被叫到郊区开会。会开到晚半晌,跑了三趟茅厕,康老久只记得一句话:"开发区建设上马,地点就选在脂城南门外。"康老久这才明白,香铺人的日子果真要变了!

也许是因为有那块宝物和老牌坊的保佑,连着几年,风调雨顺,香铺蔬菜种植顺顺利利,收入稳稳当当。这样的日子,虽然又忙又累,却过得平静安稳,过得有根有底。用宁万三的话说,今个晓得明个,明个晓得后个,瞎子吃元宵,心里有数,这日子过得放心,过得快活!可是如今,康老久不放心了,不快活了。往常,康老久看电视必选农业节目,如今改看新闻。新闻上说，邓小平南方谈话之后，改革开放走向深入，脂城乘势而上，加快建设步伐，经科学规划，将南门以南雷公湖周边作为城市发展的主方向，建设经济开发区，打造全市乃至全省经济发展的新引擎。电视上多次出现一张地图，地图中间有好多小圆圈，其中一个圆圈旁边写着两个字，康老久认得，是"香铺"。

开发区第一期，除香铺外，周边十几个村都被划入，纷纷拆迁。根据开发区规划，香铺所有土地都在征收范围，不过村庄保留，并不拆迁。香铺村口竖起一块大牌子，牌子上有一张规划图，图上的香铺是一个小圆圈，孤零零地摆在红线外面。有人说，可能是留给二期工程。也有人说，二期规划继续向南，包不包括香铺还未可知。香铺能不能保住，一时成为悬念。好在那是将来的事，暂时不提也罢。

香铺的土地征收只给半个月时间。这是宣传车上大喇叭里说的。宣传车停在老牌坊下。车上一只大喇叭，一男一女播讲征地政策，一遍又一遍。大喇叭说，全市上下齐心协力，打响开发区建设攻坚战。大喇叭还说，为了尽快交出一张人民群众满意的答卷，开发区建设要赶超"深圳速度"。大喇叭里那个女播音员说到"深圳速度"时，嗓门提高，声音变细，经大喇叭一扩音，有点跑偏，听起来像说"婶婶叔叔"。伢们放学不回家，围着宣传车，等到大喇叭播到"深圳速度"，一起喊"婶婶叔叔"，不闹几遍，不回去吃饭，天天如此。

深圳在哪里，香铺人不晓得，"深圳速度"有多快，香铺人也不晓得。香铺人只晓得，齐崭崭的大棚要拆，绿油油的蔬菜要铲，平展展的农田要腾出来。好多人想不通，舍不得，不痛快。在宁万三的怂恿下，由大铃铛带头，几个胆大的妇女撒泼，又哭又闹，直挺挺地躺在自家的田头，拦着不让推土机过去，白花花的肚皮露出来也不在乎。毫无疑问，香铺的征地工作陷入僵局。

说心里话，康老久也心疼，也想不通，也不痛快，但他是队长，得带头支持政府工作。郊区成立征地领导小组，"一把手"亲自抓。"一把手"了解香铺的情况，专门把康老久和宁万三一起叫到办公室，语重心长，说，香铺是全区有名的富裕村,也是先进村,这与你们两位带头人的努力是分不开的!你们两个,一个是前任队长,一个是现任队长,一个是宁姓的代表,一个是康姓的代表,这一次,一定要积极主动,做好群众工作,保证征地工作顺利完成。我的同志啊,群众工作做不好,我有责任,你们也有责任!这责任可不是小责任,是大责任!好大的责任?影响全市经济布局,妨碍改革开放大局,你们说这责任好大?不过,"一把手"也为他们展望了前景。"一把手"说,将来开发区建成,会陆续进驻好多企业,一个企业一天的产值,比你们一年种菜挣的多得多!到时候,最得实惠的是你们香铺,因为你离开发区最近,近水楼台先得月嘛!再者说,土地征收,村民全部"农转非"。"农转非"晓不晓得?跟城市户口差不多,乖乖,将来伢们搞对象都沾光!总而言之,这是好事,也是当前最大的政治。所以,要有大局观,大局晓得不晓得?我的同志啊,思想要搞通,搞搞清楚,不要稀里糊涂嘛!

　　康老久没想通,宁万三也没想通。当着领导的面都装着想通了,都答应积极配合,做好香铺群众的思想工作,保证征地顺利完成。"一把手"很满意,拉着他们的手,一边一个,像牵着两个孩子,一直送到大门口。等走出好远,俩人回头一看,"一把手"还在向他们招手。

　　从郊区政府出来,天将擦黑,康老久和宁万三骑着脚踏车,并排而行,都不想说话。路过南七里塘,康老久突然拐到路边,刹住车子。

　　宁万三问,怎搞?

　　康老久说,喝酒!

　　宁万三说,喝嘛!

　　两个人一前一后,进了路旁一家小酒馆,找个僻静处坐下,点了两个菜,一荤一素,又要了一瓶"大曲"。菜上来,酒打开,二人面对面,一杯接一杯死喝酒,不吃菜也不说话。不知不觉,酒喝掉大半,脸都红得跟猴屁股似的。

　　康老久放下杯子,说,我想不通!

　　宁万三说,我也想不通!

　　康老久说,那你当着"一把手"的面,怎搞表态那么好?

宁万三说,你不也一样?!

康老久苦笑,说,本来以为你宁万三头最难剃,没想到一撸就直!

宁万三说,嗒!大哥别说二哥,没撸你就软了!

康老久皱皱眉,说,"一把手"不是说了嘛,大局啊!

宁万三点点头,说,大局为重嘛!

康老久说,话又说回来,说不定开发区建好,咱香铺沾光最多,"一把手"不是说"挨着屠户油水足"嘛!

宁万三说,那叫"近水楼台先得月"!

康老久说,嗒!一个意思!

宁万三说,按说是这个道理。咱现在觉得种菜挣钱,说不定将来挣钱的事多着呢。报纸上说,在南方农村,万元户过时了,人家都有百万元户了!

康老久说,乖乖!搞个万元户咱脱了几层皮,那百万元户还不累屁淌?!

宁万三说,你不晓得,人家还真不累。

康老久说,瞎扯吧,种田哪有不累的?

宁万三说,人家不种田,搞"家庭工厂"!

康老久眨眨眼,说,农民不种田,那还是农民?

宁万三说,改革开放嘛,黑猫白猫嘛,一切往前看嘛!

康老久点点头,说,往前看!

二人又干几杯,瓶子见底,时候不早,起身回香铺。路上,二人商量好,借着酒劲,马上开会,有酒遮着脸,好话歹话都能说出来。要不然,镇不住人,到时候完不成任务,责任就大了。

当晚,二人回到香铺,已过九点。康老久和宁万三来到老牌坊下,冲着村里大喊,开会喽!开会喽!

半天,没见动静。

康老久想起铜哨子,说,万三,吹哨子!

宁万三说,嗒!当初你说那哨子没用,怎么现在想起来了?!

康老久说,火烧眉毛了,还提过去的事!吹!

宁万三说,吹个屁吹,早扔了!

康老久挠挠头,只好和宁万三分工,一东一西,各自去敲各自姓氏的家门。不多时,康宁两姓乡亲陆续聚到老牌坊下。康老久先来了开场白,直截了当,目的就是劝大家把地交了。本来,康老久打算借着酒劲,说几句狠话,话到嘴边就是说不出口。都是乡亲,狠话伤人,将心比心,又何必呢?好在有宁万三配合,你一句我一句,一一传达上级的意思。乡亲们议论当然少不了,疑问也不少,康老久借着酒劲,脑瓜飞转,等着见招拆招。

有人问,老久,你也是种田出身,你说说,好好的田征去盖厂房,好好的菜硬生生给铲了,你能想通吗?

康老久说,想不通!

有人说,嗒!你自己想不通,还来劝我们?

宁万三说,大局为重,大局为重嘛!

有人说,咱就是老百姓,挑大粪种小菜,大局咱扛不动!

康老久说,老少爷们,我康老久嘴笨,今个喝了几杯酒,酒壮尿人胆,当面多说几句。打个比方吧,好比我跟你借钱,你不急用,不跟我要,我担你人情。要是你马上娶媳妇急等着钱花,找我要钱,我怎搞也得还吧?

众人说,那是!有借有还,再借不难!

康老久说,我不还,你不高兴吧?

众人说,那是!欠债还钱,天经地义!

康老久说,好,咱就拿这个打比方,来说说征地这个事。咱这田本来就是国家的田,前些年实行责任制,国家把田分给咱们种,相当于借给咱种。这几年,多多少少,家家户户都挣了钱,都富起来了。如今,国家要办大事,要把地收回去,咱有话说吗?咱不给那不就是不讲理吗?树活皮,人活脸,有借无还,这脸往哪搁?

众人都不吭声,接着又议论。

宁万三没料到康老久说得有条有理,趁机靠近康老久,说,老久,啥时候把老子的"两大法宝"学去了?

康老久笑而不答。

有人说,照这么讲,有道理。人嘛,得讲理!

有人说,老久,听你这么讲,明明你想通了,为什么说没想通?

康老久摸摸鼻子揉揉眼,迷迷糊糊,孬子似的,说,咦!我想通了吗?我想通了吗?!

宁万三说,好像是通了!

6."农转非"

还是那句话,香铺人厚道。

这一点,康宁博士在他的演讲中会反复强调。据说厚道是描绘中国农民的最好底色,好比画天空少不了蓝色,画大地少不了黄色。总之底色是铺陈的必要。

因为有康老久和宁万三出面做工作,康宁两姓人家都给面子,市里又适当调整补偿政策,群众思想工作做通了,香铺的征地工作顺利完成。不过,中间出了一档子事,是大铃铛闹的。大铃铛是寡妇,无儿无女,跟大家比,就业安置补偿这一块有点吃亏,搞死不签字。康老久本来想亲自出面劝解,想了又想,一把钥匙开一把锁,就把这个光荣任务交给了宁万三。宁万三晓得康老久故意撂挑子给他,坚决不干,差点跟康老久吵起来。康老久晓得他装佯,不跟他啰唆,把话一撂就不管了。转天,大铃铛主动找上门,跟康老久说她同意签字。康老久笑了。

土地征收完毕,"农转非"办妥,补偿款发下来,香铺人一下子闲下来,手不是手,脚不是脚,好不适应。年轻人想得开,跑到开发区看热闹,也能解闷。上了岁数的人心里发慌,聚在老牌坊下坐着,像迷了路,又像丢了魂,觉得日子过得像做梦一样。

一开始,聚在一起谈的都是"农转非",以为占了好大便宜,没承想,你一言我一语,说着说着,"农转非"就说成"农转飞"了。这话题谁开的头不晓得,但是都觉得有道理,都能插上嘴。想想看,本来有田有地是农民,如今没田没地不是农民了，除了户口本上盖个"农转非"的章，啥也没变。有人打个比方，好比把鸡赶进鸭棚里，鸡还是鸡，拉屎还是鸡屎味，下蛋还咯咯嗒地叫。万一哪天人家鸭子不快活，一翻脸往外撵你，搞不好还弄个鸡飞蛋打！这样一说，不就是"农转飞"吗？！

多年来，在宁万三"两大法宝"的熏陶下，香铺人大都掌握了用故事讲道理的本领。方圆十里八村都晓得，有三个香铺人在一起，再牛×的大事，都能糅到香铺人的生活里，糅得土不拉叽灰头土脸，最后糅出一番道理来。比如说，当时电视新闻里频繁出现美国总统竞选，香铺人跟着看热闹，嘴巴也不闲着。有人说，美国总统竞选，好比是两条狗打架，只要能下嘴，哪块都敢咬，没忌讳。有人接着说，咬是咬，下嘴还要稳准狠，一口咬在对方裆里，死也不松口。瞧瞧克林顿，一口咬住小布什的裆，乖乖，他准赢！后来，克林顿果然当了美国总统。

有了"农转飞"一说，在香铺人的心目中，"农转非"变淡了，好比一块鸡骨头，越嚼越没味，反倒连累牙疼，干脆不提也罢。还不如扯扯家长里短、男女之事。尤其是女人扎堆，不荤不素，没真没假，闹得口水流长莺歌燕舞。毕竟，汗多起痱子，话多生是非，大铃铛上吊就是这时候闹出来的。说起来，这事本可以避免，可是没有避免，其中必有缘由了。

大铃铛闲来无事，常来康宁广场解闷。寡居多年，怕人家说闲话，大铃铛养成习惯，只跟女人一起说说笑笑。三个女人一台戏，一堆女人连续剧，热闹可想而知。都晓得大铃铛嗓子好，又会唱，大伙回回都鼓动她唱。大铃铛性子欢乐，说唱就唱，让她唱啥就唱啥。

这天是七月七，香铺人叫"七巧"。这个节跟牛郎织女有关，有人就要听恩恩爱爱的戏。大铃铛就唱《休丁香》中的一段。有人说这段唱得好是好，就是悲腔扫兴，罚大铃铛再唱一段荤的。众妇女都喊，快唱快唱！大铃铛说，你们这些娘儿，口味好重，可惜荤的我不会！黑灯瞎火的，不晓得哪个嘀咕一句，说，咦！一个寡妇家，还有你不会的？这句话有点重，大铃铛当下就生气了，起身就走，走上香街，身后一群女人笑起来，一浪接一浪。接着就听有人说，瞧瞧，大铃铛憋不住了，去找牛郎了！话音才落，有人说了一段顺口溜：

> 织女配牛郎，
> 光棍摇铃铛。
> 铃铛摇不响，
> 一脚扠下床！

其实，这么多年，大铃铛没少听闲话，有轻有重，一般不往心里去。不过这段顺口溜却是头一回从外人嘴里说出来。大铃铛在意了。说起这段顺口溜，就要说到宁万三。当年宁万三和大铃铛相好，编了这一段，只在他们两个人之间说笑。如今从别的女人嘴里说出来，大铃铛就多心了。回到家，大铃铛一个人喝闷酒，越想越委屈，越觉得活着没意思，一时没想开，找根绳子要上吊。按说，大铃铛住在康家巷最里头，算是僻静处，大晚上上吊，没人晓得。可偏偏那天大铃铛的大棚补助款批下来，康老久到区里开会替她带了回来。寡妇门前是非多，康老久晓得自己不便去送，就叫红梅给大铃铛送去。红梅拿着钱来到大铃铛家，一推门见大铃铛正站在凳子上，伸着颈子往绳套里钻，不禁大叫一声。这一叫，大铃铛被吓着了，扑通一声，一屁股坐在地上，放声大哭。大铃铛嗓子好，嗓门也大，左右都是康姓邻居，闻声赶来，一下子把门口围住了。大铃铛先是一声一声叫着不想活了，接着又骂宁万三不是东西。这时候康老久早被人找来，一听这话，便叫人把宁万三找来。宁万三听说大铃铛上吊，马上赶到。康老久把他拉到一旁，问他把大铃铛怎么了。宁万三一头雾水，连连否认。康老久不信，宁万三跪下指天发誓。这时候，一个妇女悄悄把广场上的事说了，康老久明白了。

闲人生是非，这事得管。康老久听说了这事，下决心刹住这股歪风邪气。宁万三做工作有"两大法宝"，康老久嫌麻烦，只用一招：罚款！嘴皮磨出泡，不如掏荷包。康老久让宁万三回去写告示，从今往后，不许在广场上说三道四，违者罚款一百元。罚款是最有效的管理，在中国农村尤其好使。

宁万三当然晓得这个道理,苦思冥想,把告示编成一段顺口溜:

> 自从农转非,人闲生是非,
> 敬告众乡亲,管好自己嘴。
> 若是管不好,绝对不客气,
> 罚款一百元,当场要缴讫!

宁万三对自己的作品很满意,写了两张,拿给康老久过目。康老久让宁万三把一百改成两百,说你不日他妈他不叫你爸,你下手不重他不晓得疼! 宁万三会意,将告示改好,贴在老牌坊的柱子上,一边一张。告示贴出后,果然效果显著。好多人为了避嫌,又怕罚款,不再来广场闲呱。一时间,老牌坊底下安静许多。

毕竟香铺人种惯了田,突然没有田种,又不能扯闲话,日子过得实在寂寞。别人不说,康老久就受不了,实在无聊,便在房前屋后开出零星的菜地,耕锄浇种,好歹过过手瘾。宁万三见康老久这一招不错,也跟着学。前有车,后有辙,家家户户如法炮制,没出半个月,原来光鲜整齐的香铺一下子被搞成了大花脸。

果然是"深圳速度",开发区的建设飞快,仿佛一夜之间,过去生长庄稼蔬菜的田里,如今冒出高高低低的烟囱和厂房。看着田地一点一点消失,明明晓得政府在办大事,康老久心里还是难过。这一点,宁万三跟他保持一致。闲来无事,两个人坐在老牌坊下,不再争吵,也不抬杠,你一句我一句,说的都是难过话。是为祖祖辈辈的耕地难过,还是为庄稼蔬菜难过,抑或是为自己难过,都说不清楚。

开发区的建设如火如荼,昼夜不停。夜晚来临,工地上的灯火映照着,香铺一下子变得暗淡无色,仿佛鲜亮的果子,脱了水分,慢慢萎缩了。

中秋到了。晚上,康老久喝了几杯,翻来覆去睡不着,便披衣下床,出门散心,不由自主地来到老牌坊前。月上中天,借着月光,见老牌坊柱子下有一个人影,走近一看,是宁万三。宁万三一嘴酒气,像条老狗似的,半倚半卧。康老久招呼一声,也像条老狗似的,在宁万三身边躺下来。

宁万三说,喝了几杯,睡不着。

康老久说,我也喝了,睡不着。

宁万三打着酒嗝,说,后半晌,我去开发区转了转,原来老塘口我家那块田被盖上厂房了,说是卫生巾厂。

康老久最近上火,耳朵有点背,问,什么厂?

宁万三大声说,卫生巾厂!

康老久说,卫生巾是啥东西?

宁万三说,就是女人裆里夹的"骑马布",如今叫卫生巾,说是更方便更舒坦! 嗒! 女人方便舒坦了,老子的菜地没有了,白花花的票子没有了!

康老久说,三眼井那块田,你晓得的,原来是我家的肥田,不使肥料,种啥长啥,长啥啥好。现在厂房盖好了,年底烟囱就要冒烟了,说是生产洗发水,叫什么香波!

宁万三说,可惜!

康老久说,可惜!

宁万三说,老久呀,不操那份心喽。如今咱不是农民了,户口"农转非"了,咱不是农民喽!

康老久说,户口是转了,可骨子里转不了! 农民就是农民,骨头缝里盖着钢印哟!

宁万三说,老久呀老久,你就喜欢抬杠! 我问你,是农民就得种田,你说咱还是农民,咱在哪种田?!

康老久咂咂嘴,半天才说,房前屋后啊!

说罢,两个人大笑起来,笑得眼泪汪汪。

康老久说,知足吧,好在香铺还在,老牌坊还在,家还在嘛。

宁万三说,照这"深圳速度",香铺能不能保住,真不好说哟!

康老久看了看老牌坊,说,不好说!

宁万三突然站起来,一惊一乍,说,老久,万一香铺保不住,老牌坊怎么办?

康老久低下头,说,不晓得。

宁万三说,老牌坊保不住,咱康、宁两姓人家怎么办?

康老久头低得更深,说,不晓得!

宁万三哼一声,说,老久啊老久,这不晓得,那不晓得,你当队长有什么用!

康老久火了,说,这是队长能做主的事吗?!

宁万三本想多说几句,见康老久一脸无奈,拍拍他,说,唉!闲得心慌,都是酒话,别往心里去!

康老久嗯了一声,也站起来。

宁万三说,累了!

康老久说,歇吧!

宁万三勾着腰,倒背着双手,在月下拖着一团剪纸般的影子,如同踏着一片黑云,慢慢地拐进宁家巷子,一进巷口的黑暗里,人便不见了,像是被生吞了似的。康老久望着将宁万三吞没的巷口,一阵孤独袭上心头。他抬头望着老牌坊,老牌坊默然矗立,像打盹的老人。康老久心头一紧,揉了揉眼,巴望着老牌坊或者那块宝玉能放出一阵光,把他的心里照亮。然而,一切如常。

不远处,开发区工地上机器轰鸣,震得脚下的大地发颤。康老久像个孩子似的,突然想哭,但没哭出来,叹息一声,拖着疲惫的影子回家去了。在他的身后,月光下的老牌坊连同香街上厚重的影子一起,睡着了似的,静无声息。

7. 杠子

市政府出台就业安置细则，划出年龄杠子。杠子划在四十五岁。按照这个杠子，香铺人分为杠内和杠外。杠内是指十八岁以上四十五岁以下，可以安排到开发区的企业上班。杠外也就是四十五岁以上，给予一定的生活补贴，不予安排工作。康老久和宁万三都已年过五十，自然属于杠外。

虽说都归杠外人，但康老久和宁万三种田出身，身上又没毛病，自然闲不住。况且，房前屋后那些菜地，也拴不住他们的心。说来也怪，自从土地征收过后，没有田种，这一对老冤家一下子成了患难兄弟，整天形影不离，配合起来默契得很，不管什么事，一个眼神一句话，对方都能心领神会，马上配合到位。宁万三喜欢看报，就念给康老久听。有一天，宁万三在晚报上读到一篇文章，说是某某地方出现土地抛荒现象。土地抛荒，乖乖！这不是败家嘛！文章没念完，两个人几乎同时眼睛放光，不用商量，骑上脚踏车，围着开发区转悠开了。转了大半个月，屁股磨出茧子来，一无所获。事实上，开发区不是没有荒地，但不是被铁栅栏围着，就是上面插着"企业用地，禁止耕种"的牌子。看着荒地上杂草丛生，二人像丢了魂似的，心疼得不得了。

这一天，二人扩大侦察范围，终于在雷公湖边月牙堤后头发现一块地，得水得光，平平展展，一地的青草长得齐齐整整，像刚剃的平头一般。不用说，绝对是种菜的好地。左右看看，既没拉铁丝网，也没画线，更没插牌子，料定是荒地无疑。二人兴奋得一夜没睡好，转天一大早，便背着干粮，带着工具去开荒了。

太阳刚露头,康老久和宁万三来到那块荒地。时节已过白露,荒草上秋露晶莹,草香阵阵。两个头发花白的家伙像见到亲娘似的,扑下身子干起来,干得有劲,干得痛快,一不留神眼泪竟流了出来。直腰喘气的时候,两个人互相看一眼,竟孩子般地笑了。原来,痛痛快快地种田,是如此幸福啊!干了大半辈子农活,有田种才觉得自己有用,才觉得自己还年轻!

就在两个老家伙沉浸在种田的幸福中时,突然传来几声狗叫。俩人抬头一看,过来两个年轻人,一胖一瘦,提着棍子,牵着狼狗,走近一看,原来是保安。

胖保安说,哎,弄啥哩?弄啥哩?

康老久听出是个北方人,说,翻地?

胖保安说,翻地弄啥?

宁万三说,种菜!

胖保安说,谁允许你们种菜?这是俺江总的地盘,将来要开发度假村哩!

康老久说,将来是将来,眼下荒着可惜!

胖保安说,那你管不着,俺江总愿意荒着就荒着!

宁万三说,年轻人,荒年不荒田,好好的田荒着,就是浪费!

瘦保安说,俺江总有钱,你管不着!滚!

康老久看不惯人张狂,把眼一瞪,说,有钱也不能糟蹋田!别理他,接着干!

两个人挥锹翻地,胖保安气得哇哇直叫。这时,瘦保安大喊,胖子,放狗!

胖子一听,马上松开拴狼狗的皮带。狼狗汪汪叫着直向康老久扑去。乡下人天天跟狗打交道,自然不怕狗。康老久年轻时专门打过狗,晓得打狗先打腰的诀窍。狼狗跳起扑来,康老久身子一闪,铁锹由下而上一挑,不偏不倚,正打在狼狗的腰上。狼狗尝到厉害,嗷的一声,掉头跑开。宁万三眼疾手快,斜下去补了一锹,打中狼狗的后腿。狼狗惨叫,一瘸一拐地逃走,两个保安唤都唤不回来。康老久和宁万三哈哈大笑。保安气得大叫,挥动手中的棍子,冲上来要拼命。两个老家伙铁锹一抡,呼呼生风,保安竟不敢上前了。这时候,有几个人闻声赶来,将康老久和宁万三团团围住。康老久和宁万三毫不畏惧,背靠背,将铁锹架着,俨然临阵对敌的英雄,又如双剑出鞘的大侠。场面一时僵持。这时,一个"大背头"来了,拿出大哥大拨打报警电话。不多时,警车哇哇地赶到,不由分说,将康老久和宁万三带走了。

康老久和宁万三被带到开发区公安分局雷公湖派出所,被关进一间空房子里,好半天没有人理会。快到晌午,来了一男一女两个民警。男民警是个中年人,女民警是个小姑娘。男民警提问,女民警记录。照例先问姓名、年龄、职业、家庭地址。当得知他们是香铺人,其中康老久还是远近闻名的万元户时,两个民警似乎有点吃惊。

男民警皱着眉头,说,香铺是远近闻名的富裕村,你康老久还是大名鼎鼎的万元户,大老远你们跑到人家度假村刨地搞什么?

康老久说,开荒!

女民警一听,忍不住笑了。

宁万三说,种菜!

男民警也忍不住笑了,说,人家那里要开发度假村,你们开什么荒,种什么菜?

康老久说,我就是看那是荒地,想开出来种菜!

宁万三说,我跟你们讲,田开出来,一年能种好几茬!刚过白露,马上就能种菠菜、香菜!

康老久说,大蒜也能套种!

女民警又笑。这回笑得厉害,笔都放下了,捂着胸口笑。

男民警强忍住笑,一拍桌子,说,好了!你们可晓得,你们刨的不是荒地,是人家种的草坪!

康老久看了看宁万三,宁万三看了看康老久,半天不敢出声。他们真不晓得,不养牲口不放羊,种草搞什么?

男民警料定他们不是真的故意破坏,便换了口气,说,按说,你们香铺土地被征收了,政府给了补偿,应该不缺钱,为什么非要到处开荒呢?

康老久说,闲着心慌!

宁万三说,想过过瘾!

男民警点点头,半天才说,就到这吧!

女警民问,不录了?

男民警说,不用了。

那天,康老久和宁万三回到香铺时,天已擦黑。之所以被放出来,据说是因为那个男民警同情他们,故意放了他们。出来后才晓得,他们打的那条狗可不是一般的狗,德国狼狗,是度假村的江总拿一辆面包车换回来的。幸好他们下手不重,要不然八亩地的菜也赔不起,两个老家伙不禁有些后怕。好在经派出所协调,度假村的江总不再追究他们,也不要赔偿,只要求他俩写一份保证书,往后别再去他那块地里开荒了,因为他种的进口草皮,修补一次实在太贵。毕竟那是马尼拉草坪,进口的。

康老久识字不多,宁万三代笔,写了半页纸,念给康老久听。康老久听完,其他没意见,让宁万三加上一句"种田有理,开荒无罪"。宁万三无奈,随手添上。男民警看了,哭笑不得,也不深究。这事就算过去了。

经过"开荒打狗"事件,康老久和宁万三暂时打消寻地种菜的念头,实在手痒,就在自家房前屋后的小菜园里耍一耍,好歹过把瘾。话又说回来,小菜园毕竟无法让他们心安,他们总想寻条出路。当然,这并不容易。康老久晓得,宁万三也晓得。

和康老久、宁万三他们杠外人相比,香铺的杠内人,自然幸福得多。按政策规定,自愿报名,双向选择,最终他们被安排在开发区的不同企业中。头一批进驻开发区的企业有三十多家,好多行业。一时间,进哪家厂,做什么工,成为香铺家家户户的热门话题。

宁万三对儿女一向民主,在儿女选择企业的时候,只提供参考意见,不替他们做主。本来,宁万三建议春花进服装厂,花花绿绿,女孩子家适合。可是春花不愿意,非要去食品厂。理由是服装厂是民营企业,食品厂是港资企业。宁万三不了解港资企业好在哪,既然春花坚持,他也不反对。儿子春风高中毕业,大学没考上,书念得伤伤够够,正好赶上这个机会,也想进企业搞个饭碗。春风好高骛远,要搞高科技,首选电子厂,宁万三挑不出毛病,表示支持。可是春风到电子厂面试,头一轮就被刷下来了,原因不明。春风又选日化厂,一面试又被刷下来了。春风有点不自信,又选制冷设备厂,面试过了,试工一周,又被退回来了。春风大失所望,气得几天不吃饭。眼看企业选择截止日期临近,宁万三坐不住了,去找康老久寻主意。

康老久家里这些天也不安生,也是为孩子进企业的事。本来,向阳和红梅都有自己的选择,红梅想进服装厂,向阳想进化工厂,都去面试了,也都被正式录取了,可是康老久不同意。康老久让向阳进食品厂,理由是做吃的东西,比啥都可靠。至于红梅,康老久不打算让她进厂,在家待着。兄妹俩一肚子意见,又不敢不听。好在向阳去食品厂面试,顺利通过。眼看香铺的年轻人都高高兴兴去上班,红梅在家孤单单,暗自生气,又不敢跟康老久怄气,躲起来偷偷哭。向阳心疼妹妹,壮着胆子求康老久让红梅进服装厂,差点跪下。康老久不吃这一套,非要红梅在家呆着,不过,顺便透露一点,红梅在家有事做。至于什么事,康老久不明说,向阳也问不出来。红梅无奈,只好乖乖在家等着。

宁万三找到康老久时,康老久正蹲在老牌坊底下晒太阳,两眼眯缝着,似睡非睡。宁万三晃他一下,就势蹲下来,把儿子春风的事一说。香铺人都晓得,宁万三平时惯孩子,春风多少有点任性,稍不如意就使性子,摔碟子砸盆的。康老久自然也晓得,半天没吭声。宁万三说,老久,帮我劝劝春风,拖久了怕要出事!康老久想了想,站起来,拍拍屁股上的土,跟着宁万三去劝春风。

来到宁万三家,春风却不在。宁万三怕春风一时想不开,闹出大事,拉上康老久,骑着脚踏车四处去找。找了半晌,也没见人影。这时候,在村口碰着春花骑车回来。春花打扮得花枝招展,老远就喊,春风被录用了!

宁万三问,哪家厂子?

春花说,卫生巾厂!

宁万三半天没吭声,见康老久不阴不阳的,赶紧找台阶下,说,这个厂好!当初那块地就是咱家的,春风去那里上班,相当于替咱家看着地哩!
　　春花说,就是就是,我也这么想!
　　康老久笑了笑,跨上脚踏车,脚下一用力,走了。

8. 婚姻

康宁博士尽可能地还原当年的香铺,并为此做了许多功课,尤其是有些关键细节,一毫也不放过。毫无疑问,这一点既得益于他多年的学术训练,同时也得益于家族血脉的遗传。后天的训练加上先天禀赋,无疑是做好学问的关键。康宁博士认为是关键之关键。

那时候,年轻人纷纷上班,杠外人慢慢适应,浮躁的香铺进入新一轮的平静。平静下来之后,原本一些不太在意的事,一一浮现。比如年轻人的婚姻问题。宁万三和康老久扳着手指头一数,眼下香铺有三四十个年轻人到了结婚成家的年龄。大致上看,康宁两姓各占一半,男孩女孩各占一半。这个现状,放在他们两家,一目了然。

婚姻问题关系到香铺的子孙后代,肯定是大问题,香铺人当然晓得。前些年,因为香铺富裕出了名,好多外村人前来提亲。香铺人当时有点飘,挑鼻子挑眼,提出好多条件。外村人碰了一鼻子灰,从此不敢再来提亲。毕竟,男大当婚,女大当嫁。用宁万三的话说,春天来了,花总是要开的,拦也拦不住。于是,这事就摆上议事日程。

春天来了百花开,天经地义,自然而然。康老久晓得,自家的"两朵花"也是要开的。向阳属马,二十大几,搁在过去早当爹了。前两年有人提过亲,康老久忙着挣钱,总觉得孩子没长大,就没太上心。再加上向阳看过琼瑶的小说,非得自由恋爱,所以耽搁了。红梅虽说小两岁,也是二十出头,到了该嫁人的年纪。康老久脸冷心热,对外人这样,对伢们也一样,嘴上天天挂着刀,心里却似嫩豆腐。尤其是对红梅,看得比自己的命还重,最怕她找不到好人家。有人来提亲,红梅不挑他挑,不挑钱财相貌,挑人品家教,挑来挑去,也耽误了。康老久固执,但晓得反思,反思的结果是,香铺这一茬年轻人的婚姻大事,都被"富裕"耽误了。这话说给宁万三听,宁万三表示赞同。有他现诌的打油诗为证:

树高三丈也有梢,做人千万不能飘。
根基不稳房会倒,人不踏实要跌跤!

万万没想到,走到今天,香铺遇到如此严峻的问题。一连几天,康老久和宁万三坐在老牌坊下一议就到大半夜,最后决定马上行动。还是老办法,分别在各自的家族中带头解决年轻人的婚姻问题。

康老久讲究,凡事按规矩办,再急也不能乱。大麦先熟收大麦,向阳是哥,先张罗向阳的婚事。宁万三也先收大麦,着手张罗春花的婚事。不过话又说回来。婚姻不比种菜,光花力气不行,还讲究一个"缘"。千里姻缘一线牵,有缘还得有人牵线。牵线这事康老久不在行,宁万三也不在行。不过,都晓得一个人在行,那就是大铃铛。康老久让宁万三去找大铃铛。宁万三扭扭捏捏,康老久火了,说,急得火上房,你就别装佯了!宁万三这才去找大铃铛。

大铃铛不负重托,出去转了几天,带回两条线索,都有价值。一是为向阳找的对象。女孩是她娘家一个远房侄女,叫柳丽,高中毕业,没考上大学,比向阳小两岁,属猴,脸盘个头身条都不错,脑瓜灵光,人也踏实,就是眉梢有个痣。宁万三问,左眉梢右眉梢?大铃铛说,右眉梢。宁万三又问,黑痣红痣?大铃铛说,红痣。宁万三说,好!女子右眉红痣主贵!大铃铛拿出相片,三个人一起伸头看。这个叫柳丽的女孩长得不错,一脸喜气。康老久看了又看,满意。

大铃铛说,人家大人说了,要是咱们这边同意,就让伢们见见面,合适就定下,毕竟伢们都不小了!

康老久又拿过照片,看了看,还用粗手摸了摸照片上柳丽眉梢那颗红痣,不晓得能摸出什么名堂。宁万三捣了康老久一下,让康老久表态。康老久摸了一下下巴,说,后天见面!大铃铛说,还有一件事,话要说在先,人家爸爸是个药罐子,家穷!康老久说,穷不怕,咱不也穷过嘛!

大铃铛带回的另一条线索,是给春花找的对象,也是她娘家一个远房亲戚。男方叫秦少刚,师范毕业,在七里塘小学教书,属小龙,比春花大一岁。个头长相都不错,就是人太老实。康老久说,老实人好,不惹事!宁万三没有表态。大铃铛拿出秦少刚的照片。三个人又伸头一起看,果然一表人才。

康老久说,乖乖!比你宁万三还斯文!

大铃铛说,听说,还能弹会唱哩!

宁万三眨巴眨巴眼,说,按说这个秦少刚,有模有样有文凭,这么好的条件,咋到这个岁数没成家呢?

这个疑问很有力,康老久点头,觉得有道理。

大铃铛说,没缘分呗!本来,人家在师范上学的时候谈过一个,热火得很,毕业后两地分居,时间一长,凉了!

宁万三想了想,说,这事得跟春花商量!

康老久说,商量?万三,你这一点不好,惯伢们!

宁万三说,不是惯,是尊重!

康老久说,屁!

宁万三确实要跟春花商量,不商量肯定行不通。知女莫若父,宁万三晓得,春花这丫头的家不好当,当不好会搞出大事来。春花娘死得早,春花在家带着弟弟春风,像妈一样,处处操心,事事有主见。最让宁万三不放心的是,春花的性格怪怪的,他这个当爹的根本摸不透。就说前些年,晓得自己长得像幸子,春花样样学幸子,穿衣打扮自不用说,还专门跑到城里剪掉两条大辫子,做了一个"幸子头"。电视里,幸子有条小狗,春花不知从哪弄来一条,走哪带到哪,睡觉都放在被窝里。有几回,宁万三起夜,发现春花房里有动静,贴近一听,春花在屋里学幸子的腔调,跟小狗说话,软软乎乎,肉麻。就这样的伢,还能逼她吗? 宁万三晓得,这话不能跟康老久说,说了康老久也不信,说不定还惹他说出难听话来。

春花是姑娘,当爹的不便谈心,宁万三把大铃铛请来做春花的工作。宁万三和大铃铛的关系,春花心里有数,面子上对大铃铛并不反感,平常见面一口一个姨,看上去亲得很。这也是宁万三敢把大铃铛请到家里来的原因。三个人坐下,宁万三说过开场白,大铃铛把介绍对象的事说了。

春花脸一红,捂着嘴笑。

大铃铛说,男大当婚,女大当嫁,别害羞!

春花又捂着嘴笑。

宁万三一眼就看出来,春花这种笑法也是跟幸子学的,笑起来先露出小虎牙,接着用手背捂上嘴。看来这丫头真是着迷了! 宁万三看不下去,冲大铃铛使个眼色。大铃铛会意,拿出秦少刚的照片递给春花。春花扭着身子,似乎不好意思接,大铃铛就把照片摆在她面前。春花的"幸子头"发型刘海儿好长,耷拉下来像个门帘子。春花晃一下头,刘海儿露出一条缝,正好把照片看个清楚。春花看过照片,又捂着嘴笑。大铃铛以为姑娘当爸的面不便表态,示意宁万三回避。宁万三会意,走到门外抽烟。屋里只有大铃铛和春花面对面,春花果然放松不少。

大铃铛说,春花,跟姨说说,这人可满意?

春花跟她爸一样,喜欢反问,说,姨,你真想给我做媒?

大铃铛说,是的哟,你爸心都急烂的啦!

春花依然笑,说,我都不急,他急什么!

大铃铛说,伢哩,爸妈哪有不为儿女操心的! 别说你爸,我都替你着急!

春花一笑,说,姨,你又急什么? 是不是急着把我赶出门,你好进这个家?!

大铃铛愣了一下,有点尴尬,说,瞧你这伢,我……

春花突然收起笑,没真没假地说,姨,你心里咋想的,你自己晓得,我春花把丑话说在前头,有我在这个家,你别想进这个门!

说罢,春花小腰一扭,走了。大铃铛愣在那里,半天没有缓过神来。宁万三在门外候着,见春花进了自己的屋,以为谈好了,赶紧进屋。进屋一看,大铃铛眼泪汪汪地愣在那里。宁万三蒙了,还没等他问,大铃铛揩把眼泪,拿上秦少刚的照片,招呼也不打就出了门。

春花隔着窗户说,姨,走好,得闲来呀!

大铃铛不理会,伸着头匆匆离开。

宁万三晓得一定闹得不愉快,隔着门问春花究竟咋回事。

春花说,没事!

宁万三当然不相信没事。没事怎会是这样? 宁万三披上衣服,赶紧追大铃铛去了。

开发区的大喇叭每天按时转播中央台的《新闻联播》。这时候一般是吃晚饭的时候。向阳和红梅习惯一边看电视一边吃饭,看的不是武打片,就是言情片。康老久看不惯,端着碗坐在门口,听大喇叭里的《新闻联播》。晚上无事可做,细嚼慢咽,《新闻联播》看完,晚饭正好结束。

吃过晚饭,康老久把向阳叫过来,给他两千元钱,让他买衣服皮鞋,后天相亲。如此好事,突然降临,向阳不敢相信,愣了半天,没缓过神来。

康老久拿出柳丽的照片,放在桌上,说,我托大铃铛给你找了个对象。向阳明白了,拿起照片看了看,没感觉,说,爸,找对象不急,我还小呢!康老久从鼻子里哼一声,说,快三十的人,还好意思说小!向阳从小被康老久打压惯了,也不生气,嬉皮笑脸地说,反正我还小!红梅在一旁抹桌子,一听这话,笑得不行,把半盆水打洒了。康老久说,这孩子叫柳丽,后天上午十点半,南七里塘小学后门。向阳说,爸,后天我上班!康老久眼一瞪,说,请假!

康老久走后,向阳拿起柳丽的照片看,还是没感觉。红梅悄悄从身后一把夺过去。

红梅说,哎哎,不错,像我嫂子!

向阳心里正烦着,夺过照片,把红梅往外轰。

红梅凑上来,说,哥,这么好的女孩,你不高兴呀?

向阳说,去去去,我好烦!

红梅说,哥,我晓得你为哪个烦!

向阳说,你晓得个屁!

红梅头一歪,说,反正我晓得!

向阳挥手赶红梅走。红梅不走,突然冲着向阳说,西瓜棚你没忘吧!向阳顿时眼瞪得好大,明白这丫头真晓得了。

兄妹俩正闹着,门外有人喊,听声音是宁万三。宁万三是来找康老久的。

大铃铛被春花气走之后,宁万三不放心,追到家里。大铃铛一肚子委屈没处撒,就使劲揪宁万三的耳朵。这是大铃铛的毛病,高兴起来喜欢揪人耳朵,生起气来也揪人耳朵。好在宁万三早已习惯,由她揪,硬忍着。等她消了气,宁万三才问来龙去脉。大铃铛一五一十跟他说了。以宁万三对春花的了解,大铃铛所说的基本属实,那些事春花能做出来,那些话春花也能说出来。大铃铛说,从今往后,你们家的事,我不管了,我不犯那份贱!宁万三说,跟伢们生气犯不着!大铃铛说,快三十的人,她还是伢们?一句话能把人噎半死,她还是伢们?那种话都能说出来,她还是伢们?

这一串反问如同炮弹,轰得宁万三哑口无言。大铃铛还说,宁万三,你心里果真有我,现在就跟我结婚。春花不让我进你们家门,我让你进我家门!要不然,从今往后,我大铃铛跟你宁万三没一毫毫关系!这是气话,也是心里话。宁万三被大铃铛逼到墙角,一时无法做出选择,灰溜溜地出来找康老久寻主意。

康老久不在家,宁万三也不久留,掉头来到老牌坊下,果然见康老久坐在那里。一坐下来,宁万三就唉声叹气,把春花和大铃铛闹那一出说了。康老久半天没吭声。惯子不孝,迟早是麻烦。

宁万三说,这回真麻烦喽!

康老久说,不麻烦才怪哩!

宁万三说,老久,你说我咋办?

康老久说,一个亲丫头,一个老相好,手心手背都是肉,不好办!

宁万三说,你晓得,我跟大铃铛的事,拖了二十年了。说心里话,我不是不想办,只是春花那丫头脾气摸不准,逼急了怕她闹出大事来!

康老久说,那就再拖一拖吧!

宁万三说,还要拖?

康老久说,凡事,要不拖黄了,要不拖活了,看你的命!

宁万三叹口气,说,好歹有个结果,那就拖!

9. 南七

南七里塘是脂城南门外的繁华地带。脂城人图方便，简称南七。解放初期，好多家内迁工厂纷纷落户于此，如手表厂、锻压厂、丝绸厂等等。厂多人多，自然热闹。热闹之中最热闹的，是南七电影院附近。邮局书店百货商场聚在周边，巷子里头是小吃一条街，从早到晚，油烟不断，食客不绝。电影院对面就是南七里塘小学后门，隔着11路公交车站。原先，公交车站就竖一块牌子，铁皮的，白底红字。如今搭起一方候车棚，也是铁皮的。

向阳去相亲了。本不想去，又不敢不去。从小到大，他爸的脾气他晓得，跟他爸对着干没有好果子吃。话又说回来，向阳从来不跟他爸对着干，一是怕他，二是服他，三是敬他。香铺第一个万元户是他爸干出来的，香铺成为富裕村是他爸带头干出来的，向阳和红梅是他爸一个人从小拉扯大的。在向阳的印象里，他爸身上就一个字：干！摊上这样的爸，不怕不行，不服不行，不敬也不行。

不过，康老久毕竟是人不是神，也有软肋。从小到大，向阳也总结出对付康老久的办法，那就是先服从，然后在服从中寻找机会。比如当年种菜，康老久认为芹菜吃水，茄子耐旱，这两样不能套种。向阳从书上看到，只要分时灌溉，套种就没问题。头一年，康老久霸道，向阳只好服从，但是多个心眼，靠田边留出半垄地做试验田，分时灌溉，结果茄子和芹菜都丰产。康老久没夸他，也没骂他，第二年主动把芹菜和茄子套种了。

就拿这次相亲来说，向阳满心不愿意，但是还得去。好歹走一趟，也算有个交代。况且,所谓相亲也就是见面,你看看我,我看看你,又不会掉块肉。向阳一直向往自由恋爱,找一个自己心目中的对象,这个叫柳丽的女孩不是他的菜,至少看照片没感觉。不过,向阳讲道理,你没感觉不代表人家不好,说不定人家对你也没感觉!还是那句话,萝卜白菜,各有所爱。

来到南七小学后门,向阳一看表刚过十点,稀里糊涂,提前半个小时。正是热闹的时候,向阳穿过马路,来到电影院门前看橱窗里的海报,主要是看女明星。从东看到西,从西看到东,一个来回,再一看表,刚好十点半。向阳赶紧回到南七里塘小学后门,隔着一棵老樟树,见一个女孩子站在房檐底下,拿出照片一对照,正是柳丽。柳丽高高挑挑、干干净净、朴朴素素,挎着一个帆布包,正在左顾右盼。向阳躲在老樟树后面,看了又看,还是没感觉。可是既然来了,总要见一见,不然回去没法交差。

向阳拢了拢头发,走上前,大大方方地问,是柳丽吧!

柳丽一扭头,嗯了一声,有点不好意思。

向阳走到柳丽面前,说,我是康向阳,香铺的,大铃铛是我婶。

柳丽笑了笑,扭了扭身子,说,我晓得。

向阳也笑,搓搓手,说,铃铛婶没空,要不她也来了。

柳丽又扭了扭身子,说,我晓得。

向阳一时没话,场面有点尴尬。

柳丽说,刚刚你在电影院门口看海报吧?

向阳一怔,突然悟出他早已被柳丽"相"过了,脸上一热,说,是呀是呀。

柳丽说,都有什么电影?

向阳被突然一问,一下子想不起来。

柳丽说,是不是《唐伯虎点秋香》?

向阳想起来了,说,是呀是呀!

柳丽说,不晓得可好看。

向阳说,我也没看过。

柳丽说,那就看看吧。

向阳一下子傻眼了。

向阳上一回进南七里塘电影院看电影,大概是十年前。那时候,他家刚刚成为万元户。过年前,康老久高兴,带着向阳和红梅来南七里塘买新衣服。买好衣服,天色尚早,就闲逛,逛着逛着就逛到电影院门前。电影院门前贴着《喜盈门》的海报,红梅好奇,舍不得走,康老久就买了两张票,让向阳和红梅进去看,自己坐在外面候着。那部电影的情节向阳记不太清,记忆最清的是那个大儿媳妇,长得像自己死去的妈。红梅当场就说,哥,你看你看,那人好像咱妈。向阳也看出来了,只是没说。电影散场,康老久问好不好看,向阳说不好看,红梅说好看。

向阳买了票,和柳丽看了一场《唐伯虎点秋香》。整场笑声不绝,柳丽好像一直在笑,向阳没觉得好笑,就没笑。反正,电影院里黑黢黢的,柳丽想必也看不见。其实,向阳根本没心思看,一看银幕,总想到十年前,眼前晃动着妈妈的影子,浑身不自在,气都喘不匀。好不容易熬到散场,走出电影院,总算松一口气。

本来,向阳恨不得马上跟柳丽告别,稀里糊涂的,客气一句,说,时候不早,要不要吃点东西?

柳丽说,好呀好呀,电影笑死人,笑都笑饿了。

向阳恨自己多嘴,只好陪着柳丽去吃东西。小吃街不远,二人坐下来,向阳点了几个菜,还要了汽水。柳丽说炒菜死贵,实在浪费,也不商量,换了两碗馄饨,一人一碗,怕向阳吃不饱,又加一个烧饼。向阳也勉强,觉得柳丽这人实在,会过日子,是他爸喜欢的那类人。吃完饭,向阳怕再出岔子,果断地说,我还要上班,回了!柳丽说,好呀好呀。

向阳在食品厂电工班,头天跟同事调过班,骑着车直接回家,恨不得马上跟康老久把差交了。对向阳来说,这次相亲,就像看场电影,看完就完了。至于柳丽这个女孩子,不存在好不好,就是没感觉。和她见面相亲,就是为了跟康老久交差。向阳晓得,康老久这个当爹的也不容易,让他相亲是为他好,没有理由让康老久不高兴。这是孝敬,也是做人的道理。

虽已入秋,天却还不凉。向阳一路骑进村时,浑身是汗,刚到老牌坊底下,见春花抱着手站在那里,堵在路中央,截道儿似的。向阳刹住车,冲春花笑了笑。春花上下打量向阳一番,问,咦!新衣新鞋,穿这样格式,相亲去了?向阳笑道,铃铛婶介绍的,我爸逼着我去!春花问,相中了吧?向阳摇头,说,走过场嘛!春花一撇嘴,说,走不走过场鬼晓得!向阳说,骗人是猪!春花笑了,冲向阳一招手,说,我家电表跳闸,帮帮忙!向阳推着车子,便跟着春花去了。

一进门,堂屋灯亮着。向阳说,咦,不是有电吗?春花说,我屋里没电。于是向阳又跟着春花来到春花的房里。一进门,春花转身把门踹上,一把将向阳推倒在床上。向阳吓得不轻,说,搞什么?搞什么?春花说,康向阳,你听好,你这辈子跑不出我手心!向阳说,窗帘没拉,窗帘没拉!春花不理他,接着说,康向阳,你说过的话是不是放屁?向阳蒙了,说,我说过什么嘛!春花说,当年,瓜棚里,你说要娶我!向阳拍拍头,想起来了,说,那时候不懂事!春花说,不懂事你敢抱我亲我?向阳又羞又臊又无奈,说,那时候真不懂事!春花说,放屁!舌头伸到我嘴里,那叫不懂事?手在我身上乱摸,那叫不懂事?

向阳哑口无言。不得不承认,春花所言属实。说起来,向阳和春花很早就"勾搭"在一起。小时候一起"过家家"不提,至少是在十四五岁的时候,两个人就亲过嘴。那时候,他们还在南七里塘上初中,偷偷摸摸看琼瑶的小说。初三那年夏天,两个人躲在看瓜棚里避雨,本来说说笑笑的,突然春花亲了向阳一口。向阳的脸一下就红了,一动不敢动。春花就势又亲他一口。向阳头耷拉下来,浑身发抖,激动得眼泪下来了。春花以为他生气了,说,好了好了,你要是觉得吃亏,过来亲我吧!向阳脑瓜嗡地一下,一把抱住春花。那时候,春花比向阳高半头,向阳踮起脚才能够着春花的嘴。春花将就他,低下头来,两个人的嘴亲在一起。向阳猴子似的,手在春花身上乱摸,舌头伸进春花嘴里,憋得春花差点喘不过气。突然,一道闪电,咔嚓一声炸雷,两个人被震住,马上分开了。春花揩揩嘴,红着脸说,好了,这回扯平了!向阳两眼直直的,舔着嘴唇说,春花,我想娶你!春花笑了,一巴掌拍在向阳屁股上,转身跑进雨里去了。

奇怪的是,从那以后,两个人见面就有意无意地躲着,好像都揣着对方的小辫子。到了中途辍学,回家种田,又都在各自的承包田里忙,虽有见面的机会,但总归不方便。再后来,家家种菜,边种边卖,车轱辘一样忙起来,见面不是谈种菜就是说卖菜。真正慢下来,见面机会多起来,是一起在食品厂上班之后。春花长得好看,又会打扮,一进食品厂,就成了"厂花",走到哪里,屁股后头都跟一帮男同事,好像也不在乎向阳是不是多看她一眼。这样一来,向阳就知趣了,慢慢往后躲了。毕竟都长大了。

事已至此,向阳慢慢理出头绪,春花的责难虽有道理,但他完全可以辩一辩,毕竟事情由她引起,是她先亲的自己。可跟女孩计较这个,太不像男人,向阳便认了。况且自己当初说"我想娶你"是发自内心,绝不是逢场作戏。时至今日,只要遇到下大雨,向阳就会想起瓜棚,想起那天的事。那情景也多次出现在梦中,感觉依然清晰。尤其春花刚才撒泼那一刻,仿佛又回到了那个雨天那个瓜棚,仿佛那天发生的一切正在进行。一想到这,向阳心底又响起那句话:我想娶你!

这一声很响。向阳听得清清楚楚,确实是自己的声音,确实是发自自己心底的声音。

春花哭了,胸脯一起一伏。从小到大,向阳从来没见春花哭过。春花自小要强,处处她占先,事事她说了算,永远都是笑着的那一个。可现在春花哭了,就在自己面前。向阳的心软了,像棉花糖一样吹口气就能化了。向阳站起来,想抱一抱她。

春花以为向阳想夺门而逃,突然用背抵住门,双手捂着脸,哭得更伤心了。向阳搓搓手,拍拍春花的肩,说,让我想想嘛。春花说,自小一起长大,知根知底,有啥好想的!向阳说,我得想想回去咋跟我爸说,这事还得他点头。春花不哭了,说,能不能有点出息?你自己的事,要让别人点头?!向阳说,我家跟你家不一样!春花说,有啥不一样?不都是有爹没娘吗?!向阳说,我爸那人你晓得,硬来行不通!春花叹口气,说,你爸那边不要你说,我说过了!

向阳一听,小腿一下就软了。

10. 小妖精

春花是个小妖精！这话是康老久说的。然而,康老久没有想到,多年之后,他脱口而出的这句话,被康宁博士引用在自己的著作中。康老久更不会想到的是,康宁博士的"引用",看似为了解析当时的世态民情,其实暗含隐约的批判和嘲讽。

那天晚上,康老久说这话的时候,气得把一桌子的碗呀碟呀都掼了,碎了一地。红梅吓得不轻,可怜巴巴地在一旁看着。向阳直直地跪在地上,双手捧着一只鞋,让康老久打自己,消消气。

康老久生气是因春花来康家闹事而起。春花来康家闹事,又是因向阳相亲而起。其实,向阳相亲的事,春花开始并不晓得。春花和向阳都在食品厂上班,平时早晚都能碰上,赶巧了一起上下班也是常有的事。因为对开发区建设有贡献,香铺的年轻人进厂后,都有一种优越感,好像还在自家田里干活一样,自由随便,因此在开发区各企业中,"香铺帮"是出了名的。香铺人喜欢抱团,食品厂上下都晓得。虽说是合资企业,管理相对严格,但对"香铺帮"还是睁只眼闭只眼,时间一长,"香铺帮"难免搞一点特殊化了。

向阳在电工班,春花在检验车间,两个岗位都算轻松。有时,工作不忙,春花就打电话到电工班,找向阳过来跟几个"香铺帮"一起说说笑笑。那天,有个"香铺帮"过生日,约好一起吃饭。春花想跟向阳商量,带什么礼物合适。因上班路上没碰上,快下班的时候,春花就到电工班找向阳。向阳的同事小温说向阳调班了。春花随口问一句,调班搞什么? 小温说,相亲。春花心里一怔，以为他开玩笑。小温说，真的真的，那女孩的照片我都看见了，眉毛这里有颗红痣！

春花相信了。

那天，春花没去赴同事的生日宴，一下班就回家了，越想心越乱，长了草似的，坐也不是，站也不是。从小到大，春花头一回觉得自己没了底气，像被人当头一棍，闷得站不起来了。人不是神，谁都会输。问题是春花没有输给别人，输给了自己，输给了自信。十多年来，她一直自信向阳会像他说的那样娶她，如今终于明白，他康向阳当初就是放了一个臭屁！问题是，就是这样一个臭屁，她春花在心里一存就是十多年，还当是香香的！康向阳啊康向阳，你的手不在了吗？手不在，舌头也不在了吗？舌头不在，心也不在了吗？你就不能再跟我说一遍"我想娶你"吗？你就不晓得我等你来娶我吗？

春花承认自己输了，但想输得明白，就去向阳家里探个究竟。一进门，红梅在门口晾衣服。春花问，红梅，向阳可在？红梅一见春花，支支吾吾，说，上班去了。春花说，我刚下班，根本没见着他人影！红梅说，那就不晓得了。春花说，红梅你说实话，向阳是不是去相亲了？红梅说，不晓得，不晓得！春花生气，说，红梅，你啥时候学会说瞎话了？红梅说，我真不晓得！春花说，哼！你跟你哥一样，就喜欢说瞎话！说完，气还不消，一脚踢在洗衣盆上。盆是空盆，白铁皮的，哐当一声，滚好远。

就在这时，康老久捧着茶壶从屋里走出来。康老久这把茶壶有点来历，那是他当万元户时上级发的奖品，平时不让人动。康老久喝了一口茶，说，春花，有话好好说！春花说，我要找康向阳。康老久说，向阳相亲去了！春花看了一眼康老久，说，哼！你们康家总算有人说句实话。不过，康叔，我也跟你说实话，我跟康向阳谈恋爱了！康老久一听，身子一晃，说，你说什么？春花说，我和康向阳谈恋爱了！谈了十多年了！康老久向前走两步，说，你再说一遍！春花胸脯一挺，提高嗓门，说，我和康向阳谈恋爱了，都那个了！康老久的脸突然涨得发紫，愣了愣，将手里的茶壶狠狠地摔在春花脚下。

这一切向阳当然不晓得。不过,向阳晓得,春花这一闹,他的日子不好过了。依康老久的脾性,不打他个半死就算客气了。不过,如今春花跟康老久把话挑明,也是好事,向阳突然觉得轻松了几分。向阳打定主意,这辈子就娶春花了,回家挨打挨骂也认了。所以,向阳离开春花,一回到家,二话没说,扑通一声,跪在康老久面前,还脱下一只新皮鞋,捧在手上,让康老久揍自己,抽脸打屁股,只要消消气,随便。然而,康老久把桌上的碗碟摔完了,向阳捧鞋的手举酸了,康老久还是没打他。

康老久叹口气,说,春花是个小妖精啊!

向阳晓得康老久这话里的意思,至少有三层。一是向阳你小子被春花迷昏了头,迟早要吃亏的!二是春花那丫头不是个正经丫头,至少不是我康老久心目中的正经丫头,香铺人都晓得。三是向阳你小子想跟春花结婚,我康老久不满意不高兴不快活不同意!

正因为理解了康老久话中的三层意思,向阳的倔脾气上来了。向阳非要争一口气,和春花一起美美满满过日子,让康老久看看,让香铺人看看。

说起来,有其父必有其子。向阳的倔脾气随了康老久,只是一直被康老久压着,一般看不出来,一旦冒出来,那是九头牛也拉不回来的。这一点,康老久没有想到。

向阳说,爸,你打我,你打几下,消消气!

康老久说,伢哩,我不打你,你跟春花的事我不同意!

向阳说,爸,国家有法律,婚姻自由!

康老久说,国家有法律,康家有规矩!

向阳说,爸,春花她不是你想的那样!

康老久说,我过的桥比你走的路多,吃过的盐比你吃的饭多,她是什么人,我还不晓得?!春花她就是个小妖精!

向阳说,爸,你不能这样说春花!

康老久说,我就这样说!

向阳说,爸,你想说就说吧,反正我就认定春花了!

康老久说,好,好,那你滚!

向阳说,爸,不能商量了吗?

康老久说,滚!马上滚!

红梅急得眼泪汪汪,过来劝康老久,被康老久一把搡到旁边。

向阳慢慢放下鞋子,双手扶着地,给康老久磕了三个头,然后慢慢站起来。因跪得太久,腿麻,刚站起来就差点摔倒。红梅上去扶他一把,劝他,哥,别走!

向阳没吭声,一步一步往外走,走到门口停一下,对红梅说,红梅,好好照顾爸!说罢,转身走了。

向阳离开家,直奔春花家。过了香街,一进宁家巷子,就远远看见春花家黑灯瞎火。向阳想了想,来到门前敲门。黑暗中,宁万三气昂昂地问,哪个?向阳说,我。话音才落,灯亮了,门开了。向阳一愣,春花一把将他拉进门。

宁万三坐在方桌边,抬眼看了看向阳,问,从家里来?

向阳说,是。

宁万三说,你爸在家?

向阳说,在。

宁万三说,他还没气半死?!

向阳没吭声。

宁万三慢慢站起来,说,唉!他康老久气性大,就你们两个小冤家,不把他气个半死才怪呢!我得去看看!

向阳说,宁伯,别去!我爸正在气头上,万一……

宁万三说,你们伢们不懂事,我老头子还能装糊涂?他老久就是咬我两口,我也得去。今晚我不去,往后这事就成死疙瘩喽!

春花说,爸,事是我惹的,我也去!

宁万三说,小祖宗,你还嫌事不大?

春花说,他还能把我吃了?!

宁万三说,伢哩,你还想不想跟向阳过日子?

春花一下子不吱声了。

11. 喜事

从宁家到康家,摸黑走也不过一支烟的工夫。可是,宁万三却像跑了一趟长途,双腿死沉,浑身无力。宁万三走一路,想一路。看来,春花这回真把康老久得罪很了,不然康老久怎会舍得摔茶壶?那把茶壶是康老久当年做"万元户"时的奖品啊!算起来,跟康老久斗了大半辈子,宁老久从来没有把康老久气得摔东西。看来,春花这丫头真厉害啊!

这一回不得不低头,不为自己,为了春花。宁万三拿定主意,无论康老久发再大的火,他宁万三都要忍住,不为自己,为了春花,春花将来还要在康家安安生生过日子嘛。说起来,宁万三这辈子亏欠两个女人,一个是大铃铛,一个就是春花。亏欠大铃铛说起来话长,就不说了。亏欠春花,宁万三想起来心底就泛酸。这丫头从小没娘,帮他里里外外操持这个家,吃苦受罪不说,心里有苦还说不出。所以,平时春花使使性子耍耍脾气,宁万三都忍了。康老久说他惯着伢们,那是他康老久不懂。没文化真可怕,明明这叫尊重嘛!

康老久躺在床上,看上去确实气得不轻,见宁万三来了,也不理会,闭上眼装睡。宁万三坐在床边,从怀里掏出一瓶酒、一包五香花生米,放在床头柜子上。红梅看见了,赶紧拿来两个酒杯,又切了一盘蒸好的咸鸭胗端上来。

酒是"脂城大曲",两个人经常喝的那种,斟到杯子里,香气扑鼻。康老久眼睛闭上,鼻子闭不上,闻到酒香,鼻孔动了动。宁万三不急,先自喝一杯,吃了两粒花生米,又尝一片鸭胗,一边嚼一边吧唧着嘴,听起来烦死人。康老久忍不住了,腾地坐起来,说,你搞什么嘛!宁万三笑了笑,端杯酒递上,说,我来看看你嘛!康老久说,我有啥好看?宁万三说,看看你是不是气个半死。康老久说,嗒!我不生气,一毫不气!宁万三说,那好那好,不生气就好,喝酒喝酒!康老久一摆手,说,去去去!宁万三没躲开,酒打洒了。宁万三又斟一杯递上去。康老久又一摆手,这一回,宁万三早有防备,及时躲开,将酒送到康老久嘴边。康老久躲不过,接过酒,一口喝了。宁万三又给斟一杯,康老久又喝了,一连喝了三杯。

康老久说,有话说,有屁放!

宁万三说,老久,实话实说,我是来给你赔礼的,替春花!

康老久眼一瞪,说,别提她!

宁万三说,好好,不提不提。那说说向阳总可以吧?

康老久说,那个猪弄的,不提!

宁万三说,不提春花也不提向阳,那提一提红梅总可以吧?

康老久说,红梅怎么了?

宁万三说,你晓得,红梅跟我家春风一样大,也不小了,对吧?

康老久说,废话!

宁万三说,废话确实是废话,可也是大实话。你想一想,大麦不收,咋收小麦?向阳不成家,红梅的事咋办?

康老久说,向阳这猪弄的,我不认他这个伢,他的事我不管,红梅的事我该咋办就咋办!

宁万三说,你说不管真不管?你老康家不想传宗接代了?你那个白胡子白眉毛的老祖宗能饶了你?

康老久翻翻眼,伸手要一杯酒喝了。

宁万三说,老久,听我一句劝,别跟伢们一般见识,大事化小,小事化了吧。这事闹开了传出去,咱这老脸往哪搁?这么说吧,我宁万三前些年跟大铃铛那事一闹,没少被人戳脊梁,反正脸皮厚了!可你康老久不一样,在香铺不用说,方圆左右,哪个不晓得你"万元户"康老久?

康老久眼皮塌着,不说话,捏一片鸭胗放进嘴里,用后槽牙慢慢嚼啊嚼。

宁万三说,老久,向阳是你家伢,你不让提就不提。可春花我得提一提。毕竟她是我家丫头嘛!说起来,春花那丫头怪可怜的,自小没娘,家里家外,事事都干。你晓得,春风就是春花带大的!说起来是姐姐,其实像当妈一样,没少操心。就这样,那丫头的脾气养得死犟,心也磨得好强!

康老久还是不说话。

宁万三说,老久,其实春花跟向阳早就好上了,在南七上中学那会就好上了,你不晓得吧?

康老久说,你晓得?

宁万三说,我当然晓得!

康老久说,你晓得咋不跟我说?

宁万三说,嗒!就你这臭脾气,跟你说,我敢吗?那时候,你跟我天天咬牙较劲,跟你说,你还不骂我想攀高枝?!

康老久说,你没说怎晓得我骂你?

宁万三说,你康老久过去骂我还少?

康老久说,你宁万三也没少骂我!

二人说着说着,又吵起来了。红梅赶紧跑进来劝解。二人马上不吵了。红梅这才叹口气,退了出去。

宁万三说,好了好了,老久,不吵好不好?!

康老久说,哼!哪个想跟你吵!

宁万三又斟上酒,说,老久,自古婚姻这事,强扭的瓜不甜,老子犟不过小子,别跟伢们一般见识了。回头我把向阳和春花一起带来,当面跟你认个错,是打是骂全由你,出出气就算了。过两天,我再托大铃铛到你家来提亲,规规矩矩,亮亮堂堂,让香铺人都晓得,是我宁家攀你康家的高枝,你看好不好?

康老久想了想,又喝一杯酒,说,废话不说了,让向阳那猪弄的给我滚回来,婚事还没办,不能让他跟春花那什么!

宁万三一拍大腿,说,嗐!老久你说屁话,我宁万三还没老糊涂,我家春花是大姑娘,我还能不操心?!

康老久一杯酒刚喝到嘴里,被宁万三几句话呛得没咽下去,又见宁万三气得白眼直翻,忍不住笑了,嘴里的酒没收住,噗地一口全喷到宁万三身上。宁万三又气又笑,拍拍身子,转身走了。

宁万三回到家,春花春风姐弟俩正陪着向阳喝酒,三个人有说有笑,像没事人一样。宁万三气不打一处来,脸拉下来。春花和向阳不晓得宁万三"出访"效果如何,马上站起来看着宁万三。春风刚下夜班,不了解情况,吃饱喝好,又累又乏,也不想打听,到后屋洗洗睡了。

宁万三对春花说,你跟向阳一起,给他爸认错。

向阳说,宁伯,要认错也是我去,跟春花没关系!

宁万三说,孬子!春花不去,你一个人能扛过去?你要能扛过去,大晚上还会跑到我家来?还要我去跟你爸低头哈腰求半天?

向阳一下子哑巴了。

春花说,去就去!

秋夜风清,秋虫低鸣。过了香街,向阳有点不自信,不敢去见康老久了。宁万三走在前头并不回头,咳了一声。春花把向阳一推,向阳只好硬着头皮跟了上去。

果然如宁万三所料,康老久确实等着春花和向阳来认错。一见康老久,向阳扑通跪下,脱一只鞋递给康老久,说,爸,我错了!康老久理也不理,看着房顶,好像房顶出了什么问题。宁万三晓得康老久的意思,推了一下春花。春花也晓得宁万三的意思,二话不说,与向阳并排跪下,说,康叔,我错了!康老久还是不理会,还在研究房顶。

宁万三说,老久,伢们给你认错了,你大人不计小人过,就饶了伢们吧!

康老久这才低头,看了看向阳和春花,抬抬手。

宁万三说,赶紧起来吧。

一夜无话。转天,宁万三让春花请假,跟自己一起去找大铃铛。春花跟大铃铛闹了不愉快,自然不愿意。宁万三说,伢哩,不是我让你去,是向阳他爸的主意,不让大铃铛保媒,不合规矩,他就不同意!你想一想,到底去不去?春花想了想,忍了。

　　宁万三带上春花去找大铃,还有一层意思,想借机让春花和大铃铛缓和关系。毕竟这两冤家闹矛盾,夹在中间受罪的还是他宁万三。春花脑瓜灵光,自然明白轻重,索性做得漂亮,带上两盒蜂王浆,算是给大铃铛赔罪。大铃铛是个活络人,见春花亲自登门,又带着礼物,怕宁万三夹在中间作难,自然尽释前嫌,当面就和好了。

　　大铃铛一身光鲜,一摇一摆,有意在香铺绕圈,逢人便说到康老久家提亲。这是宁万三的主意,让大铃铛放开宣传,给足康老久面子,让康老久无话可说,将来春花嫁到康家不会受气。大铃铛卖力,一是能为康宁两家保媒脸上有光,二来春花这丫头终于要出嫁,她跟宁万三的事也就有了眉目了。何乐而不为呢?

　　毕竟事先早有商量,大铃铛出马不过走个过场。那天,康老久按规矩摆了几桌酒席,既是定亲宴,又是择喜期。喜期定在腊月初八,宁万三事先查过好几遍皇历,大吉大利,跟康老久商量好,又跟向阳和春花商量,都没意见,皆大欢喜。

12. 红梅

　　暖冬如春，进了腊月，无雪无霜。趁着天气晴暖，康老久在楼上给向阳收拾一间婚房，现刷的白墙当天干透。转天，把订好的家具家电拉回来，往里一摆，便显出几分喜气来。本来，向阳为他和春花出入方便考虑，想要楼下靠大门的那间做婚房，康老久不给，说有别的用途。至于什么用途，康老久没说，向阳也不好问。

　　腊月初八，吉日良辰，向阳和春花拜堂成亲。喜事办得热热闹闹，欢欢喜喜，关键是康老久率先办了失传多年的"流水席"，全村老少都美美地吃了一顿。这一做法，后来成为香铺人娶儿嫁女操办喜事的标准。那天，康老久高兴，宁万三更高兴，当场就喝高了，当作众人的面，搂着康老久的肩膀，说，冤家成了亲家，往后香铺的天下就是我们的了！众人哑口无言，连酒嗝都不敢打一个。关于这一细节，多年之后香铺人还会提及，康宁博士的一本著作中也有专门的记录。看来，因这一句话，宁万三也要名留青史了。

　　按规矩，新媳妇三天"回门"，宁万三也要操办"流水席"，大铃铛忙前忙后，不拿自己当外人。春花心里不爽，却说不出。毕竟已经出嫁，又是新媳妇，不好甩脸给人看。酒桌上，春花借给宁万三敬酒，半撒娇半耍赖，非让宁万三把她原来的房间收拾收拾，她要两边住。宁万三嫌麻烦，说娘家到婆家不过几步远，两头跑没意思。春花不干，非要不可。大铃铛听出话里有话，暗中拧了宁万三一下，宁万三这才明白，春花这丫头怕是还有别的心思,当着众人面,只好答应了。

春花嫁进康家,功课没少做,功夫也没少下。公公康老久的脸色要看,红梅这个小姑子也不能慢待。好在红梅不是小心眼,跟春花曾经的不愉快也没放在心上,如今成了一家人,有说有笑,有商有量,倒也和谐融洽。

忙完向阳的婚事,康老久松了一口气,亲朋间常走动,来来往往,吃吃喝喝,说说笑笑,转眼就过年了。

没出正月,康老久请来建筑队改造房屋。康老久家在康家巷子头一户,院墙紧邻香街,在香铺非常显眼。康老久要改造的房屋就是当初向阳想要的那一间,靠近大门,山墙和院墙之间有块空地,曾是红梅的小花园。虽说早被康老久种上了菜,看起来还是院中少有的风景。康老久让泥瓦工把这片风景拆了,在院墙和山墙之间架上房梁,搭上屋顶,做成一个方方正正的厅。这厅乍看没什么名堂,在邻街的院墙上开出一排门窗,一下子成了临街门面。门是玻璃门,窗是玻璃窗,整个厅看起来亮亮堂堂。一开始,向阳不晓得干什么用,当康老久把牌子挂上门头,向阳一下子明白了,原来是开商店。商店的名字叫"红梅商店"。

开商店是康老久早有的打算,可以说从土地被征收的时候就有了,只是当时没有条件,只好作罢。人无远虑,必有近忧。康老久吃过亏,晓得厉害。过去,香铺有田,好歹老天给碗饭吃。如今土地被征收了,香铺人无田可种,总得有吃饭的营生。康老久胸怀不大,最先考虑的不是别人,是红梅。红梅是康老久的心头肉,不把她安排好,康老久心里不安。向阳是男人,凭力气总能挣碗饭吃,倒是不用担心。红梅是丫头,将来嫁个好人家倒还罢了,万一碰上一个不争气的,没有个养家的营生,日子怎么过?红梅日子过不好,又怎能对得起她死去的娘?人老了,不能陪儿女一辈子,她的日子还得她自己过。康老久想好了,趁着还能干,帮一帮红梅,尽一点力气,心里才安稳。

二月二,龙抬头。店门大开,百货上架,鞭炮炸响,开业大吉。宁万三前来祝贺,康老久高兴,俩亲家推杯换盏喝开了。红梅商店是香铺头一家,这个头彩又被康老久抢了。宁万三又佩服又眼红,非逼着康老久多喝两杯,才算罢休。晚上,康老久醉意蒙眬,叫红梅过来,把商店的钥匙交给红梅,说,红梅,当初爸不让你进工厂,现在爸给你一个商店,可满意?红梅晓得康老久为她操心烦神,激动得哭了。康老久醉眼惺忪,说,伢哩,工厂是人家的,商店是你自己的,你怎么还哭呢?红梅还是哭。康老久叹口气,说,伢哩,你可晓得爸为啥不让你进厂?爸不放心嘛!在家开商店,爸能天天看着你,天天看着你,爸才放心啊!红梅顿时哭得更厉害了。

红梅商店开业,康老久定了规矩,薄利多销,诚实待客,于是名声远扬,就连开发区工厂的职工都绕道来买东西,因此生意兴隆,头一个月就收入不菲。红梅高兴,康老久更高兴。

可是,春花不高兴。

春花不高兴,就跟向阳怄气。晚上,小两口一上床,说着说着,就说到红梅开商店的事。春花说,你家老头子偏心,肉都埋在红梅碗底!向阳劝春花,说,没分家都是一家人,都是为全家做贡献,不存在偏心不偏心。春花说,贡献还有大小之分,商店一个月那多大的进出,里头水深得很,账目你可晓得?向阳说,一家人做事,你不放心我,我不放心你,那还是一家人?春花说,要是你家老头子不偏心,为啥不让你开商店?为啥不让我开商店?向阳说,咱俩不是都在食品厂上班嘛!春花说,就你死心眼!向阳一上床就有想法,蠢蠢欲动,无心讨论这个话题,搂着春花提枪上马。春花心里不痛快,死不配合。春宵撩人,一个想要,一个不给,小两口就闹矛盾了。第二天一大早,小两口不再像平时手挽手去上班,一前一后,各走各的。

康老久看没看出来不晓得,反正红梅看出来了。趁小两口不在家,红梅就把这事跟康老久说了。康老久笑了笑,说,伢哩,你好好做生意,其他别烦神。有爸在,哪个也翻不了天!

说到底,开商店就是货进货出。为了进货方便,康老久给红梅买了一辆"木兰"摩托车,大红色。红梅爱惜得不得了。这在香铺也是头一辆,也引起不小的轰动。春花看了心里更不舒服,嘴上不说,脸上难免带出来。有一回,红梅把车子擦得干干净净,停在楼下。春花在楼上喝黑芝麻糊,看着红梅的"木兰"就来气,就把刷杯子的水往楼下随手一泼,正好全浇在红梅的"木兰"上。红梅过来骑车子,见车上糊了一片,一股子黑芝麻味。红梅明明晓得是春花干的好事,心里有气,却不声张。毕竟一家人,何必姑嫂闹将起来,让哥哥向阳为难不说,让她爸康老久生气更不妥了。忍一忍,事情也就过去了。

眼看到了端午,红梅想进一批糯米、粽叶、红豆、砂糖。过端午包粽子,少不了这些。自从土地被征收,香铺人没地方种庄稼,糯米红豆之类全得买,更别说粽叶了。做生意就得用心,提前看到生意路子,康老久高兴,留在家里看店,让红梅进城去进货。

红梅骑着小"木兰"去进货,刚骑过村口小桥,觉得车子颠得厉害,下车一看,后轮胎瘪了,于是推着车子回来修。修车的师傅是宁姓人,外号叫宁歪嘴。宁歪嘴扒下车胎一检查,说是扎了。红梅蹲下来一看,车胎上果然有个伤口。宁歪嘴说,不像钉子扎的也不像玻璃划的,像锥子扎的。说着还拿一把小锥子在伤口上比画一番,锥尖对上去正好合适。红梅一下子就想到春花。

说起来,不怪红梅多心。自从上次春花泼过脏水之后,红梅就留意了,发现春花好像跟这辆"木兰"有仇似的,只要看见不是踩一脚,就是踢几下。有一回春花下来收衣服,嫌车子碍事,一脚将车踹倒。红梅都看见了,就当没看见,心里有数。都是一家人,为了这些小事,闹事划不来。红梅想,就当自己倒霉,碰巧骑到锥子上了。这么一想,也这么说了。宁歪嘴听了,笑道,红梅,你有那本事,去玩杂技好喽!

修好车子,红梅赶路。红梅进货,一般去两个地方,日用百货到市中心的城隍庙,粮油副食就在南七里塘农贸市场,香铺人都叫南七菜市。糯米砂糖之类,南七菜市都有,价格也好,于是便去了。有市就有货,有买就有卖,议价验货,算账付款,这一套红梅早就熟悉,办起来倒也顺利。忙完一看,已是下午。

芒种时节,午后天热。红梅口渴得厉害,想起小时候,康老久带着她和向阳在南七里塘电影院隔壁喝过的汽水。电影院离南七菜市不远,正好经过,红梅骑车来到电影院,找到隔壁那家汽水店,停好车子,美美地喝了两瓶汽水。这时候一场电影散场，一下子拥出好多人。红梅一抬头，看见走到最边上的一男一女，说说笑笑。那男的好像是哥哥向阳，女的不熟悉，米色长裙，半高跟皮鞋，看上去有几分洋气。本来，红梅想喊向阳，人多声杂，怕他听不见，就绕过去就近一看，男的果然是向阳，女的不认识。红梅不敢上前，又想知道那女的是谁，就在这时候，向阳不知说了什么，那女的笑得不行，转过身来笑，红梅正好看见，那女的眉梢处有颗红痣。

一路上，红梅都在生向阳的气。红梅的想法很简单，向阳是结过婚的人，大白天跟别的女孩看电影，有说有笑，实在不合适。偏偏那个女孩子还是向阳当初相过的对象，藕断丝连，更不应该。且不说对春花不公平，还会让人家背后骂康家人缺德。想到这里，红梅突然同情起春花来，心底生出跟春花告密的冲动。又一想，万一向阳跟柳丽看电影是碰巧遇上，冒冒失失说出去，反倒让小两口闹矛盾。春花的脾气红梅晓得，到时候不闹个天翻地覆，也搞得鸡犬不宁。

红梅回到家，一见康老久就想告向阳的状，又一想这事只会给老人家添麻烦，便忍了。春花下班回来，先到店里来纳凉，吃了一支冰糕，又吹了一会电风扇。红梅几次冲动，想跟春花揭发向阳，话到嘴边，硬是压下去了，憋得浑身是汗。因怕自己管不住嘴，红梅不停地擦柜台抹货架，累得膀子生疼才作罢。

吃过晚饭，春花从店里拿了四瓶酒和两条烟回娘家，红梅帮她包好，把记账本递给她。亲归亲，账分清。虽是一家人，从商店拿东西，都要记账，这是康老久立的规矩。春花自然遵从，签名记账。春花前脚刚走，向阳后脚进来，到冰柜里拿冷饮。红梅也不拦他，把记账本递给他。向阳接过记账本看了一眼，见上面一大串春花的签名，吃的用的，不一而足。当天记账里有四瓶酒两条烟。向阳想了想，怕是孝敬她爸，也是应该的。向阳记了账，拿着冷饮正要走，红梅一把将他拉住了。

向阳说，我不是记过账了嘛！

红梅小声问，下午上班了吗？

向阳说，不上班搞什么？

红梅说,没去看看电影?

向阳一下子愣住,四下看一看,低声说,不要瞎讲!

红梅见向阳慌张,更认定他心中有鬼,说,哼!看我揭发你!

向阳央求道,红梅,千万不能说,说出来会闹大事!

红梅捶了向阳一下,说,晓得会闹大事你还做?

向阳说,你不懂,事出有因嘛!

13. 柳丽

食品厂又要招人了。

此次招人，对食品厂的影响如何不好评价，但对香铺的影响却意义深远。康宁博士对此做过专门研究，通过查阅资料和大量走访，得出结论，正是在这时候，香铺迎来了新的历史转折点，并将形成"蝴蝶效应"。当然，这些都是后话。

食品厂的全称是华美食品有限公司，香铺人实在，不管公司不公司，看见厂房就叫厂。生产塑料叫塑料厂，生产服装叫服装厂，生产食品就叫食品厂。如此一来，叫着叫着就习惯了。说起来，食品厂招人，也是迫不得已。开发区又进驻一批企业，开工招人，纷纷使出高薪高福利的招数。水往低处流，人往高处走。食品厂原来的一些老员工纷纷跳槽，空出好多岗位，生产大受影响。食品厂不得不面向社会招工。在脂城，食品厂已有些名气，招工广告在广播电视报纸上打出来，一时间，应者如云。

就在这时候，柳丽来找向阳了。

自从和向阳见过一面之后，柳丽一直在等消息，等来等去，等来大铃铛的回音，就在和柳丽相亲的当天，向阳跟本村的春花定亲，腊月初八办喜事。这实在不是好消息，大铃铛也不当好消息说，说完了还劝了柳丽几句。柳丽听后很平静，眉梢挑了挑，那颗红痣动了动，看不出是难过还是高兴。大铃铛不忍心，说，伢哩，一家女百家求，就你这条件，姑再给你寻个更好的！柳丽笑了笑，说，姑，您别烦神了，我有对象了！大铃铛又惊又喜，问，男家是哪块的？柳丽说，还在谈，定下来再说吧！办事得稳当！大铃铛听出来，这话像是埋怨自己办事不稳当，无话可说，只好认了。

实话实说，柳丽说有对象是假，捎带着埋怨大铃铛是真。柳丽不光埋怨大铃铛，还埋怨向阳。一个大男人，相亲没错，看不上我柳丽也没错，问题是看不上人家，你跟人家看电影干啥？看过电影还跟人家一起吃馄饨干啥？这不是欺负人吗？不过，柳丽也承认对向阳满意，非常满意。倒不是看中向阳家里富裕，就觉得他老老实实，又懂人心。一起看电影，一起吃馄饨，有礼有让，有商有量，让人觉得舒服。回到家，柳丽悄悄对她妈说了，她妈也高兴，打算得闲时到城里东门安福寺给菩萨烧炷香。可是，如今人家定了亲，还是跟自己相亲当天定下的，想想怎不让人生气？这不是拿人家当猴耍吗？这不是拿人家当开胃小菜吗？明明你有相好十多年的对象，还来跟人家相亲搞什么？到底打的是啥主意？说欺负人算客气，说你心术不正打歪主意，甚至调戏妇女想耍流氓都不过分！

柳丽心气高，脑瓜也灵光。心气高、脑瓜又灵光的人，容易做决定，一旦决定往往不会改变。经过这一切，柳丽把这股气放在心底，把向阳当成把尺子，发誓一定活出个样子来，让他看看。有了这份心，就走了这条路，之后再有人提亲，柳丽就说有对象，一一婉拒。本来，柳丽在家憋闷，几个同学邀她一起到东莞打工，可家里田没人种，她爸身体又不好，实在不忍离家，只好作罢。好在机会来了，开发区食品厂招工，柳丽立马去报名，一面试就通过了。

说起来，柳丽被顺利录用，不是靠运气，是靠实力，也是靠心气。高中毕业后，柳丽经人介绍，曾在脂城电视台方茹老师家做过三年保姆。方老师是有名的播音员，端庄大方，又热心肠。柳丽耳濡目染，不仅普通话学得纯正，还学了不少穿衣打扮待人接物的本事，虽所学不精，应付企业面试，绰绰有余。

柳丽算不上漂亮，却耐看。那天，柳丽早早起来，用心打扮一番。柳丽谨记方老师的教诲，扬长避短，不图花哨，恰到好处。比如右边眉梢那颗红痣，豆粒大小，想遮是遮不住的，索性把周边的眉毛修一修，让它更显眼，一下子倒成了提神的亮点。再比如,米色长裙,白色半高跟皮鞋,虽说都是方老师当年淘汰下的,柳丽动手稍稍改一下,穿起来就有另一番味道了。话又说回来,柳丽有意打扮,明着是为了面试,给人家一个好印象,私下里还有遇到向阳的准备。向阳在食品厂上班,柳丽早就晓得。不晓得为什么,柳丽总觉得会遇到向阳,说不定还会遇到向阳的老婆春花。柳丽的意思是,一旦遇上,让向阳对自己刮目相看,至于他后不后悔那就不管了。

柳丽心情很好,有意在食品厂慢慢走,挺胸抬头,收腹紧胯,目不斜视,款步而行,鞋跟轻敲,悦耳动听。那天,多云有风,裙摆调皮,摆来摆去,平添几分生动。柳丽矜持地走着,强迫自己稳住,也许向阳突然从哪个旮旯里冒出来喊她的名字。她要非常镇静,装着意外,恰似邂逅,跟向阳打招呼,然后站在路边说话,边说边笑,不在乎别人怎么看。可是整整绕了一大圈,偏偏没有碰到向阳,倒是有好多男工人盯着她,不怀好意地看。不过十点左右,柳丽心里有些不甘,打听了电工班的位置,便去找向阳。

电工班是有名的"放牛班",食品厂人都晓得。闲得无聊,几个电工关起门来打扑克赌钱,厂里抓过几回,也处理过人,就是刹不住这股歪风邪气。柳丽来到电工班时,向阳的牌气正兴,听到敲门声,以为厂里来抓赌,吓得几个人赶紧伪造现场。一切搞定,开门见是个女孩,亭亭玉立,几个人又惊又喜。

柳丽一笑,说,我找康向阳。

向阳认出柳丽,往前上一步,说,我就是呀,你不认得了?

柳丽早就认出,故意说,哎呀,你就是康向阳,变化好大呀!

向阳摸摸自己的脸,说,变化大吗?

柳丽说,好大!

众人都笑了。

电工班说话不方便,向阳陪着柳丽到外面说话。因为上回见面是相亲,再次见面,还有相亲的惯性,向阳有点别扭,说话躲躲闪闪。柳丽倒是无所谓,大大方方,不等向阳问,就把自己进食品厂的事说了。这个话题都有话可说,向阳放松好多,随口说,祝贺祝贺!

柳丽说,祝贺？你光拿嘴祝贺呀？

向阳被问得有点蒙,一时无言以对。

柳丽笑了,说,跟你开玩笑嘛！康向阳,上回你请我看电影,今个我回请你看电影吧！

向阳有点为难,说,正上班呢,管得好严！

柳丽一笑,说,是老婆管得严吧？！

向阳脸红了,不晓得为什么,一提到老婆,向阳觉得对不住柳丽。

柳丽说,好吧好吧,不敢去就算了,走啦！

柳丽一扭腰肢,往外迈了两步,鞋跟笃笃两下,蓦地一回头,冲向阳一笑。

向阳晕了一下,突然说,等等,我去请假！

柳丽笑了。

那天,柳丽坐在向阳的脚踏车后面,直奔南七。本来,开发区建成后,通了两趟公交车。向阳提议坐公交,柳丽坚持坐向阳的脚踏车,向阳不好拒绝,只得骑车带上柳丽。一路上,向阳没说几句话,把车子骑得飞快,好像做贼似的。路面颠簸,柳丽几次揽住向阳的腰,咯咯地笑,不晓得是吓的,还是兴奋。

一到电影院,向阳就忙不迭地去买票。柳丽拉着不让,非要请客不可。向阳也不勉强,买了两瓶汽水。电影的名字叫《红番区》,成龙演的,柳丽从头到尾都在笑,向阳时不时也笑,主要是配合柳丽。电影散场,柳丽还跟向阳讨论成龙的表演,还说电影里的气垫船好好笑,像个吹饱气的大王八,不是飞就是爬。

看完电影,柳丽又提出请向阳吃馄饨,向阳同意。两个人来到小吃街,向阳又要请客,柳丽还是不让,点了两碗馄饨,给向阳加了一个烧饼。吃完饭,向阳没说要走,柳丽却说,你赶紧回去吧！向阳说,反正请过假了,不急不急！柳丽推他一把,说,回吧回吧！你跟厂里请过假,没跟老婆请假,回家说不定要跪搓衣板呢！向阳咧嘴一笑,说,那也不至于！柳丽又推他一下,说,走吧走吧,反正将来是同事,见面机会还多！向阳不好再说什么,骑上车便走了。

柳丽进厂后,没有进车间,被分在办公室搞接待。这是她没想到的。不过,想一想却在情理之中。无论是长相身材,还是谈吐气质,在那一批女员工中,柳丽还是出类拔萃的。这一点她也自信。

上班头一天,办公室主任范林找柳丽单独谈话,说她是本次招工中唯一留在办公室的员工,一定要珍惜机会,不辜负领导的期望。柳丽当即表示一定珍惜机会,不辜负领导的期望。范林还说,她的工作岗位是领导亲自安排的。至于是哪个领导,范林没说,柳丽也不好多问,只是把这个疑问埋在心里了。

办公室接待,说白了就是服务员。不过,服务对象不一样,服务员的待遇和地位就不一样。服务有学问,迎来送往,端茶倒水,看起来是小事,却能做大文章。这话是岗前培训时范林说的,柳丽认真地记在本子上。培训结束考核,柳丽正式入职。厂里给她印了名片,名片上写的职务是"业务公关"。"公关"这个职业,柳丽并不陌生,前几年电视里演过《公关小姐》,曾经让她看得入迷。此外,为了联系工作需要,范林给柳丽配发一台BP机,摩托罗拉,中文显示。那时,BP机是高级东西,柳丽只听过没用过,激动好多天,从早到晚,盼着BP机响,BP机一响,就像外星来了信息,激动得气都喘不匀。

总之,怀揣名片、腰别BP机的柳丽,觉得未来正像画一样,在她面前缓缓展开。

14. 房东

算起来,宁万三创造的头一个"香铺第一"是当房东。这是日后康宁博士从大量资料中梳理出来的,考据充分,没有争议。

宁万三家有一个小院,方方正正,前排是前几年盖起来的四间两层小楼,春花和春风住着。后排是明三暗五的老屋,宁万三住惯了。东西都有厢房,过去种田,这里储存粮食摆放农具,"农转非"后,无田可种,要么空着,要么堆放杂物。春夏时节,遇到连阴天,墙根上会长出一片小蘑菇。中间是小院,一棵桂花,一棵合欢,都是宁万三年轻时所栽,如今都高过屋顶了。

春花出嫁之后,跟宁万三打过招呼,让他把家里的小楼收拾收拾,她要两边住。宁万三尽管不大愿意,又怕春花闹事,只好同意。既然动工,索性一起整修,于是择好吉日,找来工程队着手改造。按春花的意思,宁家房屋改造,以实用方便为主,除了墙外换新,每一间房都改出一个卫生间,装上马桶,贴上瓷砖。如此一来,虽然多花不少钱,档次却上去了,在香铺也是数得着的好。

忙了一个多月,房子修整完毕,春花买来花花草草装点一番,小院顿时亮堂不少。宁万三高兴,把康老久请来喝了顿酒,算是庆贺。不久,第一个房客上门来了。

开发区里的工厂越来越多,人口也越来越多。狗都有窝,打工者不能睡马路,只得在外租房。既然租房,出行方便实惠经济自然要考虑,于是香铺便成了最佳选择。

　　头一个来香铺租房的是食品厂办公室主任范林。范林在村里转了一圈,看中两家,一是康老久家,一是宁万三家。康老久不愿出租,说当房东,收房租,孬子都会,迟早把人变懒了!猪懒挨杀,人懒家败,不开这个头!

　　宁万三本来也不想出租,毕竟房子刚修好,让外人住有点舍不得。春花大包大揽,替宁万三一口答应下来,说有钱不挣是孬子,房子旧了还能修,钱没了可不好挣。春风支持春花,恨不得马上把房子租出去。大半年来,春风一直想买摩托车和BP机,缠着宁万三动用家里的存款。宁万三既怕春风耍懒闹事,又舍不得动存款,左右为难。要不是康老久给他撑腰,说惯子不孝,宁万三怕是早投降了。

　　宁万三前思后想,眼下确实没有进项,坐吃山空终不可取,春风要钱又逼得急,于是就答应下来。当天,谈好价格,签了合同,预付了三个月的房租,宁万三便成了香铺头一个"房东"了。

　　范林一次租了两大间,不是自己住,是替食品厂安排职工宿舍。食品厂吸取上次员工跳槽的教训,为稳住员工,特别是优秀员工,提供住宿福利。头一批安排两个人,一男一女。男的是食品厂外聘的工程师,女的不是别人,是柳丽。两个房间都在前排二楼,一左一右。外聘工程师在食品厂是兼职,隔三岔五,住上一两天,厂里的技术问题解决就走,因此并不常住。常住的是柳丽。

　　柳丽住进宁万三家,春花没想到,宁万三也没想到。春花晓得柳丽是向阳曾经相亲的对象,心里别扭,就不想让她住。可是租房合同已签,违约要罚款,宁万三怕折钱,就劝春花想开点。相过亲也没什么大不了,一家女百家求嘛,祖祖辈辈,没听说过相过亲就不能见面的,再说向阳是老实人,只要平时看得紧,谅他也不敢造次。况且,春花已经怀孕,肚子里的宝贝是康家的定海神针,一切可放心。

　　春花跟向阳说柳丽住在她爸家时,向阳也不信,以为春花考验他,心里顿时发虚。春花把事情经过一说,向阳相信了,不禁心里扑腾几下。春花一直察言观色,见向阳眼神突然发亮,一把揪住他耳朵,说,康向阳,你听好,你要对着肚子里的宝宝发誓,离那个柳丽远远的!向阳疼得龇牙咧嘴,赶紧把手放在春花的肚皮上发誓。春花满意了,亲了向阳一口,又把向阳的脖子一搂,关灯睡觉。

孕妇有三多,话多尿多觉多。春花头一挨枕头,便呼声响起。向阳睡不着,便想起柳丽。其实,关于柳丽,向阳能回忆的内容并不多,除了两次见面、两场电影、两碗馄饨、两个烧饼,其他再没什么。想着想着,有点乏味,向阳睡着了,做了一个梦,乱七八糟,早上醒来,头隐隐作痛。

柳丽住进宁万三家后,不过三五天,对香铺就摸得透熟了。有几次下班早,柳丽去康宁广场老牌坊周边转一转,见人就笑,打声招呼,自我介绍。香铺人觉得这丫头看上去顺眼,很快把她当成香铺人了。有个老太太以为宁万三娶儿媳妇了,就问柳丽啥时候要伢,柳丽也不恼。其实,柳丽希望能碰上向阳,如果碰上,她会跟他说说话,就在广场上,不管春花在不在旁边,也不管别人怎么看她。可惜的是,一直没有碰上。

礼拜天,柳丽想去看望大铃铛。毕竟是远房姑姑,又给她介绍过对象,虽说没成,心意是有的。走亲戚不能空着手,柳丽晓得这个规矩,便绕道去红梅商店买点东西带上。

红梅商店,柳丽来过,搬来宁万三家住时,牙膏、牙刷之类的日用品,都是在红梅商店买的。那天,红梅晓得她租房,跟她说了几句客气话,还少收了两块钱零头。不过,柳丽能感觉到,红梅对她敬而远之。毕竟人生地不熟,柳丽倒也理解。

一回生,二回熟。柳丽再来到红梅商店,两个人就近乎了。没进门,红梅看见她先笑,隔着玻璃招招手。柳丽虽说不喜欢多嘴,但还是夸了红梅两句,说红梅的眼睛亮,好像会说话。红梅羞得脸红,非要让柳丽喝凉茶,柳丽喝了凉茶,买了两盒麻饼,掂一掂,嫌礼轻,又买两盒白切。

红梅说,走亲戚?

柳丽说,看我姑!

红梅笑了,说,是铃铛婶吧?

柳丽说,是呀是呀。

红梅突然想起什么,从货架上拿了一瓶蜂蜜,包好递给柳丽,说,听说铃铛婶这几天牙疼,搞不好上火了,你把这带上,给她败败火!

柳丽当下夸赞红梅心细,接过蜂蜜,又要付钱。

红梅一把拦住,说,别别!这是我孝敬她老人家的!

柳丽又夸红梅心善,临走拉着红梅的手摇了摇,转身出门时,悄悄把五十元钱放在柜台上。红梅发现后,拿起钱追出去,抬头却见柳丽已经拐进巷子。这时候,向阳扶着大肚子的春花从外头回来,见红梅拿着钱疯跑,问她怎么回事。

红梅看了看春花,说,人家来买东西,钱找错了。

春花问,哪个?

红梅说,大铃铛。

向阳摇摇头,扶着春花回家去了。

自从柳丽住进宁万三家,春花就多了个心眼,一般不让向阳去自己娘家,非得要去,也要由她陪着。向阳晓得她的心思,不想沾那份腥,有意躲着,免得春花生疑,对胎儿不利。

这一天,春风买了一辆250型摩托车,骑过来显摆。向阳一直想有一辆摩托车,羡慕得不行,非要坐上去兜兜风。春风自然愿意效劳,加大油门在村里转了一大圈,向阳兴奋得哇哇直叫。转到家门口时,宁万三正在大门外樟树下纳凉,见向阳来了,招呼他坐下一起喝凉茶,才喝了两口,楼上传来高跟鞋的笃笃声,抬头一看,柳丽打扮得格格式式,从楼上下来。春风马上站起来跟柳丽打招呼,柳丽应了一声,又跟宁万三打了招呼。向阳闻到一股香气飘来,赶紧把头扭过去,本以为柳丽马上就走,没想到柳丽站在原地没动。

柳丽说,咦!这不是康向阳吗?来看老岳父呀。

向阳马上站起来,说,随便转转。

柳丽说,哎呀,在这住月把时间,我还头一回看见你来!

向阳说,忙得很!

柳丽说,康向阳,那是你不对,岳父也是爹,再忙也要常来!

向阳一时语塞,只好憨笑。

宁万三替向阳解围,说,春花怀伢了,他不忙行吗?

柳丽笑了,说,就是就是,爸爸可不是好当的!

这时候,柳丽包里的 BP 机响了,拿出来看了看,说,烦死了!

宁万三问,柳丽呀,大礼拜天,出去办事呀?

柳丽说,别提了,厂里有急事,领导催着去!

宁万三说,厂里的事是大事,得去!

春风跨在摩托车上,按一下喇叭,说,我送你,我送你!

柳丽摇摇头,说,谢谢,还是不麻烦你了!

春风一脚启动摩托车,说,不麻烦不麻烦!

就在这时,一声鸣笛,一辆银灰色小汽车开过来,停在宁家巷口。柳丽笑了笑,招招手,便朝小汽车走去。人还没到,司机早已下车打开车门,待柳丽上车,司机关上车门,才驾车走了。

宁万三咂咂嘴,说,好高级嘛!

春风说,你说那车?丰田皇冠,日本产的!

向阳没说话。

那是食品厂的接待车,专门接待厂里的贵宾。向阳晓得,这辆车平时不用,停在车库里,宝贝似的。

15. 自来卷

柳丽头一次喝醉,是在搬到香铺之后。

那时候,喝酒是公关的主要内容,不喝酒办不成事。至于增加小姐陪侍,不过是喝酒的修辞,虽是升级版,其目的没变。康宁博士的研究涉及这个范畴,认为这是区域经济发展过程中不可逾越的阶段,好比娃娃学步,跌跌撞撞,在所难免。有人说这些坏毛病都是港商外商带进来的,康宁博士不大认同。据他研究,在世界范围内,酒桌上谈事,古来有之,将来也不可避免。原因大家都懂的!

事实上,柳丽那天喝醉,没人逼他,也没人灌她。她是自愿的。因为她晓得喝酒是自己的工作。

那天是礼拜天,吃过午饭,柳丽想睡一会。天气闷热,电风扇吹着,总是睡不熟。楼下摩托车一直嘟嘟地吵。柳丽起来一看,春风光着膀子,在楼前老樟树下摆弄摩托车,背上汗珠一层,跟起了水痘似的。柳丽对春风总体印象不好。论长相,春风还说得过去,细皮嫩肉,眉清目秀,瘦瘦高高,好像都是优点。可这些优点放在一起,搁在春风身上,看上去就不舒服了,说好听的叫斯文,说难听的像个小白脸。尤其春风在卫生巾厂上班,把自己搞得也跟卫生巾似的,身子软绵绵的,站没站相,坐没坐相,一看就是懒秧子瓜。不过,春风对柳丽倒是很好,时不时送来吃的喝的,搬东挪西时,看见了也主动帮忙。柳丽眼里揉不下沙子,看出来春风对自己有点那个意思。可惜春风不是她柳丽的菜,不对胃口。

摩托车终于不吵了,柳丽也已睡意全无。她闲得无聊,躺在床上看书。自从高考落榜后,柳丽一直心有不甘,悄悄参加"自考",文秘专业,还余三门课,考完就能毕业了。就在这时候,范林的传呼来了,信息留言:"晚上有接待任务,派人去接你。"

范林在传呼机里布置任务,这不是头一回,派人来接,却是第一次。柳丽所在的公关部归办公室管,只要范林一句话,个个跑得比兔子还快。尤其是柳丽,视范林为伯乐,十分尊敬,平时只要范林布置任务,保证完成,不打折扣。范林四十来岁,处世老练,做事干练,为人谦和,看上去对谁都亲热,又让人觉得跟谁都有距离。唯独对柳丽特别,特别在哪里,柳丽能感觉到,说不出来。比如,范林给大家布置完任务,都晓得就完了,可范林还会给柳丽在传呼机里留言。同样的事,为啥非要多此一举?柳丽觉得,这绝对不是脱裤子放屁。

车子没有去食品厂,一直开向市内。车过南七,柳丽想问问司机小邓,又觉得多嘴不好,就忍了。如此高级的车,柳丽头一回坐,浑身有点不自在。又香,又软,又静,倒是适合睡觉的地方。有了这个想法,柳丽觉得自己好笑,于是偷偷笑了。司机小邓从后视镜里看她笑,也笑了笑。小邓常在办公室里走动,人也机灵,跟柳丽熟悉。柳丽见他笑,就问,邓师傅,咱去哪里?小邓说,范主任说到"稻香村"。柳丽哦了一声,便不吭声了。

"稻香村"是脂城有名的高级酒店,据说专门接待贵宾外宾,里头有山有水,风景如画,设有岗哨,一般人不让进去。柳丽曾经从门前走过多次,伸头看过,只见树荫森森,曲径通幽,神秘得很。既然是去"稻香村",想必是接待厂里的贵宾,柳丽突然有点紧张,觉得自己肩上的担子好沉好沉。

来到"稻香村",车子在五号别墅前停下,柳丽跟随迎宾小姐来到客厅,见范林正在左顾右盼。柳丽紧走几步,上前叫了声范主任。范林笑了,说,快快,见见杨总。柳丽问,大杨总?范林说,小杨总。一听是小杨总,柳丽莫名地激动。一直以来,柳丽隐隐地觉得,那个赏识她、亲自安排她工作的领导,一定是小杨总。

食品厂是港资企业,由香港杨氏集团投资。杨氏集团有兄弟二人,哥哥杨伯英，弟弟杨伯雄。兄弟二人都算是股东，食品厂的人为了区分，私下里称哥哥杨伯英大杨总，称弟弟杨伯雄小杨总。大杨总虽然是哥哥，只是总经理，经常来厂里，见着并不难。小杨总是弟弟，但是董事长，是真正的大老板。大老板自然很忙，因此很少过来，也难得一见。

说起来，柳丽和小杨总算是有过一面之缘，是在她进厂面试时。那天，有五位领导参加面试，其中一个四十出头、头发长长卷卷的男人坐在最中间。印象中，这个男人的卷发不像烫的，应该是"自来卷"。"自来卷"看上去文弱，坐在那里，似笑非笑，从不发问，只是静静地观察人，时不时在本子上记几笔。柳丽印象最深的是"自来卷"有个小习惯，说不上是好是坏。一个大男人，喜欢用手指绕自己的头发，一圈一圈绕在手指上，绕到底再放开，像不安分的小女孩，看着让人好笑。等到面试结束，柳丽听人说那是食品厂的大老板小杨总，柳丽还是觉得好笑。直到现在，无论如何，柳丽都无法把一个喜欢绕自己卷发的男人，跟大老板对接起来。

范林领着柳丽上楼，故意放慢脚步，跟柳丽说话。范林的意思是，公司想在开发区扩大投资规模，需要跟市里和开发区的有关领导深度沟通，此事重大，大杨总有急事回香港，小杨总亲自飞来参加。本来公关部有人值班，可是杨总点名要柳丽参加。范林的意思，柳丽明白，马上表态，这事重要，要好好做。范林笑了。

小杨总有点疲劳，半躺在沙发里，跟几个人说话，一手枕着头，一手绕头发。柳丽想笑，没敢笑出声，但笑意全写在脸上了。一见柳丽来了，小杨总站起来。柳丽走到他面前，甜甜地叫了声杨总好。小杨总笑着点头，跟柳丽握手。小杨总的手软软的，大热的天，却没汗。

小杨总说，柳丽，你是柳丽？

柳丽说，是我，杨总！

小杨总盯着柳丽看了看，说，柳丽柳丽，我对你印象好深啦！

柳丽羞羞地笑，说，谢谢杨总！

小杨总说，记得你的普通话说好棒啦！

柳丽更不好意思，后退两步，扭了扭身子，躲在范林身后。

这时候,服务员说客人到了,过来请大家入席,众人便跟在小杨总身后走向餐厅。柳丽有意放慢脚步,走在最后,问范林下一步如何行动。范林说,小杨总身体不好,不能多喝酒,做好保护!柳丽一听,马上明白了。

来到餐厅就座,小杨总当仁不让,居中而坐,市里和开发区的有关领导分坐两旁。宾主落座,宴席开始。范林冲柳丽使个眼色,柳丽马上给众人倒酒。小杨总见了,说,柳丽,你也坐下啦!柳丽不敢相信,看了看范林。范林愣了愣,说,坐坐!服务员赶紧在范林旁边加椅子和餐具,柳丽这才忐忑地坐下来。

那天,第一杯酒是怎么开始的,柳丽实在记不起来,只记得那是红酒,一大杯,高脚杯。当时,主宾位的客人说,杨总对柳小姐特别关照,柳小姐你要敬杨总一杯。柳丽不敢造次,冒失敬酒,没承想杨总端起酒来,冲柳丽举杯示意。柳丽不能失礼,马上站起来,正好服务员递上一杯红酒,便接过来敬小杨总。次宾位的客人又起哄,说,柳小姐,酒少了,心不诚!服务员过来加酒,一边加一边看着两位客人,直到加满,他们才说好。

柳丽不是头一次喝酒,所以不怕,何况红酒。柳丽的酒量遗传她爸的基因。小时候,她爸把她当作男孩养,常带她赴乡下人的喜宴,不仅让她猛吃,还让她猛喝,说喜礼送过了,不吃不喝划不来。那时乡下没好酒,都是山芋干子酒,味道苦,度数高,一口下肚,从嗓子到肠子,辣出一条线来。如此这般,时间一长,柳丽的酒量和酒胆都练出来了。不过,长大后柳丽不喝了。原因是她爸常年酗酒,喝出了肝病。她妈恨她爸,她恨酒。

不过,眼前这顿酒柳丽要喝,不喝对不起小杨总,对不起范林,也对不起工资和BP机。范林怕她不胜酒力,冲她使眼色。柳丽自信地一笑,双手举杯,说,感谢杨总,我敬您!说罢,一仰脖子,一口气喝干了。众人鼓掌,说,好酒量!再来一杯!柳丽还是笑,看着小杨总。小杨总有点意外,有点好奇,没有反对,于是众人起哄,柳丽又喝了一大杯。一连喝过三杯,小杨总有点晃,范林怕小杨总酒后出洋相,马上过去,扶小杨总进房间休息。小杨总脚步蹒跚,范林扶着有点吃力。柳丽清醒,赶紧过来帮忙,把小杨总架到房间沙发上。范林让柳丽拿来冰水,递给小杨总。小杨总接过冰水,对柳丽说,干杯！柳丽笑了,范林说,醉了,醉了！

　　酒桌那边有人叫范林,范林赶紧过去,留下柳丽照顾小杨总。小杨总喝过冰水,斜靠在沙发上眯起眼睛,一手枕着头,一手绕头发,绕着绕着就睡着了。借着酒力,柳丽仿佛看到的不是小杨总,是一个调皮捣蛋累坏的孩子,便起了心疼的念头,见他睡姿别扭,怕他难受,轻轻将他双腿摆正。这一动,小杨总醒了,调皮地一笑,说,柳丽,把他们喝趴下！柳丽问,哪几个？小杨总说,全部！柳丽说,好！

　　柳丽说到做到,把两个客人全喝趴下了,自己也趴下了。不过,在没有趴下之前,范林把控大局,让司机小邓将她送回来。当时,宁万三给她开大门,闻到柳丽身上酒味好重,怕她出事,特意把大铃铛找来,让她陪陪柳丽。春风跑前跑后,端水送茶,十分殷勤。毕竟男女有别,又是夏天,多有不便,大铃铛把春风撵开,自己留下陪了柳丽一夜。

16. 规矩

这一年,宁歪嘴的儿子亚明夏天考上大学,春花立秋生下儿子康康,康跃进家的丫头小艳离开香铺到南方打工。除此之外,香铺并没有发生什么大事。这一点,从康宁博士整理的《香铺大事纪》中可以得到证明。不过,香铺没有发生大事,外面却发生了很多大事,比如"香港回归"。这本是国家大事,没想到影响到小小的香铺,且影响不小。香港和香铺,除了都带个"香"字,本不搭界,可是如今因为食品厂搭界了,又因为柳丽喝下的红酒加快了。

香港回归后,小杨总看到大陆的商机,启动食品厂二期工程项目,实现产品升级,得到市里和开发区相关领导的大力支持。项目进展顺利,当年秋天竣工。生产线建好,就要扩招工人,可偏偏各地都闹"民工荒",招工跟招女婿一样难。厂里开会研究,小杨总亲自主持,征求各方意见。本来,柳丽在会场做服务,捎带旁听,随便多了一嘴,说打工有两怕,一怕挣不到钱,二怕没地方住。如果在招工广告里明确安排住宿,一定有吸引力。这话看似随口一说,却是柳丽平时观察和积累的。范林赞成,大家纷纷发言,一致认为这个"金点子"有创意,于是小杨总一锤定音。

果然,广告一出,员工很快召齐了。工人招来,就要兑现承诺,不然工人留不住。厂区没有宿舍,不能让工人睡马路,范林负责此事,自然想到租房,想到租房,自然想到香铺。想到香铺,这个任务就落在柳丽肩上了。毕竟,这次共招工一百二十名,按四人一间算,要三十间。这三十间房,说起来不多,但在香铺找并不乐观,况且小杨总从香港打来电话,提出要求,集中住宿,便于管理。

柳丽这伢看上去是朵花,其实是把刀,能切能削,能剜能挑。这是宁万三对她的评价。这个评价有没有道理,柳丽也不晓得,但她晓得做人就得做事,做事就得想办法。接到任务后,柳丽做了十几张求租广告,贴在香铺各处,晓得老牌坊那里人多,有意多贴了几张。还去了红梅商店,在门前也贴一张,毕竟来往商店的人也多。红梅也同意,留她坐了一会儿。

一切办妥,柳丽耐心等待。可是等了三天,没有反应。柳丽急了,花了两天的时间在香铺摸底,结果令人振奋。香铺平均每户有空闲房屋三间,全村百十来户,算下来有三百多间,单单香街以西的宁姓人家就有一百多间,足见房源充足。尽管如此,柳丽却不敢乐观。在摸底走访中,柳丽摸到一个情况,不免紧张。

在出租房屋问题上,香铺人分两派,一派是以宁万三为代表的"房东派",一派是以康老久为代表的"反对派"。当然还有个别正在观望的"骑墙派",人数太少,暂且不论。"房东派"积极主动,改革开放,黑猫白猫,能挣就挣。"反对派"不一样,自己不干,也反对别人干。有人搬出香铺的老规矩:好汉不赁屋,好女不借夫。尤其是康老久,一口咬定,当房东坐等收钱,专养懒汉,迟早会把香铺害了!猪懒挨杀,人懒败家。规矩就是规矩!

正好是月夜,柳丽愁得睡不着,趿着拖鞋到老牌坊下散步,老远听见有人在拌嘴,悄悄走过去,一听才明白,原来宁万三和康老久为当不当房东的事抬杠,各说各的理,谁也不让谁。一见柳丽来了,康老久借口困了,起身先走。于是,柳丽陪宁万三聊,一老一少,天南海北,绕一大圈,话题终于落在租房子上。

宁万三说,伢哩,这几天,你在村里转来转去,还能瞒得住我?

柳丽说,宁伯,您老眼光真毒!

宁万三说,那不是吹牛,当年我干生产队队长,全村几百号人,哪个尾巴一翘,我就晓得他拉稀屎硬屎!

柳丽说,姜就是老的辣!

宁万三说,好了,别夸我了,是不是遇到难事了?

柳丽就势把心里的顾虑说了,有意把自己说得好可怜,说办不成这事,就要卷铺盖滚蛋了。

宁万三想了想说,好女不借夫,好汉不赁屋,那是古代,旧社会。如今改革开放,解放思想,过去的一切,都不存在。比方说,城里那么多房子,这家走了那家住,哪个晓得是租还是赁的,还不照样吃香喝辣的?

柳丽说,就是就是,那都是封建迷信!

宁万三说,他康老久说什么,猪懒挨杀,懒汉败家。那得看怎么懒!比方说,将来实现四个现代化,不要人干活,个个都在家坐吃等饿,你说那叫懒汉吗?那叫家败吗?呸!没文化,真可怕,那叫发达!

柳丽说,没错,发达!

宁万三说,话又说回来,老规矩就是老规矩,比如老酱腌菜,浸进去,确实不好破啊。不过嘛,也不是不能破。放眼看一看,如今破的老规矩还少吗?远的不说,就说香铺吧,按老规矩,咱都得种田,老老实实,在土里刨食,泥里捞金,可是国家把田征收了,咱都"农转非"了,种田的老规矩破了,没了!

柳丽听着,激动地鼓掌,说,说得真好!

宁万三说,没田了,不能光指靠国家补助,还得找营生。老话说,靠山吃山,靠水吃水,香铺没山没水,难道喝西北风吗?

柳丽说,是呀是呀!

宁万三说,不错,香铺没山没水,可有房有屋。你看看,路东路西,新房旧屋,空着那么多,浪费!毛主席说,浪费就是极大的犯罪,你说对不对?

柳丽说,太对了!宁伯,接着说!

宁万三摇摇手,说,不说了。伢哩,事在人为,事在人为啊!

柳丽谦虚地问,请宁伯指点!

宁万三笑一笑,招招手。

柳丽赶紧靠近宁万三。

宁万三在她耳边说了几句。

柳丽听罢,鞠躬,说,谢谢宁伯!

要办成这事,得找对人。柳丽这回信了。宁万三成了柳丽的乡村顾问,柳丽决定在香铺树起一个榜样。他不是别人,正是宁万三。作为香铺"第一房东",宁万三的作用无人能比。香铺人有目共睹,出租房屋,宁万三挣钱了,春风胯下的摩托车和腰上别的BP机就是证据。更不用提宁万三隔三岔五进城下馆子喝几两小酒了。再者,宁万三当过生产队队长,嘴巴会说又爱说,通过他宣传更得人心,效果更好。

春风就是这时候被派上用场了。柳丽请春风替她做广告,条件是每天一百块钱劳务费。春风一直想拍柳丽的马屁,巴不得为她效力,于是请了两天病假,专门为柳丽服务。柳丽的要求其实简单,让春风骑着摩托车在村里转,家家门口都转到,见人就按喇叭。春风笑了,说这一招当年康老久使过,效果绝对好。柳丽怕春风懒散惯了,干活不卖力,先付一半劳务费,让他马上干活。春风二话不说,骑上车,一加油门,转眼就不见了。

果然,经过春风广而告之,村里好多年轻人动心了,回家劝老人出租房子,当然都拿宁万三家做例子。老人们将信将疑,就来问宁万三。宁万三能说会道,站在老牌坊下面,大讲出租房屋的"三大好处":赚钱、热闹、不浪费。说到兴头上,还把那个"老规矩"骂得一钱不值。宁万三说,老规矩能当饭吃吗?能当酒喝吗?能变成摩托车和BP机吗?说什么租房坏风水,北京城里,明朝的皇宫清朝用,人家不也坐了三百年的江山吗?说什么租房不吉利,我家春花不是照样生个大胖小子吗?

宁万三的"反问"和"故事"实实在在,"两大法宝"再显威力,众人哑口无言,信之不及,明里暗里,都动了心。有此开局,柳丽的任务进展顺利。在宁万三的建议下,柳丽又从食品厂争取到更好的租房价格,吸引更多的人来谈合作。当然,宁万三对此有功,柳丽也没忘记,为他争取涨了房价。宁万三高兴,积极协调,三十间房,在宁姓这边一揽子解决了。小杨总集中管理的要求,也算是符合了。

食品厂就近在香铺解决员工住宿,在开发区传开,众多企业纷纷效仿,都来香铺圈房源。柳丽及时建议,先下手预订房源,以免将来招工人,措手不及。范林觉得有道理,电话请示小杨总,小杨总同意,柳丽借着先入为主的势头,一下子又签下一批房源。

一时间,开发区企业在香铺打起了"租房战",香铺又进入新一轮的不安之中。仿佛一夜之间,香铺村一下子出现了好多陌生面孔,让香铺人觉得一下子掉进外人堆里,好不适应。

头一个不适应的是康老久。康老久最不适应的是耳朵。走到哪里都是外乡话,南蛮子北侉子,总之不是香铺本乡话。过去,往老牌坊下一站,远远就有人打招呼,不用看就晓得是哪个,可如今走到面前,也不认得那张脸,更别提打招呼了。最可恨的是,好多年轻人跟着春风学,都买摩托车,从早到晚,突突突来,突突突去,一时不歇!

这还是过去的香铺吗?这还是香铺人的香铺吗?明明香铺不再是自己的香铺,明明香铺成了外乡人的香铺。

康老久头疼、胸闷、上火、牙疼、便秘。好几天都不愿出门,连他每天必看的老牌坊也不去了。

其实,香铺只有很少几户没有出租房屋,康老久家就是其中之一。康老久家没有出租房屋,不是没有空房。在香铺,康老久家的房屋最多,老屋不算,楼房就有十多间,加上两边厢房,有二十多间。看到租房广告时,向阳和春花都动了心,红梅也同意,都劝康老久把空房租出去。康老久坚决不同意,还是那句话,猪懒挨杀,人懒败家!坐吃等饿,活着干啥?

算下来,开发区有十多家企业员工在香铺租房。有集体来租的,也有单独来租的。康老久估算过,几个月内,香铺人口增加近两倍。几百年来,一辈一辈传下来,香铺发展不过两三百人口,如今一下子塞进这么多人,香铺受得了吗?香铺不累吗?

康老久越想越累,越累越烦。烦归烦,外乡人毕竟在香铺住下了,喝着香铺的水,住着香铺的房,走着香铺的路,看着香铺的老牌坊,闻着香铺的桂花香。从早到晚,都有人进进出出,从内到外,咋咋呼呼,从前到后,垃圾遍地。康老久实在看不下去,忍不住找宁万三商量,想想办法,再这样下去,香铺就完蛋了!在香铺,出租房屋是他宁万三开的头,不找他找谁?住在他宁万三家的柳丽把外乡人都弄进香铺,不找他找谁?做人嘛,得讲理!

康老久去找宁万三,在宁家巷口碰到宁歪嘴背着工具箱出摊。宁歪嘴是老实人,康老久并不反感,本想随便打个招呼,没承想宁歪嘴拉住他,头一句就问,老久,你当房东了吗?康老久摇摇头,反问,歪嘴,你当房东了?宁歪嘴晓得康老久是"反对派",说,本来,我也不想,可手头缺钱嘛!你晓得,我家亚明上大学,学费死贵,一年好几万!康老久听罢,说声晓得,转身就走。宁歪嘴说,老久,你当年说过,有钱不挣是孬子,我没记错吧?康老久脑瓜嗡的一声,脚步加快,直直朝宁万三家走去。

宁万三家好热闹,工程队包工头正指挥着工人往院里搬水泥,一问才晓得,宁万三翻盖厢房,东西两厢,都盖两层,算一算可以增加十来间,都租出去,收入可观。宁万三说,这就叫解放思想,抓住机遇。康老久讨厌听人说租房,掉头要走。宁万三一把将他拉住,死活留他一起喝酒。

喝过酒,俩亲家到老牌坊下走一走。康老久把心中的不快说了。宁万三听了,呵呵地笑。康老久生气了,说,嗒!就这你还能笑出来?宁万三说,嗒!有吃有喝有钱花,为啥不笑出来?康老久说,香铺变了!宁万三说,变了变了,早变了,从征地开始就变了,从"农转非"的时候就变了!康老久说,如今香铺好乱,乱得心烦啊!宁万三说,当初征地的时候,不也心烦吗?时间长了就好了。康老久说,家家户户都住着外乡人,外乡人比香铺人口翻一番,你说香铺还叫香铺吗?宁老久哈哈大笑,说,不叫香铺,难道叫香港?哎,说到香港,那外乡人比本地人多得多,不知翻了多少番,所以才发达啊!依我看,香铺要发展,还得进人,越多越好,人越多越发展,说不定哪一天,香铺就变成香港了!

康老久受不了,冲宁万三的屁股踢一脚,转身走了。

宁万三捂着屁股,说,嗒!电视上说的,你踢我搞什么嘛!

17. 榜样

柳丽出名了。不仅在食品厂出名了,在开发区也出名了。至于在香铺,那就更不用说了。多年之后,在当年出版的晚报和青年报上,康宁博士查找到了相关报道,且图文并茂。

开发区企业众多,聚集大批打工者,尤其是年轻人。年轻人需要榜样,就像羊群要有领头羊,大雁要有领头雁。开发区和团市委牵头,开展评选年度市"十大优秀打工青年",企业推荐,公开评选。食品厂推荐柳丽,柳丽成功当选。这个消息上了报纸电视,厂里打出红通通的标语,热烈祝贺,或纵或横,迎风招展,在厂区挂了好多天。

春花刚刚休完产假,头一天回厂上班,就碰上同事议论柳丽出名的事,嘴上说了不起,心里多少有几分嫉妒。下班后,春花在厂门口等向阳一起回家,左等不来,右等不到,就跑到电工班去找,一打听才晓得,向阳在"职工之家"加班。电工班加班着实稀罕,春花好奇,跑去看个究竟。"职工之家"方方正正、亮亮堂堂,一进门就看见向阳和同事小温弯腰撅腚,安装灯箱。走近一看,灯箱上是柳丽的半身照片,看上去跟真人似的。照片上,柳丽穿着厂服,面带微笑,胸脯挺着,右眉梢上的红痣显眼。旁边还有一行红字:"青春,在开发区闪光!"

春花嘴一撇,明知故问,说,搞什么呢?

向阳嘴上叼着螺丝刀,回头一看是春花,没法说话,指了指灯箱。

小温说,范林要求加班安装,说下午开发区领导来视察。

春花说,领导指示,那要加班!

不晓得碰上什么问题,灯箱一直装不上,向阳很着急,脱下羽绒服,抱着灯箱,让小温从后面拧螺丝。灯箱挺沉,向阳有些吃力,脸贴在照片上柳丽的胸脯上。春花站在向阳背后,看得清清楚楚,恍惚觉得两个人在拥抱,心底的火腾地蹿上来,差点上前踢向阳一脚,只是碍于小温在场不便发作。这时候,偏偏奶水胀得难受,春花不打招呼,捂着胸脯独自回家奶伢去了。

年底,厂里召开表彰大会,鉴于柳丽的"金点子"和突出贡献,厂里决定奖励她两万元,并提拔为公关部经理。小杨总亲自为柳丽颁奖,并合影留念。那张合影放大后,挂在厂里的宣传橱窗里,老远就能看见。照片上,柳丽头发拢在耳后,扎起马尾辫子,右眉梢上的红痣尤其显眼。小杨总西装领带,非常正式,一头"自来卷"非常自然。柳丽面带微笑,从小杨总手里接过奖金,小杨总和柳丽离得很近,一头的"自来卷"几乎挨着柳丽的马尾辫子。

这张照片引发另一个后果。有人背后议论,说柳丽和小杨总的关系不一般。怎么不一般,也说不好。不过,嘴是两张皮,长在人家身上,想怎么说就怎么说。好在这个说法只是在厂里流传,还没有传到香铺,香铺人也就都不在意。

春节将至,厂里放假,外乡人纷纷回家团圆,香铺一下子空了,静了。康老久出来转几圈,轻轻松松,自自在在。大年三十早上,康老久照例拿着红纸找宁万三写春联。本来,康老久想自己编词,想来想去,都不满意,索性不想了,交给宁万三去动脑子。

来到宁万三家院外,见春风穿得像新女婿似的,跨在摩托车上,双脚支地,扭头朝院里看。一阵笃笃的高跟鞋声,柳丽拎着大包小包出来了。春风赶紧从摩托上下来,跑过去接柳丽手里的包,扶着柳丽坐上摩托车后座。柳丽挪挪屁股坐稳,春风才跨上车子打着火。车子一启动,往前一冲,柳丽一把将春风的腰搂住。油门一加,屁股底下一冒烟,便开走了。

康老久晓得柳丽要回家过年,春风特意送她。看那意思,两个人好像搞上对象了。这个宁万三,真是滑头,便宜都让他占了!想到这,康老久心里一阵不舒服。

宁万三早写好自家的春联,一个人撅着屁股往门上贴,实在不方便。康老久上前帮忙,宁万三讲究,一个门贴一副,副副不重样。给柳丽住的房间贴春联时,宁万三尤其仔细。康老久问,这副春联写的啥?宁万三说,四季平安,万象更新。康老久说,嗒!老词嘛!宁万三说,柳丽自己定的,人家就要这个!康老久说,这伢脾气像我!宁万三笑了笑,什么也没说。

贴春联,放鞭炮,就算开始过年了。家里添了孙子,康老久做了爷爷,这个年过得高兴,特意给康康准备了一个大红包,999元,讨个吉利。吃过年夜饭,向阳春花两口子带着康康看春晚,红梅一个人在商店里盘存算账。康老久对春晚没兴趣,红梅又不让帮忙。闲坐无聊,于是披上大衣,一个人去老牌坊那里坐坐。

一路之隔,开发区内不再像平时喧闹,只是灯光依然通明。远远近近,鞭炮声一浪接着一浪,像疯了一样。香街两边,家家灯火点点,欢声笑语,一如往年。康老久坐在老牌坊下,思前想后,别有一番滋味在心头。几百年的香铺,说变就变了,过年这几天,香铺还是香铺人的香铺,过年后一上班,外乡人一来,香铺就不是香铺人的香铺了。想到这,康老久坐不住了,屁股底下寒气上升,穿肠而过,直逼到心窝子里,不禁打了几个冷战。

于是康老久又往家走,回到家,见红梅还在店里忙,顿时有点心疼。红梅开个商店干得有板有眼,康老久放心。可红梅的婚姻大事没着落,康老久放心不下。女孩子家早早没了娘,婚姻的事怕是没人能说,有多少苦在心里,怕是他这个当爹的都不晓得。想至此,康老久忍不住推门进来,红梅先是一惊,接着悄声说,爸,猜猜今年赚多少?康老久说,猜不着。红梅伸出四个手指头,四万多!康老久说,比上班强吧?红梅笑了。康老久想了想,又说,钱你自己存着,别再说了。红梅点点头。

大年初二,康老久犯了伤风,咳嗽不停,喝了红梅熬的姜汤,便卧床歇着。向阳春花两口子和红梅在堂屋里,一边逗康康玩,一边说闲话。从租房子说起,七七八八,拉拉杂杂,说着说着,就说到柳丽。说到柳丽,就说到厂里宣传栏里的照片。春花嘴上没有把门的,随口就把厂里议论柳丽和小杨总关系不一般的话说了。

春花怕红梅不明白,用手比画,说,乖乖! 两个人的头离得那样近,差一韭菜叶,就挨在一起了! 你想想,奖金两万元呀! 那是我大半年的工资,还要提拔当经理! 你说说,这里头难道只有"金点子"的事? 啥样的"金点子"这么值钱? 你说说,他们的关系能一般吗?

红梅不知情,没有表态。

向阳在旁边插嘴说,你不懂,那是拍照的角度问题,瞎讲啥一韭菜两韭菜叶的!

春花听向阳帮柳丽说话,一肚子不快活,说,康向阳,小杨总跟柳丽离得近,你吃醋了是不是?

向阳说,我说公道话,咋又扯到吃醋上了?

春花一撇嘴,说,你说公道话,是不是? 那我问你,康电工,你一年能从厂里拿几个钱? 满打满算,两万出头! 你说说,这里头有公道吗? 有吗?

向阳说,人家有本事,靠本事挣钱,咱没话说!

春花说,哼! 人家有本事,现在你后悔了是不是? 后悔当初没娶她是不是?

向阳脸涨得通红,说,瞎扯巴拉! 说着说着就跑偏,不跟你讲了!

春花说,不跟我讲跟哪个讲? 是不是跟那个小妖精讲? 你说,是不是?

向阳也来气,说,放屁!

春花一下子就火了,拿起康康的玩具一甩,上去跟向阳撕扯起来。康康吓得哇哇直哭,红梅一边上前拉开,一边喊,爸,快来啊!

康老久从里屋出来,大喝一声,说,大过年的,闹啥啊!

向阳松开手,躲到旁边。春花不依不饶,把向阳和柳丽放在一起骂。康老久劝不了,压不住,气得拿扫帚去打向阳。向阳急了,夺过扫帚朝春花拍了两下。这一拍不得了,春花就势一躺,边哭边骂,骂着骂着,就把向阳和柳丽骂成西门庆潘金莲了。

向阳气得浑身发抖,一下子傻眼了。

红梅说,哥,快去找康康外公!

康老久叹口气,说,别去!找也白找!

红梅说,那怎搞?

康老久说,把康康抱上,都到外头转转,让她闹个够!

春花一听要把康康抱走,顿时不闹了,一把抱过康康,回娘家了。

大年初五,春花在娘家住了三天,康家没一个人来劝她回去。春花坐不住了。康老久岁数大是长辈,不来说得过去;红梅看商店走不开,不来也说得过去;你向阳好胳膊好腿,不来实在说不过去。没良心的,自己的亲生儿子都不来看看,难道这日子真不想跟过了?小两口吵嘴打架,一个不怨一个,凭啥非要这样无情?你向阳是男人,咋就不能先低低头?

春花越想越气,越气越想较劲。宁万三劝她回去,春花不干,非要争口气。宁万三晓得春花好强,争个面子,就替她出主意,让她抱着康康回家,就说康康闹着想爷爷了,两头都有台阶下,事情就算过去了。春花不干,非要看看向阳有没有良心。宁万三无奈,说,死要面子活受罪,就怕到时候里子面子都没了。

眼看到了大年初六,康家还是一个人不来。大年初七厂里上班,春花带着伢,不回家没法上班,想回去面子又磨不开,又急又气,躲在床上哭,康康饿得哇哇叫,她也不管了。关键时刻,老将出马,宁万三抹下面子,去找康老久。春花躺在床上,一边给康康喂奶,一边静等回音。不多时,宁万三火急火燎地回来了,进门就说,不得了!康康爷爷病重了,说要进城住院了!

春花一听,二话没说便跳下床,抱起康康,就往家跑去。

18. 分家

　　康老久住院五天，一下子老了不少。红梅心疼，当面背后，怪向阳春花两口子不省事，大过年吵架，害得老头子犯病，吃了好大亏。康老久怕春花听了又要闹事，不让红梅再提。红梅心里抹不平，嘴上不说，心里的气挂在脸上，没少给向阳和春花脸子看。向阳是哥，又晓得红梅的脾气，也不跟她一般见识。春花开始自觉有愧，倒是忍着，忍着忍着就忍不住了，就跟红梅怄气，人前人后，难免说些红梅的不是，还有意无意放出话来，大不了分家单过。

　　在香铺，性子最硬的是康老久，心地最软的也是康老久。春花想分家单过的话传过来，康老久想了两天，最后决定分家。人有了分家的心，想收回来不容易，春花更是。按理说，康老久硬扛着不分，一家人也能凑合过，问题是康老久怕日子长了，春花跟红梅闹矛盾。姑嫂不和，全家别扭，搞不好弄出大事。至于向阳有没有分家的意思，倒无所谓。要是有，就不说了，小两口意见一致。就算没有，春花闹着分，向阳夹在中间受罪，当老子的看着也难受。本来，康老久想找向阳商量，又一想，向阳说分和不分都不好，反让他为难，于是就作罢了。不过，康老久倒是跟红梅说了，原以为红梅会反对，没承想红梅一听，随口就说，早分早安生！康老久当下心头一紧，暗忖原来就我这个老头子没想过分家的事，不免暗叹，分吧！树大分杈，驴大分槽，自古就是这个理！

　　出了正月，康老久身体好转，气色复原。二月二晚上，一家人聚到一起,康老久就把分家的事说了。正如所料,春花没反对,向阳没反对,红梅也没反对。向阳说,反正都在一个院子,还是一个大家庭。这话说得含蓄,怎么听都有想分家的意思。尽管早就料到,康老久还是有点难过,只是没有露在脸上。这是自己养大的儿啊!

分家不是小事,分起来并不复杂,"人财物"三大样。按事先的安排,红梅没有成家,暂时还跟康老久一起过日子。房子二楼六间都给向阳两口子,家具原地不动。存款一分为三,康老久、红梅、向阳春花两口子各占一份。红梅同意,向阳同意,春花不同意。

春花说,爸,康康也应该有一份吧?

康老久眉头一皱,没有说话。

红梅说,康康还小嘛!

春花说,有生不愁长,说着说着就长大了!

向阳拉了春花一下,说,康康跟我们算一份!

春花不干,说,那不行!分家分的是康家,康家人人都有份,难道康康不是康家人?!

向阳听春花话说得重,怕康老久生气,瞪了春花一眼,

春花说,瞪什么眼嘛!康康是不是康家人,你还不晓得?!

康老久叹口气,说,别说了!实在不行,我那一份分一半给康康!

红梅说,那不行!爸老了,难免招灾害病,花钱的地方多着呢!

春花说,这不行,那不行,你说怎搞才行?

红梅说,康康是康家人没错,可他是下一辈人。现在是上两辈人分家,好比是一棵树上分两个枝杈。康康那一份,在你们那个枝杈里!

向阳点头,说,有道理,有道理!

春花说,屁道理!我不管两枝三杈,我就晓得康康是康家人,就得有一份!

红梅还要争,康老久站起来了,身子一晃,红梅赶紧扶住他。

康老久浑身哆嗦,说,我那一份都给康康,就这样吧!

春花不再说了。向阳冲她跺了一下脚,气呼呼地出去了。

转天,康老久又病倒了。宁万三家新盖房子封顶,一大早向阳陪着春花抱着康康,一起过去帮忙。红梅懒得去喊他们,关上店门,拦了一辆出租车,送康老久进城看病。还是老毛病,康老久不愿住院糟蹋钱,打了吊瓶拿了药,就跟红梅一起回来了。一进院子,冷冷清清。看来,向阳和春花还没回来。

红梅扶着康老久进屋歇着。康老久叹口气,一躺下便陷进被窝里,一下子变得又瘦又弱。红梅忍不住哭了。康老久冲她挥挥手,让她去忙。红梅不走,拉着康老久的手,只是哭。

康老久拍拍红梅的头,说,伢哩,不哭,日子还长,要笑着过!

红梅说,爸,我陪着你,一辈子都陪你!

康老久眼圈一红,扭过脸去。

天气转暖,去棉换单,康老久身子硬实许多,想寻事来做,也好解闷。春分已过,正是种菜的时节。康老久头一件想到的就是找块空地,哪怕有块下锹的地方也行。于是在香铺里里外外地找,却见家家户户都在大兴土木盖房子,见缝插针,有空就盖,哪里有种菜的地方?康老久失落得很。红梅心细,晓得康老久闲着生急,找了几个旧塑料盆,填上土,靠墙根一路摆开,权当菜地。好歹有了下手的地方,康老久天天在盆里种菜,倒也宽心。

一大早,康老久侍弄完盆栽菜,到老牌坊那里闲逛,可巧碰到大铃铛,就托她给红梅介绍对象。大铃铛满口答应,说家里正好有三个小伙的照片,让他得闲去看看,合适就让他们见面。康老久满心欢喜,回来跟红梅说了,红梅红着脸默许。康老久心里就有数了。

吃过早饭,康老久急着去大铃铛家,走到巷口,见向阳骑着一辆新摩托车过来,后面驮着春花,拎着大包小包,花花绿绿。来到近前,向阳停车打招呼,康老久看了看摩托车,又看了看向阳,啥也不说,扭头就走。向阳和春花倒落个无趣。

向阳的摩托车是分家后第三天买的。转天,两口子一人又买一部 BP 机。这两样东西,向阳和春花惦记好久,分家前不敢跟康老久提,如今自立门户,康老久管不着,自然称心如意了。真是败家的东西!一个电工,一个奶伢,买摩托车倒也罢了,一人腰里别个BP机搞什么嘛!康老久想不通,想多了脑瓜疼。

大铃铛晓得康老久来,早把照片准备好。康老久拿着照片,到门口亮堂处,一一看了半天,挑出其中一张,带到商店给红梅看。红梅一看,突然笑了,说,咦!这不是冯成功嘛!康老久问,你认得?红梅说,初中同学!康老久说,你可了解?红梅说,南七街上小痞子,听说后来还坐过牢!康老久听罢,一把夺过照片,二话不说,气冲冲地去找大铃铛。

康老久快去快回,大铃铛以为红梅满意,没想到康老久当面把照片一甩,说,大铃铛,红梅远近也是你侄女,你咋给她介绍这样的人?大铃铛一头雾水,说,哪样的人?康老久就把红梅的话一说,大铃铛说,老久,说话得讲理哟。别说我不晓得,就算我晓得,人是你挑的,怎搞来怪我呢!康老久一想也是,便熄了火气,说,红梅这丫头,自小没娘,我不放心呀!大铃铛说,老久,咱们上岁数了,过时了,年轻人看不透。不如让柳丽操操心,看看厂里有没有好的人家!康老久以为是,就拜托大铃铛去找柳丽了。

康老久刚刚离开,宁万三急急火火地来了,身后跟着向阳和春花,大包小包拎着东西。大铃铛晓得,房子不租不行了。

原来,过年后,连着两个月,食品厂开不出工资,春花就跟向阳商量,干脆辞职。正好分家后手里有点闲钱,不如一起做点生意。这不是小事,就跟宁万三商量。宁万三支持,顺便支着儿。如今,香铺人口越来越多,又以年轻人为主。年轻人喜欢结交,少不了迎来送往,吃吃喝喝,所以在香铺开饭店最合适不过。春花同意,向阳也没意见,事情就这么定下来了。开饭店有讲究,找位置最重要。康家房子多,康老久未必同意,红梅又开着商店,不合适。宁万三家的房子都租了出去,合同又没到期,想来想去,最合适的是大铃铛家。大铃铛家原来僻静,开发区建设,在她家山墙外开出一条马路,日夜车水马龙。几步之遥,只要在山墙处开个门脸,就是沿街门面。

毕竟住了几十年,突然搬出去,大铃铛舍不得,宁万三私下做工作,说房子万间,所用不过一床之大,上岁数了,不要看得太重。况且一个人住这么多房子,阴气太重,容易折寿。不如租给春花,既能收房租,又让春花满意,下一步也好跟那丫头谈咱们俩的事了。大铃铛掂量一番,收着房租还落人情,实在划算,便答应了。宁万三为了把人情留给大铃铛,特意把春花和向阳带来,当面谈妥租房的事。毕竟不是外人,不必签合同,红口白牙,双方谈妥,事情就算定下了。

春花高兴,说,姨,您放心,我给您在我爸家腾出一间房,往后你们吃住在一起,也好说说话!

话里有话。春花这丫头怕是同意她和宁万三的事了。大铃铛像捡到宝似的激动,眼圈都红了。

19. 倒板

食品厂倒板了。

在香铺的方言系统里，失败、破产、完蛋、一蹶不振、混得不好，乃至打麻将输惨，等等，统统称为"倒板"。香铺人得知食品厂倒板时，还碰到一堆新名词，如金融风暴、乔治·索罗斯、华尔街、恒生指数、金融炒家、国际汇率，等等。新名词有如红焖肥肠，油大，香铺人一时消化不了。可香铺人晓得，食品厂倒板，这些新名词脱不了干系。

这一天，正是柳丽拿到"自考"大专文凭的日子。那天，柳丽抱着文凭，痛痛快快地哭了一场。刚哭完，收到范林的传呼，让她速回厂开会。开过会才晓得，原来是散伙会。因为亚洲金融风暴，小杨总的香港杨氏集团面临危机，内地投资全线收缩，食品厂无以为继，面临停产，何时恢复生产，不得而知。报经开发区管委会同意，员工就地解散，厂里成立善后小组，由范林负责，处理债权债务以及所欠员工工资等相关问题。

食品厂职工纷纷作鸟兽散，有的就近跳到别的企业，有的离开开发区到外地谋生，还有人索性卷起铺盖返回老家。总之各有各的打算。办完遣散手续，柳丽独自在空荡的厂区，走了一圈又一圈，一会想哭，一会想笑，却又哭不出，也笑不出。曾几何时，她是食品厂的红人，车间、食堂、职工之家、宣传栏、会议室，到处都有她的照片。她在照片中微笑，如花如梦，她的青春在这里闪光，如闪如电，只可惜，时间太短，一闪就没了。

按说，柳丽是开发区的"打工名人"，自然不怕找不到工作，不过她舍不得离开,不晓得为什么。说起来,柳丽对食品厂的特殊感情,别人有没有不晓得,反正她有。对柳丽来说,食品厂的意义重大,与她的魂联系在一起。一进食品厂,她就骄傲,就自信,浑身就有使不完的劲。因为食品厂,她有一份喜欢的工作;因为食品厂,她改变了人生,体验到出名的滋味;因为食品厂,她认识了小杨总,头一次感受到,人生在世,即使萍水相逢,也能遇到赏识,遇到贵人!可惜的是,如今食品厂倒板子了,仿佛一场梦,被风暴惊醒,玻璃似的,碎了一地。

本来,食品厂一停产,就有企业向柳丽伸出橄榄枝,邀请她去上班,待遇从优,柳丽一一婉拒。她找到范林,说不想离开食品厂,想留下一起处理善后。范林为难,善后工作人员安排已定,增加人员没有工资。柳丽说,我不要工资,就想待在厂里。范林说,不要工资,怎么生活嘛!柳丽说,我饿不死!范林晓得柳丽认真,不敢擅自做主,打电话请求小杨总。小杨总让柳丽接电话。柳丽接过电话,手在发抖。

小杨总说,柳丽,对不起啦,我被索罗斯那家伙打趴下啦!

柳丽听出来,小杨总声音倦怠,已有醉意。

小杨总说,柳丽,我还能站起来,你相不相信?

柳丽说,相信!

小杨总哽咽,说,柳丽,谢谢你,谢谢你!

柳丽说,杨总,你喝多了。

小杨总说,小时候,我妈妈告诉过我,眉梢有红痣的女孩子,是我的贵人,当然要在右边啦。柳丽,有你在,我一定能站起来!一定!

电话里,小杨总的嗓门突然提高,吓了柳丽一跳。柳丽本想安慰他,可一句话没说出来,眼泪已流到嘴边了。

那一年,亚洲金融风暴打趴下的不止食品厂。仅在开发区,就有多家企业相继倒板子,另有几家企业走在倒板子的路上。开始,香铺人对金融风暴并不在意,又是亚洲,又是金融,听起来跟香铺一毫不搭界,风暴再大也跟咱没关系。可是,不久之后,问题来了。香铺人才晓得亚洲金融风暴着实厉害了。

头一个遭遇打击的就是宁万三。宁万三家的房屋全部租给食品厂,食品厂倒板,员工遣散,房子全空出来了。且不说拖欠的房租一时半会讨不回来,好多水电费都没收齐。这事怕不得别人,宁万三只好自认倒霉。不过,宁万三并不死心,找柳丽打探情况。柳丽实话实说,食品厂确实倒板了。但是小杨总还能站起来,食品厂还会重新开始。宁万三对柳丽办事一向看重,觉得她说得有道理,于是拾起信心,等待时机,东山再起。

话又说回来,宁万三可以打掉牙齿往肚里咽,其他出租户可受不了。都来找宁万三,堵着院门讨说法,说,当初听信你宁万三的屁话,盖了一片房子,花了好多钱,如今空着养老鼠吗?

宁万三相信明天会更好,在众人面前,依然信心满满。嗒!再大的风暴也不能紧刮不停嘛!那么大的厂子不可能撂荒长草嘛!咱们国家把香港都收回来了,这点事情还能搞不好吗?再者说,看看人家柳丽,一个打工名人,好多企业让她去,她不还留在食品厂里上班吗!人生在世,哪能处处顺风顺水嘛!稳一稳,忍一忍,留着青山在,不怕没柴烧,天底下还有过不去的坎爬不上去的坡?!

一连串的反问,一堆故事,"两大法宝"突然失灵。众人不服,说眼前就有过不去的坎,当下就有爬不上的坡,没有房租,日子不好过!"两大法宝"失灵,宁万三一时无招,天天躲着不敢见人,半夜三更,才跟大铃铛出来透透气。

香铺房屋大批空置,柳丽心里有愧疚,觉得对不起香铺的乡亲。毕竟,当初是她所谓的"金点子"连累了乡亲。柳丽白天在食品厂处理善后,晚上回来苦思冥想,想出一个主意,办一家房屋租赁中介公司,把香铺的空房集中起来,向外推介。柳丽一个人拿不准,就跟春风和宁万三商量。春风支持,说这是一个"金点子",公司运作总比散搞效果好。宁万三反对,说如今看不到现钱,金点子银点子,到香铺都没点子!如此一来,没法讨论,这事搁起来了。巧的是,团市委来开发区调研,找柳丽了解金融风暴下打工人员的思想状况,柳丽就把自己的想法说了,团市委认为,这是一个青年创业的好典型,大力支持,并协调开发区管委会给予帮助。

大暑那天,"丽达房屋租赁中介公司"的牌子挂在了宁万三家的大门旁边。"丽达"这名字是春风起的,意思好懂,柳丽发达。柳丽觉得好就用了。丽达公司的法人是柳丽,资金来源有三个,一是团市委组织募捐的资金,二是开发区管委会的政策资助,三是柳丽自己的积蓄。本来,范林也要支持她一把,钱少情重,柳丽谢绝了。范林原是市机关干部,几年前辞职下海,跟着小杨总,虽然年薪可观,但人到中年,上有老下有小,也抗不住大风险。柳丽讲义气,既然有风险,何苦把人家也捆在一条船上?

春风宣布从卫生巾厂辞职,加盟柳丽的公司。宁万三不放心,劝他骑驴找马,先不要辞职。春风不干,当天办完辞职手续,痛快淋漓。春风一直在追柳丽,想在柳丽面前撑面子,不想空手加盟,就跟宁万三要钱,入股柳丽公司,宁万三不愿意出钱,推三挡四,理由一大堆。春风无奈,找春花商量。春花自小心疼弟弟,见春风为难,自然力挺,答应春风,一定把老头子的钱搞出来。春风晓得老头子看钱重,自然不放心。春花一拍春风的肩膀,说,搞不出钱来,我不是你姐!

春花敢说这话,自然有她的底气。照实说,春花也在打宁万三存款的算盘。眼下饭店正在装修,桌椅餐具、炉台锅灶、柴米油盐,样样没着落,样样等钱用,简直是个无底洞,没钱能行吗?当然,春花还有另一层意思,只是不好说出口。虽说春花看不惯大铃铛跟宁万三在一起,可毕竟老来有伴,做儿女的放心。况且他们俩拉拉扯扯二十多年,村人皆知,没有结果也不忍心。话又说回来,春花同意宁万三和大铃铛在一起,不等于宁家就归她大铃铛了。宁万三名下的财产没有大铃铛的份,这个要搞清爽,这个一定要搞清爽,这个一定要在大铃铛和宁万三结婚前搞清爽。不然成了婚后,麻烦大了!至于怎么分,那倒容易,前有车,后有辙,就像康家分家一样,宁家财产一分为三,当然最好一分为四,康康也得有一份!哪个让他是康康外公呢?哪个让康康身上流着宁家的血呢?

在香铺,能拿住宁万三的人,过去有两个,一个是康老久,一个是春花。如今只有一个,就是春花。春花拿住宁万三只要一招,那就是闹,一闹就灵,屡试不爽。

这一天,春花和春风商量妥当,分好红脸白脸,定下眼色暗号,马上行动。正好大铃铛出去串门,春花和春风把宁万三堵在房里,演起戏来。春花唱红脸,开门见山,上来就把意图说了。宁万三半天没说话,低头抠鞋子。鞋是布鞋,大铃铛新做的,麻底绒面,松紧鞋口,刚好合适。宁万三这抠一下,那抠一下,搞得春花忍不住了。

春花说,爸,分不分你说句话!

宁万三说,分咋说,不分咋说?

春花说,分就拿钱来,不分就闹!

宁万三说,闹咋说,不闹咋说?

春花说,闹就闹得让香铺人都晓得,你有外心,克扣儿女的钱,养外头的人!

宁万三又问,不闹怎讲?

春风抢过话茬,说,爸,不闹就是从此不认你这个爹!拜拜!

宁万三不抠鞋了,慢慢抬头,一边叹气,一边拱手,说,伢哩,你们是祖宗,分吧分吧!

20. 老侉

在村口修车的宁歪嘴收了十块钱假币,气得嘴差点歪到耳根,自认倒霉,早早收摊。时值傍晚,来了一个小伙子,蓬头垢面,可怜巴巴,伸手讨钱。宁歪嘴本想把那十元假币给他,又见他可怜,不想骗他,便给他五元真钱。小伙子拿着钱才走几步,扑通一声,晕倒了。宁歪嘴怕惹事,赶紧喊人。康老久正好经过,上前一看,说,这伢饿很了!

多年之后,许多香铺人依然记得当时的场面。康宁博士对此早就熟记于心,并脑补许多细节,使故事变得顺畅自然。事实上,对香铺的过去,康宁博士既存有学术的客观,也不免怀乡的浪漫。

那天,坐在红梅商店门槛上,小伙子吃了三包方便面、四个茶叶蛋,连打几个饱嗝,方才缓过神来,然后二话不说,双腿一跪,要给康老久磕头。康老久赶紧拉他起来,问他姓名、家乡。小伙子一张嘴,一口侉腔,说俺叫孙和平,家住淮北孙集。康老久一直不说话,小伙子怕他不信,在身上摸了半天,从裤腰里层抠出身份证,递给康老久。康老久眼已老花,递给红梅。红梅看看身份证,又看看人,半天没说话。小伙子急了,说,不是假证,是真的,哄人俺是狗日的!红梅捂着嘴笑,冲康老久点点头。康老久晓得不假,便放下心,说,天黑了,晚上就住这吧。

孙和平洗过澡,换上向阳的旧衣服,马上变了个人。来商店买东西的人议论,瞧这小老侉,要是再高半个头,更像周润发。红梅仔细看看,果然七八分像,尤其是嘴巴,一模一样,就是皮肤黑毫些。

康老久在自己床前搭个铺,给孙和平睡。关上灯,一老一少,摸黑说话,说到后半夜,大致情况也清楚了。孙和平今年二十五,在家排行老三,高中毕业,没考上大学,在家种过地,出外打过工,还在本乡学过理发。今年夏天,听信同村人的话,到南方山里挖矿赚大钱,结果遇上黑矿主,光让干活不给钱,收工就把人圈起来,提意见就打人,下手还他娘的狠。这样日子不能过,孙和平瞅准机会,偷偷跑出来。除了身份证,身上没有一分钱,就扒过路的车,没想到又被当成车匪路霸,挨一通揍,于是就步走,走啊走,连走两夜三天,天将黑,走到香铺村口,本想讨钱买点东西吃,没想到晕倒了。孙和平说到这里,又很激动,摸黑爬起来,扑通一声,跪在床前。康老久一惊,赶紧打开灯,见孙和平正朝自己磕头,砰砰砰,连着三声,实在得很。康老久拉他起来,他不起,非要认康老久做干爹。康老久见他心诚,也就答应了。

孙和平在康老久家住了两天,康老久带他在香铺转一转,里里外外,都转到了,还带他到老街坊前拜了拜。干儿半个儿,算是认祖宗了。第三天,孙和平提出回家。康老久给他几百元钱做盘缠,孙和平非要打条子,不打条子不收钱。红梅把纸笔拿来,孙和平挥笔写借条,一笔一画,认认真真。字写得好,像庞中华的字。一问,孙和平憨憨地笑,说,是哩是哩,庞中华的字帖俺练过两三年哩!

康老久将孙和平送到村口,碰见春风骑着摩托出去,康老久让春风把孙和平送捎到南七汽车站。孙和平坐上摩托车,依依不舍,叫声干爹,眼泪汪汪,挥手作别,康老久心里一时不是滋味。

回到家里,康老久在他的"盆地"里弄了一会菜,有心无肝,觉得无趣,到商店跟红梅说,康康咋不回来?红梅晓得老人家想孙子了,就让康老久看店,自己去抱康康回来,给他解闷。

向阳两口子近来忙着饭店装修,为赶进度,三口人搬到大铃铛的房子住下了,几天也不回一趟。红梅来到大铃铛家,见饭店的装修已有模样,山墙开门脸,落地窗,搞得好洋气,就夸春花干得漂亮,一看就是大饭店。春花嘴上说还差得远,心里却美。红梅把康老久想康康的话一说,春花二话没说,让红梅赶紧抱康康去。康康乖,不挑人,红梅抱上就走。春花突然想起什么,拉住红梅,说,红梅,听人说,爸给你找个对象,是个小老侉?红梅的脸一下子红了,说,别听人瞎扯巴拉,人家小老侉是过路的,爸看他可怜,留他住两天!春花说,我就说嘛,康康姑咋会找个小老侉嘛!红梅晓得春花话多,不敢久留,抱着康康就回家了。

香铺人图省事,北方人都叫老侉,南方人都叫蛮子。比如淮北人叫老侉,苏北人也叫老侉。浙江人叫蛮子,广东人也叫蛮子,依此类推。孙和平是淮北人,那就算淮北老侉。香铺人叫老侉,还有另一层意思,就是代表土气邋遢,甚至落后愚昧,多少有看不起的意思。这一点,红梅当然晓得。不过,孙和平这个小老侉好像不那样,长相不土,人也实诚,就凭他嘴巴那么甜,怕是也不愚昧!

凡事不挑明是一回事,一旦挑明就是另一回事。就说红梅和孙和平的事,要是春花不多嘴,事情就过去了,可经春花的嘴一过,好像立了字据,在红梅心里抹不去了,扎了根了,时不时就想起来。周润发的嘴巴,一口侉腔,狼吞虎咽的可怜相,还有写字时认真的样子,不让人烦,不讨人厌,多多少少还让人心疼。哎呀呀,这事不能多想,多想心里直扑腾,脸都隐隐发烧了。

大铃铛风风火火来买酱油,说菜下锅才发现酱油瓶子空了。红梅把酱油递给她,她却不走。红梅让她嗑瓜子,大铃铛捏着瓜子不往嘴里放,在手里玩,问,红梅,对象找着了?红梅摇头。大铃铛说,嗒!还瞒我呀,香铺人都在说呢!红梅急了,说,真没有,别听人胡呲!大铃铛往前凑了凑,说,伢哩,我是你婶,跟我说实话,是不是你爸捡回来的那个小老侉?红梅一听,顿时急了,把瓜子一撒,说,婶呀,真是搞不懂,凭啥我就得找那个小老侉!大铃铛被呛得一愣,拿起酱油,一摇一摆地走了。

过了半个月,春花饭店开业。一大早,向阳和春花轮番来请康老久去品菜。毕竟是喜事,康老久让红梅关了店门,一起去庆贺庆贺。实话实说,向阳两口子开饭店,康老久一毫不反对,举双手赞成。毕竟是正经营生,是门手艺。哪像宁万三他们,出租房子当房东,按月收钱,孬子都会,那不是正事,是懒!人嘛,不能懒。俗话说,一代做给一代看,这一代懒,下一代更懒。照这样下去,香铺不就完蛋了嘛!

康老久来到饭店,里里外外都看过,处处满意,暗赞这两口子办得不错。看完后,康老久问向阳花了多少钱。向阳说,手头的钱光了,还借了外债。康老久咂咂嘴,说,嗒!这不是拿钱砸出来的嘛!向阳无奈地一笑,说,嗒!如今不砸钱还想挣钱,门也没有!康老久摇摇头,从怀里掏出一个手巾包,递给向阳。向阳晓得是钱,还晓得钱不少,不好意思接,说,爸,哪好意思花您的养老钱嘛!春花正好抱着康康过来,接过话说,养老是做儿女的事,钱先用着,到时咱们给爸养老!康老久说,这是康康的一份,我说过的话,都算数!春花笑了,接过钱,说,爸,康康会叫爷爷了!康老久说,晓得了!

头一桌开席。宁万三非要跟康老久坐一起,大铃铛怕他死喝酒,也挤坐在旁边看着。康老久没真没假地说,大铃铛,你们的事办了吗?没办事不是一家人,看那么紧搞什么嘛!大铃铛说,不看紧,他死喝,喝死倒罢了,万一喝出啥毛病,我下半辈子还指靠哪个嘛!话音一落,惹得一桌人大笑。

就在这时,忽听门口有人喊干爹。

康老久一听侉腔,马上站起来,说,和平来了!

果然,孙和平来了。

孙和平说,干爹,我到家找您,您不在,一打听,您在这!

康老久高兴,拉孙和平坐下一起吃饭。因为高兴,康老久多喝了几杯。借着酒劲,话也多了。康老久把干儿子孙和平介绍给众人,孙和平一一敬酒,倒也其乐融融。春花端菜上来,有意看了孙和平两回,回来跟红梅说,咦,小老侉蛮好嘛,皮黑黑的,长得好像郭富城嘛!红梅心想,人家明明长得像周润发,非说是像郭富城,什么眼神嘛!不过,红梅怕春花笑话,这话便忍住了。

吃过饭,康老久不想久留,领着孙和平回家说话。红梅早早回来开门,烧好开水,给他们泡茶。孙和平从老家带来两只鸡、一桶麻油、一口袋花生,还有六样菜种子。鸡是老母鸡,活蹦乱跳,咕咕直叫,有一只才放出来,就地下了一个蛋,红皮的。康老久让红梅找个笼子养着,平时也有个事干。至于麻油、花生,虽不稀罕,却也是心意,先收起来。那几包菜种子,康老久最称心,尤其有一包荆芥籽,在本地没有,自然好好收着。

　　茶喝到三泡,孙和平说了自己的打算,想在开发区找个工厂去打工。康老久不赞同,说好多企业倒板了,打工靠不住,不如做生意,人虽辛苦,但有一双手就靠得住。孙和平没做过生意,又缺本钱,不晓得从哪下手。康老久嘿嘿一笑,说,我看好一样,本钱不大,稳赚不折!孙和平激动起来,说,干爹,天底下还有这样的好事?康老久说,香铺有!

21. 辫子

柳丽把辫子剪了。

多年之后,香铺人谈及柳丽的辫子时,惋惜之情溢于言表。从一张当年的照片中,康宁博士见识过柳丽漂亮的大辫子,确实有种独特的美。柳丽的头发又黑又亮,长及腰窝。平时,忙的时候扎马尾辫,闲的时候就编辫子。偶尔不扎不编,披散下来,随随便便,倒也好看。

本来理发店想回收这条大辫子,柳丽舍不得,毕竟这条辫子跟着自己十多年,留个念想。剪掉辫子,不是为了明志,是为了方便。柳丽晓得,接下来,有一段日子会很忙很苦,躲不开绕不过。到那时,也许连收拾辫子的时间都没有,即使有时间,也许没心情。辫子无辜,柳丽有情,与其让辫子跟着自己受罪,不如剪了。

入秋之后,食品厂善后工作基本结束,范林和柳丽相约见一面。本来,约好在食品厂里面走一走,看一看,算作纪念。可是食品厂的大门已贴上封条,不能进出,只好改在大门口了。

两扇大铁门稳稳地关上,仿佛把过去的一切都封存了。厂区荒寂,门前冷落。两个人相对无言,站得两腿发酸。直到快分手时,范林才说,他要到外地工作一段时间,不然养不了一家老小。柳丽说她要把公司办好,不然对不起团市委和开发区的关心。说到这里,都不愿再往深处说,都怕碰到伤感的神经。毕竟,都晓得对方心里的痛处,一碰即伤。

上车前,范林突然对柳丽说,小杨总病了。

柳丽心头一颤,问,要紧吗?

范林说,小杨总很乐观,应该没问题。

柳丽松了一口气,说,那就好!

范林说,其实,小杨总很迷信,他说他一定会站起来!这话是真心的!

柳丽说,太好了!请转告小杨总,我会常来看看食品厂的!

范林说,晓得!

春风提着现金,非要入股丽达公司,柳丽反复考虑,不同意春风入股,不过同意加盟。春风怎么想,柳丽不晓得,柳丽晓得自己之所以这么做,是对公司负责,也是对春风负责。春风做事,吊儿郎当,怕不是那种能担当的人,这一点柳丽尤其在乎。但春风不是坏人,尤其对柳丽,真心喜欢,经常讨好,委曲求全,甚至有点不要脸。本来,柳丽想找借口,跟春风说明,没承想春风看出来了,也不计较,柳丽便释然了。不过,无论入不入股公司,春风都跟着柳丽一起干,刀山火海,龙潭虎穴,在所不惜。柳丽晓得春风嘴上抹油,心里还是受用。春风怕柳丽不信,赌咒发誓全用上,就差咬破手指写血书了。柳丽相信,也很感激。所以,春风成了丽达公司的副总经理。

正如所料,公司起步异常艰难,因资金紧张,不敢雇人,事事亲力亲为,辛苦自然难免。好在有春风陪伴,倒也有不少快乐。春风嘴巴甜,走到哪里都喊柳丽老板。老板长老板短,喊得柳丽无奈,几次让他不要喊,他不改,喊得更欢。柳丽缠不过他,索性由他喊去了。

前前后后,将近俩月,柳丽和春风才把香铺的空房资料整理出来,统计分类,归纳建档,容不得半点马虎。最烦神的是测量和算账。按约定,公司将房源收储,要付一定的押金,押金按平方计算,每一间房的测量,都要房东在场,进度可以想象。更别提跟难缠的房东抬杠拌嘴了。不过,苦也罢,累也罢,好歹前期工作基本搞定。接下来,就是想办法推介房源了。

宁万三天天都来问一两句,看似关心公司发展,其实是刺探情报。柳丽和春风早有约定,不到事情成功,内部操作绝不外传。宁万三见讨不到口风,便不再追问,留心他们的活动轨迹,慢慢地悟出点门道,私下一算账,吓一大跳,乖乖,这么多房子,要是都推出去,那要赚好大一笔啊!大铃铛正在做鞋子,不明就里,怪他一惊一乍,害得她针扎了手指头。宁万三给她解释,你看看,好比我是公司,拿一元钱押金,订下你这双鞋,等有人来租这双鞋,我谈好价钱,从中抽头!大铃铛一撇嘴,说,嗒!这有什么?仨瓜俩枣的,跟打小麻将差不多,没名堂!宁万三说,嗒!一双两双当然没名堂,要是两百三百双,两千三千双,名堂可就大了!大铃铛好像明白了,说,照这么说,柳丽这丫头干对了?宁万三说,怪不得这丫头死活不让春风入股,原来想吃独食!大铃铛说,别瞎说,春风不是跟柳丽搞对象嘛,将来就是两口子,都是一家人,谁吃不是吃?!宁万三说,屁!就怕春风没那福气!大铃铛说,咦!天天出双入对,他们不是搞对象?宁万三说,春风是搞对象,人家柳丽搞公司!大铃铛眨巴眨巴着眼,说,这不是一回事嘛!宁万三说,两码事!两码事!

春风骑着摩托车四处张贴公司小广告,被开发区"创建办"抓住,不仅罚款,还得把张贴的小广告清理干净。柳丽思前想后,这样下去不行,决定去找电视台的方茹老师帮忙。春风在电视上常看到方茹,非要跟着去,一再追问柳丽怎么认识电视台的名人。柳丽不好解释,要他闭嘴,不然不带他去,春风立马闭嘴了。

柳丽找方茹帮忙,想在电视台做广告,推介手里的房源。房源好比一筐山芋,不能眼睁睁烂在手里。这话是宁万三说的。柳丽晓得,靠四处贴小广告不行,得在电视上做广告。电视广告不仅看的人多,还有权威性,容易相信。不过,柳丽也晓得,电视广告死贵,但这一步不走不行。方老师念旧,又想帮柳丽一把,从支持年轻人创业的角度,跟台长一说。台长认为,这是金融风暴下青年创业好典型,作为主流媒体、党的喉舌,要大力支持,不仅特批一个月广告免费,还安排新闻部门追踪报道。方老师没想到,柳丽更没想到。春风像被天上掉下的元宝碰中似的,抱着头兴奋得嗷嗷直叫。

香铺又出名了。这一次出名,是因为柳丽。

脂城电视台《新闻直通车》系列报道《香铺,城市里的村庄》,报道柳丽在香铺的创业故事,引起社会强烈反响。因为柳丽在香铺创业,香铺自然在镜头中频频出现。香铺人头一回在电视上看到香铺，原来香铺如此漂亮。老牌坊那么高大，香街那么有味，连两边的桂树和香樟都像画上的一样。这是几百年没有的事，香铺人激动好多天，说是老牌坊和那块碑保佑。家家户户兑钱，买了好多鞭炮，在老牌坊底下放，一地的碎纸，铺了红地毯似的。

香铺人这回真服了，因为看到现钱。新闻和广告一出，除了开发区内的企业，香铺周边需要租房的单位和个人，纷纷前来签约。尤其是雷公湖边上的大学城刚刚建成使用，青年老师、陪读家长，一批接一批，前来找丽达公司租房。一时间，柳丽和春风简直应接不暇。

宁万三说得没错，看不到钱，金点子银点子都是麻点子。如今，拿到了现钱，柳丽的点子就是金点子，没一个人有意见。大铃铛说，她娘家人都说，柳丽这伢是贵人相，贵就贵在眉梢那颗红痣上。宁歪嘴说，怪不得，原来那颗红痣才是金点子嘛！宁万三挺直腰杆，说这一点我老早就看到，当初还提醒过康老久，不信可以当面对质！有人说，柳丽这伢是个宝啊，哪家娶来，真是祖宗八辈烧了高香！宁万三也这么认为，可是没说。

柳丽又出名了。春风搭个便车，也上一回电视，对自己屏幕形象，也还满意。不久，新闻效应显现，团市委和开发区分别对柳丽表彰，并安排柳丽做了几场报告会。脂城大学经济学院一个教授带着两个研究生，专门来到香铺，就柳丽现象进行"金融风暴下民间资本的潜在规律"的课题研究。开发区管委会眼光独到，就此借势，准备将香铺打造成文化地标，申报非物质文化遗产。当然，这些只是计划，何时实现，尚不可知。

年底，柳丽病了，头晕、厌食、怕荤。春风陪她去南七医院看病，化验听诊号脉，一通检查，医生说是累的，开点药，让她回家好好歇着。从医院出来，碰上春花抱着康康来看病。春花见柳丽小脸焦黄，愁容满面，又见春风陪着，以为柳丽来打胎，把春风拉到旁边，劈头盖脸，一顿臭骂，说你这个浑小子，太不小心，只图自己快活，害得人家受罪！春风晓得春花误解，也晓得春花嘴碎，赶紧把柳丽的病历拿出来，春花看了，这才相信。

回到香铺，才歇了一会，范林突然登门来访。柳丽遇上惊喜，精神大好,非要陪范林在香铺转一转,顺便把公司发展一一说了。之后,范林悄悄告诉她一个好消息:小杨总站起来了,食品厂年后重新开工!

柳丽听罢,不由得眼泪汪汪,止也止不住。春风跟在旁边,不晓得出了什么事,上前安慰。柳丽一把将春风抱住,头贴在春风肩上哭,哭完又笑,搞得春风一时手足无措。

大铃铛和宁万三经过,正好看见,说,看看,我说他们在搞对象,你还说不是。要不是搞对象,大庭广众,能那样吗?

宁万三挠挠头,说,年轻人嘛,摸不透,真摸不透!

22. 香港发廊

康老久和宁万三又吵起来了,因为小老侉。

小老侉就是孙和平。这是香铺人对他的称呼。香铺人晓得什么意思,孙和平也晓得什么意思。孙和平上次来香铺,康老久给他指了一条生意门路,开理发店。自古以来,一艺傍身,全家不饿。康老久认这个死理,打工也好,当房东也罢,都不是正经营生。话不说不透,灯不挑不明。过去,剃头归到下九流,名声不好听,可如今改革开放了,不管干哪行,肩膀都一般高。电视上理发培训的广告不是天天放吗?开发区不是还有洗发香波的工厂吗?这说明啥?说明头上大有文章嘛,有生意可做嘛!想想看,人人都有脑瓜吧?脑瓜都要长头发吧?头发长了都要理一理吧?所以,理发是个正经事,靠得住,不丢人!

孙和平本来不想干理发,怕人看不起,经康老久这么一说,心气上来了。况且前几年学过理发,信心顿时大增。康老久说,哪也别去,就在香铺干,因为香铺还没有人干。如今,香铺人口不少,本地外地,老老少少,算起来小千把人,一人一月理一回,一年算下来,伢哩,够吃了!孙和平越听越激动,恨不得马上动手。康老久让他先别动。俗话说,手艺好,饭吃饱,手艺差,不养家。你得掂量掂量自己,手艺好不好,要是手艺不精,把人家的头剃得跟狗啃一样,人家愿意吗?人家给钱吗?坏了名声,你还能干得下去吗?所以,得学艺。那么,到哪学呢?到城里学。电视上不是有广告吗,叫什么当代美容美发专修学校,到那去学,学好再干,干就干好,一炮打响!

孙和平第二天进城报名。康老久晓得孙和平没钱交学费,拿钱给他先用着。孙和平还是那一套,不打借条不收钱。康老久也不勉强。学了三个月,孙和平回到香铺,带回一套理发的家什。为了证明自己的手艺出师,孙和平先给康老久理了发,康老久坐下来,体验满意,对着镜子直说不错。孙和平不满足,说男式发型简单,证明不了水平,想做个女式发型,展示展示。康老久觉得有道理,就叫红梅来。红梅不好意思,康老久说,你是姐,他是弟,试试手艺,有什么不好意思?红梅笑一笑,扭扭捏捏,还是答应了。

康老久替红梅看店,红梅到院里做头发。算起来,孙和平比红梅小两年零七个月,虚三岁。孙和平认了康老久做干爹,自然喊红梅姐。孙和平嘴巴甜,老侉腔,回回喊红梅都喊成"俺姐"。乍听别扭,听多了倒也亲切。

孙和平带回来几大本发型画册,一起拿出来给红梅看,让她挑一个满意的。红梅平时很少做头发,看得眼花,觉得这也好那也好,一时拿不定主意,哗啦哗啦,死翻画册。孙和平看出来,挑出一张,说,俺姐,你看这种,适合你的脸型,也适合你的气质。孙和平说脸型红梅还没动心,一说气质,红梅动心了,觉得真好,就说,哎呀,烦死了烦死了,就这个就这个!

红梅的发型做好了,孙和平很用心,前后花了个把钟头。红梅是圆脸,孙和平把两边的头发留足,剪出弧度,又把刘海剪齐拉直,一直两弯,把红梅的脸蛋衬得生动可爱,看上去岁数大减,娃娃一般。做头发时,红梅不好意思看镜子,一看镜子就看到孙和平的胸口一起一伏,赶紧闭上眼。等到孙和平说好了,红梅睁眼一看,把自己吓了一跳。

孙和平说,俺姐,看看像不像电视上的蒋小涵?

红梅觉得像,却说,不像不像,人家蒋小涵好小,我都老了!

孙和平说,俺姐,你一点也不老!

红梅听了心里直扑腾,没再多说,小跑着进了商店。康老久看了又看,笑了,说,嗯,和平这手艺不孬!

红梅的发型成了广告,人人见了都说好。康老久趁热打铁,把西厢房腾出来给孙和平,在山墙开了一个门,也成了沿街门脸了。康老久有心帮孙和平,不收房租,不过有言在先,手艺做好,价格公道,不能丢脸。孙和平一一答应,又打条子跟康老久借钱,收拾房子,置办东西,做了牌子,很快就开业了。

孙和平给自己的店起名叫"香港发廊"。牌子一挂起来,香铺人又议论开了。明明一个小老侉,明明在香铺开理发店,凭啥叫"香港发廊"?孙和平不多解释,怕一口侉腔惹人笑话。红梅替他解释,说,人家手艺是香港传过来的,发型是香港最流行的,不叫香港发廊,还能叫香铺发廊?!香铺人无言以对,不再说什么了。

毕竟,康老久说得对,端手艺碗,吃手艺饭,靠手艺拿人。孙和平有手艺,做得认真,价钱公道,来的人自然多。尤其打工的年轻人,男男女女,排队等着做头发,好回家过年。隔着一个大门,红梅见孙和平忙得脚底板不着地,趁店里空闲时,过去帮忙烧水扫地。孙和平回回都客气一声,谢谢俺姐!

进了腊月,年节渐近,来做头发的人更多起来,不到半夜关不了门。康老久看着心疼,让红梅做好夜宵给孙和平送去,孙和平高兴得不得了,又一句一个俺姐,一句一个谢谢,搞得红梅都不好意思。

过了腊八,香铺人开始办年货,商店生意忙,红梅走不开。一大早,康老久骑着三轮车替红梅进货,回来的时候,经过老牌坊,见宁万三和几个人缩着老颈,晒着太阳打牌赌钱。本来,康老久不想过去凑热闹,看着烦!自从宁万三带头当上房东,香铺人纷纷效仿,坐等收钱,养出好多懒汉。香铺是祖宗的地盘,在祖宗的地盘上盖房子赚钱,是花祖宗的钱,那算本事吗?!

宁万三眼尖,抬头看见康老久,招着手说,老久,过来过来!

康老久只好拐过去。

宁万三说,老久,听说你这个"反对派"终于想通了,加入"房东派",当上房东了?

康老久摇头。

宁万三说,嗒!还不承认!你不是把西厢房租给小老侉了?那不就是当房东了吗?

康老久说,那是我干儿子,伢做手艺,帮帮他!

宁万三说，老久啊老久，不是我说你，认什么人做干儿子不好，偏偏认个剃头的！

康老久听了不快活，说，万三，你有脑瓜吗？你脑瓜子长毛了吧？毛长了也要剃剃吧？总不会自己一根一根薅吧？

宁万三被康老久噎得接不上话，手里的牌掉了一地。

康老久扭头要走，想了想，又转回来，说，万三，咱俩是亲家，不是我说你，你在香铺没带好头，会害了香铺！

宁万三说，老久，这话什么意思？我怎搞害了香铺，你得说清楚！

康老久说，当房东按月收钱，孬子都会！一天到晚，不是打牌，就是赌钱，这样下去，养一窝懒汉，香铺迟早完蛋！

宁万三不爱听，说，康老久，当房东有什么不好？收房租正大光明！当年你不是说，有钱不挣是孬子吗？哼哼，照我看，你就是孬子！

康老久不生气，笑一笑说，宁万三，当初你也说过，孬不孬，你说了不算，我说了也不算，老天爷说了算，总有一天你会明白，到底哪个是孬子！

宁万三说，嗒！走着瞧！

康老久说，嗒！走着瞧！

当天晚上，天气陡变，西北风紧刮。剃头怕寒，孙和平店里难得人少，便早早关门，陪康老久喝几杯。三杯酒下肚，孙和平兴奋起来，把店里的账跟康老久说了。腊月这头几天，每天收入过千。康老久没有想到，自然兴奋。对嘛，人不能偷懒，得靠双手挣钱，这不比坐吃等饿收房租强得多?！想到这里，又想到宁万三，想到宁万三就想到抬杠的事。康老久马上放下筷子，让红梅把向阳喊来。向阳在饭店累了一天，搂着春花睡得正美，听说康老久叫他，一肚子不情愿，又不敢怠慢，裹着大衣下来了。

康老久说，向阳，从今往后，不许康康见他外公！

向阳一头雾水，说，爸，外公见外孙，有毛病吗？

康老久说，那得看什么外公。就他宁万三那样，坐吃等饿，康康跟他多了，迟早学成懒汉！

向阳为难，说，爸，您说可以，我说不行，毕竟他是康康外公嘛。

红梅插话说,爸,不让见,道理不通,也办不到。你还能把康康拴在裤腰带上?何况,我哥同意,我嫂子那过不去!

康老久看了看红梅,又看了看孙和平。

孙和平说,干爹,按说不该我多嘴,这事吧,俺也觉得不合适。

康老久想了想,说,好,那就少让他们在一起!嗒!康家不能出懒汉,晓得不晓得!

向阳冻得嘴唇发紫,急着要走,忙说,晓得了,晓得了!

23. 桃花雪

开春,香铺下了一场桃花雪。雪从后半夜开始下,鹅毛一般,铺天盖地。天亮雪停,香铺白茫茫一片,老牌坊矗立其中,庄庄重重,尤其显眼。香街两旁,桂树无碍,香樟顶不住,枝枝丫丫,被雪压弯了。既然是桃花雪,自然冲着桃花而来,桃花躲不过,哆哆嗦嗦,落红一片。春暖乍寒,家家户户赖在家里图舒坦。远远近近,高屋低檐,竟不见一缕炊烟。

宁家巷口雪地上,头一行脚印是柳丽踩出来的。年后,《新闻联播》里说,金融风暴基本过去,经济全面复苏,开发区召集中小民营企业开会,讨论快速活跃经济,头几天给柳丽发了邀请,并让她发言。柳丽一向认真,怕雪天路滑,迟到误事,便早早起来了。走过康老久家门前,见雪已铲过,干干净净,红梅和孙和平的店门都已打开。柳丽不禁暗叹,康老久一家的勤快,在香铺无人能比。

红梅抱着热水袋站在商店门口,一眼看见柳丽,挥手打招呼,柳丽紧走几步,上前拉住红梅的手。红梅说,哎,听我哥说,食品厂又要冒烟了!柳丽晓得,香铺人说冒烟就是说开工,于是点点头,说,我也听说了。红梅说,哎呀,那你还去不去上班?你去上班,你那公司怎搞嘛!柳丽笑了笑,说,我也不晓得,走一步看一步吧。红梅还要说什么,正好康老久在院里喊她,红梅帮柳丽拢了拢围巾,便跑开了。

柳丽说不晓得,不是应付红梅,是实话。食品厂重新开工,柳丽年前就晓得。柳丽还晓得小杨总站起来了,不然食品厂怕也不会又冒烟。范林亲自登门报信,可能出于激动,但也有邀她回厂的意思,至于是不是小杨总的意思,也未可知。实话实说,回不回厂,柳丽好矛盾。她留恋当年在食品厂的时光,想回去。她感谢小杨总的知遇之恩,该回去。可丽达公司能有今天,其中浸透了她的心血和汗水,她不能走。她要是离开,丽达公司就完蛋。除非有个让她放心的人,能把丽达公司撑下去,不然柳丽狠不下心离开。

然而,这个人没有出现。春风对业务倒是透熟,但公司交给他,柳丽不放心。尽管春风改变不少,但离让柳丽放心差得还远,可偏偏春风觉得自己不得了,可以独当一面了。宁万三曾托大铃铛试探过柳丽,说春风不想干了,老打工没意思,不如出来,大小做个老板。柳丽把话说在明处,找春风问了,春风一口否认,说在丽达干得顺手,干得开心,只要丽达在,干一辈子也没问题。至于大小当个老板的话,确实说过,因为有人请他去当老总,不过他不去。

柳丽不想搞明白,春风和宁万三谁在说谎,至于是不是父子合谋要权,更不想深究。平心而论,没有春风,丽达走不到今天,至少慢几拍。不过,春风成为丽达的功臣,不是奔着丽达的事业,而是所谓的爱情。柳丽明白,春风在追自己,想把自己变成宁家的人。可是偏偏春风不是她柳丽的意中人。

看来,春风不适合在丽达了,必须离开,越快越好,不然麻烦。

会议在开发区管委会三楼会议中心,柳丽并不陌生,当年"十大优秀打工青年"颁奖就在这里。一进门,柳丽恍惚看见当年的自己,微笑着站在那里,不禁一怔,暗暗掐了自己,方才神定。会议开得成功,讨论也很热烈。柳丽心里有事,总是走神,发言时出了几个差错,好在没人在意。散会后,在大门口,柳丽遇到开发区管委会程副主任,上前打招呼,程副主任顺便给她介绍一个朋友。两人一握手,都笑了,原来他们都是当年的"十大优秀打工青年",算是老熟人了。

此人叫廖彬,城西山里人,原在开发区电子厂打工,自学计算机,以"小电脑"闻名。电子厂是台资企业,金融风暴时也不幸倒板,只是没有食品厂那样幸运,再爬起来。离开电子厂,廖彬曾到南方打工,因家庭原因,不得不回来。毕竟在家熬着着急,大雪天跑来,托程副主任在开发区找个工作,顺便在附近租房,安居才能乐业嘛。

柳丽和廖彬踏雪而行,边走边聊,不知不觉,心里的烦事忘掉了。雪天路滑,柳丽几次脚下闪失,都被廖彬巧妙扶住,如此一来,更是随意了。廖彬并不健谈,但因都是当年"榜样",又都失过业,共同话题说不完。况且廖彬正为租房发愁,柳丽正好做着中介,不免多说几句拜托的话。柳丽向来热心,自然爽快答应。走到公交车站,二人互留传呼号码,柳丽答应确定房源,马上告知。廖彬感激之意,不在话下。于是分手,各走各路。

来到香铺村口,柳丽走得浑身发热,两颊绯红,雪地一映,更显娇艳。正走之间,忽听包里BP机响,拿出一看,春风留言,难得的简短:"有客,速回。"往常,春风留言,拉拉杂杂,婆婆妈妈,说明事情时必加一句,不是小心着凉,就是走路当心,甚至有次竟然问她喜欢什么牌子的卫生巾,气得柳丽差点摔了BP机。好在柳丽晓得春风的作风,明白春风的用意,不跟他一般见识。

柳丽紧赶慢赶,回到香铺。才到宁家巷口,看到范林站在那里等她。一见面,范林迎上来,说,柳丽,猜猜哪个来看你了。柳丽一听,几乎没猜,便晓得是谁来了,于是抬头,一看果然是小杨总。

柳丽想不到,再见小杨总,是在香铺的桃花雪中。

其实,小杨总来香铺看柳丽,早有安排,只是一直忙于食品厂的重新开工,不得脱身。恰好一夜桃花雪,突如其来,小杨总兴奋异常。毕竟在香港长大,没见过如此景象,又想讨瑞雪兆丰年的好彩头,小杨总便推掉事务,一面赏雪,一面来到香铺看柳丽了。

柳丽站在小杨总面前,心情复杂,看着他,好像失散的亲人,终于回到身旁。小杨总倒是被看得不好意思,笑问,柳丽,我是不是变了?

小杨总确实变了,瘦了,老了。

但是柳丽没说,摇摇头。

小杨总滑稽一笑,突然摘下帽子,露出光光的脑瓜。雪地一映,光头竟然刺眼。

柳丽一惊。

小杨总说，是不是变化好大？都是索罗斯那个家伙搞的啦！

柳丽一下子想到金融风暴中小杨总怕是遭了不少罪，把头发都急秃了，该是遭了多大的罪？柳丽想到这，突然眼圈红了。

小杨总说，冇问题啦，有头发好烦的啦，现在好好轻松啦！

本来，小杨总想逗柳丽笑，没料到柳丽越想越多，连同自己受过的苦一起想起，越想越伤心，竟然止不住哭出声来了。春风早就看到，赶紧过来安慰，没料到柳丽推开春风，突然抱住小杨总，哭得上气不接下气。春风尴尬，转过身把脚下的雪踩来踩去。

那天，柳丽非要请小杨总吃饭，香铺土菜，不吃不行。小杨总巴不得，范林也乐于陪着。柳丽先让春风去春花饭店打招呼，春风一肚子不情愿，但还是爽快地去了。宁万三和大铃铛早看见雪地里的一幕，晓得春风和柳丽怕是无缘，不停叹气。大铃铛也生气，说，这个死丫头，真没眼光，你看那个光头，看上去都能当她爹了！宁万三说，人家有钱，大老板嘛！大铃铛说，有钱怎样？大老板怎样？不都是人吗？不都是一天三顿饭吗？不都是躺下一张床吗？宁万三好烦，说，改革开放嘛，黑猫白猫嘛！

来到春花饭店，小杨总亲自点两样，一样是油爆小毛鱼，一样是酱蒸鸭胗。本来，春花以为香港大老板会点大菜，好好赚一笔，一听点两样小菜，顿时泄气。向阳倒是高兴，说，香港大老板喜欢香铺小菜，说明香铺小菜有味道，好事好事！春花说，好个屁！一看就是抠门，你那老相好还当宝贝！向阳说，说小菜的事，怎搞又说到我身上来了，讲不讲理？春风过来，说，别吵了，人家是客户嘛！柳丽说过，客户第一！春花说，呸！别把柳丽挂在嘴边上！春风啊春风，你看你，香港大老板一来，你就沾不上边了，那么多天你白追了？！春风本来就有气，一听这话，掉头就走。

两样小菜上来，小杨总吃得满意，赞不绝口，吃完一份，又要一份，打包带走。这时，大哥大响了，小杨总接过一通电话，对范林说，好消息啦，孟工说，新的包装工艺出来了，防腐问题也攻克了！范林说，太好了，看来万事俱备只欠东风了！小杨总指着桌上小菜,说,东风已经来了啦！

柳丽听不出门道,又不好问。小杨总看出来,就把事情的来由说了。食品厂重新开工在即,为降低停产影响,迅速占领本地市场,公司决定上几个新品,目标锁定在本地小菜的方便包装,即开即食,其中就有脂城本土小菜"油爆小毛鱼"和"酱蒸鸭胗"。据市场调研,这两样小菜在脂城及周边地区,食用普遍,认可度高,很具市场潜力。但是,小杨总陪同研发人员,尝过好多家的做法,都不满意。偏巧春花饭店的做法,符合产品定位要求。

范林说,柳丽,没想到,你为食品厂又做了贡献啊！

小杨总说,我早就说过,柳丽是我的贵人啦！先看到桃花雪,又找到新产品,我杨某人真是好有福气啦！

柳丽被说得不好意思,赶紧说,我这也是歪打正着！

小杨总说,做生意,好多都是歪打正着,李嘉诚也是这样的啦！要不然,他这回也被索罗斯打趴下啦！

说着,小杨总做了一个后躺的动作,一时没拿捏好分寸,险些摔倒,惹得柳丽开心,眼泪都笑出来了。

柳丽揩了揩眼泪,说,春花两口子都在食品厂做过,算是厂里的老员工,不如把他们请来,一起谈谈,说不定真能合作！

小杨总和范林点头说好,于是柳丽就去找春花。春花正跟向阳在后厨怄气,一听说要跟食品厂谈合作,马上来了精神,拉上向阳来见小杨总。虽说在食品厂做过,跟小杨总面对面打交道,还是头一回,春花和向阳不免局促。好在该说的话,柳丽都替他们一一说了,双方满意,合作的问题大致谈定。大意是,食品厂上马"油爆小毛鱼"和"酱蒸鸭胗",口味定位以春花饭店的成品为标准。春花和向阳提供配料配方,加工工艺,食品厂出价购买技术,春花和向阳提供技术指导,直到产品定型。

天上有馅饼吗？有这么大的金馅饼吗？有这么准就砸在你头上吗？春花激动得不得了,说什么也不收这顿饭的钱。柳丽说一码归一码,非得付账。二人拉扯半天,向阳折中处理,收了一百元,意思意思。春花拉着柳丽的手,感激得一时说不出话来,直把柳丽的手摇来摇去。春风看不惯,说,好了好了,人家还要送客人哩！春花这才松开柳丽的手。

天空放晴,太阳出来。远近来不及融化的积雪,依然洁白、耀眼。本来,柳丽以为小杨总会跟她谈回厂上班的事,直到在香铺村口分手,小杨总只字未提。柳丽顿感轻松,哪怕是暂时轻松。

回来时,柳丽从老牌坊前经过,见一群孩子在堆雪人,忍不住想上去帮手。那雪人已堆成形,有鼻子有眼,煞是可爱,只是头上光光。柳丽想了想,掏出花手帕,四角打结,折成小帽子,戴在雪人的头上。

多年之后,康宁博士在香铺采访时,有人提起这一细节,顿时唤醒了他的童年记忆。他记得,第二天阳光灿烂,那个雪人化成了一摊水,那个用手帕做成的小帽子浸在雪水中,尤其显眼。

24. 小笼包

香铺东边有条小河,小河东岸原是一块湿地,香铺人叫它东大圩。东大圩毗邻雷公湖,坑坑洼洼,芦苇丛生。过去,香铺人站在小桥头,掠过苇丛,朝东一望,雷公湖尽收眼底。尤其在夏天,雨过天晴,能看到湖上升起一道彩虹,五彩斑斓。康宁博士出生太迟,对此情景略有印象,只是不能确定,是别人描述留下的痕迹,还是自己亲历的记忆。不管怎样,总之那情景是曾经有过的。

谷雨那天,东大圩机器隆隆,鞭炮齐鸣,一个楼盘在这里开工,名字叫滨湖世纪城。香铺人听说,滨湖世纪城要建好几十幢高层,还有好多座别墅,别墅前有停车位,后带游泳池。开发商在香铺的对面竖起广告牌,上面是小区效果图,香铺人站在村口小桥上,看得一清二楚。

这一天,在村口小桥头摆摊修车的宁歪嘴闲下来,正看着对面的广告牌出神,迎面来了一男一女,看上去四十来岁,张嘴一说话,就晓得是南方人。男的瘦瘦小小,白净脸,细嗓门,细脖子上顶着一个大脑壳。女的高高挑挑,圆脸大屁股,逢人先笑,一笑眼睛眯成一条缝,弯弯的,月牙一般。

俩人自称来香铺租房子,之所以到香铺来,是因为看了报纸上丽达公司的房源广告。在村口,宁歪嘴热心指路,他们便来到宁万三家找丽达公司。当时,柳丽和春风都不在,公司业务员也不在。宁万三把他们让进院里,坐下喝茶。

男的掏出两张身份证,宁万三仔细看了,照片都对得上,挑不出毛病。

租房验身份证，宁万三是跟春风学的，春风是跟柳丽学的。一开始总觉得不近人情，萍水相逢，上来就要看身份证，跟查户口一样，多了三分不信任，少了七分人情味。不过，宁万三也晓得其中道理，身份证就是身份的证明，过去进城办事，怕人家不给办，公社不是还要开证明吗？

男的叫齐刚，女的叫沙小红，都是福建人。大铃铛过来续水，看了几眼沙小红。齐刚好像明白什么，又掏出两本结婚证。宁万三看了，递给大铃铛看。大铃铛看得仔细，照片上的两个人看上去还协调，可站在面前，形不搭，色不调，怎么看都不般配。话又说回来，般配不般配，人家都是夫妻。人家有结婚证，证上有钢印。大铃铛认这个理，坐下来陪着闲呱，有问有答，有说有笑，几个来回，差不多搞清爽了。

据齐刚说，原来他们两口子在福建当地做生意，卖小笼包。可是当地做小笼包生意的太多，生意难做，况且孩子上大学，也要学费，索性出来碰运气。坐上火车，一路向北，觉得脂城不错，就留下了。在火车站买张晚报，看到丽达公司的广告，于是找上门来。来到香铺，觉得是块宝地，要在这里做生意，卖小笼包。大铃铛对做吃的感兴趣，多问几句，沙小红一五一十地答疑，大铃铛恍然大悟，跃跃欲试。沙小红夸她聪明，积极鼓励。齐刚看看门上的春联，连赞好字，说这笔力怕是有童子功。宁万三被夸得有点晕，大半辈子遇上知音，于是聊得更加诚恳。

眼看到了晌午，该是吃饭的当口，柳丽和春风还没回来。齐刚和沙小红两口子要走，宁万三和大铃铛拼命挽留，恭敬不如从命，两口子留下吃饭。家常便饭，客随主便，宁万三陪齐刚喝了几杯，借着酒劲，把自己写春联的本事吹了一通，齐刚自然配合得当，佩服频频。吃过饭，沙小红让大铃铛歇着，亲自动手，刷锅洗碗，麻麻利利，惹得大铃铛欢喜不尽，好像续上前世的缘分，当场就认作亲戚了。宁万三跟齐刚叙得热火，递烟不分你我。在家靠父母，出门靠朋友。宁家后排老屋正好空两间，大铃铛做主，让两口子住进去，少了中介费，房租更便宜。齐刚和沙小红感激不尽，一次性付了半年的房租。转天，宁万三陪着齐刚和沙小红，到派出所办好暂住证，两口子就算在香铺住下来了。

"红红小笼包"开业,这是香铺头一份。沙小红的手艺果然不凡,小笼包做得皮薄馅大,汤足味美,常常一抢而空。有意思的是,这两口子每次定量一百笼,绝不多做,卖完就歇着。大铃铛没看明白,说,这两口真得味,有钱不晓得挣!宁万三也没看明白,说,可能是齐刚身体不好,干多了受不了。柳丽看明白了,说,怕是他们搞"饥饿营销",吊人胃口!春风说,这一招不错,将来咱们公司租房也可以用的,有房也不租,急租咱涨价。柳丽笑笑,说,钱心真重!

香铺人嘴刁,嘴也碎,一帮坐吃等饿的房东,吃过小笼包,围在老牌坊下,一边打牌一边议论齐刚和沙小红两口子般配不般配。有人说般配,有人说不般配。大铃铛说,般配不般配,是上辈子定下的,看不出来。就说齐刚和沙小红吧,看上去不般配,可人家两口子恩爱得很,热了我帮你揩汗,冷了你帮我焐手,小咸菜就白饭,你喂我一口,我喂你一口,眼神里都能摇出蜜来。众房东都觉得稀奇。大铃铛还透露,更稀奇的是,这两口子,一擦黑就熄灯,竹床跟摇筛子一样,咯吱咯吱,响到后半夜才停。众房东都笑,说这上辈子定下的姻缘,就是不一样,费床!就这样,时间一久,慢慢没人再提。

齐刚很少在村里走动,日常采买,都由沙小红代为。沙小红说,齐刚身体不好,喜静不喜闹,懒得动。不过,理发这事不好代办,齐刚必须亲自出马。孙和平给齐刚理过发,说自从干起理发这一行,前前后后摸过好多头,从没见过像齐刚的头型那么奇怪的,至于怎么奇怪,也说不清楚。沙小红也来做过几回头发,不吹不烫,说是怕花钱。红梅说,沙小红来买东西,都是挑便宜的,老土得很。康老久听了不快活,说,那叫节俭!都是吃过苦的人,节俭没什么不好!

在一个院里进进出出,柳丽跟齐刚、沙小红两口子经常见面,觉得两口子人不错,尤其对沙小红做小笼包的手艺更是佩服,便向沙小红讨教。和面擀皮,沙小红有问必答,但是调馅这一关,总是支支吾吾。手艺人各有各的窍门,相当于命根子,柳丽理解,也不强求。虽说没有学来技术,柳丽倒是想到一个"点子",想拉沙小红跟食品厂合作。食品厂有现成的冷库和冷链,如果生产速冻小笼包,市场应该不错。柳丽办事踏实,提前买了两笼包子,趁热送到食品厂,给小杨总和范林尝了,都说好,委托柳丽谈判,只要条件合适,由柳丽全权处理技术转让。

　　柳丽找到齐刚和沙小红,把食品厂的意思说了。沙小红没意见,齐刚不同意,说手艺是祖传的,配方要保密,不然对不起祖先!柳丽以为齐刚想借机抬价,就把价格提了提,齐刚还是不同意。柳丽又请宁万三和大铃铛出面,也没谈成。宁万三说,理解万岁,理解万岁!那是人家的命根子,命根子怎好随便转让呢?柳丽无奈,只好给食品厂回话。小杨总倒不着急,说谈不成没关系,经商如做人,讲的是缘分,有缘自然能成,没缘不必强求!本来有心插柳,结果柳未成荫,柳丽觉得惭愧得很。

　　八月十五晚上,夜深人静,处理好公司的事,春风约柳丽出去赏月。柳丽本不想去,又禁不住春风软磨硬泡,只好答应。春风安排了一条路线,先在香街赏闻桂花,再去老牌坊那里拜拜祖宗,然后到村口小桥上看月亮。既然答应出来,柳丽也不想扫春风的兴,不过临出门前约法三章,不许谈情呀爱呀的,也不许动手动脚。春风满口答应下来。

　　香街不长,桂花开得正好,一路走下来,倒也有趣。本以为夜深无人,没想到桂花下,这一对那一双,男男女女,说说笑笑,热热闹闹,一听就是外地人,一猜就是谈恋爱。柳丽怕春风受到蛊惑,又要缠她情呀爱呀,拉着春风赶紧离开。

　　老牌坊前倒是安静。以往逢年过节,香铺有拜拜牌坊的习俗,相当于拜祖宗,图的是讨吉利寻保佑。近几年,因外地人多,香铺人也就看淡了。在老牌坊前,春风要和柳丽一起拜。柳丽不干,说,这是你们香铺的祖宗,我不是香铺人,还是免了吧。春风说,迟早是香铺人,早拜早保佑,你没见香铺这么多人,祖宗忙不过来,得排队呢。柳丽听了,笑得不行,不过还是不拜。春风也不勉强,陪着她一起往村口小桥走去。

　　月上中天,宛如玉盘,分外高远,天地间澄明一片,让人心胸宽展。正走着,忽听有人哭,是个女人。柳丽吓一跳,春风马上护住柳丽,大声问,是哪个?哭声突然停了,接着从小村前的树影里走出两个人,一男一女,走近一看,是齐刚和沙小红。

春风说,哎哟,你们两口子呀,三更半夜,在这搞什么?哭得怪吓人的!

齐刚说,没事没事,女人嘛,没出息,想家想得受不了,出来哭几声,好受些。

春风说,嗒!大过节的,再想家也不能哭啊!

柳丽拉了春风一下,说,每逢佳节倍思亲嘛,你不晓得!

齐刚和沙小红手挽着手,匆匆走了。春风赏月的兴趣全无,柳丽早没心思,推说好凉,便和春风一起回去了。

已是午夜,柳丽准备睡觉,突然传呼响了,拿起一看,春风留言:"中秋好梦!"春风爱赶时髦,不久前下狠心买了一部大哥大,说是方便工作,没事就给柳丽留言。一个楼上一个楼下,有话不说偏留言,也不怕人烦。

刚刚放下,传呼又响了,柳丽拿起一看,是小杨总留言:"贵人多忘事,天涯共此时。"

这两句显得不搭。柳丽想了半天,不晓得什么意思。每逢佳节倍思亲,怕是喝酒没留神,又醉了。

25. 绑架

食品厂重新开工,新闻刊登在《脂城晚报》上,三版的经济新闻。巧的是,同一版面最下面,有丽达公司的一块小广告,招聘总经理。这件事春风并不知情。不过,话又说回来,如果早先知道,也许后来不会闹出那么大事来。

香铺人口增加,晚报社派人来搞发行,订一份晚报,送油送米送报箱,每天一大沓,旧报还能卖钱,算一算好划来,宁万三就订了一份。宁万三眼睛老花,头几天还看看。如今的报纸,除了标题大,就是广告多,看不出名堂,有人喊打牌,就丢给大铃铛收着卖废纸。不过,齐刚每天必看报,从大铃铛那里借,看完就还。大铃铛识字不多,又老花眼,有时会问有没有得味的新闻,齐刚有时说有,有时说还是老一套。时间久了,大铃铛怕讨人嫌,就不问了。

这一天,齐刚来还报纸,没等大铃铛问,就说在报上看到柳丽公司招总经理的广告。宁万三在旁边听见,拿过报纸看了,果然。大铃铛说,春风不是在公司当经理吗?宁万三说,春风是副总,柳丽招的是总经理。大铃铛说,不就是正副的事嘛,把春风提拔一下,何必招人?再说招来外人,有自己人放心?宁万三说,嗒!人家柳丽就是不放心,没把春风当自己人,所以才招人!等着瞧,搞不好春风的副总都当不成!大铃铛说,没有功劳有苦劳,春风帮公司干这么久,怎能说不用就不用嘛!宁万三说,改革开放嘛。大铃铛说,黑猫白猫也不行,也得讲理。真有这事,我都看不过去!宁万三说,你看不过去也没用,人家能花钱在报上做广告,那就是打算好了！你娘家侄女那脾气,你还不晓得？还有她不敢干的事?！大铃铛听了,也不再多说了。

那天,如果春风真喝得烂醉扶不起,倒头就睡也就罢了。问题是春风喝高了,没有醉倒,还到处乱跑。如此一来,就难免惹是生非了。那天晚上下场小雨,春风在春花饭店请几个同学喝闲酒,多喝几杯,骑着摩托车回家,一路无事,到老牌坊底下,车子打滑,摔了一跤,膝盖和胳膊肘摔破了,其他都没伤着。但是大哥大进水,不能用了,春风心痛得不得了,不免生气。宁万三不想给春风添烦,没跟他说公司招聘的事。大铃铛嘴快,一见春风就说了,不光说,还把报纸拿给春风看。春风当时就火了,摔上门去找柳丽。大铃铛说柳丽没回来,春风就拿大哥大传呼,打不出去,气得摔东掼西。宁万三怕春风收不住性子,劝他说,可能柳丽不是招总经理,报纸印错了。大铃铛晓得自己多嘴,赶紧附和说,对对对,印错了！春风不跟他们啰唆,摔上门出去了。大铃铛说,这伢属驴,动不动就尥蹶子。宁万三说,都是你多嘴！大铃铛也委屈,说,我也是好心嘛！白纸黑字,他迟早晓得！要怪就怪你自己,从小把伢惯成这样,快三十岁了,还没个成人样！宁万三有苦说不出,上床睡了。

春风在雨里疯走一圈,拐到红梅商店打电话。红梅商店安了一部公用电话,也是香铺头一家。如今香铺外来人口多,用传呼的也多,公用电话生意尤其好,有时半夜三更还有人敲门用电话。康老久烦,就让红梅写个告示,早七点到晚十一点。红梅找孙和平写,孙和平写了好几遍才满意。

春风一瘸一拐地来到红梅商店,差几分钟就十一点了。红梅收拾妥当,正准备关门。春风一掌把门推开,也不说话,直奔公用电话。红梅说,春风,你有大哥大好时髦,怎搞用公话？春风说,进水了！红梅笑,没事没事,脑瓜没进水就好！春风一瞪眼,说,说哪个？说哪个脑瓜进水？你脑瓜才进水！红梅闻到春风一身酒气,晓得他八老爷不在家,九(酒)老爷当家,不跟他一般见识。毕竟从小一起长大,何况春风是康康的舅舅。万一闹翻了,嫂子春花不高兴,哥哥向阳也快活不了,于是忍了。

已过十一点。春风呼了几遍,柳丽没回电话,春风接着呼,一遍又一遍。红梅急得直转,又不好催,拿着锁头,站在店门口等,时不时朝旁边看看。旁边孙和平店里还亮着灯,红梅心里安稳许多。

　　春风斜靠在柜台上,拿起电话,连呼柳丽三遍,等了一会,柳丽没回电话。春风又呼三遍,又等了一会,柳丽还没回电话。春风急了,骂骂咧咧地掼电话。红梅心疼电话,说,春风,电话又没惹你,死掼搞什么？春风看也不看,又狠掼两下。红梅气了,说,好了好了,时间到了,关门了！春风拉过一把凳子,坐下来,抱着膀子,说,她不回电话,我就不走！红梅说,春风,老酒喝膣了,别在我家发酒疯！春风说,这是我姐家,我想发疯就发疯,怎搞？红梅伸手拉卷闸门,哗啦哗啦,拉到一半,说,走！春风不走,索性趴在柜台上装睡。红梅正急得没招,孙和平关了店门,闻声过来。红梅把春风喝醉,赖着不走的事一说,孙和平笑了,说,俺姐,没事,看我的！

　　孙和平跟春风混得熟。春风爱赶时髦,三天两头来店里吹头,孙和平只收一半钱,喷好多发胶也不另加钱。平时孙和平见到春风,一口一个春风哥,春风叫他小老弟。正因为这样,孙和平很随意,走上去拍了拍春风,说,春风哥,困了回家睡吧。春风没理会,孙和平又拍了拍。春风猛地一起身,把孙和平搡到门口,说,小老侉,你少管闲事,老子等电话,老子就不走！孙和平不生气,说,春风哥,酒喝不少,我送你回家吧。春风用手一指,说,滚！孙和平想把春风赶紧弄走,好让红梅关门,上去拉春风。春风火了,抄起凳子朝孙和平砸过去,孙和平没躲开,正好砸在头上,血流一脸,一下晕过去。红梅吓得哇的一声,大叫,来人啊,来人啊！

　　这时候,正好有几个下小夜班的人经过,马上围过来看。春风无所谓,像什么事没发生过一样,摇摇晃晃,依然不停地打电话。孙和平躺在门口,伤口血流不止,不停地抽搐。红梅抱着孙和平,大叫,孙和平！孙和平！

　　一时间,康家大乱。康老久闻声跑过来,向阳和春花也来了。康老久上前摸了摸孙和平,对向阳说,赶紧救人！向阳和几个人抬着孙和平去医院,红梅把事情前后一说。春花骂春风,说,死春风,晚上不让你喝,你死喝,酒喝膣了,又来惹事！春风不理他,依然抱着电话打。康老久气得发抖,大衣都披不住,指着春风说,你给我滚!春风不动,春花上前打了春风两下,春风好烦,一把将春花推倒。康老久抄起门旁的铁锹吓唬春风,说,畜生,滚!春风火了,从柜台上抄起一把剪刀,要刺康老久。红梅眼尖,扑过去将春风的胳膊抱住,春风用力一带,把红梅脖子搂住了,剪刀抵住红梅的咽喉。春花吓得直哭,说,春风,你不能干傻事,你不能干傻事!春风说,你们都出去,我要等电话,把门关上!

那天晚上,店门关上后,春风对红梅做了什么,外面的人都不晓得。康老久也不晓得,急忙央人去报案。不多时,警车来到了,宁万三也早到了。宁万三早吓得魂不附体,拍着卷闸门,长一声短一声,央求春风说,大哥大坏了不要紧,大不了再买一个,爸给你钱。总经理当不上,当个副总也不错。实在不行,爸出钱给你自己开个公司,自己当老板多好啊!总之,千万千万不能犯糊涂,不能干傻事!

警方了解情况后,研究决定,马上营救人质,以防嫌疑人酒后行为过激,伤害人质。宁万三见警察携枪带棒,生怕伤了春风,又央求警察,说春风还是伢们,酒喝多了,不会出事。警察不理他,宁万三缠着警察不放。康老久又恨又气,狠狠朝宁万三屁股踢一脚。宁万三这才退到后头,蹲在地上抱着头哭。春花也没了主意,只好陪着她爸一起哭。

凌晨两点,警方准备采取突击行动,从院内破窗而入,营救人质。就在这时,卷闸门慢慢开启,红梅从里面钻出来。警方冲进店内,一举将春风抓获。在被弄上警车前,春风还在叫,我要等电话,我要等电话!宁万三追着警车跑,不多时警车不见了。宁万三一屁股坐在地上哭起来。大铃铛和春花一边一个,费了好大劲才将他搀回家去。

据红梅后来说,当晚春风把她绑起来后,还往她嘴里塞上东西,说怕她多嘴。然后,春风抱着电话死打传呼。柳丽一直没有回电话,后来春风累了,趴在柜台上睡着了。红梅还说,春风好像做梦了,梦里哭了,听起来好伤心。

26. 鸡汤

七天后,柳丽回到香铺,面色憔悴,胳膊上戴着黑纱。

就在春风闹事那天下午,柳丽接到家里传呼,她那嗜酒如命的父亲,终于把命交给了酒,撒手而去。事发突然,柳丽是家里的主心骨,赶回料理后事,凡事都要操心,根本顾不上看传呼。后来,传呼没电了,柳丽也没心思去管它。

柳丽的传呼还是当年食品厂配发的,离职时没有收回。本来春风鼓动柳丽买部大哥大,柳丽买得起,但不买。就是做租房中介,守着开发区这一片,有个传呼就够了,何必花那份钱?钱好挣吗?钱要花在刀刃上,柳丽不买大哥大,买了一台486电脑,公司正好用得上。

如今,柳丽的传呼主要用于两个方面联系:一是公司的事,房主、房客都留这个号码,倒也方便。二是食品厂,毕竟这是当年食品厂配发的传呼,那边有事,自然要回复。临走前,柳丽把公司的事做了安排,写了详细清单,放在办公桌上,想必春风会看到,自不用管。食品厂已经重新开工,想必一切顺利,也没什么牵挂。正好,借机静一静,一边陪陪家人,一边想想公司和个人的未来。当然,春风的去留也是要考虑的。

其实,让春风离开丽达公司,虽是柳丽自己的决定,却得到小杨总和范林的支持。范林和春风认识得早,认为春风做事轻浮,可能是个好男友好丈夫,但绝不是做事业的好帮手。小杨总迷信面相学,跟春风见过几次,从面相上看,春风眉距狭窄,可见心胸不大;爱换发型,可见自恋自私;肤色细白无光,可见阴气甚重。这样的人,生意不好合作啦,一起生活好不好,就不好说啦。

实话实说,小杨总和范林对春风的评价基本客观,和柳丽对春风的总体印象差不多少。不过,柳丽也明白,春风帮过她,让春风离开,不能让春风吃亏。方案有两个:一是一次性补偿春风一笔钱,多少可以商量;二是帮助春风开一家公司,当然是春风自己喜欢的。这两个方案,范林赞成第一个,小杨总赞成第二个,各有各的道理。范林说,春风心智不成熟,乱麻还要快刀斩,不然后患无穷,所以一次性补偿最妥当。小杨总说,做人做生意,义字当头啦,人家帮过你,你也帮帮人家啦,好合好分,冇问题啦!

最初,柳丽觉得小杨总有道理,倾向于义字当头,帮春风办一家公司。可是,几次试探春风,春风说办公司操心烦神,搞不好还会亏!柳丽明白,春风随他爹宁万三,想挣轻松的钱,于是决定给春风一次性补偿。补偿多少是个问题,多了柳丽也拿不出,少了又怕春风不满。不过,方向定下,补多补少,总有办法解决。

柳丽在报上刊登招聘总经理的广告,确实没跟春风商量。柳丽之所以没跟春风商量,是因为这是丽达公司的事,跟春风没关系。丽达公司成为开发区关注的中小民营企业,除香铺外,还在开发区周边设有几个营业网点,控制着周边大部分房源。公司招录一批业务员,本来交给春风管,春风嫌麻烦,除了拿着大哥大骂人,就是跑出去喝酒,出了不少乱子。许多事柳丽不得不亲力亲为,这才急于招聘总经理,一是为公司发展考虑,二是想总经理到位,她可以将日常事务卸下,腾出精力考虑发展,当然也为食品厂做点事。毕竟,食品厂是她梦想起步的地方,小杨总和范林对自己有恩,知恩图报嘛。

柳丽做完她爸的"头七",回到香铺,才晓得春风把事闹大了,把自己闹到拘留所去了。问题是,几乎香铺人都晓得,春风之所以闹这么大的事,是因为柳丽不回电话,因此责任在柳丽头上。要是柳丽立马回电话,春风能赖着不走吗?能跟小老侉打起来吗?能把红梅绑架吗?能有后来的事吗？理由尽管荒唐，柳丽内心多少有点愧疚，便四处托人，想把春风捞出来，都说难度大，只好作罢。柳丽还咨询过律师，律师说春风这事可大可小，关键看红梅追不追究，孙和平伤情如何。总之，不管怎么说，春风酒后滋事，情节恶劣，罪不可饶，只是量刑的轻重问题了。柳丽听完，心里冷飕飕的。

柳丽买了几样水果，去南七医院看孙和平，打探一下孙和平的伤情。来到病房，孙和平正躺在病床上听随身听，见柳丽来了，笑着坐起来打招呼。柳丽陪孙和平说了一会话，得知其伤势好转，并无大碍，宽心不少。正在这时，红梅提着保温桶来了，见柳丽在，有点不自在，说，你看看，都是我爸，非让我送鸡汤来！柳丽笑了，说，康叔心真细！红梅说，就是，不送他骂人！孙和平见到红梅，下床迎上说，俺姐，你来了商店谁看哩？红梅说，今个不开门，歇一天！孙和平说，那多可惜，你赶紧回，好好做生意去！红梅说，生意有的做，也不在乎一天两天。柳丽早晓得这两人有情有意，说，和平你真呆，还看不出来，你不出院，红梅她生意做不安生！红梅不好意思，拍了柳丽一下。孙和平低头笑，脸上红一阵白一阵，赶紧借喝汤来遮盖。汤好烫，烫了舌头，疼得舌头伸好长。

三个人正在说说笑笑，宁万三来了。不过熬了几天，宁万三老了许多，缩着老颈，病秧子一样。本来就瘦，如今成了皮包骨，一看像个鸭脚包。柳丽跟宁万三打招呼，宁万三不理会，直直走到孙和平床前，坐下来。晓得宁万三有话要说，柳丽拉红梅回避。红梅不干，柳丽只好干干地陪在旁边。

宁万三说，和平，头还疼不疼？

孙和平说，还疼，不过不太疼！

宁万三说，医生说可以出院，你出不出？

孙和平说，在这憋死人，出院！

宁万三说，伢哩，事是春风惹的，让你吃好大亏，住院费我帮你结过了，回去好好养着。

孙和平说，宁伯，看你说的，一点皮外伤，没啥了不起！

红梅说，那可说不好，得再复查复查，不能留后遗症！

宁万三看了看红梅,说,复查,复查好放心!

孙和平说,复查,不复查!宁伯放心,俺不会讹你,马上出院!

宁万三点点头,站起来,看了柳丽一眼,想说什么又没说,缩着老颈先自出门了。想必宁万三有话要说,柳丽便想跟出去问个究竟,可偏偏红梅拉着她,讲那天夜里发生的故事,讲得一头是劲。正在这时,包里传呼不停地振动,柳丽拿出来一看,说有事要办,便匆匆出门了。

本来,柳丽怕宁万三走远了,出门就跑,鞋子差点绊掉,跑出南七医院大门,正四下张望,就听旁边广告牌后面一声咳嗽,扭头一看,宁万三靠着广告牌,缩着老颈看她。柳丽上前两步,说,宁伯,有话说吧?宁万三苦笑一下,说,唉!有话也没话。柳丽说,是不是春风的事?宁万三点点头,说,春风他自作自受,跟你没关系,你也别太自责!柳丽说,按说是这样,可毕竟我脱不了干系。宁万三说,这几天,我想明白了,真明白了。康老久说得对,惯子不孝啊!春风这伢,自小被我惯坏了!不在这件事上跌跤,还会在别的事上跌跤,迟早的事,不跌跤不长记性,也许这一跤把他跌明白了!柳丽叹口气,说,我托人打听了,人不好捞,花钱也不好办!宁万三摇摇头,说,算了,别糟蹋钱,就让他在里头好好想想,比啥都强!柳丽说,我去咨询了律师,说这事可大可小。宁万三说,春花这几天也在打听,都跟我说了。柳丽说,幸亏孙和平伤得不重,还有你家跟康家是亲家,只要他们不追究,春风责任就小多了。宁万三又是苦笑,说,嗒!孙和平那个小老伫是个厚道人,他不追究我相信,就他康老久,别看是亲家,一直看不惯春风,不追究才邪怪呢!柳丽早晓得俩亲家搞得不和谐,说,亲家毕竟是亲家,做做工作!宁万三摇头,叹气。柳丽说,宁伯,不都是为了春风吗?宁万三想了又想,点点头。

就在这时,柳丽的传呼又不停地振动,拿出来一看,几个陌生电话。自从春风事发,柳丽对传呼过敏,一动就要看,一看就要回,生怕再闹出事来。正好附近有一个公话亭,柳丽便跟宁万三告辞,刚刚转身,宁万三突然叫住她。柳丽问,宁伯,还有事?宁万三支吾半天,说,伢哩,你搬吧,别在我家租房了!柳丽说,为啥?合同还没到期呢!宁万三眼泪汪汪地说,伢哩,一看见你,我就想春风,心都想烂了！你晓得,春风搞不好要在里头待几年,这几年我日子怎过哟！

柳丽呆了一会,临走时说,晓得了！

27. 合同

廖彬做了丽达公司的总经理,这事看上去很巧,其实也是自然而然,水到渠成。

那天,柳丽回了几个传呼,有租房的,有推房源的,也有应聘的。其中一个既要租房,又要应聘,这个人是廖彬。自从上次桃花雪中见面之后,廖彬一直在找工作,高不成低不就,东捣西戳,南奔北走,没有遇上合适的。有一天翻晚报,恰好看到丽达的招聘广告,于是就跟柳丽联系上了。毕竟都是熟人,目的明确,一谈就妥,马上签合同。合同是柳丽亲自拟订的,对于待遇职责、权利义务,都没异议,但试用期一年,廖彬有点不好接受。一般民企,尤其是中小企业,人招来立马到岗,根本没有试用期。就算有,最多不过三个月。柳丽看出廖彬有异议,但这条一字不改。本来,柳丽打算写试用期两年,觉得过分,才降为一年。之所以如此,是因为柳丽接受了春风的教训。两三个月看不准一个人,一年应该足够了。如果一年里看出这人合适,当然最好;如果不合适,有合同在先,让他走人,也合情合理,在情理之中。好在廖彬理解柳丽,三思之后,还是在合同上签了字。

廖彬正式上班前,柳丽将丽达公司搬到香街东边,房东是康跃进。论起来,康跃进是康老久的远房侄子。康跃进家的房子在香铺东头,四间两层,靠近开发区的繁华大道。柳丽跟康跃进商量,在东围墙开个大门,好挂公司的牌子。康跃进两口子好说话,就打墙开门,房子便成了沿街门面了。

康跃进的老婆叫郝凤芝,生了女儿叫小艳。小艳长得漂亮,初中毕业后正赶上土地征收,在开发区企业上过班,嫌钱少,去南方打工了,按月打钱回来,据说比在家收入高好多。老两口平时收收房租,打打小牌,倒也快活。只是香铺有传言,说小艳在南方做"二奶",挣的钱不干净。柳丽在老牌坊那里听人议论过,不晓得真假。为这事,郝凤芝跟别的女人吵嘴,吵不过人家,就拼命,拼不过人家,气得直哭,嗷嗷叫。

不过,柳丽和康跃进两口子处得很好,有说有笑,也不见外。廖彬来上班之后,郝凤芝看他们挺般配,当面开过玩笑,说他们就是天生的一对地配的一双。柳丽倒无所谓,把廖彬搞个大红脸。康跃进怕人家难堪,便埋怨郝凤芝不该多嘴,郝凤芝就跟康跃进吵,康跃进不跟她吵,躲她,她追着吵,康跃进就不敢再管她了。柳丽跟廖彬说,还是郝大姐当家,康大哥怕老婆嘛!廖彬说,脂城老话说,怕老婆有饭吃嘛!于是,二人都笑了,都低头做自己的事,都不看对方。

廖彬在总经理的位置上太合适了。一个月后,柳丽深刻认识到这一点。廖彬精通计算机,开发出一个公司业务处理系统,打开系统,所有网点的房源和租户信息一目了然,所有待办业务和业务进度井井有条。柳丽如释重负。什么叫科技就是生产力?什么叫一将能敌千军?廖彬给了答案。那个桃花雪的上午太重要了,不然怎么会遇到廖彬?遇不到廖彬,怎么会有今天的轻松呢?

关于春花饭店提供的两样"小菜"工业化,食品厂进行两个月的市调,进行了两轮技术论证,研发生产销售以及经销商代表一致认为,项目可行,市场潜力巨大。小杨总拍板立即上马。范林打传呼给柳丽,约她见面,商量和向阳饭店签合同的事。柳丽抽空来到食品厂,才晓得小杨总病情复发,回香港治病去了,委托范林负责这个项目。柳丽问,小杨总得的是什么病?范林说,化疗头发都掉光了,还能是什么病?柳丽虽有预料,仍然一惊,问,严重不严重?范林说,不好说,但愿有奇迹!柳丽喃喃道,好人也会得这种病?范林说,好人也是人!柳丽眼圈一热,想哭。

食品厂跟春花饭店的合同是在柳丽的公司签的,柳丽是公证人。范林说这是小杨总特意交代的。柳丽以为小杨总对春花和向阳两口子不放心,让她在中间见证,以防将来有麻烦。商场多变,这样想也有道理,这个忙是要帮的。春花来了,向阳也来了。春花说向阳闲着无事,让他过来看看。春花拿到合同,先翻到第二页,看给多少钱,看完之后,脸一寒,把柳丽拉到门外。

本来,柳丽以为春花要跟她谈合同的事,没想到却说起春风的事。春花骂春风闹事不对,被关是自作自受,没有半句埋怨柳丽。柳丽反思自己没及时回电话,不然也许不会如此。春花说,都是天意啊!那天你不回电话,事出有因,也能理解。可春风偏偏死要喝酒,劝都劝不住,魔上身一样,就是作!好了,如今作够了,怕也老实了。柳丽虽没受责备,却被春花的深明大义搞得不好意思。

春花突然话题一转,说,柳丽,合同上写多少钱,你可晓得?

柳丽说,晓得。赶紧签,签完就转账。

春花面露难色,说,柳丽,我想请你帮帮忙,跟食品厂说说能不能把价格再抬一抬。

柳丽说,这时候坐地提价,不合适吧?

春花说,你晓得,春风这回进去,要想出来,怕要花不少钱!就算将来出来,总得生活,我这当姐的不能不替他考虑嘛。

柳丽觉得有道理,但也有点勉强。

春花说,柳丽,这个忙你一定要帮。要不,我叫向阳来跟你讲?

柳丽马上拦住春花,说,那我试试吧。

春花说,柳丽,我也没办法,春风他自作自受,我可以不管,可是我不能看着我爸受罪啊!

柳丽仿佛捡了一个烫手山芋,说也不好,不说也不好。又一想,既然春花开口,一口回绝也不近人情。况且,做买卖,你情我愿,讨价还价也是常理,食品厂同不同意是一回事,她说不说是另一回事。如果同意更好,要是不同意,也给春花一个回话,让她死了这条心。

柳丽把春花的意思跟范林说了。

范林一听,马上笑了,说,柳丽,往后别再说小杨总的面相学是迷信,我看那是科学,比科学都科学,准得很!

柳丽说,这话怎么讲?

范林说,小杨总说了,看过春花和向阳的面相。春花嘛,颧骨有尖,是为阴盛;向阳呢,嘴阔唇厚,是为厚道。春花爱财,向阳爱面子,阴盛阳衰,向阳镇不住春花,春花当家。所以,小杨总特意在价格上预留了空间,不过不能超过百分之十,这是底线!

柳丽不禁欢喜,说,春花就想加点钱,这个百分之十怕也够了。只要他们两口子满意,为食品厂后续服务更上心,效率更高,质量更有保证,也是省钱!况且,如果这事宣传出去,也能增强食品厂的影响力,说不定有人主动找上门来合作呢!

范林点点头,说,小杨总还说,你的面相,刚柔相济,正好克住春花,春花有事,一定会找你,所以这个人情一定留给你!你说神奇不神奇?

柳丽说神奇,也觉得是常理。

28. 康康

春花收到食品厂转款,悬着的心终于踏实了。无论如何,这都算喜事,春花一大早就开始张罗,中午在自家饭店摆酒宴庆贺,借此冲冲春风带来的晦气。向阳也表示支持。多年之后,康宁博士一直认为,这份合同的达成,是康家的大事,也是香铺的大事。正因为这份合同,香铺的经济出现新格局。换句话说,香铺对外开放了。

因为晓得康老久和宁万三坐不到一起,春花就没请宁万三。反正宁万三不是外人,春风出事后又不愿出门见人,不请他出席也说得过去。那天,除了康家一家人,孙和平也在,但他不把自己当外人,康家人也没把他当外人,这一点都能看出来。说到外人,只有柳丽。毕竟没有柳丽就没有这桩好事,春花坚决要请的。本来还请了范林,范林走不开,也就罢了。那顿饭吃得都开心,康老久多喝了几杯,特意敬了柳丽一杯酒,逼着柳丽承认,做手艺就是比当房东强。柳丽不好分辩,只好笑着点头。

也就在那天午饭后,警方为春风的案子,第三次来香铺调查取证。凡是与案情相关人员以及目击者,一一询问笔录。柳丽也在其中。警方前前后后问得仔细,柳丽实话实说。警方也找到孙和平,孙和平拖着伢腔,没说一句春风的不好,光说自己头上的伤好了,也复查了,没有后遗症。当时,香港发廊好多人排队,孙和平怕警方不走,影响他做生意,还把头上的伤给人家看,说,不管咋说,都是熟人,俺不能讹他!

宁万三猜得没错,康老久不能原谅春风。康老久对警方滔滔不绝,不仅说那天夜里春风如何无赖,还把宁万三捎进去,说宁万三如何惯坏了春风,甚至把宁万三如何带头出租房屋,如何天天打牌,如何把香铺搞得乌烟瘴气,也都一一说了。警方是否采纳,他也不管。偏偏那天,康老久喝了酒,有酒壮胆,直说得嘴角白沫泛起,一点也不结巴。临走时,康老久追了警方老远,问啥时候将春风判刑。警方无奈,只好说尊重事实,依法办事。康老久不满意,说这话听着不清不爽,明明是打官腔,跟没说一样,口口声声要上访,害得警方又一番解释。

宁万三得知康老久盯着春风死不让步,心里透凉,想来想去,还得低头去求康老久。自从春风出事之后,宁万三几次找过康老久,康老久不给面见。有时在老牌坊那里碰上,当着众人,康老久掉头就走,根本不给递话的机会,让宁万三觉得颜面扫地,恨不得找个地缝钻进去。这哪里是亲家?这他娘的比冤家还冤家!

不过,宁万三也反思,康老久何以至此。这时候,一般大铃铛也参与。大铃铛一边嗑瓜子,一边劝宁万三。人家康老久没惹你,是你家春风不争气,到人家商店闹事,还绑架人家红梅。红梅是没过门的大姑娘,三更半夜,春风把人家绑在房里算什么?! 更何况,春风不晓得轻重,把小老侉孙和平的头打破了,缝了十几针,住了几天院,花了几千块,这能怪哪个?再说那孙和平,他是一般的小老侉吗?那是康老久招来的上门女婿,香铺人都能看出来,你就看不出来?虽说没结婚,两个人常在一起,还不是迟早的事?就这些,换作是你,你不生气吗?你能给人好脸子吗?你不把人家祖宗八代都骂一遍吗?你不巴望着公家早早处理吗?

大铃铛嘴里冒一个问号,吐一片瓜子壳,一串问号下来,一地瓜子壳,将宁万三轰得一塌糊涂,不得不承认,康老久占理,自己理亏。当然,宁万三明白,如果康老久死盯着春风不放,春风的责任就大了,就要在里头多蹲些日子。划来划不来,这个账好算,还是去求康老久!

宁万三去求康老久,又怕康老久不见,见了康老久又怕他不给面子,想来想去,就想到外孙子康康了。在这个世上,只有一个人把他们这对冤家联系到一起,那就是康康。康康身上有他康家的血,也有宁家的血,这一点哪个也改不了。有康康在,他康老久再横,也能顺过来,再犟也能拉过来,再硬也能软下来。

康康两岁多,长相随向阳,性子随了春花,说话早,也爱说,一天到晚,小嘴叨叨个不歇。因康老久曾提醒向阳,少让康康跟宁万三见面,向阳不好跟春花说,只好多留心,尽量少让康康去宁家。偏偏康康天生跟外公亲近,天天闹着见外公,向阳只好哄着,得闲带康康去见一见。宁万三疼孩子,凡事依着,要东不给西,更得康康欢心。有几回春花和向阳饭店忙,宁万三把康康带回家睡,小家伙躺在外公怀里,乖得很。

这天一大早,宁万三特意去了趟南七,买了零食玩具,花花绿绿,一大袋子,还专门跑到电影院巷子里买了两本《奥特曼》画书。回到香铺,宁万三没回家,直接拐到春花饭店,见两个服务员正在忙活,不见春花和向阳,也不见康康。一问,才晓得,向阳和春花带康康去开发区打疫苗了,于是坐下来等。十点钟左右,向阳骑着摩托车,带着春花和康康回来了。康康打针受了委屈,一见外公,娇气得不行,扑过去抱住宁万三的腿。宁万三把康康抱起来,给他看零食玩具,又哄他看《奥特曼》,康康自然高兴。春花和向阳正好要忙生意,也顾不上管了。

宁万三抱着康康一路上教,一到爷爷家就叫爷爷,只要叫得好,还有好多玩具。康康就说好,还在宁万三的脸上亲了一口。来到康老久家门口,红梅在商店里看见,怕康老久看见康康跟宁万三在一起,马上跑出来,要抱康康。康康不干,小脑瓜直摇。宁万三说,康康跟姑姑玩吧。康康说,我不,我不。宁万三说,康康要找哪个?康康说,找爷爷,找爷爷!宁万三笑了,问红梅,红梅,你爸在不在?红梅说,不在。宁万三对康康说,康康,爷爷不在嘛。康康就哭,不停叫爷爷。这一喊,康老久出来了,一开大门,见是宁万三抱着康康,脸马上拉下来。宁万三对康康说,康康,叫爷爷!康康就叫,爷爷好!康老久说,康康,下来,到爷爷这来!康康摇头,说,我跟外公玩!康老久说,听话,下来!康康就不下来。康老久生气了,眼一瞪,说,这伢,你还想不想学好?下来!康康顿时吓哭了。宁万三马上说,老久,康康来看你,别搞那么凶嘛,看把伢吓得!康老久说,你管好自家的事,我康家的事不要你管！宁万三说，康康是你孙子，也是我外孙嘛，没外哪有里，你说对不对？康老久说不过宁万三，气得转身进院，正要关大门，宁万三一侧身挤进去，康老久不想让他进，就把他往外推，一推一搡，康康吓得哇哇大哭。宁万三说，老久，看在康康的面子上，让我进去嘛，万一挤坏了呀，怎搞？康老久翻了翻眼，只好把宁万三放进来，宁万三顺手把门闩上。

　　院子里一片清静。康老久不理宁万三，拿起水壶给盆里的菜浇水。宁万三走到他身后，把康康放下，说，老久，这里没外人，我直说了，我宁万三来求你了，求你放过春风！

　　康老久还不说话，把水壶弄得叮当响。

　　宁万三说，古代有负荆请罪，如今改革开放，不兴老一套，我就抱着康康来了，总之是一样，是来请罪。你说得对，惯子不孝，肥田收瘪稻。我就是个孬子啊！老久，我宁万三再求你一次，只求你高抬贵手，放过春风。不管咋说，春风毕竟是康康舅舅，万一闹得让他坐了大牢，说出去康康面子也过不去，对康康也有影响！你说是不是？话又说回来，春风快三十岁了，长成的骨头，脱成的胎，他就是一摊狗屎，也不能把他扔了，还能壮地是不是？要壮地，还得给他个机会对不对？经过这一折腾，万一他改好了，说不定还能肥出两棵好菜，你说是不是？

　　康老久停下手，叹了一口气。

　　宁万三见康老久心思活动，马上跪下来，说，老久，咱们相处大半辈子了，我给你跪下了！

　　康康在一旁，见外公跪下，以为好玩，也跟着跪在宁万三的旁边。康老久气得把水壶一撊，转身一看，康康像个小仙童似的，冲着他笑，顿时气消大半，依然板着脸，说，起来吧！不怕人家看着笑话！宁万三说，没人看见，大门我闩上了！康老久说，你不起来，康康也不起来。地下好凉，你一把老骨头不要紧，康康那嫩坯子怎受得了？起来！宁万三这才起身，康康也跟着起来，也学着宁万三，拍了拍膝盖，十分可爱。康老久摇摇头，忍不住笑了。

　　那天，宁万三临走，康老久本想把康康留下，康康不干，一步不离宁万三,只好让宁万三抱去。宁万三抱着康康,回到春花饭店,正好是上客的时候,春花顾不上带,就让宁万三带康康回家。宁万三抱着康康回家,大铃铛早做好饭等着了。

见康康来了,大铃铛接过来抱着,问,康康跟外公去哪玩了?

康康说,爷爷家。

大铃铛一听,转过去问宁万三,你去康家了?

宁万三没吭声。

大铃铛又问,见到康老久了?

宁万三还是没吭声。

大铃铛以为宁万三怕是又吃了闭门羹,不想烦他,问,康康,见到爷爷没?

康康说,嗯。

大铃铛又问,见了爷爷搞什么呢?

康康眨巴眨巴着眼,小嘴张了张,又说不好,突然从大铃铛腿上溜下来,扑通跪在地上,看着宁万三,呵呵地笑,说,外公,来,来!

宁万三顿时脸红到耳根,手一哆嗦,茶杯掉在地上,叭嚓一声,跌得稀碎。

大铃铛马上就明白了。

29. 霓虹

这年开春,香铺出现第一块霓虹灯,立在宁歪嘴家四间东厢房顶上,老远就能看见。霓虹灯是长方形的,上写"养生足浴"四个大字,晚上一开,五颜六色,看得人眼花。

宁歪嘴是香铺的"骑墙派",不加入宁万三的"房东派",也不加入康老久的"反对派",哪个都不得罪,因此他家的房源没有交给丽达公司,都是自己做主,房租合适就出租。原来他租出去的是西厢房,便宜。这四间东厢房临近香街,在后墙开门,就算沿街门面,因此房租贵些。

租下东厢房的是个外地女人,三十多岁,名字叫宋朝霞,见人就笑,能说会道,一会讲话蛮,一时会话侉,南腔北调,身份证写着是河南人,非得说在浙江长大的。宁歪嘴不管那么多,谈好价钱,就签合同了。宁歪嘴不晓得什么是足浴,就问。宋朝霞解释半天,宁歪嘴点点头,嘴一歪说,嗒!不就是洗脚嘛!

宁歪嘴之所以急着把房子租出去,是因为急等着用钱。他儿子亚明上大学,谈了一个女朋友,开销大了。亚明的女朋友叫红红,东北人,前年暑假跟亚明回来一次,香铺人都见过,都说长相一般,不过配亚明绰绰有余。红红嗓门大,会唱二人转,会讲笑话,还爱描眉画眼化妆打扮。就这一点,亚明妈许金英看不惯,说,一个学生描眉画眼的,死花钱!不过,许金英说得不算,亚明自己喜欢,一天到晚宝贝宝贝地唤。

"养生足浴"开业时,春风的案子已经判了,劳动改造三年半。虽说结果比宁万三想象中的好,但还是觉得没脸见人,因此很少出门,偶尔跟齐刚在院里喝喝茶,听听齐刚说说晚报上的事。不久,宁万三的心脏憋出毛病,在省立医院住了半个多月,做了"搭桥"手术,就回家休养了。康老久晓得宁万三病了,一直没去看望,红梅和孙和平就劝他,看在康康的面子上也该去看看,毕竟是康康的外公。况且,宁万三心脏"搭桥"虽说成功,万一哪天"桥"塌了,人也就没了,岂不遗憾?康老久想了想,也有道理,让红梅备好水果、点心,拎上便去了。

康家到宁家,从康宁广场走最近。可天色还早,康老久怕人家看见,说他康老久向宁万三低头,便有意拐个弯,绕到香街北头,从北向南走。一上香街,就看见一块大霓虹灯,觉得稀罕,走近一看,是宁歪嘴家的东厢房。门前坐着几个女孩子,穿得好少,露胳膊露腿露肚皮,虽说是春末,晚上还凉,一个个也不怕感冒。再近了,上来一个女孩子,朝他招手。康老久以为是新开的饭店,有意跟春花饭店抢生意,就想去看看,走到门口,隔着玻璃朝里一看,吓一跳,原来一群男男女女在说说笑笑,女的捉住男的脚死揉,男的躺在床上死叫,不晓得是舒坦还是受罪。康老久马上明白了,扭头就走。一个女孩子要拉康老久进去,康老久把眼一瞪,把那女孩子吓跑了。

康老久来到宁万三家时,宁万三还躺在床上。大铃铛把他引进屋,宁万三眼睛一亮,双手撑着要起来。康老久见宁万三瘦得皮包骨,心一下子就软了,赶紧上前,扶他躺好。宁万三好激动,说,老久,你是来看我,还是来骂我?康老久说,来看看你,怕阎王爷把你捉去了。宁万三笑,说,嗒!阎王爷不见哟,说香铺没我不热闹,打发回来了!康老久也笑了,坐在床沿上,拉着宁万三的手,问了病情,又问"搭桥"是怎么回事,宁万三一一说了。康老久说,嗒!原来"搭桥"是这么回事!我就想嘛,你宁万三心胸又不大,里头怎能搭起桥呢?宁万三说,老久,你心胸再大,也别"搭桥",真不好受啊!

说说笑笑,老冤家又回到老亲家,前嫌尽释了。康老久突然想起霓虹灯的事,就说给宁万三听。宁万三一笑,说,听说了,就是洗脚的!康老久说,洗个脚还要那样,这是啥世道?宁万三说,啥世道?就是这世道,新东西太多,看不过来了。就说我这"搭桥"吧,要搁过去,没这技术,人说没就没了!康老久叹气,说,你倒是人还在,照这样下去,香铺要完了!宁万三说,老久,记得当年,征地那会子,我和你在南七喝酒的事吗?康老久说,记得!宁万三说,咱不是说过一句话嘛,社会在发展,朝前看!康老久揉揉脸,说,朝前看,朝前看,不朝前看也得看,过去的东西快丢完了!

这时候,大铃铛进来送茶,宁万三让大铃铛也坐下,说有事要说。大铃铛就坐下来。宁万三说,老久,你不是外人,有件事,我先跟你说说,你帮我拿拿主意。大铃铛以为宁万三活不长,要留遗言,眼泪就下来了,拉着宁万三的手,死不松开。宁万三说,哭啥嘛!听我把话说完嘛!大铃铛这才松了手。宁万三说,老久,我跟大铃铛的事,你最清楚,前前后后快三十年了。如今我得了这病,说不好哪天阎王拆了我的"桥"啊!康老久说,别瞎扯,不可能,阎王忙得很!宁万三说,我就想跟你说,万一有一天人不在了,对不起大铃铛啊。所以,我想跟大铃铛把手续办了,给她一个堂堂正正的名分,到时候,就是见阎王,也不后悔呀!大铃铛又哭了,捂住宁万三的嘴不让他说。

康老久心里好难受,人生能有几个三十年?确实不易,想了想,说,这事是得办,我支持!大铃铛马上说,老久,办手续容易,就怕春花那丫头的脾气跟热油一样,见火就着!宁万三说,就怕她一闹,影响不好,也怕康康听闲话!康老久说,春花那边,我跟她说,也许她还给我点面子!宁万三说,那当然。当初你要不给她机会,她哪有今天,哪有康康!

那天,康老久从宁万三家出来,已经很晚。走到老牌坊下,又看见那块霓虹灯,一闪一闪,把老牌坊映得像破庙门似的,觉得好不舒服,就想找宁歪嘴说说,让他劝人家拿掉。刚走到"养生足浴"门前,见一个人晃悠悠地出来,步态像向阳,紧走几步一看,果然是的。向阳一见康老久,马上就跑。康老久一声断喝,向阳马上站住。康老久沉着脸问,向阳,你来这搞什么?向阳支支吾吾,半天才说,食品厂来了几个客户,陪他们喝点酒,然后他们非要来做足浴。康老久说,他们人呢?向阳说,他们先走了,我在后头结账。康老久说,结账?多少钱?向阳说,不多。康老久说,不多是多少?向阳说，一人九十八，连我四个人。康老久一听，顿时火了，说，洗个臭脚还要到这来？洗个臭脚还要三四百？你老实说，还干了什么？向阳说，足疗全套，带按摩！康老久忍不住，上去给向阳一巴掌，转身就走。

康老久气呼呼地回家，一路走一路想。向阳这个不争气的东西，如今有了几个钱，开始飘了，都敢花三四百元钱洗脚了。说什么洗脚房，一看就不是正经的地方。正经的地方，能一个女人捉住男人的脚死揉吗？正经的地方能点那么暗的灯吗？正经的地方女孩子能露着大腿肚皮，站在门口招人吗？呸！呸呸！

康老久回到家，红梅和孙和平正在关店门，一见康老久一脸不快，以为他又跟宁万三杠上了，赶紧劝说。康老久也不理他们，径直走到房里，坐下后，呼呼喘气，半天才说，红梅，去把春花叫来。红梅赶紧去叫，春花一会儿便下来了。

康老久看了看红梅和孙和平，说，你们出去！

红梅和孙和平看了看春花，春花也莫名其妙地紧张起来。

春花说，爸，三更半夜的，有事呀？

康老久稳了稳神，说，坐下吧，我跟你说点事！

春花心里没底，只放半个屁股在凳子上。

康老久说，晚上去西头看你爸了。

春花没想到康老久会去看宁万三，有点惊喜，说，真的？！

康老久点点头，说，听你爸说，这回"搭桥"身子吃了好大亏，人瘦一圈，不容易啊！

春花有点感动，这话从康老久嘴里说出来太不容易，于是说，爸，谢谢了，谢谢您去看我爸！

康老久说，我跟你爸，老对头也好，老冤家也罢，终归是亲家！人老了，都不容易啊！

春花说，爸，您放心，我和向阳还有康康，一定好好孝顺你们！

康老久点点头，说，春花，有件事，我想跟你商量商量。

春花说，好！有事尽管说！

康老久说,你也晓得,你爸跟大铃铛的事,快三十年了,他们熬到现在很不容易。今个我去一看,床前灶后,都是大铃铛在服侍,真是尽心,还是老来伴好啊!你想想,你爸现在那样,说个不该讲的话,万一哪天不那个,你们做后人的不亏心吗?!所以,我想给他们把事办了,也了了一桩大事!

　　春花没吭声,想了想,说,爸,是我爸托你来说,还是铃铛姨托你来说的?

　　康老久摇摇头说,是我自己想到的。

　　春花说,爸,要是您想到的,我同意!

　　康老久说,春花懂事!

　　春花笑了。

　　这时,楼上传来康康的哭声,春花赶紧回去,走到门口,康老久又叫住她。春花以为还有事,便停下来。

　　康老久哑巴半天嘴,说,跟向阳说,往后没事别乱跑,在家多陪陪康康,也省得你一个人累!

　　春花心里像灌了蜜似的,甜甜地说,谢谢爸!

30. 包围

康宁博士一直保存着一张照片。这张照片是他小时候和妈妈一起照的。照片中,他咧着小嘴,伏在妈妈怀里,手指着一个方向,憨态可掬。这张照片的背景便是香铺西村口。康宁博士依然记得,当时他手指的方向,有一棵歪脖子合欢树,树上一只鸟窝,一只大鸟衔来虫子喂巢中的小鸟。小鸟叽叽喳喳,黄黄的嘴丫都看得清清楚楚。

香铺西边原是桃花乡的农田,早已被征收,拉起一人多高的围墙,每隔一段写一行标语,"新世纪,新千年,千禧广场欢迎您!"字是红字,又高又大,远远就能看清横平竖直。从这里算起,加上之前北边开工建设的"经贸中心",以及东边的滨湖世纪城,香铺已被团团包围了。从空中看,香铺好像一颗痣,或是一个肚脐眼。

五一那天,"千禧广场"破土动工。同一天,红梅和孙和平的婚礼在香铺举行。日子和地点都是康老久定的。事前,康老久让孙和平把他父母接来,两家人坐在一起商量过。孙和平父母都是乡下老实人,翻来覆去一句话,和平是俺儿,也是你儿,老哥你说咋办就咋办。康老久考虑孙家困难,也没客气,就把喜事承担下来了。按香铺的规矩,结婚要有媒人,大铃铛自告奋勇,自不用提。此前,大铃铛和宁万三得到春花的默许,办了结婚手续,如今成了亲家,忙前忙后,也是应该。

红梅和孙和平相处时间不短,又经过春风事件的考验,想必早心心相印了。红梅自小仁义,为人厚道,又开着商店,香铺人一直以为红梅在挑三拣四，没想到红梅的绣球，让孙和平这个小老侉抢到了。用香铺人的话说，女大三抱金砖，小老侉占了大便宜了。找到称心的女婿，最高兴的是康老久。姑娘结婚娘不在，康老久怕红梅伤心，索性宠红梅一回，只要不脱规矩，凡是人家姑娘出嫁该有的，一样不少。红梅得寸进尺，非要学人家流行的洋派，穿婚纱，戴戒指，走红毯，倒香槟。康老久一毫不打坝子，满口答应。在香铺女孩子中，红梅最看重柳丽，认为她最出息，是个人物，早早请她来做伴娘，顺道把廖彬也请来做伴郎。春花为小姑子的婚事，也是尽心，早早备妥婚宴的酒菜，等着客人来吃喜酒。向阳从小最疼妹妹，托人从市里请来婚庆公司操办婚礼，花钱多少都不在乎。

那一天，天公作美，阳光灿烂。房前屋后，槐花盛开，香气袭人。康家院子里，婚礼热热闹闹，颇有创意。穿着婚纱拜天地，放着鞭炮入洞房，半土半洋，倒是欢天喜地。当场，孙和平幸福得直哭，跪在康老久面前，改口叫爸，侉腔侉调，引来笑声一片。

毕竟结婚是两个人的事，小两口恩爱甜蜜，就算甜成蜜饯也与他人没有关系。香铺人吃过喜糖喝罢喜酒，突然觉得无趣，红梅和孙和平的事早已熟知，没有多少谈资。老牌坊下打牌，说着说着，就对柳丽和廖彬产生兴趣，不免议论长短。说到这事，康跃进老婆郝凤芝最有发言权，好多女人围着她打探消息。康跃进冲郝凤芝使眼色，不让她多嘴，郝凤芝不理会，悄悄地透露了好多秘密。其中一个秘密是，柳丽名义上是丽达公司的老板，其实老板已经换成廖彬了，说明两个人已经那个了。有人就问，这话到底是啥意思。郝凤芝学会了宁万三的"两大法宝"，说，一个女人把老板的位置让给一个男人，二人年龄相当，脾气相投，你说是啥意思？这么一说，众人一下子就明白了。

其实，郝凤芝所说的"秘密"并不是秘密。柳丽确实把公司法人转给了廖彬，并且给了廖彬股份，但是柳丽绝对控股，还是实际控制人。柳丽之所以这样做，是因为提前完成了对廖彬的考验。廖彬是能办好丽达公司的人，甚至比自己更合适。这一点柳丽非常自信。毕竟都是大龄青年，毕竟一直相互欣赏，毕竟孤男寡女孤单，通过一段时间交往，柳丽和廖彬碰撞出了爱情火花。爱情故事大体一样,多说都落俗套,总而言之,两个人心动了,恋爱了,相好了,谈婚论嫁了。至于何时结婚,两人有约定,直到丽达公司把网点开遍全市,成为脂城最大的房屋中介公司。

廖彬成为丽达公司的老板,柳丽自然解脱出来。这正是柳丽的安排。柳丽必须要回食品厂,为了一份感恩,也为了一份信任。这事柳丽虽没跟廖彬说,廖彬似乎也能感觉到,因此也没提出异议。

一个月前,范林从香港回来,带回好多消息,有好有坏,都让柳丽诧异。小杨总的病情没有出现奇迹,可能从此再也站不起来,甚至比这更坏。因为小杨总的病情微妙,香港杨氏集团内部出现分歧,大杨总和小杨总分家,大杨总对大陆生意没兴趣,选择香港的资产,小杨总选择了大陆的生意,包括脂城开发区的食品厂。小杨总说,食品厂占了人家的田,要是做不好,愧对人家,尤其是香铺人。柳丽没想到小杨总竟如此有担当,越发敬佩那个曾经满头自来卷的小杨总,那个思考问题时,爱卷自己头发的男人。

然而,范林带来的另外的信息,让柳丽更没想到。

小杨总之所以来脂城投资,是因为他的母亲。小杨总的母亲是脂城人,叫段秀云。解放前,段家在脂城开有食品厂,给段秀云留下美好回忆。1948年,段秀云嫁给了一位国民党军官杨上校。第二年,段秀云随杨上校逃到台湾,后来又到香港经营,创办杨氏企业,几十年下来终成杨氏集团。因大杨总是杨上校前妻所生,在其母的争取下,小杨总被定为集团总裁继承人。但是,小杨总喜欢研究古玩,不喜欢经营,母亲逼他坐上总裁的位置。后来,大陆改革开放,小杨总为完成母亲回老家办食品厂的遗愿,来到脂城洽谈投资。当时,范林在政府部门任职,负责接待小杨总一行。频繁的交往中,小杨总从面相上认定,范林是他命中有缘人,便劝范林"下海"跟着自己干。巧的是,大学经济管理专业毕业后,范林被分配到市政府机关工作,如今早已厌倦,不顾家人反对,辞职"下海",加盟杨氏集团。不幸的是,小杨总突然查出患有先天性疾病。如此打击之下,小杨总坚持完成母亲生前遗愿,在开发区建成食品厂。没承想一场亚洲金融风暴,香港杨氏集团元气大伤,濒临破产,幸好小杨总为人善良,结交广泛,在商界朋友的支持下，重新站了起来。俗话说，人算不如天算，因为过度劳累，小杨总病情加重，以致如此。

柳丽像听故事一样，觉得这一切太不真实。

范林说，柳丽，你晓得为什么第一次见你，小杨总就认定你是他的贵人？

柳丽摇头。

范林说，小杨总说，他四岁时，曾在一场台风中走失，是一位右眉梢有红痣的女人将她救起。那个女人救了他后，自己却被台风卷入海中。他只记得那个女人的眉梢上有颗红痣，豆粒般大小。所以，小杨总的母亲从小就告诉他，右眉梢有红痣的女人是他的贵人。有了贵人，要记得感恩。也正是因为如此，小杨总从小就喜欢观察人，长大后一直在研究面相学、周易、堪舆等学问，颇有心得。

柳丽觉得越说越传奇，越说越像一出戏。但是这一切又都跟自己多少有点关系，实在不可思议。

范林说，你是不是还认为小杨总说的是迷信？

柳丽确实认为是迷信，但是没说。

范林说，有一天，小杨总在病床上说，柳丽正在走桃花运。那个幸福的男人应该是左撇子，左边耳朵大一些，右边耳朵小一些，还有他脾胃虚，爱吐酸水。记得让柳丽多给人家吃补气的东西。

柳丽不得不服。小杨总所说的这些，廖彬都有，一条不差。按理说，小杨总并不认识廖彬，难道这只是巧合？

范林说，看来，小杨总说对了。

柳丽点点头，又叹口气，说，小杨总那么神，怎么没算好自己的命运呢？

范林说，小杨总说了，算不好自己，就是他的命运！

柳丽无言以对。

范林叹口气，说，如果说小杨总以上都说准了，那么下面这一条，我倒不敢说了。

柳丽说，说吧，不然搁在半路上，多难受！

范林说,小杨总说,香铺是个好地方,风水好,是福地。但是还缺一口气。这口气从哪里来不好说,但是香铺最近可能被包围,孤零零地悬在那里。不过,总有一天,香铺会给世人一个奇迹!

柳丽说,香铺确实被包围了,从五一那天开始。

范林说,不可思议啊!

柳丽说,食品厂的事,小杨总怎么说?

范林说,小杨总说,只要做好老百姓喜欢的产品,就一定会好!

柳丽点头。

范林说,柳丽,你不想听听小杨总给你的建议吗?

柳丽突然有点紧张,想了想才说,想!

范林想了想,拿出大哥大,打通了香港小杨总的电话,然后,把大哥大交给柳丽。

柳丽叫了声杨总,眼泪跟着就流出来了。

小杨总说,柳丽,明年你一定会做新娘,可惜我不能去看你穿婚纱的样子啦!

柳丽哽咽,说,杨总,你会的!

小杨总笑,说,太好了,你是我的贵人,你说会的,一定会的啦!

柳丽突然像个孩子撒娇一样,说,你会的!你会的!一定会的!

说完把电话放下,趴在沙发上啜泣不已。

那天,柳丽不晓得自己怎么走出食品厂的,只记得范林一直陪在身边。她像喝醉了似的,一时哭,一时笑,引得路人指指点点。范林默默地看着她,由着她闹。

黄昏,来到香铺村口,范林停下来,环视四周,说,香铺又变了!柳丽像被冷水一激,揉揉眼睛,马上清醒。

范林说,香铺果然被包围了,太快了!

柳丽说,开春下那一场桃花雪的时候,这里还没围墙,那边也没开工。

范林说,说到桃花雪,我倒想起来了。小杨总在病床上老提起那场桃花雪,说那场雪是为他下的,也是为你下的。为他下,圆了他见识桃花雪的梦;为你下,给你带来桃花运!

柳丽又想哭,但是忍住了。

范林说,还有一件事,本来应该在电话里说的,小杨总跟你说,可当时你哭得像个孩子,电话里也听不下去,只好让我来跟你说了。

柳丽说,对不起!

范林说,小杨总说,丽达公司已不适合你,适合你的是食品厂,是食品厂的新产品。

柳丽说,你晓得,我没做过产品!

范林说,我还晓得,你也没做过丽达公司,不是也做出来了吗?

柳丽说,不行! 我不能拖食品厂的后腿,不然太对不住小杨总!

范林说,这就是小杨总的安排,厂里成立营销中心,由你负责!

柳丽想了想,说,我,怕不行!

范林说,柳丽,我和小杨总一样,看好你!

一个人骑着摩托车从香铺过来,速度好快,来到近前一看,是廖彬。廖彬一见柳丽,说,我正要去接你呢!柳丽介绍廖彬,范林笑了,跟廖彬握手,说,你的情况,我都晓得了,我看合格!廖彬被搞得一头雾水。柳丽和范林心照不宣,开心地笑了。

那天夜里,柳丽辗转反侧,无法入眠。凌晨,柳丽起来散步,不知不觉,来到老牌坊下,于是坐下来。夜空中,东边几颗星辰,闪闪烁烁;西边半轮下弦月,清丽孤单。四周灯火明暗,远近车笛长短,建设工地机器喧腾,如此一来,香铺如同一摊陈纸上的墨迹,显得更加沉着孤寂了。柳丽闭上眼睛,昏昏沉沉,过往的一切,如一幅幅图画,渐次浮现,交叉变化,织成一张网,将她团团包围。

一阵风来,柳丽不禁浑身一颤,再睁眼时,已觉露湿衣衫,老牌坊的影子被拉得好长好长。

【下部】

31. 千禧

香铺再一次名声大噪,是在2000年。

这一年又叫千禧年,或千福年。千禧也好,千福也罢,香铺人没这概念,不过又是一年,日子还是一天一天地过。不过,这一年,香铺发生一起重大案件,香铺人亲眼见证,怕是不会忘却。

多年之后,康宁博士为了真实还原历史,查阅了大量当年的媒体资料,证实那桩令香铺名声大噪的事件确实发生过,确实在那年春天。那年春天,外号"疯狂鸳鸯"的两名悍匪,在南方三地犯下重案,一时震惊南北。作案后,二匪四处流窜,一个月后,窜到脂城,刚一落脚,便被警方顺利拿下。震惊全国的大案成功告破,电视台跟踪报道。香铺作为抓捕现场,自然有好多镜头。镜头中出现最多的,除了村口的老牌坊,就是宁万三了。说起来,这不奇怪,因为向警方举报这一线索的不是别人,正是宁万三。

时至今日,香铺人依然认为,宁万三立功纯属歪打正着。自从儿子春风出事之后,宁万三觉得丢脸,白天很少露面,养成夜行的习惯,活动活动老胳膊老腿,呼吸呼吸新鲜空气,倒也很有规律。据宁万三回忆,清明前一天,刚刚落过一场雨,天黑得早。宁万三吃过晚饭,趁黑出来遛遛,走出宁家巷,本想在香街走一走,见"养生足浴"门前好不热闹,就有意避开。自从有了"养生足浴",一到晚上,周边工地上的包工头小老板时常光顾,有时闹到天亮,宁万三看着也烦。毕竟熟悉香铺,宁万三拐上对面的桃林。桃林旁边有个池塘,一到夏天就蛙声阵阵,也是一个好去处。正走之间,借着霓虹灯的灯光,宁万三见一男一女躲在冬青树丛后头,鬼鬼祟祟,马上停下脚步。如今香铺住着好多打工者,男男女女,年纪轻轻,免不了干些苟且之事。对此,宁万三早有耳闻,开始表示理解,年纪轻轻,孤男寡女,长期在外,你情我愿,在所难免。后来又听说,有不要脸的男女趁夜深人静,竟然在老牌坊下面干那事,寻求刺激,宁万三受不了了。这不是侮辱香铺的祖宗吗?这不是脏了香铺的神圣吗?你不要脸能到如此程度吗?!

那天晚上,宁万三当时认定,躲在冬青树丛后的这对男女一定又是在偷偷摸摸乱搞,马上想到报警,让公安来抓人,刹一刹这股歪风邪气。毕竟老胳膊老腿老花眼,宁万三穿过桃林,脸被划破,疼得钻心,更加气愤,一溜小跑,来到红梅商店,给派出所打了电话。警方问明体貌特征,马上前来抓捕,一番较量,嫌犯落网。后经审讯,原来这对"疯狂鸳鸯"作案后,一直在逃,阴差阳错地来到脂城,不敢住旅馆,看到晚报上的租房信息,于是来到香铺,刚刚进香铺喘口气,就遇上宁万三。有趣的是,嫌犯还交代,当天晚上,他们刚进桃林,就碰上一男一女在乱搞,便没有打扰。后来又见宁万三进来,以为也是来乱搞的,于是没有在意。不然,就凭"疯狂鸳鸯"的能耐,警方十年八载别想抓住。唉!江湖险恶,大意害人啊。

宁万三举报有功,除了受到表彰,还有奖金五千元。大铃铛做主,老两口去市里置办了几身新衣,还在大饭店美美吃了一顿,回到香铺,显摆了好多天。可是,没过多久,宁万三高兴不起来了,因为康老久又来找麻烦了。

进入千禧年,"九五"收官,"十五"开局,开发区迅猛发展,外地来打工者越来越多,香铺的人口也越来越密,情况越来越复杂。以往吵吵嚷嚷、乱扔垃圾、不守规矩,如今男女偷腥,丢东少西,打架斗殴,等等,时有发生,把香铺搞得乌烟瘴气。尤其是清明大案发生,更是让康老久不能忍受。康老久说,乱!乱得跟牲口棚一样!这样下去,香铺干脆改名叫臭铺算了!

一时间,种种抱怨在香铺甚嚣尘上,罪过都归结在出租房屋上。实话实说,这种声音,宁万三并不陌生,前两年康老久就咋呼过,因此他并不在意,杂音就是杂音,迟早都会过去。如今以康老久为代表的"反对派"是极少数,满打满算,不过三五个,还都是老家伙。以宁万三为代表的"房东派"

是绝大多数,宁万三心里自然有底。毛主席说过,少数服从多数。没什么可怕嘛!

以康老久为代表的"反对派",虽然力量薄弱,却不理这一套。人少又怎样?人少不等于不占理,人多也不能不讲理,香铺是祖宗留下来的,是香铺人就得保护,提议把外来的租户统统赶出去,还原过去的香铺。这一提议,迅速遭到"房东派"的有力回击:放屁!把租房户统统赶走,让老子喝西北风去?!

康老久性格死犟,自然不会轻易服输。屠龙先屠首,擒贼先擒王,康老久鼓动几个老家伙上门找宁万三。考虑到宁万三心脏做过"搭桥",万一把他逼出事来,不好收场,事前"反对派"商量妥当,一致认为不跟他吵,跟他"摆摆理"。康老久带着老家伙们来到宁家,宁万三一见势头不妙,打算关门,康老久眼明"脚"快,大步上前,把腿迈进门里,宁万三不敢硬来,只好放老家伙们进门。老家伙们早有分工,两个坐在门槛上,堵住出路,其他人围着宁万三,不让他乱动。宁万三晓得难以脱身,只好乖乖就范了。

本来说好不吵,说着说着,还是吵将起来。虽说宁万三嘴皮子溜,毕竟人多嘴多,吵着吵着,宁万三一时招架不住,脸色煞白。康老久怕宁万三出事,跟儿媳春花不好交代,更对不住孙子康康,及时站出来协调,好不容易双方才平静下来。

宁万三捂着胸口将气喘足,说,老久,你说把人都赶走,就算我答应,香铺那么多户都指望房租过日子,他们答应吗?他们一没手艺二无田种,你能给他们找到好营生吗?话又说回来,你说还原过去的香铺,我也同意,那我问你,过去的香铺能还原吗?过去香铺四面都是田,如今不是房子就是厂,你能还原吗?眼下这个季节,正是种菜的好时候,你能把田弄回来吗?不瞒你说,天暖和了,我老想着带康康去看看油菜花,可是你看看,香铺周边十里八里,还能找到油菜田吗?

康老久本来就嘴笨,被宁万三脱口而出的一连串问号镇住了。宁万三的这些问号不带屁味,带着辣味,呛得康老久和那帮老家伙一时无言以对。不得不承认,香铺的四周没田了,没田种不了菜了,周围也看不到金黄的油菜花了,看来香铺无法还原了!

康老久像被兜头泼了一盆冷水,脑瓜清醒了,心也凉了,一句话不说,慢慢走出门。几个老家伙见情况不妙,马上跟上去,追在屁股后头,问,老久,这事怎搞嘛!康老久不晓得怎搞,心里乱糟糟,像塞进三斤稻草。恰好一条懒狗卧在路边,康老久忍不住踢了一脚,懒狗好委屈,汪汪叫两声,夹着尾巴跑开。康老久也不追赶,丢下几个老家伙,怏怏地回家去了。

那天,康老久中饭没吃,晚饭也没吃,躺在床上死睡。晚上,红梅挺着大肚子,把饭端到床头,康老久不吃。红梅只好端回去,过一会儿,孙和平又把饭菜端来,康老久还是不吃。孙和平本想劝几句,见康老久像丢了魂似的,不敢多嘴,便把饭端走了。

半夜,康老久睡不着,想喝几杯。本想让红梅起来弄两个菜,又一想,红梅正怀着伢,不能累着,便自己动手找出半瓶酒,喝一口,叹一声,半瓶酒下肚,胸口还是满满的,便躺下了。毕竟一天没进食,肚子里又装着酒,翻来覆去,还是睡不着。天快亮的时候,迷迷糊糊地睡了,做了一个梦,梦里又见到那个白胡子白眉毛的老祖宗。老祖宗一见面,马上拉下脸来,康老久赶紧跪下。老祖宗二话不说,上去给他一脚,正踢在他的肚子上,顿时腹中翻江倒海一般,差点吐出来,幸好忍住了。康老久问,老祖宗,我犯错了吗?老祖宗说,你自己不晓得?康老久说,不晓得。我只晓得,香铺要改名,往后叫臭铺,是不是好难听?老祖宗气得白胡子直颤,抬腿又给他一脚,又踢在肚子上。这一回,康老久没忍住,哇的一声,吐出来了。

这时候,康老久醒了。醒来后,头昏脑涨,肠胃隐痛,一提鼻子,一股酒气酸臭,抬手一摸,黏糊糊的,赶紧开灯一看,枕上黄黄的一摊,还有血丝血块隐约可见。

康老久醒来时,一睁眼就发现自己在打点滴,然后闻到一股药水味,再然后就看见孙和平和红梅。红梅见他醒来,高兴得哭了,不停地问他难受不难受。护士过来,让红梅不要大声喧哗,红梅就闭上嘴了。康老久晓得,自己住院了。孙和平悄悄跟他讲,他是急性胃穿孔,医生说是空腹喝酒所致,幸亏发现及时,不然要出大事。也许麻醉药劲还没过,康老久听着听着又睡着了,又做梦,又梦见老祖宗。康老久一见老祖宗,吓得捂着肚子,扭头想跑,跑又跑不动,急得大喊大叫,一下子就醒了。孙和平拉着他的手,说,爸,你老喊老祖宗,啥意思哩？康老久摇摇头,又把眼睛闭上了。

下午,康老久清醒好多,躺在病床上无聊,说想康康了。向阳打电话给春花,让人把康康送来。没过多久,宁万三带着康康来了。康老久有点意外。康康乖,上去先亲了康老久一下,康老久顿觉浑身不疼,精神好了许多。

宁万三坐在病床边,拉拉康老久的手,说,老久,你也会倒下？

康老久说,嗒！不是我倒下,是老祖宗踹的！

宁万三笑,说,瞎扯,什么老祖宗？都是当年你瞎编的,以为我不晓得?！

康老久也笑,说,这回真见到老祖宗了,白胡子白眉毛,个头跟我差不多！

宁万三说,好吧好吧,就算你见到了,那老祖宗凭啥踹你？

康老久说,别提了,怪我多嘴。我跟他说,老祖宗,香铺要改名叫臭铺了,他老人家一听就翻脸,冲我肚子来一脚,接着又来一脚,你说哪个受得了?！

宁万三笑得止不住,康康不晓得缘由,以为有好笑的事,便跟着一起笑,笑得送药来的护士莫名其妙。

康老久摇摇头,一本正经地说,唉！老祖宗也不讲理,啥世道啊！

32. 蹄花

有关故乡的回忆，往往从美食开始。康宁博士也不例外。在康宁博士的记忆中，香铺的美味之一便是"蹄花"。那味道确实像春天的野花，随时在记忆中疯狂地绽放。不过，康宁博士经反复考证，这道美味并不是香铺的传统美食，而是舶来品。它的出现与一个人有关，这个人就是春风。

那一年，五一临近，春花抽空去黑湖劳改农场探望春风。本来，春花以为姐弟俩见面，难免哭鼻子流眼泪的，特意带了两包面巾纸。没承想一见春风长得白白胖胖，看上去稳重好多，心里便好受许多，也放心许多。春风看到春花自然高兴，春花借机唠叨一番，让他切记，撞了南墙要回头，吃了大亏要明白，改过自新，重新做人，争取宽大，早日出来。春风虚心接受，一一答应，又把自己的情况大致说了。

因表现良好，春风被抽调到劳改食堂劳动。食堂里有个老犯人叫老谢，原是一家国有大饭店的高级厨师，私下里跟一女服务员胡搞，又不敢娶人家，女服务员怀孕，找上门跟他拼命，结果反被他失手误害，因此被判无期。春风和老谢有缘，相处很好。老谢自知出去无望，怕一身厨艺失传，暗暗传授给春风。春风从小就好吃，又学得积极，已经掌握好多名菜的烹饪技法和窍门。尤其是"秘制蹄花"，几乎可以乱真了。春花一听，也想学学。春风就把技法和窍门一一说了。春花毕竟开着饭店，同行同理，一点就透，当下高兴得要命。

一场会面，春风只字未提柳丽，春花几次想说，怕春风伤心，还是忍了。

临别时,春风突然问,她现在还在香铺吗?春花晓得是问柳丽,说,别想了,你和她有缘无分!春风说,晓得。春花说,她找到对象了,就是她招的总经理。春风笑了,说,请你带个话,我不恨她!春花不明白这句话的意思,春风也没说。刚好会面时间已到,姐弟俩只好告别。

宁万三得知春风在里头的情况后,甚是欣慰。当着大铃铛的面,宁万三先是摇头叹气,接着又拍手叫好,把大铃铛搞得一愣一愣的。宁万三说,春风这伢,自小我没管好,让政府管好了。当初让他好好念书,嘴皮子磨破劝不好,如今让个老犯人教好了。这样一算,春风不吃亏,在里头学好手艺,出来就能出头,比上大学划得来嘛!大铃铛撇撇嘴,说,嗒!坐牢能跟上大学比吗?要是比上大学划得来,你也去,我给你送饭!宁万三说,怎搞不能跟上大学比?宁歪嘴的儿子亚明,倒是正正规规大学生,一毕业就是失业,还不是待在家里啃他老子的房租?大铃铛说,人家找不到工作也是大学生,名声好听!宁万三说,名声好听管屁用,名声可能当饭吃?!大铃铛说,名声好,脸上光彩!宁万三嘻嘻一笑,俯身贴在她的耳边,悄声说,你当年倒是落个好名声,结果熬了二三十年,要不是康老久帮忙,还得熬着!大铃铛一听,又想骂又想笑,伸手要打。宁万三转身就跑,大铃铛追不上,脱下一只鞋,朝宁万三扔去。偏巧这时候齐刚来借晚报,正好打在齐刚脸上。大铃铛赶紧道歉,齐刚笑笑,也不介意。宁万三不好意思,把齐刚让进来,坐下喝茶。

大铃铛好久没见沙小红,便问齐刚。齐刚说,沙小红想家了,回老家看看,还没回来。大铃铛说,是呀是呀,好久没回去了,你也应该回去看看。齐刚说,她一个人回去够了!大老远的,多一个人多花一份路费!宁万三点头附和说,火车提速了,车票也提价了,白白跑一趟,划不来!齐刚说,花钱容易挣钱难嘛。大铃铛翻眼看了看齐刚,说,提到钱,我得说你几句,当初柳丽介绍食品厂买你的技术,你死活不同意,要不然,拿上一笔钱,一家人舒舒服服过日子,多快活!齐刚笑了笑,没有说话。宁万三马上说,妇道人家,你晓得什么?人家齐刚的技术,那是祖传秘方,命根子!大铃铛把脸一扭,不吭声了。

齐刚喝了几口茶,拿着报纸,起身回去,腰也明显勾了。大铃铛说,瞧瞧,沙小红才走几天,齐刚就瘦成这样,男人再能干,身边也不能没有女人!宁万三说,那是,要不然,我能娶你?大铃铛出其不意,突然出手,一把揪住宁万三的耳朵,笑道,这回跑不了了吧!宁万三疼得龇牙咧嘴,连声求饶,大铃铛这才松手。

正在这时,春花带来一份她试做的"秘制蹄花",让宁万三和大铃铛品尝品尝,提提意见。宁万三和大铃铛尝过,都说好。春花高兴,又让他们提意见。宁万三想了半天,说不出来,大铃铛突然一拍大腿,说,齐刚不是搞秘方的嘛,找他来尝尝,说不定能品出门道。春花觉得可以,宁万三就去后排老屋找齐刚。

不多时,齐刚来了,先看看菜,又闻了闻,再用茶水漱口,然后夹起一块蹄花放进嘴里,闭上眼睛,舌头翻转,细嚼半天,才慢慢咽下去,半天不说话,突然一睁眼。宁万三吓一跳,问怎么样。齐刚说,好味道啊!春花兴奋得直跳,说,齐师傅,提提意见!齐刚说,好久没尝过这么拿人的味道,真不敢提意见。不过,非要提意见,倒有一点,要是糖在最后放,回味也许长一些!春花突然记起,春风当时确实说过,糖要最后放,只是她一时心切,提前放了,于是便记下要改。齐刚问,春花,你这道菜跟谁学的?春花看了看宁万三,又看了看大铃铛。宁万三说,是春花自己发明的!春花未置可否,齐刚又说,能不能教教我?春花笑了笑,看了看宁万三。宁万三说,齐刚,都是干这行的,命根子嘛,你懂的!大铃铛说,就是就是,往后你要想吃,就去春花饭店,免费!齐刚干干地笑了,便不再提了。

春花兴致正高,又将"秘制蹄花"试做十几次,从选材选料到程序火候,严格参照春风所说,最后定型。之后,春花和向阳琢磨要有广告词,搜肠刮肚,熬了几天,也没想出满意的词,就请宁万三帮忙,宁万三先是编了一段顺口溜:"春花猪蹄花,香飘千万家。你要吃了它,一路发发发!"大铃铛说得味,向阳说太长,春花嫌太土,康康觉得好玩,教他两遍就学会了。宁万三热情高涨,又熬了一夜,想出两句话:"宫廷佳肴,秘制蹄花。"春花觉得不错,向阳也没意见,于是拍了照片,做了牌子,在饭店门口挂起来了。

毕竟春花饭店开了几年,在周边小有名气,新老客户来了,看了广告,价格合理,自然都捧场,吃了都说好。一时间,一提春花,必说"蹄花",在开发区一带,传得好不热闹。

柳丽头一次品尝"秘制蹄花"的时候,已经是入伏。她太忙。

重新回到食品厂之后,柳丽尤其认真刻苦,生怕做不好,对不住病床上的小杨总,辜负了他的一番信任。其实柳丽不太相信小杨总的"神道",但是对小杨总的"神道"充满敬意,其中更多的是感恩。如今,范林是港资华美公司总经理,兼食品厂厂长。柳丽是华美公司副总经理,兼营销总监,主要负责食品厂新产品的策划研发和营销。头一天上任,柳丽召开部门负责人会议,当众宣布两件事。一是她在食品厂不拿一分钱薪水,只为完成一桩心愿,恳请大家支持。二是她的那份薪水作为基金,年底奖励有功人员。不出所料,柳丽这一做法不仅在食品厂引起轰动,整个开发区都议论纷纷。有人不理解,说如今还有人嫌钱多扎手,看来其中大有名堂;也有人理解,说柳丽是丽达公司真正的老板,自然不缺钱。有好事者写了一篇文章,刊登在晚报副刊上。文章对柳丽的做法大为赞赏,说有钱人追求心灵的满足,这是没钱人无法理解的。议论归议论,不过柳丽并不放在心上,因为实在太忙。

按照事先商定,范林给柳丽配了两名助手,算是业界高手。柳丽晓得自己几斤几两,只抓质量和市场,其他放手让他们发挥才干。果然,仅用一个月,助手就拿出"外婆小灶"系列营销方案,又经过两轮完善,传真给小杨总审阅,小杨总复电,表示满意,并问"外婆小灶"这名字是不是柳丽起的。范林说,是的。小杨总便没再说什么。

"外婆小灶"系列产品,在脂城一带,一炮打响,尤其是春花提供技术的"油爆小毛鱼"和"酱蒸鸭胗",成为市场上的俏销品,持续热销,势头不减,食品厂的名声再次打响。这一天,范林和柳丽商量,搞一次庆功会,慰劳营销中心的伙伴们。柳丽同意,提前打电话安排在春花饭店。

那天晚上,营销中心全体参加,一进门都嚷着要尝尝"秘制蹄花",春花自然满足。果然,一份"秘制蹄花"上来,筷子开始打架,柳丽让春花赶紧再上一份,春花双手一摊,说没有了!
　　柳丽说,哎呀,大家都没吃过瘾呢!
　　春花说,每天十份,多了没有!
　　柳丽说,哎哟,春花,饥饿营销嘛!
　　春花说,嗒!别提了,就我一个人,做二十份就累个半死!
　　柳丽眼睛一亮,说,要想不累,再合作一次?
　　春花眼珠转了转,说,这事嘛,我得回去商量商量!
　　柳丽打趣道,咦,哪个不晓得你春花是老板,还要商量?
　　春花一咂嘴,说,嗒!别提了,人家都叫我老板娘!
　　柳丽笑了,说,好,老板娘,等你回话!

33. 毕业

红梅生了,是个女儿,六斤六两,取名六六。康老久喜欢得不得了,逢人就说,说起来没完。香铺人都说,红梅生个丫头,康老久变了,当年是个生柿子,又硬又涩,如今软和了,也甜了。

康老久上次生病,身子吃了大亏,休养一段,稍有好转。红梅和孙和平按照医生嘱咐,劝他多出门活动,康老久同意,没事就到老牌坊那里转转,看不惯人家打牌耍钱,也不凑热闹,围着老牌坊转圈,转累了就回家。

这一天,康老久刚转了两圈,见宁歪嘴从宁家巷子出来,低头勾颈,瘟鸡似的,就喊了一声。宁歪嘴抬头见是康老久,走上来说话,说着说着,又是叹气又是摇头。一问才晓得,跟儿子亚明吵架了。

说起亚明,宁歪嘴一肚子怨气。亚明大学毕业后,女朋友红红跟他分手,亚明像抽了筋似的打不起精神。许金英本来就看不惯红红,劝亚明想开点,天底下好姑娘多得是。可亚明想不开,过了大半年还跟丢了魂似的,不是在家里看电视,就是去网吧打游戏。宁歪嘴托人给亚明找工作,偏偏亚明眼光高,这看不上,那不如意。最可气的是,亚明花钱如流水,一会买这,一会买那,还讲究名牌。宁歪嘴受不了,就训他。没承想这小子不服,说急了竟然要跟他老子干。宁歪嘴气得嘴更歪,要赶他出门。许金英怕人笑话,一劝再劝。这几天,亚明又伸手要钱,张嘴就是好几千,说去网吧上网。宁歪嘴不给,说要钱自己挣。亚明不服,坐下来跟宁歪嘴理论。亚明问,家里钱是不是租房挣的?宁歪嘴说,是。亚明又问,房子有没有我一份？宁歪嘴说，有。亚明说，房子有我一份，房租是不是也有我一份？宁歪嘴说，是。亚明一伸，说，拿钱！宁歪嘴说，呸！你那份都让你跟那个红红糟蹋完了！亚明一听，马上火了，伸手就把桌子掀了。许金英怕事情闹大，赶紧把宁歪嘴推到门外去了。

宁歪嘴说到这里，伤心落泪，恨自己教子无方，叹家门不幸，出了败家子。康老久劝了几句，又拿春风做例子，证明靠租房挣钱害人。宁歪嘴这回不再当"骑墙派"，拉着康老久的手，连称是是是。康老久说，这时候你说是是是，当初你不也当房东了吗？宁歪嘴被问得哑口无言，恨不得抽自己的歪嘴。康老久说，为了几个钱，毁了一代人啊！宁歪嘴说，老久，你说我咋办？活着还有啥意思？康老久一声长叹，说，晚了！宁歪嘴双腿一软，差点坐下。康老久将他扶住，拍拍他，算是安慰，然后转身走了。

康老久回到家，去看外孙女六六。红梅和孙和平跟他商量，想办个网吧。康老久不晓得网吧是个什么营生，就问。孙和平解释半天也没说明白。红梅说，网吧就是开个店，摆上电脑，接上网线，让人家进来玩，按时间算钱。康老久说，人家给你钱，能玩什么？孙和平说，能玩的就多了，聊天冲浪打游戏，样样都有。我去市里看过，家家网吧生意都好得招不住，有人几天几夜不睡觉。康老久说，乖乖，那么大的劲头，怕是疯了？孙和平说，上瘾嘛！康老久一听，把脸一沉，说，那不跟开大烟馆一样吗？不行不行！红梅说，爸，你说得真难听，网吧是高科技，高科技晓得不晓得？康老久说，高科技都好吗？高科技就不害人吗？从古至今，让人上瘾的都不是好东西。这事不能干！孙和平看了看红梅，红梅怨他多嘴。康老久临走前撂下一句话，你们两口子，一个开好商店，一个干好发廊，比啥都稳当，别瞎想！

如今香港发廊大变，规模大了，人手也多了。去年，孙和平收了一个徒弟，名字叫阿永。阿永聪明好学，一年下来，可以出师，愿意留下来干。孙和平就跟康老久商量，把康家西厢房全腾出来，扩大规模，康老久同意。于是，孙和平筹备装修，前前后后忙了半个月。偏巧红梅坐月子，孙和平不得不贴身照顾，发廊暂时交给阿永打理，还招了一个女店员做帮手。这个女店员名叫阿静，是旁边大学城里的大学生，跟阿永是老乡，暑假出来打工挣学费。康老久见过几回,见这丫头文文静静,做事勤快,觉得不错,跟孙和平打招呼,不要亏待人家。孙和平自然满口答应。

有天晚上,亚明来理发,孙和平让阿静给亚明先洗头。阿静给亚明洗头,亚明没话找话跟阿静聊。阿静不好不理,有一句没一句地搭着。没承想亚明理完发并不走,接着找阿静聊,要不是阿永要关店门,亚明还不会走。

从那以后,亚明成了发廊的常客,不理发,光洗头,还指定要阿静洗,阿静好烦,又不好说。阿永看不惯,就说了亚明几句,亚明就跟阿永干起来。没承想亚明个头不小,身上没劲,没过两招,被阿永掼倒在地。亚明在阿静面前丢了面子,便闹着要砸发廊。这时候康老久闻声赶来相劝,亚明不听,还在闹。

康老久实在忍不住,说,亚明,你是不是大学生?

亚明说,正正规规!

康老久说,大学生要讲理对不对?

亚明说,他掼我!

康老久说,好好的,他为什么掼你?

亚明说,我跟阿静聊天,他不让我聊!

康老久说,他为什么不让你聊?

亚明一时回答不上来。

康老久说,答不上来吧?我帮你说。人家在做生意,不能围着你一个人转!

亚明说,我也是客人,我消费,我付钱!

康老久说,伢哩,别提钱!提到钱我就要问你,你的钱从哪来的?是你挣的吗?

亚明说,那你管不着!

康老久把眼一瞪,说,我管不着,可是规矩能管着!道理能管着!一个败家的东西,还有脸提钱,滚!

亚明说,你、你凭什么骂人?

康老久说,我就骂你,就骂你败家的东西!让人家都看看,就你这样,还好意思说自己是大学生,还正正规规!呸!你爹宁歪嘴就是个修脚踏车的,辛辛苦苦供你上大学,你不好好念书瞎搞对象,好不容易毕业了也不工作,躺在家里充少爷,张口吃饭,伸手要钱,这算什么大学生?什么大学培养你这样的败家子?!

众人围着亚明指指点点,亚明脸上挂不住,冲上去要跟康老久拼命,阿永眼疾手快,上前又将他掼在地上。亚明爬起来,阿永再将他掼倒。亚明一下子泄了气,趴在地上竟呜呜地哭起来。

当天夜里,宁歪嘴和许金英两口子在亚明房门口守着,生怕他出事。第二天一大早,撬开门一看,人从后窗跑了。宁歪嘴两口子以为亚明又去找康老久闹事,赶紧朝康家跑。二人到了一看,康家大门前围着好多人,像是出了大事。许金英当场腿都软了,扶着宁歪嘴好不容易才走到近前。康老久一见宁歪嘴两口子,说,歪嘴,来得正好,你过来看看!宁歪嘴的脸都吓绿了,赶紧过去,抬头一看,康家大门上贴着一张大白纸,上写:"康老久,你不要死得太早,等我混发达了,让你好好看看!宁亚明。"

宁歪嘴一下子坐在地上,许金英放声大哭。康老久笑了,说,歪嘴,别哭了,你们两口子得请我喝酒!

34. 满月酒

秋天的时候,香铺最香。高高低低,桂花金黄,香气阵阵。且不说家家户户房前屋后,单是香街两边,老桂树像被洒了金水一般,老远就看得见。从早到晚,老牌坊前一堆人,坐在那里闻香看景,倒也惬意。当然,有了话题,免不了说东道西。

这个秋天,香铺的话题多了个新名词,叫"社区"。过去,香铺叫过生产大队、生产小队,也曾叫过村民组,如今叫社区,确实新鲜。跟生产队和村民组相比,社区叫起来洋气,不过香铺人无所谓,想知道换个叫法有什么好处,可惜都说不清。宁万三也说不清,不过认定是进步,进步就是最大的好处。改革开放嘛,黑猫白猫嘛!香铺人听厌了宁万三这一套,因此都不往心里去,就当他什么也没说过。

香铺改叫社区,同时划归开发区雷公湖街道。根据相关规定,香铺社区成立居民委员会,要选出社居委主任。街道办事处通过摸底调查,看中两个人选,一个是康老久,一个是宁万三。街道办事处找到康老久,好话说了一箩筐,康老久就是不干,说香铺不是过去的香铺,乱得跟牲口棚一样,没那本事管。街道办事处又找宁万三,宁万三也推挡,说自己心脏"搭桥"了,万一哪天"桥"塌了,影响大事,还是另请高明,让年轻人上。

毕竟香铺不能一日无主,无奈之下,街道办事处只好进行民主选举,投票结果,宁万三第一,春花第二,康老久排名靠后,竟在宁歪嘴后头。这个结果,看起来出人意料,其实是必然。在香铺,宁万三是"房东派"的代表,房东派又是绝大多数，投票的人自然多；康老久是"反对派"的代表，反对派是极少数，就那几个老家伙，力量可想而知。至于春花爆出最大的"冷门"，超过公爹康老久，也可以理解。毕竟春花开饭店，家里有钱不说，哪个没到春花饭店吃过饭？哪个保证不再去春花饭店？哪个不想春花关照关照？

选举结果出来，康老久嘴上说不在乎，心里还是不舒坦，多少有些情绪，这一点红梅最清楚。有两三天，康老久的饭量大减，怎么劝都不吃，只有看到康康和六六才有笑脸。

鉴于选举结果已定，街道办事处又找到宁万三，宁万三还是不干，人家就让宁万三推荐人选。宁万三举贤不避亲，力荐春花。这个人选，既合法又合理，街道办事处找到春花。春花起先没答应，说回家商量商量。春花说商量，不是跟向阳商量，是跟宁万三商量。春花有顾虑，当过老板娘，不一定能当好主任，怕干不好。宁万三说别怕，有老爸给你撑腰，大不了老子搞个垂帘听政。春花心里有底，便答应街道了。

这事定下之后，春花才跟向阳说。本来，春花以为向阳会高兴，毕竟老婆当社居委主任，他脸上也有光。可是没想到，向阳头摇得像疯鸡，坚决反对。

向阳反对，事出有因。一是饭店生意太忙，社区的事没时间管，还影响挣钱。况且康康还小，需要操心的地方很多。二是康老久不干，宁万三也不干，说明这事不好干，你春花晓不晓得香铺水好深？你春花充什么大头鱼？得票多算本事吗？也不想想那些票是冲哪个投的。况且老爷子得票少，本来就有情绪，结果儿媳妇当选了，让他老人家的脸往哪搁？他老人家会怎么想？一家人抬头不见低头见，将来怎么相处？动动脑瓜好不好！

春花不服气，说，我当这个主任，不是偷的，也不是抢的，是香铺人一票一票投出来的，有什么好顾忌的？我春花当过农民，当过老板娘，就不能当主任过把瘾？我有眼会看，有嘴能说，还有我爸宁万三给我撑腰，有什么不能干？

不提宁万三倒也罢了，一提宁万三，向阳更来气。向阳明白，宁万三之所以力荐春花当这个主任，其实是想借春花之名，行自己之实。按理说，宁万三得票数最多,当主任理所应当,可是宁万三不能干。原因是,如果他干,康老久和那帮老家伙肯定会跟他过不去,说不定会想出什么法子作弄他。但是春花就不一样了。春花是康老久的儿媳妇,做公爹的自然不会拆台。说到底,春花是他宁万三的丫头,女儿维护爹,天经地义,女儿当主任,相当于爹当主任。

春花脾气倔,向阳越反对,她就越要干。当天晚上,小两口就闹得不愉快,要不是怕吵醒康康,说不定会干起来。

转天,六六满月。早几天,康老久就跟向阳和春花说好在春花饭店办满月酒。红梅高兴,打电话通知了柳丽,一是感谢柳丽当过她的伴娘,二是想让六六认柳丽当干妈。香铺的老规矩,给孩子找个干妈,可以为孩子免灾,红梅不敢马虎。这事跟孙和平商量了,孙和平巴不得,又担心柳丽如今是大老板,怕是攀不上。红梅倒是底气十足,说柳丽不是那样的人。

中午,酒菜早已备好,客人到齐就能开席。向阳一数,就差柳丽。孙和平做主,时候不早,迟客不候,开席后边吃边等。向阳说,既然请了人家,还是等一等。不管怎么说,柳丽对春花饭店算是有恩。春花正跟向阳怄气,一听这话就来气,说,康向阳,你胳膊肘不能朝外拐,柳丽介绍我跟食品厂合作,就是一桩买卖,一个愿打一个愿挨,谈不上有恩没恩的!向阳一听也不高兴,说,宁春花,你说这话就是忘恩负义,当时你还求人家帮你抬价,这可是事实!春花说,事实归事实,当时我为啥找她抬价?还不是因为春风进去要花钱?春风进去还不是因为她?向阳说,一码归一码,春风进去是他自作自受,别往人家身上赖!春花听向阳说她赖,一肚子的火腾地点着了,指着向阳说,康向阳,你是不是还惦记着她?你要是惦记着,我让位,就怕人家瞧不上你!毕竟当着众人的面,向阳脸上挂不住,扑上去要打春花,幸好孙和平拦腰将他抱住。红梅正在一旁侧身奶六六,怕吓着吔,赶紧抱着六六躲开。

康老久气得浑身发抖,上前要教训向阳。宁万三坐在旁边,一把拦住,笑笑说,老久,他们小两口吵架,你陪着生气,划不来嘛。一起过日子,哪有碟子不碰碗的?正常正常!不过,我总觉得今个这架,不是因为柳丽,柳丽最多是个火引子！大铃铛拧了宁万三一把，说，好不容易才熄火，你还在挑！宁万三说，明摆着嘛，一进门就看他们小两口不对光，搞不好早就闹过。向阳，是不是？向阳赌气说，没有！春花说，有就有，为啥说没有！有种就说出来，让大家评评！向阳说，宁春花，是你让我说的，那我就说！春花说，说！不说你不是男人！

向阳喝了两口水，把两口子头天晚上吵架的事一五一十说了，并质问宁万三，是不是想借春花达到自己的目的。

宁万三听后，呵呵一笑，说，向阳，你咋能这样看我？春花是我亲生的，我能把她往火坑里推？话又说回来，公开选举，我得第一，我不干，第二名春花自然递补，明文规定，合理合法，有毛病吗？这跟我想借春花达到目的搭界吗？有关系吗？

向阳跟他爸一样，也怕宁万三的问号，老颈一梗，说，反正，春花当那个破主任，我不同意！

春花冲上来，指着向阳说，康向阳，你凭什么不同意！

向阳说，我就不同意！

康老久突然站起来，说，我同意！

春花一下子愣了，不敢相信，嘴张好大。

向阳说，爸，她不能干！

康老久说，能干！如今香铺这样子，就得春花这样的人来管！

宁万三好像也没想到，琢磨半天，冲着康老久伸出大拇指。

春花赢了，冲着向阳坏笑，向阳气得要走。康老久一声断喝，向阳只好坐下，因为心里有气，坐得太猛，椅子打滑，一下子摔倒在地。春花笑得花枝乱颤，笑够了又来一句，活该！

就在这时候，柳丽来了。

柳丽一脸疲惫，略显憔悴，嘴唇起了火泡。红梅迎上去，心疼得不行，劝她心疼自己。柳丽先道了歉，再抱抱六六，给了红包。六六咧着小嘴冲柳丽笑，柳丽也笑了。红梅顺口提出让柳丽做六六干妈。大铃铛数落红梅，按规矩没有结婚还是姑娘，哪有姑娘当干妈的？柳丽倒不在乎，说六六这么可爱,这个干妈我当定了!

顿时,云开雾散,欢喜一堂。按规矩,认干妈要有个仪式。红梅请宁万三选个吉时。宁万三掐指一算,说日升中天,一生平安,就定中午十二点。

于是宾主落座,柳丽的手机响了,柳丽接了半天电话,脸色不大好看,也不坐下,便叫春花出去一下。大家都不晓得何事,只好接着等。好在六六喝饱了奶水,睡得正香。

柳丽拉着春花走到门外,没等春花问,张嘴就说,出事了!

春花吓一跳,问,什么事?

柳丽说,市场上"香辣小毛鱼"出问题了!

春花当时就傻眼了。

柳丽说,前两天,一位消费者食用"香辣小毛鱼"时,被鱼刺划伤咽喉,认为是产品安全问题,举报到消费者协会,并称要捅到媒体上曝光。食品厂启动危机公关,经消协的协调,与消费者充分沟通,给了满意的补偿,达成和解。为避免发现类似问题,食品厂将市场上铺下去的所有"香辣小毛鱼"全部召回,损失巨大!

春花一听,吓得手足无措,说,柳丽,你晓得,我们只是转让技术,跟伤人不伤人不搭界!

柳丽说,春花,我不是来问责,是谈如何解决问题的。现在鱼刺伤人的问题暴露出来,必须马上解决!

春花说,这事得问向阳,他从小在雷公湖打鱼,晓得的名堂多。

柳丽说,找来向阳!

春花进去喊向阳,向阳以为春花有意气他,有意不理会,坐着不动。春花走过去,在他耳边一说,向阳马上跑出去。

柳丽说,向阳,这个问题能不能解决?如果不能解决,产品就得停产,食品厂的损失更大!

向阳慢慢蹲下身来,抱着头,半天不说话。

这时候,突然一阵婴啼,六六醒了。柳丽看一看表,正到十二点,满月酒宴应该开始,她这个干妈也该出场了。

35. 鱼刺

对于"鱼刺事件",向阳和春花愁了好几天。

向阳发愁,是觉得对不住食品厂,更对不起柳丽。食品厂的产品由他提供技术,又是他做技术指导,无论如何,他都脱不了干系。春花发愁,是因为当初合同是她签的,合同就是证据,搞不好也有麻烦。这么大的事,春花自然不放心,把合同拿出来,跟宁万三一起,反反复复,逐款逐条,一字一句,扎扎实实捋了七八遍,确实没有涉及鱼刺的条款,确认自己没有责任,这才稍稍放下心来。按理说,吃饭噎死,怪不着厨子。合同里没写,春花当然没责任。不过,人家损失那么大,心里总是过不去。

鱼刺问题不能解决,食品厂"香辣小毛鱼"全线停产。柳丽着急,一天几个电话催春花,春花跟在屁股后头催向阳,向阳想不出办法,急得茶饭不香,恨不得撞墙。得亏康老久提供一个信息,说康跃进三代都是雷公湖的打鱼人,吃鱼都能吃出花样来,说不定能帮上忙。当天晚上,向阳把康跃进请到春花饭店喝酒,酒喝得差不多了,向阳就把困难说了。康跃进一听,呵呵一笑,附在向阳耳边一说,向阳听了,恍然大悟。康跃进叮嘱向阳,这个窍门是祖传的,不能乱说。向阳一试,果然。春花马上打电话,把这好消息告诉柳丽了。

半个月后,食品厂召开专门会议,反思"鱼刺事件",邀请向阳和春花参加。春花怕食品厂借机找他们算账,让他们分担责任,搞死不去,也不让向阳去。柳丽一个电话接着一个电话催促,春花一个借口接着一个借口拖着,把向阳堵在屋里不让出门。柳丽明白春花有顾虑,担保不谈责任,只是总结教训,春花这才答应。

会议由范林主持,柳丽主动承揽主要责任,当众检讨。接着其他部门一一检讨,尽皆诚恳。最后,范林突然宣布,为感谢康向阳和宁春花在最短时间内解决鱼刺问题,为企业挽回损失,奖励三万元!众人鼓掌,都看着他们两口子。向阳没想到,春花更没想到,坐在那里一时手足无措。范林喊了好几遍,向阳只觉得腿软,站不起来。柳丽又喊了一遍,向阳才扶着椅子慢慢站起来。

向阳支吾半天,说,都是应该做的,奖金不能要!

范林说,鱼刺问题,在双方签订的合同里没有明确,请你们帮忙,就应该给予报酬,这是商业规矩!

向阳说,合同里没有明确不假,可这应该归于技术问题,我们也有责任!

春花听向阳往自己身上揽责任,马上站起来,说,向阳,领导说没有就没有,有合同就按合同办,白纸黑字,你就别瞎扯了!

向阳觉得没面子,瞪了春花一眼。

柳丽怕这两口子吵起来,说,春花,正因为你们没责任,所以才奖励。来,领奖吧!

春花说,责任我们没有,功劳也就不谈了。食品厂损失那么大,我们再拿钱,不合适!只要产品卖得好,我们脸上就有光!

范林带头鼓掌,众人跟着鼓掌。春花的腰杆一下子挺起来。

柳丽说,跟大家透露一下,现在,春花不仅是老板娘,还是香铺的社居委主任,往后我也归她管了!

众人又鼓掌。

春花的心怦怦直跳,脸一下子好烫,头也晕乎乎的。

那天,春花记不得自己是怎么走出食品厂会议室的,要不是在洗手间洗把脸,怕是一时半会清醒不过来。本来,春花急着回饭店张罗生意,可柳丽不让走,邀他们两口子一起到办公室,说还有要事谈。春花马上明白,怕是谈"秘制蹄花"的事，一下子又紧张起来。

"秘制蹄花"这一款产品，经过食品厂营销中心市调论证，可以纳入"外婆小灶"系列，借助现有渠道和宣传，形成集束效应。此前柳丽和春花谈过两次，春花没有答应。春花不敢答应，不是不想合作，而是因为春风。毕竟，"秘制蹄花"是春风提供的技术，春花只是稍作调整。因为中间夹着柳丽，没经春风同意，跟食品厂合作，怕春风有意见。春花是姐，心疼弟弟，不得不多想一想。为这事，春花和向阳商量过，也跟宁万三商量过。向阳同意跟食品厂合作，让春花代替春风来签协议，技术转让费算给春风，代他先存着。毕竟，春风出来后还要生活，也要做事，都少不了花钱。实话实说，向阳的考虑正合春花的心意，也合宁万三的心意。春风再浑蛋，毕竟还是宁家的人。因此，春花对向阳多了几分感激。当天晚上，春花在床上主动送欢，让向阳有点意外，也有点惊喜，因此多做了一回，甚是满意。

果然如春花所料，柳丽确实要谈合作的事。都是熟人，无须客套，直奔主题。柳丽拟好一份协议，特意把转让价格空着。春花看了，向阳也看了，条款都没意见，见价格空着，晓得这是谈判的关键。柳丽快人快语，让春花报个价。春花看了看向阳，向阳也不好说，把脸扭开。柳丽看得清楚，借故上洗手间，腾出空来给两口子商量。本来，价格多少，两口子商量过。向阳说，就按那个价格吧，不低了！春花说，那个价格，说起来也可以，要是再加一点，将来春风出来日子好过些。向阳说，上回搞这一出，这回又搞这一出，也不怕人笑话！春花也觉得不好意思，想了想，说，算了算了，一口气不成胖子，就这样吧！

这时候，柳丽回来了，春花就把价格说了。柳丽笑了笑，问，不再抬一抬？春花好惭愧，说，不抬了不抬了！柳丽说，再抬一抬，不要怕嘛！向阳说，够了够了！春花说，别开玩笑好不好嘛！柳丽说，不是开玩笑！小杨总和范总给了一个底线，我心里有数，可以再抬一抬！春花看了看向阳，又看了看柳丽，突然没了主意。柳丽说，既然你们两口子脸皮薄，说不出口，我来做主吧，再加百分之三十。不过，我有个条件，这个百分之三十给春风！春花好感动，半天说不出话，突然站起来，抱住柳丽，吧嗒吧嗒，掉起眼泪来。

回到香铺,宁万三和大铃铛早等在饭店。一见面,宁万三就问有没有责任。春花把拒收奖金和协议抬价的事一说,宁万三也激动,咂咂嘴,说,乖乖,都说资本家万恶,我看好得很嘛!大铃铛说,要我看,资本家跟咱无亲无故,犯不着讨好,恐怕都是柳丽暗中帮忙,毕竟她跟春风好过一场嘛。宁万三未置可否,春花看了看向阳,向阳一翻白眼,说,看我干吗?春花似笑非笑,拉着向阳说,康向阳,你说,柳丽会不会也是看在你的面子上?你们两个不是也好过一场吗?向阳把脸一拉,说,嗒!你要这样说,那百分之三十都给我,耍赖是猪!春花笑了,呸了他一口,说,想得美!向阳说,小心眼!宁万三和大铃铛都笑了。春花突然叹口气,说,哎哟,我嗓子咋好像卡根鱼刺呢?

正在这时,廖彬带着两个人来了,一高一矮,都挺着大肚子。春花以为廖彬又带客人来吃饭,赶紧笑脸迎上,请他们进屋坐下喝茶。廖彬摇摇手,领着两个人围着饭店来回转。大铃铛说,转来转去,这是看风水,还是找东西?宁万三说,不是看风水,也不是找东西,是看房子!春花说,看房子搞什么?宁万三说,你想想,廖彬他们丽达公司是搞什么的?房屋中介嘛!再看那两个人,挺个大肚子,大小像个老板,老板找房屋中介,还能搞什么?向阳说,我来问问。

话音才落,廖彬跑过来,说,铃铛婶,这房子是你的?大铃铛说,是啊是啊!廖彬指了指樟树下边那两个人,说,铃铛婶,那两个老板想找你谈谈!大铃铛说,找我谈什么?廖彬说,到那边谈,到那边谈!春花看出什么,马上说,廖总,这房子我租过了,不谈了!廖彬说,租过也不要紧,谈谈嘛!大铃铛看看宁万三,宁万三说,谈谈就谈谈,又不会掉块肉,去吧。大铃铛就跟着廖彬朝樟树底下走。春花不放心,也要跟着,廖彬回头看她一眼,向阳一把将她拉住。

大铃铛来到樟树下,廖彬做了介绍。高个子说,铃铛婶,你这房子一年租金多少钱?大铃铛说,你问这事搞什么?矮个子说,我们也想租,租金好谈!大铃铛扭头看了看春花等人,说,哎呀,我这房子早租出去了!高个子说,晓得晓得。不过,市场竞争嘛,还是看价钱是不是?廖彬说,铃铛婶,这两位都是市里的大老板,有钞票!大铃铛想了想,又扭头看了看春花等人,说,那你们给什么价?矮个子说,这么说吧,你现在一年租金多少,我给你翻一番。大铃铛一惊,说,翻一番?!廖彬说,那还有假?要签合同的!大铃铛咂咂嘴,说,可是房子已经租出去了!高个子问,有合同吗?大铃铛摇头。矮个子说,没有合同那就好办嘛。大铃铛想了又想,咬咬牙,说,算了算了,你们去找别人家吧!高个子说,铃铛婶,回去想一想,想好了,找廖总,他会跟我们联系!

廖彬陪着一高一矮两个老板走了。大铃铛站在樟树下,一时挪不开步子,几片叶子落在她头上,她竟不觉,"翻一番"这个词在她脑瓜里像冒泡一样,压都压不住。要不是宁万三这时候喊了一嗓子,大铃铛怕是一时半会缓不过神来。

回到饭店,春花问大铃铛,那两个人找她谈什么。大铃铛说没谈什么,东一句西一句,听不大懂!春花见她不说,也不再问,心里大致有数了。本来,春花留宁万三和大铃铛在饭店吃中午饭,宁万三同意,大铃铛不同意,非要回家吃,说家里饭可口。春花忙着接待,也不勉强。宁万三只好陪着回家。

老两口饮食简单,两菜一汤。菜是莴笋肉丝和水芹干丝,汤是番茄蛋汤。端起饭碗,宁万三问大铃铛,跟那两个人究竟谈了什么。大铃铛不想说,宁万三逼急了,大铃铛咳了两声,一口菜没咽下去,吐出来。宁万三赶紧替她拍后背,问她怎么了。

大铃铛说,好像鱼刺卡着嗓子了。

宁万三笑了,说,嗒!好好看看,桌上有鱼吗?

大铃铛翻了翻眼,没再说什么。

大铃铛虽没说,但宁万三心里早明镜似的。大铃铛的房子租给春花,还是前几年的价格,一直没涨,跟眼下的行情相差不少。春花没提过,大铃铛自然不好说。春花是他宁万三亲生的,可不是大铃铛亲生的。说起来如今是一家人,总归还有个分别。宁万三晓得,大铃铛这个后妈当得不容易。

晚上,躺在床上,大铃铛跟烙饼似的,把被子裹来裹去。宁万三有意逗她,说,是不是鱼刺还卡在嗓子里?大铃铛生气,掐他一把。宁万三忍着疼,说,我晓得,为了我,你吃亏了!要不然,回头我跟春花说说,把房租抬一抬。大铃铛叹口气,说,算了!春花是你丫头,也是我丫头!宁万三说,亲兄弟明算账嘛!大铃铛说,都这个岁数了,有吃有穿,还有你陪着,够了!一家人,为了钱伤和气,不值得!宁万三心里热乎乎的,拍拍大铃铛,像拍孩子。大铃铛就势翻个身,正好滚进宁万三怀里。

36. 新规矩

春花被正式批准为香铺社居委主任时,已进入腊月。那时候,香铺人忙着过年,租房户准备回家。各有所忙,日子过得好快,转眼就到了春节。

开春,街道办事处找春花谈话,张罗在香铺搞一个就职仪式,将春花扶上马,再送一程。别看春花平时大大咧咧,天不怕地不怕,遇上这事,有点紧张。回到家里,春花先跟向阳商量,向阳懒得烦神,春花又找宁万三。宁万三正好刚喝过几杯酒,谈兴正浓,说,伢哩,一上任,你大小也是领导,领导最要紧的是团结群众。团结群众,就要掌握"两大法宝",走好"群众路线",把自己的人搞得多多的,把别人的人搞得少少的。春花最烦宁万三那老一套,不愿听。不过,宁万三有一句话春花很受用。宁万三说,伢哩,几百年来,你是咱香铺头一个女领导,给宁家争光喽!你好比当年的花木兰替父从军,又好比穆桂英挂帅扫北!伢哩,你是赶上了好时候喽!

按香铺的规矩,新官上任,要在老牌坊前发誓,香铺人公开见证。宁万三熬了两夜,给春花写了一篇稿子,洋洋洒洒,好几页纸。春花看不上,干脆自己动手,摊开报纸,翻开杂志,熬到大夜,写了两页纸,非把向阳弄醒,缠着让他看。向阳看了,大笔一挥,唰唰一画,剩下三句话:"敢想敢干,用心做事,共创美好。"春花好心疼,噘起嘴,说,那么大的事,就这三句,像什么话嘛!向阳说,宁春花同志,你就是个初中生,当着乡亲的面,别卖弄文辞,就说大实话!春花说,这不就是大实话嘛!向阳摇头。春花说,那你说什么是大实话?向阳说,春花,你是开饭店的,做菜是你的强项,你就说做菜嘛!春花说,去去去!说正经的事,你偏瞎扯,有多远滚多远!向阳说,春花主任,一句话不对胃口,你就发毛,听不进群众意见嘛!春花收起性子,说,好好,向阳同志,请讲请讲!向阳说,香铺就这么大,家门口的塘,哪个不晓得深浅?所以,当着左邻右舍的面,要说大实话,还要说得有趣,讲得人家爱听!比方说,就你这三句话,完全可以用三个菜来解释,保证得味,保证吸引人!春花一听,朝向阳屁股踢一脚,说,不让你瞎扯你又瞎扯!这跟做菜搭界吗?向阳捂着屁股,假装翻脸,说,不听拉倒,睡觉!春花赶紧帮向阳揉屁股,说,好好,请讲请讲,洗耳恭听!

向阳说,比如说,第一句"敢想敢干",就好比"香辣小毛鱼",火爆热情,冲劲十足,势不可当。春花点点头,说,那"用心做事"呢?向阳说,用心做事好比"酱蒸鸭胗",就得文火慢蒸,酱香才能出来,鸭胗才能入味!春花来了兴趣,说,那"共创美好"呢?难道要用上"秘制蹄花"?向阳说,聪明!你想想,"秘制蹄花"里头是不是有十五种香料,是不是每一种都要出味,缺一味都不算秘制?春花激动,说,就是就是!向阳说,所以嘛,你就得这样讲!你讲起来轻车熟路,人家听起来顺风顺耳!春花想了又想,觉得确实有道理,一时兴起,搂着向阳滚进被窝里。

就职仪式日子定下,恰好是二月二。宁万三说这日子好,二月二龙抬头,好兆头!头天晚上,宁万三不放心,吃过晚饭,特意登门找春花叮嘱几句,正好康老久也在,就坐下来一起商量,春花上任后如何开展工作,如何把香铺管好。春花做了主任,宁万三明显有点自得,说起话来难免硬气。康老久听不惯,两个老家伙又杠上了。

宁万三说,管好香铺,其实不麻烦,关键是走好群众路线,"两大法宝"掌握好,不仅够用,而且绰绰有余。

康老久不同意,说,要管好香铺,先管好人;要管好人,就得先立规矩!没有规矩不成方圆,别说你那"两大法宝",就是八大法宝都没用,眼下的香铺就是这样,都乱成牲口棚了!

宁万三说,提起规矩,香铺不是没有,老规矩多着呢!如今一样都不灵光,不如不立,不费那劲!

康老久说,老规矩不灵光,怪不得别人,是因为外乡人来得太多,坏了规矩!当房东,收房租,这是你宁万三开的头,你宁万三有责任!

宁万三说,讲话得讲理,香铺那么多户都做房东,我不开头,总有人开头,大势所趋,哪个能挡得住?

春花和向阳怕两个老家伙又吵翻脸,赶紧一人送上一杯茶。

向阳说,都是为了春花,有事好商量,有话慢慢说嘛。

春花说,就是就是,文火慢炖,菜才香嘛。

康老久和宁万三都不服气,各认各的理。

宁万三说,说千道万,坚持掌握"两大法宝",走好"群众路线"!把拥护你的人搞得多多的,把反对你的人搞得少少的!

康老久说,说千道万,没有规矩不成方圆!有了规矩,人多人少都不怕,规矩比天大,走遍天下都不怕!

宁万三说,老久,你别说你对,我也不说我对。公道自在人心,让旁人说说!

康老久说,让哪个说也不怕,规矩放在那!

宁万三说,向阳,你先说说!

向阳看了看两个老家伙,一个亲爹,一个老丈人,都不好惹,低下头摆弄手机,搞死不吭声。

宁万三说,春花,你说说!

春花一直托着腮发呆,听宁万三喊她,先愣一下,然后站起来,来回走一圈,突然站住,说,先立规矩!

宁万三愣住,说,你再说一遍!

春花说,没有规律不成方圆,先立规矩!

康老久看了宁万三一眼,宁万三的嘴张好大。

春花说,香铺确实需要规矩,新规矩!

宁万三一拍大腿,腾地站起来,扭头就走。春花追到门外,见宁万三脚下像装了弹簧,噔噔噔噔,快步朝宁家巷口走去。

春花也不再追,赶紧折回来。康老久还没走,春花虚心请教,说,爸,您老人家说说,咱香铺这新规矩怎么立?

康老久说,新规矩也好,老规矩也罢,说到底都是规矩。老规矩中的好的,还得保留,我可以一一说给你听。至于新规矩,你们年轻,又有文化,新见识也多,自有办法,我们老一辈就不掺和了。归根结底一句话,不能为了规矩立规矩,要给人立规矩!

春花点点头,说,晓得了!

春花的就职仪式如期举行,进展顺利。向阳给她的建议,果然灵光。春花借着三道菜,说明三件事。每说一个,掌声响半天,三件事说完,场面闹欢了。香铺人都夸春花随她爹宁万三,嘴巴呱呱叫,口才了不得。因为是星期天,好多租房客也来看热闹,小广场上挤满了人。柳丽也来了,挤在人群中,不停地鼓掌,手都拍红了。

本来,柳丽想趁星期天下去看看市场,又一想拖一天也没什么,况且春花之前特意打过招呼,还是参加一下。在香铺住了多年,柳丽打心眼里喜欢这个地方,牌坊老街,左邻右舍,大人小孩,一草一木,再熟悉不过,要不是户口还在老家,怕是就算香铺人了。人是活物,村庄有灵性,人和村庄也讲究一个缘分。柳丽和香铺就有缘分,从和向阳相亲到进食品厂上班,从在宁万三家租房到跟春风开公司,一件件一桩桩,好像早就安排好似的,自自然然。说来也巧,因为柳丽喜欢,就连廖彬也喜欢上香铺了。有时两个人去市里办事,或去下面看房源,觉得累了,就想回家,不用商量,都想到香铺了。

春花就是春花,表过态后,又给大家鞠躬,东、南、西、北四个方向,一边鞠三个躬,自然又引来阵阵掌声。向阳抱着康康站在最前面,康康向春花伸起大拇指。春花的脾气,有点人来疯,趁着热乎劲,又说了几个一二三。

众人嘻嘻哈哈,正觉得有趣,突然,春花脸一变,说,从今往后,香铺要立新规矩,规矩管大家,人人都得遵守。住在香铺的就是香铺人,香铺人就要爱香铺,爱香铺就要拿出行动来。哪个要是不守规矩,立马给我滚蛋!

明明刚刚还晴空万里,突然就雷声大作,这个春花翻脸比翻书还快,众人一时没反应过来。康老久站在人群中,头一个拍起巴掌,接着众人都反应过来,都鼓掌。宁万三也鼓掌,持续时间最长。

就在这时,春花又变了脸,笑着转身看众人,说,不过,大家都晓得,我春花就这脾气,刀子嘴豆腐心,我保证走好"群众路线",广交香铺朋友。多个朋友多条路嘛! 往后,瞧得起我春花,有事找我!

宁万三带头鼓掌,众人掌声响起。大铃铛悄声对宁万三说,这回满意了吧。宁万三没理她,看着春花,笑得嘴咧好大。

春花进入角色,把自己当成大侠,向四周拱手,眼光一扫,正好看见柳丽冲她招手。春花对大家说,静一静,现在由柳丽柳总给大家说一说,她是第一个住进香铺的外乡人,大家欢迎!

柳丽被突然袭击,虽说莫名其妙,倒也大大方方,快走几步,来到老牌坊底下,站在春花身边。柳丽在食品厂得到锻炼,并不怕当众讲话,淡定站稳,从从容容,先祝贺春花主任上任,再感谢大家支持,接着,话锋一转,说到规矩上了。

柳丽说,我是头一个住在香铺的外乡人,不过,我早把自己当成香铺人了! 为什么呢? 因为香铺村好人更好,让我有家的感觉! 春花说得没错,没有规矩不成方圆,香铺确实需要规矩。规矩里有束缚,规矩里也有自由。只要大家都守规矩,就能过上自由幸福的日子。按理说,我们这些外乡人,来到香铺,住进香铺,打扰了香铺,所以我们不仅要有一颗感恩的心,更要有报恩的行动! 我提议,我们所有的外乡人,给香铺的父老乡亲,给香铺的老牌坊鞠躬!

柳丽后退几步,冲着老牌坊深深鞠躬。其他外乡人也受感动,都跟着一起鞠躬。于是乎,高矮参差,弯腰撅腚,俯身一片,更显出老牌坊的威严。齐刚和沙小红始终站在最后,女高男低,加之慢了半拍,不与众人同步,鞠躬时略显滑稽。

春花带头鼓掌,顿时掌声一片。康老久的巴掌拍得最响。向阳也鼓掌,因为抱着康康不方便,巴掌拍得不是太响。宁万三没鼓掌,对旁边的大铃铛说,我怎么觉得,柳丽一上来,抢了春花的风头呢?

37. 鸽子

　　时过多年,康宁博士一直坚信,爷爷康老久最喜欢的动物是鸽子。至于他为什么喜欢鸽子,康宁博士一时无法分析心理动因。依据儿时的记忆,康宁博士在多篇文章中,成功地描绘出爷爷康老久和鸽子在一起的生动情景。当然,乡亲们对此也有贡献。乡亲们认为,康老久把鸽子当作亲人了。

　　那时候,春末夏初,常有一群过路的鸽子在香铺上空盘桓,先在老牌坊上歇脚,再飞到康家屋脊上,咕咕咕咕,梳羽戏耍。鸽通人性,似乎晓得康老久喜欢,尽情表演。康老久晓得鸽子来了,在屋顶撒米,招待鸽子,看着鸽子吃完,看着鸽子飞走,年年如此。可以说,那是康老久难得的一大乐趣。今年,鸽子一直没来,康老久天天早上爬上楼顶,捎上几把米,连等半个月,不见踪影。康老久站在楼顶,四下一望,心里空空荡荡,突然像迷路的孩子,辨不出方向。

　　香铺真的被包围了。东边的滨湖世纪城、西边的千禧广场、北边的经贸中心几乎同时开盘,仿佛一夜之间,都从地底冒了出来,与南边的开发区连在一起,像扎起高高的篱笆,将香铺围得严严实实。世纪城是瓦灰,千禧广场是砖红,经贸中心是淡蓝,开发区里五颜六色都有。过去,老牌坊又高又大,威风凛凛;如今一看,老牌坊像两根旧筷子立在那里,灰扑扑的,少了许多生机。

　　最早进入香铺的楼盘广告,是滨湖世纪城。接着,千禧广场和经贸中心的广告也来了。散发这些广告的不是别人,而是丽达公司。廖彬做了丽达公司的老板后,业务范围扩大,不光做租房中介,还做房屋买卖中介。四周的楼盘起来后,廖彬插手代理楼盘销售,在香铺村口竖起几块高大的广告牌。广告牌上,一对爸妈带两个伢们,都是洋人,坐在窗前看风景。爸妈手中端着红酒杯,伢们指着一个地方,上面有一行大字:"买房子,找丽达!"香铺人奇怪,香铺跟洋人有什么关系?洋人怎么晓得香铺有个丽达公司呢?这还不算稀奇,稀奇的是,廖彬招了二十个女孩子,训练成售楼小姐。售楼小姐个个年轻漂亮,穿高开衩旗袍,露白花花大腿,嘴唇猩红,香气熏人。康老久头一回见着就看不惯,这哪里是售楼小姐,明明一帮疯丫头嘛!有一天,这帮疯丫头占领了康宁广场,在老牌坊下面摆了两个大喇叭,咚咚咚咚,声音大得吓人。疯丫头们一边跳舞,一边散发传单,更为可气的是,竟然在老牌坊上挂起了广告,花花绿绿,乱七八糟。

康宁广场是香铺人的广场,老牌坊是祖宗们魂灵归位的地方,怎么能这样糟蹋?!康老久受不了,宁万三也受不了,一起找春花,让她好好管一管。许久以来,康老久和宁万三终于在同一问题上达成一致,这帮疯丫头如此胡闹,太不像话,在老牌坊上乱挂广告,实在过分。

来到饭店,春花正在忙着,见俩亲家气呼呼地来了,以为二人又干仗了,找她来评理。没想到,二人上来就把廖彬和丽达公司骂了一通,接着又骂那一帮疯丫头。春花一听,心里明白八九分,于是松了一口气,先递上茶水,再劝他们。康老久没等春花说话,抢过话茬说,春花,广场上的事,你得管!宁万三说,那帮疯丫头太不像话,好像香铺是她们的!春花说,丽达公司搞宣传,是我答应的!康老久立马拉下脸来,说,这事怎么能答应?春花说,全市正在搞文明创建,街道要求社区建一个宣传长廊。咱香铺的宣传长廊,人家廖彬主动包下来了!康老久说,香铺要建什么,那是香铺人的事,廖彬是外乡人,不让他插手!宁万三说,对对对,大不了集资嘛!过去集资修过广场,也不在乎搞个长廊,能要几个钱?春花笑了,忙解释说,这不是钱的事。人家廖彬说,他虽是外乡人,但一直把香铺当作自己的家,想为香铺做点儿事!香铺有规矩,人借咱一尺,咱还人一丈。人家仗义出资,咱也得伸手帮忙。他先说不需要,见我诚心诚意,就提出把康宁广场借给他用几天。我一想,广场天天搁在那里,用几天也用不坏,随口答应下来,也算支持支持企业发展!

宁万三听罢,长长哦了一声,如梦方醒,神情放松许多,一边点头一边偷偷瞄了康老久一眼。康老久眉头紧皱,说,支持可以,得分什么事,这事不能支持,把香铺搞得乌烟瘴气,没了规矩!春花说,爸,这跟有没有规矩不搭界!人家帮咱建宣传长廊,咱给人家用几天广场,有来有往,两头都是好事嘛!宁万三又点点头,说,按说是好事!春花翻眼看看宁万三,宁万三马上改口说,确实是好事,好事!康老久见宁万三很快叛变,气不打一处来,冲他说,好什么好?!大喇叭咚哧咚哧吵死人,一帮疯丫头大庭广众露大腿,老牌坊上挂的广告花花绿绿,这还叫好事?!宁万三不敢顶撞,看看春花。春花说,爸,人家那是商业活动,叫营销!康老久说,我不管他营什么销,你是主任,你说管不管!春花说,合理合法,怎么管?康老久腾地站起来,三两步就出了门。宁万三对春花说,这老家伙怕是要惹事,我得去看看!春花叹口气,由他去了。

康老久来到康宁广场,远远看见大铃铛带着康康跟着那群疯丫头在跳舞。康康一边跳一边笑,小腿忙得像捣蒜一样。康老久气得眼里冒火,跑上去在康康屁股上打一巴掌,康康被吓得大哭,大铃铛一头雾水,不知何故,抱着康康走了。这时候,宁歪嘴正好收摊回来,康老久顺手从宁歪嘴车子上抽出一根竹竿,冲到老牌坊前,手起竿落,将大喇叭的电线打落,大喇叭顿时哑巴了。售楼小姐正不知所以,康老久又挥起竹竿,三下两下,便把挂在老牌坊上的广告捅了几个窟窿。几个售楼小姐上来阻止,康老久把竹竿一抡,呼呼生风,宛如关公战群雄,一边抡竹竿,一边怒吼,滚!都给我滚!几个售楼小姐见这老家伙比她们还疯,不敢应战,纷纷逃跑。有个叫小胖的丫头高跟鞋没踩稳,一下子崴了脚,一屁股坐在地上,哇哇地哭起来。这时候,宁万三气喘吁吁地赶到,抬头一看,广场上只有康老久手持竹竿,威风凛凛,吹胡子瞪眼。宁万三不禁叫了一声,完了完了!

康老久大闹丽达公司的营销现场,在香铺引起很大反响。本来,廖彬没打算找康老久理论，但是小胖脚踝骨折，住进医院，家里人找上门来讨个说法。廖彬晓得康老久的脾气，没有直接找他，先找春花。春花晓得康老久闹事，不晓得有人受伤，廖彬找上门来一说，春花觉得事情闹大了，对不住廖彬，赔了礼道了歉，拍着胸脯表态，一定给丽达公司一个说法。

　　食品厂新上一条生产线，向阳被柳丽请去，陪同工程师一起调试，连天带夜，忙了好几天。这天晚上一回到家，春花就把康老久如何闹事，廖彬如何找上门来，一一说给向阳听了。向阳听罢也觉得康老久做得过分，这事不只对不住廖彬，更对不住柳丽。毕竟廖彬和柳丽是那种关系。春花问向阳怎么办，向阳说给人家一个说法是必须的。两口子商量妥了，马上去找康老久。

　　康老久正在喝茶，见向阳和春花进来，也不搭理。春花不绕弯子，开门见山，把廖彬告状的事一说，话里话外，对康老久多有埋怨。向阳也在一旁帮腔，有意把事情放大。康老久开始还耐着性子听，听着听着，就听不下去了。毕竟春花是儿媳妇，不好翻脸，于是冲着向阳撒气，说，向阳，干好你的本分，别在这插嘴！向阳挨了骂，自觉无趣，转身离开。春花听出康老久话里有话，捎带着骂她没干好主任的本分，强压心里的火气，说，爸，您这话什么意思？您说哪个不干好本分？康老久说，春花，你当主任不管事，还好意思来埋怨我？春花说，这事本来不要管，经您老人家一闹，不管也得管了！您想想，我是社居委主任，您搅在里头闹事，人家怎么看？往后我的工作还怎么开展？康老久说，往后？就你这样当主任，还有往后？依我看，你就别干了！春花说，咦！瞧你这话说的，我这主任是香铺人公开选举的，街道下文批准的，我凭什么不干？！康老久本来想说别占着茅坑不拉屎，话到嘴边，觉得不妥，便改口说，伢哩，你管好向阳和康康，你管好饭店，至于香铺，你管不了！春花听了，更不高兴，说，爸，您要这么说，我偏要管！先说大闹广场这事，我管定了。廖彬那边有人受伤，事是您惹的，医药费应该算在您头上，另外，您要去丽达公司向人家道歉！康老久撩一下眼皮，侧着耳朵，说，再说一遍！春花说，您要付人家医药费，还要跟人家道歉！康老久腾地站起来，把茶杯一摔，说，滚！

夜深人静,这一声在康家院内惊动不小。向阳赤着脚,头一个冲下楼来,接着红梅和孙和平也赶来了。康老久见向阳来了,正好撒气,脱下鞋子要打向阳,春花冲上去挡在前面,胸脯一挺,说,向阳没错,您凭啥打他?您不就是想打我吗?来,给您打!给您打!康老久浑身颤抖,脸色乌青,鞋举在半空却落不下来。红梅和孙和平赶紧过去搀扶,康老久一步一步挪到床边,低着头说,突然一声吼,滚!孙和平马上给向阳使个眼色,向阳拉着春花上楼去了。

康老久在床上躺了三天,红梅和孙和平劝了三天。第四天,康老久起来了,就着两口咸鸭蛋,吃了一碗粥,然后出门。红梅追上去问他去哪里,他也不理睬。康老久走出院子,又听见康宁广场上咚咪咚咪刺耳的响声。孙和平怕他又去闹事,紧紧跟在身后。康老久转身瞪了一眼,孙和平不敢跟了。

康老久绕开康宁广场,一直向西出了香铺。躺了三天,康老久拿定一个主意,要去街道告春花,把春花从主任位置上搞下来。事情走到这一步,已不是公公和儿媳的事,也不是康老久和宁春花的事,实实在在是关乎香铺未来的大事。再这样下去,香铺肯定完蛋!本来,康老久以为春花能管好香铺,看来,这伢还嫩啊!

来到街道办事处,康老久挨门问哪个官最大,问到最里头,见着街道主任了。街道主任也是个女同志,姓黄,四十来岁,看上去精明强干。康老久把自己的来意直接说出来,黄主任早晓得康老久,也晓得他是春花的公公,虽感诧异,却不惊慌。康老久说,香铺少说也有好几百年了,如今田没有了,就剩个村子了,要是再把村子搞完蛋了,对不住祖宗啊!黄主任说,康叔,请放心,国家有政策,地方有条例,哪个敢把香铺搞完蛋,我也不饶他!康老久喜欢听这话,说,黄主任,赶紧换人吧,越快越好!黄主任一笑,说,康叔,换人可以,可是我手头没人嘛。香铺的情况,您老人家最了解,帮忙推荐一个,只要有人,马上换掉春花!康老久没有想到这一层,想了想,摇头。黄主任说,康叔,您是香铺的老人,您都挑不出人来,那我们街道就更没办法了嘛。要不这样,春花毕竟还年轻,再给她一次机会,好不好?康老久又想了想,没有吭声。黄主任说,年轻人都会犯错,犯个错就把她一棍子打倒,那年轻人怎么成长嘛!康叔,您年轻的时候,也犯过错吧?康老久点点头。黄主任说,依我看,这件事怪就怪春花没经验,好事办成了坏事,她要是先跟您老人家商量,您会不会同意?康老久说,不同意!黄主任说,为什么?康老久说,不像话嘛,一帮疯丫头露着大腿在那扭,架起大喇叭,咚咚咚吵死人,更可气的是,还把广告挂到老牌坊上去!黄主任笑了,说,康叔,要是疯丫头们不露大腿,大喇叭不死吵人,广告也不挂到老牌坊上去,您老人家可会同意?康老久想了想说,那当然同意!黄主任说,瞧瞧,还是春花的方法有问题嘛!您放心,回头我批评她,让她向您道歉!康老久心里宽了一些,说,那倒不必,都是一家人嘛!黄主任说,一家人有错也要认账,不能总是以老大自居,您说是不是?康老久挠挠头,不晓得这话是说春花,还是说自己,竟稀里糊涂点了点头。

　　回到香铺,已近中午。康老久把孙和平叫来,给了他一千元钱,让他送给廖彬,说是给小胖那丫头的医药费,多退少补。此外,还让孙和平带两瓶酒给廖彬。孙和平不晓得什么意思,康老久也不多说,让他只管送去就是。

38. 春风

刚刚入伏，雨后乍晴，又是正午，一个光头出现在香铺村口的阳光里，像一朵活动的蘑菇，着实有点突兀。在村口摆摊的宁歪嘴眼已老花，见一个光头走来，以为是来租房的外乡人，等到那人走近喊他一声叔，宁歪嘴才认出是春风。宁歪嘴说，伢哩，出来了！春风说，回来了！宁歪嘴笑了，说，伢哩，瞧瞧你，白白胖胖，享福去了吧。春风无言以对，只好笑笑，就此别过。

春风提前两个月出来。宁万三自然最高兴，当天晚上让春花备了一桌酒席，给春风冲冲晦气。酒席上，春风滴酒不沾，以茶代酒，先敬宁万三，再敬大铃铛，然后敬春花和向阳。向阳那天酒有点多，热情过头，逼着春风跟他干一杯。春风坚决不从，说在里头发过誓，这辈子再不碰酒，说罢还亮出手臂上用烟头烫出的"戒"字。向阳明白春风吃过酒的亏，便不再逼他。

一家人边吃边聊，话题自然落在春风身上，自然涉及春风将来如何打算。春风胸有成竹，说打算开一家特色酒楼，名字都想好了，叫"谢家菜"。春花不解，问他为什么不叫"宁家菜"。春风说，之所以叫"谢家菜"，一是因为师傅姓谢，二是感谢这几年家人对他的不离不弃。向阳听罢，一拍桌子，大叫一声好！春花激动得眼泪汪汪，拉着春风的手不停地摇晃，当场表态，只要走正道，好好干，姐一定支持你！春风自小跟着姐姐春花，晓得春花真心帮他，自然感动，于是抱着春花痛痛快快地哭了一回。

春风简直变了一个人，最宽心的还是宁万三。知子莫若父，宁万三对春风刮目相看。浪子回头金不换,伢这个大牢坐得比上大学划得来啊!还是大牢厉害,硬生生把一个小混蛋调教好了!哪像那些狗屁大学,学费死涨不说,活生生把伢培养成败家子,例子当然有,宁歪嘴的儿子亚明就是。宁万三越想越高兴,一不留神喝多了,走路打飘,要不是大铃铛扶着,怕是跨不进家门。大铃铛晓得他高兴,也不责怪,帮他洗了,服侍他躺下,累得一身是汗。宁万三躺在床上,嘴不歇着,说春风马上就要开大酒楼,当上大老板了,真是老天有眼啊。大铃铛晓得他酒多了,不跟他抬杠,半天才将他哄着睡去。

转天一大早,宁万三酒意全退,早早起来,精神倍爽,见春风的房门关着,没去打扰,有意让他多睡一会。本来,宁万三就有打算,让春风多歇几天,适应适应。毕竟一别几年,春风要适应适应香铺,香铺人也要适应适应春风。没承想,一出院门见春风一身大汗,从外面回来,一问才晓得春风早起来跑步锻炼。宁万三又高兴又心疼,忙催大铃铛起来做早饭。吃过早饭,宁万三拿出两千元钱,让春风到南七去买两身衣裳,再买顶太阳帽,毕竟光头太扎眼。春风不干,提出要办两件事,一是去康家赔罪,二是在老牌坊前放挂鞭炮,拜拜祖先。宁万三觉得这两件事都没必要,一是你的罪政府已经罚了,不欠康家什么;二是你刚从里头放出来,又不是衣锦还乡,还怕人家不晓得?春风坚持,说只有办完这两件事,心里才踏实。大铃铛理解春风,表示支持,说伢考虑得周到。宁万三想了想,让大铃铛备了两瓶酒交给春风,自己亲自出门去买鞭炮。

太阳刚刚出来,春风提着两瓶酒,走在香铺的晨光中,显得有点愣头愣脑。两条闲逛的狗觉得陌生,冲着春风一阵狂叫。春风不惹它们,脚步加快,穿过老牌坊前的广场,不一会儿便来到康家大门前。

红梅正在开店门,春风走上前,小声叫了一声红梅,红梅正忙着,以为有人来买东西,头也不回,随口应了一声。春风又说,康叔在家吗?红梅听声音耳熟,猛一回头,见一个光头,定睛再看,是春风,顿时惊叫一声,掉头就朝院里跑。孙和平闻声出来,红梅一下躲在孙和平身后,朝门外一指。孙和平伸头一看,也吓一跳。

春风提着两瓶酒站在大门口,说,和平,不认得了?!

孙和平简直不敢相信,说,春——春——

春风一步跨进门里,说,不是我是哪个?

孙和平护着红梅,说,你——你——来干什么?

春风说,我来看看康叔!

这时候,康老久闻声从房里出来一看,先是一惊,以为春风前来报复,随手抓起门边的一把铁锨,拦在红梅和孙和平的前面。

春风笑了笑,叫了声,康叔。

康老久打量春风一番,问,有事?

春风扑通一声跪下,把两瓶酒递上,说,康叔,我出来了,特意来给你赔罪!

康老久有点蒙,一时没有反应过来。孙和平机灵,马上明白春风的意思,跟康老久一说。康老久这才放松下来,说,出来就好,往后好好做人,起来吧!

春风不起,说,还有红梅跟和平,我对不住你们,请你们原谅!

孙和平顿时有点尴尬,上前拉起春风,说,都过去八百年了,不提了!来来,进屋喝茶!

春风没有进屋喝茶,借口家里有事,转身出门。康老久送到院门口,孙和平和红梅紧随其后。康老久看着春风的背影,突然莫名其妙地说,这伢还是春风吗?

红梅说,不是他是哪个?

康老久说,这伢变哩!

红梅说,就是就是,养得白白胖胖的,不像从里头出来的嘛!

孙和平说,听说他在里头当厨子,生活好得很!

红梅瞪了他一眼,说,你怎晓得?!

孙和平说,生活不好,能养那么胖吗?

康老久没再说什么,又朝宁家巷口望一眼,只见春风的光头在巷口一闪,转眼就不见了。

春风回到家，宁万三正好把鞭炮买回来了。父子俩一前一后，一个提着鞭炮，一个扛着竹竿，来到老牌坊前。春风站在老牌坊前，拜了三拜，又在心里默念一番。这时宁万三已把鞭炮挂在竹竿上，春风上前，将鞭炮点燃，噼噼啪啪，一阵炸响，腾起青烟一片。不多时，火药味便在香铺的上空弥散开来。

春风做完这两件事，心里踏实许多。当天晚上，春风约春花到家里来，说是有要事商量。春花把饭店的事托给向阳，早早便来了。一家人刚刚坐定，春风马上把门关上，又将窗帘拉好。宁万三以为春风又犯了什么事，吓得脸色大变。春风也不多言，从破包里拿出两个本子，放在桌上。宁万三伸头看了看，眼睛老花看不清。春花赶紧拿过来，一看，笑了。宁万三心里没底，催大铃铛赶紧拿来老花镜戴上，将本子拿过来，凑近一看，原来一本是"谢家菜谱"，一本是"谢家菜酒楼计划书"，都是春风的笔迹，有图有文，工工整整。宁万三越看越高兴，翻一页笑两声，翻着翻着，不禁放声大笑，不留神呛了自己，咳嗽不止。大铃铛赶紧帮他拍后背，春花又给他喝了几口水，半天才平喘下来。

宁万三对春风说，伢哩，你毕业了！

春花说，怎么又扯到毕业上去了？

大铃铛说，伢哩，你不晓得，这老头子犯神经，非说春风坐那啥比上大学强，划得来！

宁万三扬扬得意，说，不怕不识货，就怕货比货，看看宁歪嘴家那个败家的亚明，再看看我家春风！

春花说，哪有这么比的？往后千万别再提，万一让宁歪嘴两口子听见，非吵嘴不可！

宁万三说，我说的是事实嘛！

春风干咳一声，板起脸说，又不是多光彩的事！

宁万三见春风认真，便不再提起。

春花一心想着开酒楼，把话头拉回正题。按春风的计划，谢家菜酒楼定位在中高端，规模不一定大，但档次要上去。这一点跟春花不谋而合。

这两年,香铺周边陆续开了多家饭店,大大小小,都想做开发区的生意,都打着本地土菜的牌子,对春花饭店的生意大有影响。从去年开始,春花一直琢磨着饭店"升级",只是思路不甚清晰,也没遇上好机会。如今姐弟联手,正好合意。有了定位,接着商量选址。春风对周围已经不大熟悉,由春花做主。春花认定两点,一是不能选在香铺,因为周围楼盘起来之后,香铺如今显得又老又旧,环境不上档次。二是最好选在开发区。如今的开发区,放眼一望,大大小小,上千家企业,迎来送往,养活几个高档酒楼,轻飘飘的。至于投资,春花也有打算。春花饭店开了几年,算下来挣了些钱。当初卖给食品厂"香辣小毛鱼"和"酱蒸鸭胗"的技术转让费也一直没动。此外,柳丽多争取30%"秘制蹄花"的技术转让费,春花也代春风存着,拿出来算是春风的股本。姐弟俩算来算去,还有缺口,急得春花直挠头。宁万三在一旁看着着急,主动提出把养老的存款拿出来,支持一把。春花没有接宁万三的话,看了看大铃铛。大铃铛一笑,说,拿出来就拿出来,迟早还不都是你们的!春花也笑着说,你们的养老钱,坚决不能动,况且杯水车薪,也帮不了大忙。车到山前必有路,到时候再想办法。宁万三和大铃铛也就不再说话了。

春花和春风接着商量工作步骤,商量来商量去,决定春风先到春花饭店去试菜,探一探客人的反应,然后再做下一步安排。宁万三也觉得这样稳当,表示支持。

就在这时,突然有人敲门,都吓一跳。宁万三问是哪个,门外响起齐刚的声音。宁万三以为齐刚来借报纸,示意大铃铛赶紧把报纸送过去。大铃铛把门罅开一条缝,将报纸递过去,齐刚不接。齐刚说,他不是来借报纸,是来辞别。宁万三马上走到门口,问齐刚辞什么别。齐刚说,沙小红身体不好,想回家养一养,所以打算回家住一阵子。大铃铛问,那你们什么时候回来?齐刚说,这个说不好,到时候提前打电话。大铃铛有点舍不得,说,哎哟,你们一走,到哪吃小笼包子呢!齐刚说,没办法啦!宁万三说,沙小红瘦得皮包骨,回去好好查查病,挣钱要紧命要紧?!齐刚说,就是就是!宁万三说,我来算一算,退你房租!齐刚说,房子不退,另外再续半年的房租。大铃铛说,哎哟,那不是浪费嘛！齐刚说,没办法,在你们家住习惯了嘛！宁万三说,也好！钱先收下,多退少补。尽管放心,房门我替你看好！齐刚说,谢谢,谢谢。

齐刚走后,大铃铛坐到灯下数钱,连数两遍,一分不多一分不少,只是一张五十元的钞票破了角,虽有遗憾,倒无大碍。春花说,齐刚这两口子好奇怪,挣钱不容易,出手倒挺大方！宁万三说,老话说,穷大方,富算计！放眼一看,天底下富人有几个大方？春花撇撇嘴,说,那也不一定！大铃铛说,管他大方小气的,跟咱没关系,咱就凭良心做人！

这时候,墙上的挂钟响了,春风条件反射,突然站起来。春花问,怎搞的？春风说,睡觉！春花说,嗒！这才几点！春风苦笑,说,习惯了！

39. 秋老虎

春风在春花饭店试菜,每天推出一道,一连十几天,得到新老客户的一致好评。春花高兴,春风也高兴。春花高兴的是,实践证明,春风的"谢家菜"得到认可,将来的酒楼生意一定火爆。春风高兴的是,重获自由,回头一看,那几年在里头的日子没有白过。

立秋已过,处暑未到,"秋老虎"来了。四周高楼林立,香铺像一只灶上的笼屉,闷得透不过气。天热人懒,春风在饭店忙了一天,晚上懒得回家,就在饭店空调包厢里睡觉,因为贪凉,不小心感冒,鼻涕直流,喷嚏不止。转天一大早,春花接到包装厂老板吕富春的电话订餐,中午招待重要客人,点名要上几个新菜。包装厂是春花饭店的老客户,也是大客户之一,春花自然要重点对待。偏偏雷公湖街道临时通知召开文明创建大会,会期一天,春花不去不行。临走前,春花叮嘱春风在家好好歇着,中午由向阳在灶上掌勺。毕竟向阳跟春风也学了几手,应该可以应付。春风不放心,仗着身体好,没把感冒当回事,早早来到饭店做准备了。

包装厂的全称叫新美包装工业公司,是开发区内近两年比较活跃的企业之一。老板吕富春是浙江蛮子,四十多岁,上唇留着一撮小胡子,个子高,干巴精瘦,偏爱穿紧身衣裤,看上去像一挂风干的咸肉。不过,吕富春天生精明,生意做得好,多有迎来送往,在吃喝上出手大方。开饭店的自然喜欢跟这样的老板交往,日久天长,春花就跟吕富春混熟了。开发区流传好多有关吕富春的传说,有人说他有三个老婆,一明两暗,有人说他小学没毕业，只会写自己的名字，也有人说他早年偷窃被抓，坐过大牢，总之不是省油的灯。这些传言是真是假，春花不晓得。不过春花早就看出来，吕富春对自己有点歪心思，有几回吕富春借着酒劲遮脸，想吃春花的豆腐，被春花一一化解。这种事春花见得太多，虽有反感，却不表现出来。毕竟做这份生意，心就得大一些，好歹都要装得下。好在吕富春不喝多的时候倒是规矩，照顾春花饭店的生意，除了特殊情况，一般接待都安排在春花饭店，按月结账，一毫也不拖泥带水。如此这般，心照不宣，交情也处下来了。

　　中午前，春花打电话回来，问包装厂的客人到没到。向阳接电话，说没到。春花就挂了电话，不多时又打回来，说包装厂的客人马上就到，赶紧把888包厢的空调打开。888包厢是春花饭店最大最好的房间，主要留给大客户，装了一台大柜式空调，因怕费电，一般不开。向阳来到888包厢，推门进来，见窗帘拉着，一股凉意随之袭来，晓得空调已经开了。向阳纳闷哪个开了空调，随手把灯打开，见靠窗的沙发上躺着一个人，侧身朝里，身形起伏，看上去是个女的。走过去一看，原来是小芸，曲臂当枕，睡得正香。

　　小芸是康跃进的表妹，三十来岁，长得有模有样，嫁个男人不能生育，去年离婚后，跑到香铺投靠康跃进，经康跃进介绍来春花饭店做服务员。毕竟沾亲带故，春花和向阳平时对小芸多有关照，小芸也识好歹，知恩图报，干活格外卖力。前几天，春花和向阳在家议论春风的将来，就想撮合春风和小芸，向阳觉得合适，跟春风一说，春风只是摇头，说婚姻的事暂时不考虑。于是，这事就搁下了。

　　就在这时，窗外传来汽车喇叭声，怕是客人已到，向阳着急，赶紧上前叫声小芸。小芸一惊，起身时太急，脚下不稳，身子向前扑去。向阳赶紧伸手扶她一把，正巧扶在小芸的胸口上。小芸当即脸一红，向阳赶紧撤回手。小芸一笑，腰身一扭，趿着鞋子跑出去。向阳愣在那里，那只手像被电过一样，一时抬不起来了。得亏车喇叭又响几声，向阳这才挪开步子，出门迎客去了。

　　吕富春请的重要客人是柳丽。食品厂的生意火爆，产品销路好，包装需求自然不小，吕富春很想拿下这份订单，无奈一直不能如愿。说起来原因简单,就是过不了柳丽这一关。虽说名义上柳丽只是副总分管营销中心,实际上范林把产品相关大权都交给了她,这是不是小杨总的意思不好说,不过范林非常放心,从不干涉。吕富春几次托人找到范林,范林客气接待,最后还是推到柳丽那里。吕富春的新美包装在开发区很有名气,柳丽当然熟悉,正因为熟悉,才不想与新美合作。不是价格问题,也不是质量问题,是因为柳丽看不惯吕富春这个人。柳丽之所以看不惯吕富春,一方面受关于他的负面传言影响,另一方面跟一次不太和谐的遭遇有关。

两年前,春天的一个晚上,柳丽来春花饭店找春花说事,正赶上吕富春在饭店招待客人。当时饭局已经接近尾声,吕富春喝得头重脚轻,双眼迷离,拉着春花的手不放。春花无奈之际,柳丽来了。春花仿佛见了救星,借打招呼之机,想把手抽出来。不承想吕富春一见柳丽来了,就马上松了春花的手,笑嘻嘻地上前,拉住柳丽的手。那只手很柴,手感极差,关键是潮乎乎的,不晓得是春花的汗还是吕富春的汗。柳丽一阵恶心,正要把手抽回,吕富春的另一只手又上来,将柳丽的腰搂住。柳丽忙用手拦截,一下抓住吕富春的手。那只手上戴着一只大金戒指,把柳丽的手弄得生疼。柳丽有点恼火,用力一甩,吕富春摔倒在桌子旁。从那以后,柳丽一想起那只潮乎乎的手,那个大金戒指,嗓子里马上就有反应,就不愿见吕富春,如此一来,就别提合作了。

近几个月,食品厂正在开拓华东华南市场,柳丽一直在外出差。前天,刚刚回到厂里,柳丽接到开发区徐副主任的电话,张口就说请她吃饭。柳丽晓得,领导不论大小,说请吃饭都是托词,后面都有事要办,于是直接问有什么可以效劳,徐副主任倒也干脆,说受吕富春之托,见面聊聊。本来,柳丽忙得要死,想拒绝邀请,又一想,徐副主任即将退休,处于最敏感时期,如果拒绝会被怀疑狗眼看人,于是便答应了。徐副主任哈哈一笑,说柳总给面子,到时候好好敬你几杯。柳丽也笑,说哪里哪里,领导给我机会,我要好好珍惜!徐副主任又一阵大笑,突然换了亲切的口气,说,小柳,好久没见,你定个地方吧,只要你喜欢,哪里都行!柳丽一听,徐副主任改口叫她小柳,晓得是有意拉近关系,于是便假装随意,张口就说,春花饭店吧,离你们近,离我家也近,都方便!

那天,888包厢的菜是春花特意安排的,十二道菜,八道新菜。春花之所以如此安排,并不晓得吕富春请柳丽,是因为吕富春有交代,是重要客人,要上最好的菜,最好上新菜。春风也不晓得柳丽来,见春花如此慎重,明白这桌菜非常重要,于是加倍认真,直到把最后一道菜上桌,才松了一口气,一屁股坐下来,半天起不来。本来,春风打算回家歇着,感冒似乎加重。就在这时候,向阳来到后堂,说柳丽来了,说要见一见春风,问春风见不见。春风当时头一蒙,不知如何回答。向阳说,都在香铺住,早晚要见面,不如见一见!春风想了想,点点头。

柳丽知道春风出来,是春花电话告诉她的。春风回来的第二天,廖彬陪客人来饭店吃饭,中途打电话给柳丽时,正好春花在旁边。为了让春花证明自己确实在陪客户,廖彬就把电话给春花,让春花跟柳丽说几句。春花跟柳丽说了几句闲话,最后说春风回来了。柳丽倒是平静,说,回来就好!说完就把电话挂了。

柳丽晓得春风出来后,头一个念头是想见见,究竟为什么,一时说不清。为了解释,还是为了道歉?为了安慰,还是为了鼓励?似乎都有,似乎都没有。总之见一见是一定的。所以,当徐副主任让她选地方的时候,她毫不犹豫地选了春花饭店。来到饭店后,柳丽一见向阳,就问春风在不在,向阳说在后堂掌勺,柳丽就明白了。菜上齐,酒也喝得差不多,该谈的事情也谈过,柳丽离席,借上洗手间的机会,找到向阳,说要见春风。向阳当然愿意,问什么时候在哪里。柳丽喝了点酒,头有点晕,但不糊涂,想了想说,后堂要是不忙,让春风到888包厢来,马上。

春风由向阳陪着来到888包厢,头一眼就看见坐在主宾位上的柳丽,有点百感交集,有点无颜面对,赶紧躲在向阳身后,怎奈他比向阳个高,还是没能躲开众人的目光。向阳把春风推到前面,柳丽微笑着站起来,带头鼓起掌来。众人不晓得有这个节目,都跟着站起来鼓掌。春风有点不好意思,愣在那里。柳丽倒是大方,离席走过来,把春风拉到大家面前,说,各位,我给大家介绍一下,这位是今晚的主厨宁春风先生。众人又鼓掌,春风脸有点红。柳丽说,更重要的是,春风是我当年的合作伙伴,没有他,就没有现在的丽达公司!众人更加热烈鼓掌。吕富春不晓得春风犯过事,就问,宁先生这么优秀,为什么改行做了厨师?春风不好解释,柳丽接过话来,说,人各有志嘛。说实话,我更喜欢春风现在这个角色,要不然,我们怎能品尝这么多美味?!众人鼓掌。徐副主任说,好!既然是柳总当年的创业伙伴,说明对我们开发区建设有贡献嘛!来,我代表开发区,敬一杯!春风双手合十,说,对不起,我不喝酒!吕富春说,领导敬酒,不喝不行的!春风看了一眼向阳,向阳马上过来解围,说,各位领导,春风感冒好重,不能喝酒,下回有机会,再敬各位!吕富春说,酒能治感冒,喝!众人都附和,有人想看热闹,斟了一杯酒递到春风手里。春风的脸涨得通红,低着头坚决不喝。吕富春说,我告诉你,不喝就是看不起领导!这个帽子有点大,向阳向前一站,要替春风喝酒,吕富春伸手拦住。春风的脸由红变紫,越来越难看。这时候,柳丽拨开吕富春,伸手从春风手里夺过酒杯,冲众人一笑,说,春风这几年在外面修行,算是出家人,不能破戒,这酒我替他喝!说完,一仰脖子,将酒一口闷了,憋得眼泪汪汪。众人鼓掌。徐副主任点点头,说,好!既然有信仰,就不勉强,互相尊重嘛!柳丽说,各位,今晚高兴,有一个消息,我在这里宣布一下:我们公司研究决定,聘请宁春风先生为食品厂技术顾问!春风像被刺了一下,浑身一紧,嘴张了张,不知说什么好。柳丽放下杯子,从包里取出一个证书,说,本来打算搞个颁证仪式,考虑大家都忙,就不搞形式主义了。就在这里,委托徐主任给春风颁发证书,大家说好不好?众人一边喊好,一边鼓掌。徐副主任当仁不让,郑重地为春风颁发证书,然后和春风热情握手。遗憾的是春风不喝酒,要不然二人扎扎实实碰上一杯,更加完美。

　　春花从雷公湖街道开会回来,已是夜里十一点多。客人已经散去,饭店准备打烊。向阳把春花叫到吧台后头,把柳丽和春风见面的事一说,春花有点激动,又听说柳丽当众宣布聘请春风做食品厂的技术顾问,还当场颁发了证书,更是吃惊。向阳说,明摆着,柳丽是提前安排好的,不然哪来的证书,她又不会变魔术!春花点点头,想了想,说,柳丽做事巧妙,看来柳丽想帮一把春风！向阳一拍吧台，说，那当然！人家是大企业的老总，做事有章法！春花朝向阳屁股踢了一脚，说，你激动什么?！向阳捂着屁股说，我说的是实话嘛！春花说，这实话不要你说！向阳晓得春花吃醋，无奈地摇摇头。

  这时候，小芸把888包厢打理好了，准备下班。向阳见小芸一扭一扭地过来，那只碰过小芸胸口的手，像插上电一样动了动，赶紧朝后退了两步。春花见小芸最后一个下班，有心夸她几句，没承想小芸像犯了大错似的，低着头不敢看她。春花觉得奇怪，走过去问她怎么了。小芸捂着嘴，咳嗽两声，说感冒了。春花说，"秋老虎"厉害，不能贪凉，要是不得劲，明个你歇一天。小芸说没事没事，回去吃药发发汗，睡一觉就好了。春花点点头，忙把给春风买的感冒药分一半给小芸。小芸拿着药，说了声谢谢，赶紧出门了。春花看着小芸的背影，对向阳说，唉！一个女人，生病也没人照顾，可怜啊！向阳低着头擦杯子，嗯了一声，声音不大，像是回应春花，又像清理嗓子。

40. 叛徒

香铺出了"叛徒"!

这话是康老久说的。康老久说这话的时候,还狠狠地吐了一口痰。正午的阳光中,那口痰划出一个漂亮的弧线,越过低矮的围墙,不知落进下水道还是草丛里,总之没有弄出什么响动。接着,康老久骂了一句,猪弄的!

康老久确实愤怒了。

在康宁博士的印象里,爷爷康老久是个喜欢发怒的人,但那一次最为愤怒,没有之一。康老久所说的叛徒是康跃进。之所以被康老久骂成叛徒,是因为康跃进卖掉香铺的祖屋,头一个搬出香铺,头一个住进滨湖世纪城的商品房。

说起来,也不能怪康老久生气,康跃进家的祖屋其实颇有来历。在香铺,康姓原有老六门,康老久祖上是老六,康跃进祖上是老大。康跃进祖上是长房,祖屋自然就在这一门里传承。据说,当年正是在这座康家祖屋里诞生过康家六兄弟,然后世代繁衍,才有了如今的规模。可以说,康家祖屋这块风水宝地里,深扎着康氏家族的根。如今,康跃进这个不争气的东西,要把祖屋卖了,岂不是把康家的根斩了?康老久骂康跃进,一刀斩了自己的根,不想做香铺人,去住"火柴盒"!将来死了也不要进康家的坟地!

康老久所说的"火柴盒"是指香铺周边兴起的高层住宅。其实,卖掉香铺的祖屋,搬进滨湖世纪城的"火柴盒",康跃进两口子并不十分情愿,都是女儿小艳一再煽动才动了心。小艳在南方"挣钱"那些事,香铺人没少说闲话，康跃进两口子为此三天两头跟人家吵嘴打架。人言可畏，唾沫星子淹死人，小艳不想住香铺，康跃进两口子也听够了闲言碎语，咬咬牙，索性卖了房子，搬出香铺。小艳在南方长了见识，趁着脂城房价低，在滨湖世纪城买了两套住宅，一套出租，一套给康跃进两口子住。康跃进卖房子的钱也不存着，在小区门口买了两间商业门面，开了一个茶楼，茶水棋牌，样样都有，一来赚点小钱，二来打发时间，日子过得倒也舒心。

　　按理说，留不留在香铺是个人的自由。可是康跃进搬出香铺，却又招来不少闲言碎语。有人说他没脸在香铺住下去，有人说他有几个臭钱烧得慌。康老久劝过康跃进，千万不能卖祖屋。康跃进根本听不进去，王八吃秤砣铁了心，气得康老久狠狠骂他一顿。康跃进晓得康老久的脾气，又是长辈，由他骂去。康老久说，跃进，你就是个叛徒！康家的叛徒！香铺的叛徒！你这样做，对得起祖宗吗？对得起老牌坊吗？康跃进搞死不吭声，等他骂完，还给他泡杯茶，气得康老久抬手就把茶杯给掼了。

　　其实，康老久生气，还有另外一个原因，那就是康跃进把祖屋卖给了一个外姓人。自古以来，香铺除了康宁两姓，没有外姓，如今有了外姓，康老久心里就不舒服。不仅康老久，宁万三心里也觉得不舒服。老牌坊上写着哩，万世康宁，如今加上一个外姓，岂不是文不对题？将来拜祭老牌坊，让不让外姓人参加？不让人家参加，人家有没有意见？让人家参加，老祖宗一见脸不熟，岂不是也有意见?!总之，康跃进这事做得太欠考虑，太不合适，太没水平！在这个问题上，康老久和宁万三达成惊人的一致，一闲下来就议论，一提起就骂康跃进是个叛徒！

　　买下康跃进祖屋的那个外姓人不是别人，正是廖彬。廖彬本来就是康跃进家的房客，近水楼台，谈起买卖自然方便。况且，如今廖彬已经插手房产买卖中介，办起这事轻车熟路。不过，话又说回来，除了廖彬，在香铺能买得能起康跃进家房子的只有春花。可是春花婆家娘家两头都有房，况且春花有钱留着开大饭店，根本不会考虑买一座没有用的老房子。

　　严格地说，买下康跃进家祖屋的不是廖彬，而是柳丽。柳丽之所以买下康跃进家的祖屋，一来是手里有钱，买下来轻轻松松，二来是在香铺生活多年,已经习惯,打算和廖彬结婚后,在这里安家。更重要的是,柳丽记得小杨总当初说过的一句话,香铺将来会有大变化,只差一个机会。柳丽越来越相信小杨总的预言,很想亲自经历一下香铺的变化。当然,这些柳丽没有跟廖彬说。

柳丽买下康跃进家的祖屋,办好相关手续,按照政策,又把她和廖彬的户口迁过来,于是便真正成了香铺人。柳丽一直认为香铺是自己的福地,在这里,收获事业,也收获爱情。当初柳丽和廖彬约定的目标业已实现,如今丽达公司在全市拥有二十多家门店,成为最大的房产中介,尤其是介入房产代理销售,大获成功。廖彬雄心勃勃,下一步打算介入房产开发。所以,廖彬和柳丽商量,目标实现,条件成熟,定在春节结婚。

廖彬财大气粗,打算把康跃进家的老房推倒,在原来的宅基上建一座小别墅,花钱请人搞了一个设计方案,主楼地下一层地上三层,前有车库,后有花园,四周花式围墙,大门改为朝南,面对开发区。柳丽看过,当场就不同意,廖彬问为什么,柳丽说没必要再花钱重建,还是老房子住着好。廖彬以为柳丽怕他花钱,趁柳丽出差的时候,自己做主,找来工程队,计划先把四周围墙拉起来,再把原来的老屋推倒,开工建别墅,到时候给柳丽一个惊喜。

一大早,工程队的大型挖掘机突突突地开进香铺,直奔东头康跃进的祖屋而去。宁万三在老牌坊那里闲坐,晓得大事不好,马上通知了康老久。康老久闻讯,拿起铁锹,抄近路跑到康跃进的老宅,往路口一站,拦住了挖掘机的去路。宁万三在这一点上与康老久保持一致,招呼了一帮老家伙,站在康老久身后助威。工程队的工头不敢得罪这帮老家伙,打电话找来东家廖彬。廖彬来到,一见又是康老久闹事,晓得不好惹,不禁头皮发紧。不过,廖彬也有底气,耐下心来解释,老屋和宅基一起买下,手续齐全,如何处理,有权决定。

康老久不理那一套,说你买祖屋可以,不能拆祖屋。这祖屋是康家的祖屋,里头扎着康家的根,要拆康家祖屋,相当于刨康家的祖坟,是万万不能答应的!你要敢拆,就跟你拼命!廖彬说,做人得讲理,如今是法治社会,得依法办事,我花钱买下来,合理合法,想怎搞就怎搞,你们管不着!康老久说,有钱就了不起呀?有钱就可以想干啥就干啥?北京城里的皇宫好几百年,有本事你买下来拆嘛!

廖彬无奈,晓得讲不清道理,打电话给春花。春花一听这事,晓得不好办,把向阳拉上一起来劝康老久。街道黄主任批评过春花,让她做基层工作注意方法。春花面对康老久,实在没有方法,只好心平气和地劝双方保持冷静,有事好商量,廖彬倒是配合,康老久油盐不进,只有一句话,就是不能拆!春花让向阳劝,向阳刚一张嘴,康老久抬腿给他一脚,向阳无奈,转身回饭店忙生意去了。

眼看到了中午,春花无计可施,怕事情闹大,造成群体事件,对廖彬说,实在不行,报警吧!廖彬正在气头上,听春花这么一说,正要报警。就在这时,一辆车开过来,柳丽出差回来了。

一看眼前这阵势,柳丽明白事情不小,问清缘由,也不跟廖彬商量,走过去对康老久说,康叔,我向您保证,这老屋不仅不拆,还要维修,修旧如旧,跟原来一样!廖彬一听,脸涨得通红,上前拦住柳丽,说,凭什么不拆?我花钱买的,我想拆就拆!柳丽瞪了廖彬一眼,说,不拆!廖彬说,拆!两个人一来一往,斗了半天,依然争执不下,惹得看热闹的人一阵大笑。康老久被搞得好烦,突然大吼一声,你们哪个说了算?廖彬说,我说了算!拆!柳丽看了廖彬一眼,从包里掏出本子,在上面写了保证书,撕下来交给康老久。康老久识字不多,转手交给宁万三,宁万三看了两遍,冲康老久点点头。康老久大手一挥,带着众人当场就将挖掘机轰走了。廖彬气得不行,夹着包转身就走,脚下不稳,绊了一跤,又惹众人一阵大笑。

当天晚上,柳丽和廖彬吵架了。多年以来,这是头一回。

廖彬借着酒劲,把饭桌给掀了,碗碟碎了一地。原因当然是由康老久闹事引起的,实际上廖彬心里这团火早就攒下了。本来,廖彬私自做主推倒老屋建别墅,确实想给柳丽一个惊喜,没想到碰了一鼻子灰,心里委屈又憋气。偏偏柳丽在香铺人面前不给他面子,当众让他下不了台。更让廖彬生气的是,在香铺一直流传一句话,说廖彬牙口不好,专吃软饭,还给他起了个外号叫廖无牙!话难听,却好懂。好歹一个大男人,这让廖彬情何以堪!

廖彬不管不顾,把一肚子的委屈和抱怨全都倒出来了。柳丽倒是冷静,等廖彬撒完酒疯,把屋子收拾干净,然后才坐下来劝廖彬。其实,廖彬如此状态,柳丽第一次见到,超乎想象,也颇反感。一个男人,抱怨多了,心思一定不纯。几年相处,柳丽竟没有发现这一点,心里一阵发虚。不过,柳丽还是想劝劝,毕竟将来要在一起过日子,廖彬这种心态实在不好。

柳丽说,廖彬,事情过去了,不要多想。廖彬很激动,说这事不能不多想,说不定明天香铺就能笑翻天,说我怕女人!柳丽说,你瞧你,过自己的日子,何必在乎别人怎么说?廖彬腾地站起来,说,你在人前耍尽威风,你当然不在乎!柳丽说,当时我不是怕事情闹大嘛!想尽快把事情压下去?廖彬挖苦道,哼!柳总,你压下去的何止是事情?柳丽说,廖彬,能不能别阴阳怪气的,好好说话不行吗?廖彬说,在你柳总面前,我敢不好好说话吗?柳丽无奈,想了想,说,廖彬,我晓得你心里不痛快,这里就我们两个人,就今天这事,你说怎么才能让你满意?廖彬说,康老久那老东西一直跟我作对,这回他不让拆老屋,我就要拆!不拆,出不了心里这口气!柳丽笑了笑,说,这老屋不能拆!廖彬一愣,问,真不能拆?柳丽说,不能拆!廖彬起身走到窗前,背对着柳丽。柳丽说,廖彬,咱们来香铺不是搞破坏的,是来过日子的。这老屋修一修,住起来不是挺好的嘛!廖彬突然转过身,围着柳丽转一圈,说,柳丽,你是不是怕得罪康老久?是不是还惦记着他儿子康向阳?柳丽拉下脸来,说,廖彬,这事跟那些都没关系,我只是觉得我们来到香铺,应该尊重香铺,尊重这里的人,尊重这里的事,尊重这里的一草一木,当然包括这座老房子!廖彬说,嗒!柳丽,你什么时候成了诗人?你不觉得这话说出来很好笑吗?尊重?他们尊重过我吗?!柳丽说,尊重是相互的!廖彬冷冷一笑,突然逼近柳丽说,柳丽,你尊重过我吗?柳丽不解地问,难道我不尊重你吗?廖彬突然一拍桌子,吼道,尊重!你他妈太尊重了!说完,头也不回地跑出去了。

那天夜里,柳丽辗转反侧,不能入睡,一遍一遍打廖彬的手机,廖彬先是不接，后来干脆关机了。几年相处，竟没发现廖彬性格中还有这一面，柳丽突然觉得自己粗心，好失败。这是她千挑万选的意中人吗？这是她可以托付终身的男人吗？这是她马上就要一起走进婚姻殿堂的爱人吗？

已是凌晨，柳丽越想越多，越想越烦，烦出一身薄汗，索性起床，披件风衣，出门散步。夜间散步是柳丽初来香铺养成的习惯，算起来已有多年。为此曾被廖彬嘲笑，说她喜欢黑暗的浪漫。这话是廖彬随口开的玩笑，还是肺腑之言，柳丽没有深究，总之不大喜欢。柳丽边走边想，不知不觉，来到老牌坊下。和往常一样，她喜欢靠着老牌坊的柱子坐下，头靠着柱子，仰望夜空。因为阴天，夜空中看不见星，也看不见月亮，周围小区的灯光将香铺的夜空，烘托出一片蓝黑，如同灶底一般。自从来到香铺，柳丽曾经多少次坐在这里看夜空，已经记不得了，只有这一次，香铺的夜空如此黯然。

手机响了。本来，柳丽以为是廖彬，打开一看，是范林。平时，因为食品厂的业务问题，范林给柳丽打电话不分时间，不管大事小事，有事就打，柳丽随时接听，早已习惯。可是现在柳丽不想接，只想一个人静静。范林的电话不屈不挠，一连打了三次。柳丽突然觉得一定有要事，马上接听。电话里，范林的声音很急，说，柳丽，赶紧来厂里一下！柳丽一下子站起来，问，出什么事了？范林声音低沉，说，已经派车去接你，见面再说！柳丽晓得肯定不是一般的业务问题，不禁打了个冷战。

41. 股份

柳丽和范林从香港回来,已过立冬。与往年相比,寒潮提前来临,一大早,食品厂前前后后落了一层霜,周边的草地成片成片地枯黄,如同披了迷彩服一般,斑驳一片。

柳丽和范林在香港前后住了十天,见了小杨总最后一面。那天夜里,范林接到小杨总的律师樊先生的电话,说小杨总点名让他和柳丽马上赴港,有要事相商。樊律师的口气低沉,不容拒绝,范林和柳丽都明白,也许小杨总这回撑不过去了。第二天,范林和柳丽安排好食品厂的工作,飞往香港,见到了病床上的小杨总。那时候,小杨总已在弥留之际,樊律师向他们宣读了小杨总的遗嘱。因为没有子女,小杨总决定把内地的部分资产捐给国家。关于脂城开发区的食品厂,小杨总特别安排,分别给范林和柳丽20%的股份,其余的按不同比例给其他跟随他多年的中高层。

这个结果,范林是不是能想到,柳丽不晓得,但柳丽自己肯定没想到,觉得太像故事,太不真实,因此不敢接受。樊律师把小杨总的遗嘱副本交过来的时候,柳丽竟不敢接。范林辞去公职跟着小杨总奋斗多年,南征北战,得到20%的股份理所应当,可她柳丽不过是一个普通的打工仔,当初虽说对食品厂有些贡献,也是本职本分,拿了厂里的工资,算是互不相欠了。如今让她也拿20%的股份,柳丽实在觉得内心不安。难道仅仅因为她眉梢上长了一颗红痣?难道真像小杨总所说她是他的贵人?如果真是这样,她为什么救不了小杨总?

在病床前,柳丽突然特别相信小杨总的神道,希望真如他所说,她是他的贵人,很想让小杨总摸摸她眉梢上的红痣,很想出现一个奇迹,将小杨总挽救过来。就在那天,当着众人的面,柳丽突然抓起小杨总的手,放在自己的脸上,让小杨总的五个手指一一触碰那个红痣。小杨总的手枯瘦冰凉,柳丽闭上双眼,觉得有一股热流在她的脸和小杨总的手指之间流淌,希望顿时一道金光闪现,小杨总马上就能站起来,露出娃娃似的笑脸。不知过了多久,柳丽慢慢放下小杨总的手。然而,奇迹没有出现。柳丽傻了,像个无助的孩子,捂着脸放声大哭起来。

小杨总走了。那天香港有一股台风过境,很快雨过天晴。

范林和柳丽料理完小杨总的后事,准备回去。樊律师约柳丽到办公室,交给她一个锦盒,说是小杨总生前所托。柳丽打开盒子,里面有一条珍珠项链,还有一盘录音带。樊律师把录音带放进录音机,传出小杨总的声音:柳丽,今年会做新娘吗?看来我看不到了,送你一条项链,祝你幸福!对了,黄金配不上你,珍珠才能配得上你。希望你喜欢!还有,从第一眼看见你,我就认出来,你是我的贵人,感谢你柳丽!

柳丽听出来,小杨总的声音有点喑哑,有点疲惫,没有悲伤,仿佛就是面对面,随便地说着。没错,是那个一头自来卷的大男孩,是那个喜欢卷自己头发的小杨总,是那个一生只见过一场桃花雪的南方蛮子!柳丽再也听不下,拿起项链和录音带,跑出樊律师的办公室,来到街边,心里像堵着一块石头,憋得难受,抱住路边的一根电线杆,一边哭一边拿头撞,撞得电线杆嗡嗡直响,惹得路人围观。要不是范林及时赶来找她,怕是有人要报警了。

回到香铺,柳丽病倒了,高烧咳嗽,喉咙干疼,浑身无力,打电话给廖彬,廖彬说在跟一家开发商谈联手开发的事,一两天回不来。柳丽不禁心寒。就在这时候,春花打电话来,说街道要求各社居委申报年度优秀市民,她推荐柳丽,填表期限是最后一天,不然就错过了。柳丽强打精神,连连推托。春花似乎听出柳丽声音不对,问她是不是生病了。柳丽淡淡地说,没事没事。春花说,听声音就不像没事,廖彬呢,他怎么不管你?柳丽说,他忙！春花说，你等着，我马上来！

春花来了，一摸柳丽的头滚烫，马上打电话给向阳，让他找辆车来，送柳丽去医院。向阳正在市里进货，怕是来不及。春花又打电话给春风，春风二话没说，拦了一辆出租车，接上柳丽，送到南七医院。

柳丽得了急性肺炎，住院治疗，医生说要增加营养。春花又忙饭店又忙社区工作，总归不得闲。向阳倒是有空，春花又不放心，就让春风变着法子做菜送去。春风听话，像当年一样服侍柳丽。柳丽想喝水，还没张嘴，春风就把水端上来，柳丽想要张纸擦手，才一回头，春风就把纸递到手边。柳丽觉得奇怪，过去这么多年，春风怎么还没变，还是那么默契那么自然，没觉得有一点不妥当。不过，柳丽最终还是发现，春风有一点变了，变得稳重，话也少了。

廖彬回来的时候，柳丽已经出院。经过上次吵架，廖彬跟柳丽之间突然隔了一层什么，廖彬有没有感觉，柳丽不晓得，反正柳丽是有感觉了。本来，柳丽以为廖彬一见面，会关心关心她的病情，可是廖彬没有问，大谈特谈合作开发房地产，什么拿地招标，什么规划造价，什么银行过桥，总之很是得意。柳丽无奈，表面上佯装听得认真，暗里却伤心不已。

其实，柳丽不仅想让廖彬关心关心她，还想跟廖彬谈谈小杨总。自从小杨总走了后，柳丽心里就像塞了一团野草，乱糟糟的，很想找个人说一说，理一理，不然总是不能平静。柳丽是个有主见的人，可是有主见不等于没烦恼，有烦恼就想找人说，当然要找合适的人。想来想去，小杨总给她20%股份的事，只有跟廖彬说才合适。好在，廖彬谈完自己的宏图大业之后，终于想起问柳丽的情况。柳丽就把自己的病情简单地说了，接着说到小杨总。一说起小杨总，柳丽就伤心，尤其说到那20%的股份，更是眼泪止不住，不仅是感激，还有不安，觉得受之有愧。

廖彬倒是来了精神，问20%股份大概有多少钱。柳丽估算一下，说按现在食品厂的规模，差不多两三百万吧。廖彬一下子跳起来，说，太好了！柳丽说，这是人家的钱，我不想要，不然心里不安！廖彬说，人家给你你不要，那不是孬子嘛！不偷不抢，有什么不安！我跟你讲，拿过来之后，马上卖掉,拿这笔钱投入搞开发,保证赚大钱!廖彬说到这,两眼放光,双手在空中画了一个大大的圆圈。柳丽愣住了,忽然觉得眼前这个男人好陌生。

廖彬本来瘦瘦高高,在生意场上泡久了,开始发福,肚腩鼓了出来。不知何时起,廖彬说话时喜欢双手叉腰,因此肚子尤其显眼。廖彬双手叉腰,在柳丽面前来回地走动,一边走一边谈自己的计划,如何用20%的股份撬动更大的资金滚动开发,如何通过房产开发把丽达做成上市公司。柳丽看着他那个鼓起的肚腩,头有点晕,几次想打断,就是插不上嘴。廖彬兴致正高,思维像脱缰的野马,根本就刹不住。柳丽叹口气,突然感到一股从未有过的孤独。

按惯例,接近年底,食品厂的旺季来临。产量要加,营销要推,市场要督察。本来,医生嘱咐柳丽多休息,可是柳丽坐不住,还是赶到厂里上班了。头一天下班,范林把柳丽叫到办公室单独谈话。自从小杨总走了之后,食品厂内部出现"内讧",主要是在中高层。据可靠消息,有几个中高层不满股份分配,密谋联合起来排挤范林,目的是夺权。范林希望柳丽和他一起共渡难关,因为一旦他们挤走范林,下一个目标就是柳丽。范林的意思是,他和柳丽两个人的股份加起来是40%,在企业占有绝对优势,只要他们绑在一起,这种阴谋就不能得逞。范林还强调,为了食品厂的未来,为了小杨总的信任,我们要携手战斗!

柳丽没有想到食品厂竟会发生这种事,顿时觉得心寒。不过,无论从哪个角度来说,她都应该站在范林这一边,与范林一起携手战斗。范林对柳丽也是有恩的人,当年在工作上给过柳丽不少关照。范林也是小杨总信任的人,柳丽自然也对他充满信任,不然对不起小杨总。尽管柳丽对这场战斗充满反感,但还是答应范林,为了食品厂的未来,为了小杨总的信任,与他携手战斗。

这场战斗的持久性和复杂性,完全出乎柳丽的意料。柳丽的态度一表现出来,关于她的流言蜚语就在厂里传开了,说她是小杨总在大陆的"小秘",要不然小杨总怎么会给她20%的股份,还说小杨总走了,柳丽眼看失去靠山,马上又攀上范林。还说,柳丽和范林一直苟且,两个人经常幽会,有时两个人就在办公室里鬼混。看来,柳丽就是个狐狸精,不然都过三十了,为什么不结婚?

流言如同流感,越传越恶心,越传越邪乎,很快传到香铺,自然也传到廖彬的耳朵里。当时,廖彬一心想做的合作开发项目遇到资金麻烦,正为筹钱焦头烂额,鼓动柳丽把食品厂20%的股份转掉,换成资本给他应急。柳丽坚决不同意,一是这钱她拿着不安生;二是食品厂正是需要用钱的时候,不能急中添乱;三是食品厂内部斗争激烈,如果她转掉这20%股份,无疑把范林撂在半路上陷入孤立,于情于理都对不住范林。

柳丽态度坚决,廖彬晓得劝不动,有意找茬,就把流言的事说出来了,问柳丽有没有这回事。柳丽当然否认,劝廖彬不要相信。廖彬竟把小杨总给柳丽项链的录音带拿了出来,让柳丽解释小杨总所说的贵人到底是什么意思。柳丽大为意外,大为恼火,没想到廖彬竟然会偷翻她的东西。不过,既然廖彬已经知道,柳丽索性大大方方,一五一十把红痣的典故说了。廖彬听罢,哈哈大笑,揉着大肚腩说,柳丽,是不是电视剧看多了? 明明是老故事,还拿来哄人! 柳丽说清者自清,浊者自浊,不多解释,随他去想。廖彬突然话锋一转,说,柳丽,如果要我相信也可以,马上把食品厂那20%的股份转让掉,拿钱回来,从此跟食品厂一刀两断! 柳丽不同意,让他死了这条心。廖彬冷笑,进一步摊牌,说,柳丽,事情到了这种地步,也不需要多说了。既然你不同意动食品厂的股份,就把丽达的股份全部转到我廖彬的名下。如果不转,说明你柳丽对我廖彬不是真心,那我们这个婚也不要结了! 柳丽没有想到廖彬变得如此现实,如此无耻,突然像被抽了筋一样,半天抬不起头来,眼泪不停地流。廖彬拿出笔和纸,放在柳丽面前。柳丽顿时看透了廖彬,猛地抬起头,揩了揩眼泪,拿起笔,在纸上写下两个大字:滚蛋! 廖彬一看,气急败坏,又摔了一回东西,才愤愤地离开。

一进腊月,食品厂的产品在华南市场出了质量问题,柳丽连夜前去危急公关,求工商,跑消协,找媒体,约见当事人,事情终于处理妥当。一周后,柳丽回到香铺,开门后发现家里的大件东西被搬一空。本来以为遇到盗窃,又见门窗都安好无损,便打电话给廖彬。廖彬倒也坦率,承认搬走了东西,同时提出要从丽达公司撤出,要求柳丽马上算账,把他的股份和奖金全部结算,折成现金给他。柳丽对廖彬彻底失望,反倒轻松许多,不生气不抱怨,对廖彬提出的要求,只要不太过分,一一答应,不想纠缠。因食品厂正处于业务旺季,事情多且杂,柳丽一时脱不开身,便委托律师全权代理,跟廖彬对接处理分割事务,如此也免了见面的尴尬。等到忙完这一切,眼看就要过年了。

腊月二十三,小年,香铺下了一场雪。雪不大不小,飘飘洒洒,连天接地,悬纱挂帐一般。因是周日,柳丽难得睡个懒觉,起来时天光大亮,挑帘一望,满眼洁白,在心里为自己说句瑞雪兆丰年的吉祥话,又见窗前一株老蜡梅绽开花蕾,视为吉兆,心头大喜,竟孩子似的笑了。笑过之后,突然想起小杨总唯一一次看见桃花雪时的情景,不免叹息一声。那叹息好轻,越窗飘进雪中,倏尔隐去了。

这时候,村口响起一阵鞭炮声,柳丽想起快要过年了。流年不利,即将过去,新的一年马上来到,心情顿时振奋,于是梳洗一番,出门赏雪。雪中的香铺规矩许多,平日的芜杂纷乱被雪覆盖,多出几分写意,现出古村的神韵。远远地,柳丽看见老牌坊下,一群人围在一起,热热闹闹,走过去一打听才晓得,原来孙和平在滨湖世纪城买了新房,刚好过小年时拿到钥匙,高兴得不得了。

42. 学区

孙和平成了香铺第二个"叛徒"。毫无疑问,这话也是康老久说的。说这话时,康老久已经气得两天水米不进,躺在床上直哼哼。据说,孙和平本来可以成为香铺的第一个"叛徒",阴差阳错,这顶"桂冠"让康跃进给抢去了。事后,康宁博士曾经多方求证,事实却是如此。

孙和平在滨湖世纪城买房,确实是秘密行动。除了红梅,瞒着所有人。事实上,孙和平打起在滨湖世纪城买房的主意,始于丽达公司的售楼小姐在老牌坊下跳舞的时候。那时候,孙和平被售楼小姐的高开衩旗袍迷惑,但对她们的发型不敢恭维。当天下午,孙和平关了店门,抽空去了滨湖世纪城,在售楼部见识了更多的高开衩旗袍,也领教了大型居民小区的规模。滨湖世纪城分一、二、三期,八千余户。一、二期即将封顶,三期马上动工。售楼小姐领着孙和平来到沙盘前,一番讲解之后,让孙和平彻底服了。八千户是什么概念?孙和平用上小学学过的算术大致一算,平均一户三口人,八千户就是两万四,相当于几十个香铺。如果在这里开发廊,意味着要多几十倍的收入。乖乖!几十倍是什么概念?孙和平心不贪,哪怕几倍他也知足。所以,孙和平当即决定买房,不过不买住宅,买沿街的商业门面,开发廊。

从滨湖世纪城回来,孙和平被一个美好的梦想鼓舞着,脸色潮红,心率加速。因为康老久刚刚大闹售楼营销现场,孙和平晓得老丈人对滨湖世纪城反感,没敢说出自己的梦想。不过,当天晚上,就着梦想,孙和平多吃了两碗大米饭。红梅以为他累坏了,又给他煎了两个荷包蛋。入夜,小两口一躺进被窝,孙和平再也忍不住了,就把自己的梦想悄悄说了。这个梦想一说出来,小两口的被窝里更加温暖甚至燥热了。实事求是,孙和平在香铺开发廊这几年攒了些钱,买一间滨湖世纪城的商业门面绰绰有余。问题是,孙和平除了想买商业门面,还想买一套住宅,为了女儿六六。售楼小姐告诉他,滨湖世纪城将建一所幼儿园和一所小学,幼儿园是双语幼儿园,小学是脂城名校南门小学分校,只要是本小区的业主,优先入学。沙盘上幼儿园和小学赫然醒目,楼书上有文有图,清清楚楚。售楼小姐扭了一下腰身,说,先生,不能让孩子输在起跑线上!这句话说得意味深长,像钉子一样,一下子揳在孙和平的心上。

如果说开发廊发大财是孙和平的梦想,那么女儿六六长大成材就是孙和平的另一个梦想,两个梦想加在一起,就是孙和平最大的梦想!其实,这个梦想何尝不是红梅的梦想?所以当孙和平把这两个梦想一说出来,红梅马上赞同,商业门面要买,住宅也要买,两个梦想都要实现。红梅开商店这么多年,有些积蓄,当年分家时,康老久也给她一份,所以钱不是问题。于是小两口达成一致,马上行动。不过,一定要瞒着康老久。

那天晚上,小两口的被窝里充满了梦想的芬芳。红梅被梦想激动着,像拥抱梦想一样,把孙和平紧紧搂住。孙和平受了鼓舞,雄性勃发,一翻身将红梅压在身下。梦想可以滋阴壮阳,孙和平三战三捷,红梅幸福得差点化成水了。

第二天,孙和平和红梅一起去了滨湖世纪城售楼部,咨询了相关问题,挑选好户型楼层。因为不急着住,红梅选了靠湖边的三期,孙和平也觉得合适,于是就把合同签下了。小两口出门的时候,看见康跃进两口子,身边跟着小艳,正在跟售楼小楼咨询。红梅怕康跃进两口子看见传闲话,拉着孙和平绕开了。

一年多时间,孙和平和红梅的梦想在悄悄发酵,最多不过在小两口的被窝里传播,康老久当然一点也不晓得。在康老久看来,这个世界上,谁都可能骗他,只有两个人不会,一个是红梅,一个是孙和平。红梅是女儿,贴心小棉袄,自不用说;孙和平是女婿,康老久一直把他当儿子看,有时比看向阳还要重,更不用提当年救过他的命了。然而,康老久没想到,世界在变,香铺在变,人也在变。所以,当康老久得知孙和平和红梅也当了"叛徒"时,心里凉透了。本来,康老久很想好好骂孙和平一顿,甚至打红梅一顿,可是就是张不开口,下不了手。所以,只好作践自己,不吃不喝,不停地叹气。

孙和平晓得惹事了,拉着红梅跪在康老久床前,求他原谅,康老久不理。红梅害怕,拉上孙和平去找向阳和春花。春花去街道开会了,孙和平和红梅先跟向阳一一说了。向阳听了,吃惊不小,眼瞪得像屎憋的一样,说,你们两个搞特务工作的?保密工作做得好嘛!难道不晓得老头子反对吗?这回把他惹恼了,看你们怎么收场!红梅吓得眼泪都出来了,躲在一旁不敢吭声。孙和平说,哥,我不过是想好嘛,为了日子过好一些嘛!向阳说,嗒!人心不足蛇吞象,你们两口子,一个开发廊,一个开商店,香铺哪家比得上你们!孙和平说,关键是想给六六一个好前途嘛,不能让她输在起跑线上!向阳说,咦!你一个剃头的,说话净整洋词,起跑线在哪?孙和平笑笑,说,你看,我的起跑线在老家村子里,红梅的起跑线在香铺,六六的起跑线好歹也要换一换,至少要在滨湖世纪城!

正在这时候,春花回来了,问明情况后,笑了,说,和平,不要怕,你们做得对!向阳说,对什么对?老头子气得躺了两天了!春花说,向阳,动动脑子嘛,问题要从正反两面看,不能因为老头子生气而断定和平和红梅做错了。你且记得,当年咱们两个的事,老头子不是也气个半死嘛!后来呢?所以说,问题在老头子那一方!向阳挠挠头,觉得有理,说,问题是眼下老头子思想得解决嘛。春花说,老头子怄气,这不是头一回,也不是最后一回,哄哄呗!向阳点点头,说,这个老头子,动不动就怄气,真没办法!春花叹口气,说,怕是将来让老头子怄气的事还多着哟!

向阳无奈,跟着孙和平和红梅去劝康老久,正要出门,春花又把他叫回来。春花说,刚才在街道开会,听说脂城一中马上要搬到滨湖世纪城边上,好多人为了伢们上学,都到滨湖世纪城买房子,说是学区房。听说就这两天又要涨价了！向阳愣了一下，问，什么意思？春花说，康康上二年级了，给他换个好学校！向阳反应过来，说，咱们也去看看？春花说，看看能看来学区房？向阳说，买房要花钱，那钱不是要开酒楼吗？春花说，酒楼重要还是康康前途重要？向阳点点头，对孙和平和红梅说，你们俩先回吧，我跟春花去滨湖世纪城看房子。红梅说，哥，你们也要买房？向阳说，和平说得对，哥要把康康的起跑线画在滨湖世纪城！孙和平说，哥，我有熟人，我带你们去！春花说，红梅也一起去吧，掌掌眼！红梅说，爸还在家怄气呢！向阳说，老头子就那脾气，反正他要生气，不如等我们买了房，让他打包气一回，咱再打包劝一回！孙和平笑了，说，划得来！划得来！红梅在他屁股上拧一下，孙和平故意一惊一乍，像被蜂子蜇了似的。

四个人来到滨湖世纪城售楼部，但见人头攒动，好不热闹。向阳不禁感慨，不出门不晓得，原来有钱人真多，如今买房就跟买白菜一样。孙和平找到那个熟悉的售楼小姐，售楼小姐带着他们看了沙盘，讲解了相关内容，一切都很满意。春花向来办事干脆，看了户型，定下楼层，因怕涨价，当场就付了定金，签了合同。春花选的房子也在三期，跟红梅选的房子是前后楼。红梅看上去比春花还高兴，说将来六六找康康玩，走动更方便了。

当天晚上，春花两口子跟红梅两口一起商量怎么劝康老久。都晓得康老久的脾气，规规矩矩地劝，一般不灵。春花想了个主意，把康康和六六一起带上，让伢们跟康老久说，非要去滨湖世纪城，不然就让伢们跟老爷子闹，只要伢们一闹，老爷子就得投降。

孙和平觉得主意不错，向阳觉得有点损，可是没有更好的办法，只好同意。走之前，春花特意把康康和六六叫过来，问他们想不想上学，康康和六六都说想。春花问，想不想去滨湖世纪城上学？康康和六六就问滨湖世纪城好不好玩？春花说，当然好玩，那里有好多好多玩具，有恐龙还有奥特曼。康康和六六高兴，嚷着要去。春花说，想去可以，一会要跟爷爷说。只要爷爷同意，你们就能去！康康和六六马上吵着要去见爷爷。春花笑了。大家都笑了。

春花提前让春风做了一份鱼汤，装在保温桶里。红梅晓得康老久口味重,特意让带上两份小咸菜,准备妥了之后,安排好饭店的事,春花提着鱼汤,和众人一起去劝康老久。康康和六六最高兴,蹦蹦跳跳,一路摔倒几回不哭不闹。红梅说,瞧瞧这俩伢,高兴得跟过年一样!春花说,关键是思想工作做得好!向阳哼了一声说,你们老宁家都会做思想工作,遗传!春花说,还别不服气,关键时候,我爹的"两大法宝"确实好用!孙和平捎带听了一耳朵,问,"两大法宝"啥意思?红梅解释道,多反问,讲故事。孙和平是外来户,不晓得其中的典故,说,这跟法宝有啥关系?向阳扑哧一声笑了,说,你问你嫂子。春花说,耳听为虚,眼见为实,马上就晓得了。

  来到家里,康康和六六跑在前头,推开房门,一个喊爷爷,一个喊外公,像两只小鸟一样飞进去。康老久本来在床上躺着生闷气,一听康康和六六来了,便坐起来。接着,春花一行跟着进来,康老久马上又躺下了。春花冲康康和六六使个眼色,两个小家伙鞋子也不脱,爬上床去,一个掀被子,一个拉手,硬是把康老久弄起来了。春花见康老久起来了,便对康康和六六说,你们两个别闹了,让爷爷喝点汤。康老久气还没消,不喝。春花说,康康,让爷爷喝汤。康康就搂着康老久的脖子,说,爷爷喝汤,爷爷喝汤。康老久还是不喝。红梅说,六六,让外公喝汤。六六也搂住康老久的脖子,说,外公喝汤,外公喝汤。康老久还是不喝。春花说,康康,六六,爷爷不喝汤,爷爷不高兴了,怎么办?康康和六六眨巴眨巴着眼,马上在床上跳起舞来。床上松软,两个小家伙跳两下跌一跤,像耍猴戏一样。康老久本来还噘着嘴,这时候忍不住笑了。春花这时候把鱼汤递给康康,说,康康,喂爷爷喝汤。康康听话,接过保温桶,双手直抖。康老久怕烫着康康,赶紧接过来。六六高兴得直拍手,叫道,外公喝汤喽,外公喝汤喽!春花见康老久接了汤,怕他难为情,冲向阳、红梅、孙和平使个眼色,赶紧退到门外去。

  过不了多久,就听康康喊道,爷爷好棒,爷爷把汤喝完了!春花一听,笑了,冲向阳红梅孙和平一招手,跟着康康一起进屋。康老久一边搂着一个伢,打了一个嗝,耷着眼皮不说话。春花说,康康,六六,你们要乖,跟爷爷说说,你们将来要干什么。康康说,我要上学!六六说,我也要上学!康老久满意,说,上学好!康康说,我要去滨湖世纪城上学。六六说,我也要去滨湖世纪城上学！康老久说,滨湖世纪城太远,咱不去！康康说,不！那里好玩,我要去！六六说,我也要去！康老久说,瞎说,那里哪有香铺好！六六说,那里就是好！康老久问,听哪个说的？康康说,妈妈说的！康老久抬眼看了一眼春花。春花说,爸,是我说的。康康说,你看,我没撒谎吧。康老久没有吭声,又把眼闭上。春花上前一步说,爸,康康该上学了,我和向阳商量好了,在滨湖世纪城买房子。康老久突然睁开眼,说,香铺这么多房子,不够住吗?！春花说,那里环境好,周边学校也好,一中也要搬过来！康老久说,不买房就不能上学吗？春花看了看向阳。向阳说,现在上学划学区,买了房子才算在学区嘛,政府有规定！孙和平说,对对,报纸上都登出来了！康老久突然一抬手,说,什么破规定！咱不买房,咱去南七上学！

　　春花晓得康老久又犟上了,一时半会说不通,便冲康康和六六使眼色。康康和六六明白了,缠得康老久闹起来,非要去滨湖世纪城上学。康老久被闹得心软,又见两个伢可怜,反过来哄康康和六六。春花说,爸,其实买房就是买学区,给伢们买个上好学校的机会。咱一家还住在一起,还是一大家子！孙和平马上帮腔,说,就是就是,咱还都是香铺人！康老久想了想,长长叹口气,说,你们该买都买了,我老了,管不着！春花说,爸,您是一家之主,大事还得您发话,您不答应,康康和六六也去不成！康康和六六一听去不成,接着又闹。康老久苦笑一下,说,好好好,去去去！康康和六六一听,高兴得要死,撅着小屁股,在床上扭得好欢。康老久咧嘴笑,说,哎哟,好烦好烦！

43. 醉

过年放假那几天,春花说得最多的话,都跟"谢家菜酒楼"的事有关。毕竟是大事,在婆家讲,在娘家也讲。

婆家这边,康老久掌握话语权,大过年不好抬杠,不管对错,春花支着耳朵听着。康老久说,饭店开得好好的,非要开酒楼,开酒楼非要开个"谢家菜酒楼",胡搞嘛!香铺这么大,就装不下你了?香铺这么多人,人人都有一张嘴,哪张嘴不要吃?总归一句话,做生意不要这山望着那山高,到时候跌了跤,可买不到后悔药!春花被街道黄主任批评过之后,长了涵养,一肚子反对的话,一句也不顶嘴。如此一来,康老久以为占了理,紧讲慢讲,车轱辘话说了一大堆,最后还逼着表态,承认他讲得对。

回到娘家那边,春花胆子大了,听了不入耳的也敢抬杠,不怕得罪了哪个。大铃铛说,按说开一个饭店就忙得脚不着地,再开个酒楼,到时候能不能照应过来,万一出点纰漏,那可不得了!春花听不得这话,冷着脸说,大过年的说这话,多不吉利!宁万三出来打圆场,说,这也是替你们着想,丑话说前头,总比马后炮强嘛!春花说,好话歹话无所谓,反正事情定了,开年就动手!宁万三还想说什么,大铃铛赶紧拿起一块米糖,塞住他的嘴。

春风一直没说什么,不过春花晓得其实春风最着急。经过几个月的试菜,春风对菜品口味已经调整妥当,心里已有八九成把握了,见天催春花抓紧找地方。春花晓得春风急着找个机会证明自己,想在香铺面前长长脸,甚至可能还想在柳丽面前争口气。这些话春风没说,春花明白,实心实意,想帮弟弟这一回。

春节已过，春花开始张罗找地方。一连跑了几天，春花看中滨湖世纪城大门东边一幢楼的三层，差不多一千平方米。春风和向阳也去看了，大小合适，位置又好，和开发区只隔一条马路，前后不与居民楼搭界，门前预留停车场，怎么看都是开酒楼的好地方。关键是将来康康在小区内学校上学，照应起来方便。本来，春花打算租下来，可是人家只卖不租。春花算了一下，掏干家底，买楼的钱还差一半，更别提装修开业了。向阳的意思是，一口吃不成胖子，不如先找个便宜的地方干起来，骑驴找马。春风虽心有不甘，也觉得眼下只能如此。春花看上这个好地方，也不想错过这个机会，说想想办法。

春花所说的办法，就是找钱。对春花来说，找钱不过两条路，一是找银行贷款，二是找别人借钱。找银行贷款要有抵押，还要有担保人。找别人借钱，问题就多了，首先人家有钱；其次跟人家的交情得到位，最重要的是人家愿意借。都晓得，如今借钱天下第一难，借钱如同借命，难度可想而知。春花当然晓得，所以首选银行贷款。春花算过账，只要酒楼开起来，两三年本钱就能回来，值得一搏。当然，春花也晓得银行贷款也不是随便办，得找能说上话的熟人。春花头一个想到的人是吕富春，吕富春不止一次带一个商业银行的马行长来吃饭。马行长是个大胖子，和吕富春站在一起，像是一对说相声的。春花陪马行长喝过酒，印象中马行长喝酒不装孬，怕是一个爽快人。

春花打电话约吕富春，说开年新春，饭店上两个新菜，请他来品尝。吕富春也想见春花，便爽快答应了。春花随口说，不如把马行长也请来，一起喝几杯。吕富春说，巧了巧了，我正在跟马行长一起打牌，保证请去。头一步倒是顺利，春花很高兴，特意到孙和平的发廊做头发，指定要烫大波浪。孙和平好奇，说，嫂子，这么讲究，晚上有活动吧。春花说，嗒！向阳都不管我，你瞎操什么心?! 孙和平被呛得无话可说，于是便安心做头发了。

吕富春和马行长如约而至。春花将他们请到888包厢，先坐下喝茶。吕富春见春花新做的头发，波浪层层，分外妖娆，便开玩笑说，老板娘，看你这身打扮,不应该坐在这里喝酒,应该去夜总会去跳跳舞!春花说,吕总你真是,专挑我的短处说,要会跳舞,我就不做这服侍人的事了!马行长说,不能这么说,都是做企业、做经营嘛。吕富春说,马行长说得对,做哪行都得服侍人!春花说,那可不一定,就像人家马行长就不服侍人,有钱嘛!马行长笑着拱拱手,说,过奖过奖,银行有钱,都是国家的钱,我一个小行长,不过一个小账房,搁在古代,叫奴才!你想想,一个奴才,哪有不服侍人的?吕富春听罢,哈哈大笑,说,有道理有道理,我们都是奴才!春花说,哎呀,你们真是坐着说话不腰疼,有这么风光的奴才,我也想做!二位老爷,奴才这里请安了!马行长和吕富春被逗得大笑不止。吕富春笑得受不住,站起来一摇三晃,马行长坐在那里笑,不停地揉肚子。

说说笑笑,不多时,酒菜上席。春花请吕富春和马行长入坐。吕富春说,怎么就我们三个人?春花说,我陪二位不行吗?马行人拉了一下吕富春,说,三个人就三个人,喝酒嘛,又不是打麻将!吕富春说,看来今晚又是一场恶战,喝!春花说,马行长,吕总,丑话说在前头,今晚喝酒你们得手下留情,不然我一个小女子可陪不起你们!马行长说,好大事!我帮你!吕富春说,我姓吕的喝酒从来不欺负女人!春花头一歪,学着伢们的语气,说,大人说话要算数噢!两个人又被逗得一阵大笑。

事实上,春花的心思根本不在喝酒,早让小芸备了一瓶矿泉水,趁吕马二人不注意,将酒换掉。酒喝到兴头上,春花故意叹了口气,说,这饭店开得够够的,不想干了!马行长问,生意这么好,怎么不想干了?吕富春说,难道找到发财的路了?春花说,嗒!发财的路没找,倒是找到一条花钱的路!马行长说,这话有意思,说来听听。春花就把想开酒楼没钱买楼的事一说,吕富春说,要多少?春花说,多倒不多,也就两三百万吧。吕富春看了看马行长,没再说话。马行长说,这可不是小数字哟。春花说,所以才发愁嘛!吕富春说,有马行长在,不用愁!春花举起酒杯要敬马行长。马行长马上站起来,说,别急,你有抵押吗?春花说,房子行吗?马行长说,哪里的房子?春花说,香铺的房子!马行长放下酒杯,想了又想,突然捂着胸口说,哎呀,喝多了喝多了,胸口好闷,我要出去透透气!春花当下心里一凉，也看透了马行长，晓得这顿酒菜算是喂狗了。

从银行贷款的路算是堵住了，借钱的路前途不明。本来，春花想开口跟吕富春借，又一想怕是白费口舌。他要是愿意借钱，早在酒桌拍胸脯了。第二天，春花正在犯愁，手机响了。一看来电，正是吕富春。吕富春在电话里说，不好意思，昨晚喝多了。记得你好像提到缺钱的事。春花一笑，说，不是好像，就是！哎呀，别提了，当时把你和马行长吓得酒都不敢喝了！吕富春说，你不晓得，马行长这几天正发愁，去年贷出去几个亿收不回来，搞不好行长都做不成！春花说，原来还有这事！吕富春说，咱们是老朋友，实话实说，开年开工，我手头也紧，不然借给你也是应该，人在江湖，互相帮忙嘛。春花听了，也算实话，说，谢谢了！吕富春说，不过，我倒是有个路子能搞到钱，只是利息有点高！春花说，什么钱？吕富春说，我们老乡放贷，利息五分！春花随手抓过计算器一算，吓得脸都白了，说，嗒！这钱我不敢用，不然我这辈子就给你们老乡打工了！吕富春说，可以商量嘛！春花有点恼，说，对不起，饭店上客了，我要去招呼，有空来啊！再见！

一连三天，没有找到门路，春花愁得要死。这天晚上，饭店打烊，春花特别想喝酒，向阳劝不住，要陪她喝，她不让。春花一个人慢慢喝，一口菜没吃，喝下大半瓶。向阳怕她喝坏身体，把春风找来劝。春风来了，劝也劝不住。春风急了，突然抓起酒瓶，说，姐，你要是还喝，我就破戒，陪你喝！春花吓得马上放下杯子，趴在桌上哭起来。

就在这时，柳丽来了。柳丽是向阳打电话找来的，向阳找柳丽来劝春花。在香铺，能劝得好春花的人，只有柳丽。向阳了解春花脾气，明明爱吃柳丽的醋，偏偏就服柳丽这个人。

自从和廖彬分手后，柳丽明白一个道理，还是一个人过日子自在，不再动结婚成家的心思。好在，食品厂的工作不少，丽达公司从廖彬手里收回，两边都需要操心，日子过得倒是充实。食品厂内部斗争，暂时风平浪静，会不会波澜再起，还不好说，至少眼下范林和柳丽联手，还能控制住局面，可以松一口气。廖彬撤出丽达公司，不仅带走了应得的股份，还带走了骨干团队，注册公司，另起炉灶。虽说吃了哑巴亏，柳丽也认了。好在丽达公司业务有存续性,廖彬倒是带不走,实属万幸。从前年开始,在小杨总的建议下,柳丽在脂城大学读在职EMBA,班上有个做投资的同学叫王健森,一直看好房产中介业务前景,得知柳丽的情况后,主动提出合作。同学之间,知根知底,很快达成合作,请来职业经理人,重建团队,扩张市场,目前基本上路,势头良好。柳丽甚是欣慰。柳丽向来自律,过去跟廖彬在一起,为照顾廖彬的情绪,应酬尽量推掉,如今自由了,不管公事私事,只要有空,有邀必到。柳丽晓得,心情舒畅,春暖花开。

柳丽是从同学聚会上赶来的,两颊飞红,想必喝过几杯。没见春花前,柳丽先跟向阳聊了聊。向阳把春花为找钱苦恼的事说了,柳丽心里有数,便去见春花。当时,春花正趴在桌上伤心苦恼,一抬头就见柳丽来了,仿佛见了亲人,上去抱着柳丽放声大哭。柳丽也不劝,由着她哭。等春花哭够了,柳丽帮她揩揩眼泪,说,还想不想喝?我陪你!春花扑哧一声笑了,说,你笑话我!柳丽认真,说,我真想喝!春花激动,一拍桌子,冲向阳说,上酒!向阳本想让柳丽来劝春花,没承想又找来个酒把式,说太晚了,改天再喝吧!春花火了,说,我叫你上酒,上!向阳当着柳丽的面,面子上下不来,说,不上!春花腾地站起来,说,上!柳丽见他们两口子要打起来,便说,向阳,不就喝点酒嘛,上吧!向阳的脸涨得通红,一咬牙,说,好,要喝一起喝,喝死拉倒!说罢,拉开门,冲后堂大喊,春风,再弄几个菜!春风正在后厨打扫,不明白缘由,跑过来一看,三个人推杯换盏,喝得正欢,无奈地摇头。

那天,三个人一直喝到天色发白。向阳酒量不行,早已趴下睡了,口水流出一摊。春花久经考验,吐了两回,虽说还能坚持,也已双眼迷离,舌头发硬。柳丽满脸通红,酒意阑珊,看上去还有几分清醒。春风一直在旁边陪着,一句话不说,像看电影一样。最后,柳丽说,还喝不喝?春花说,不喝了!柳丽说,喝酒你不行!春花说,嗒!说你不行,你可快活?柳丽哈哈大笑,说,不服接着喝!春花说,喝就喝!春风走过来,伸手把两个人的杯子夺下来。春花要抢回酒杯,春风一把将她抱住,直接抱到沙发上。春花翻了一下身,马上就睡着了。柳丽看了看春风,说,我还要喝!春风摇头,柳丽摇摇晃晃站起来拿酒,春风不由分说,一把将她抱住,往肩膀上一扛,走到另一个包厢,将她放在一张沙发上。柳丽双手一下子搂住春风的脖子,春风愣了一下,一点一点,慢慢把她的手分开,然后脱下外衣,盖在柳丽身上,转身出门,随手把门轻轻带上了。

转天,春花醒来时已接近中午。酒醒了,头好疼,筹钱的事忘到一边,突然想起柳丽。向阳也是刚刚醒来的,不晓得柳丽在哪。春花赶紧出门去找,走到过道,碰见春风,一问才晓得,柳丽早就走了。春花后悔得不得了,问春风昨夜喝酒有没有出丑。春风一笑,说不晓得。春花心里没底,追上去问,春风还是一句不晓得。

春花匆匆洗漱一番之后,给柳丽打电话。柳丽接了电话,说,正要找你,晚上备一桌饭,我请一个同学！春花说,还要喝？柳丽说,找人办事,不喝不行嘛！春花咬咬牙,说,喝！向阳在旁边听了,连连摇手,说,丑话说在先,这顿酒我不参与,喝伤了！春花说,喝伤了也得喝,柳丽的朋友,喝死也得陪！

晚上,柳丽果然来了,只带来一个人,是她EMBA班上的同学王健森。春花早听说过王健森的大名,生意场上外号王财神,当场崇拜得不得了,忙请柳丽和王健森进包厢喝茶。喝了两口茶,柳丽把春花叫到门外,说,春花,可晓得请王总来干什么？春花点点头,说,放心吧,准备好了,保证陪王总喝好！柳丽扑哧一声笑了,说,嗒！就晓得喝,我看你是喝昏了头！春花不解,说,不喝酒,那搞什么？柳丽说,嗒！你昨个为什么以酒浇愁？春花说,别提了,丢人丢人！柳丽说,请王总来是帮你解决融资问题的！春花先一愣,接着上前一步,拉住柳丽的手,说,真的？柳丽说,你的酒都喝过了,怎好意思不帮你办事？春花高兴得拉住柳丽的手死摇。柳丽说,你的情况我介绍过了,王总还有些事要跟你谈。王总人不错,有话直说。

那天晚上,春花又喝醉了,因为高兴。

王健森详细了解了情况后,认为开发区周边确实缺一个有特色的中高档酒楼,操作得当,将来开连锁店大有可能,所以当场表示支持,条件是要占15%的股份,不参与经营,但拥有建议权。春花当然同意。柳丽也表示支持一部分,不要股份,友情帮助。春花说亲兄弟明算账,非要给15%。王健森爽快,当即打电话安排好,第二天就签合同。春花发愁的大事迎刃而解,非要陪王健森喝酒,表达谢意,没承想王健森滴酒不沾。春花虽有遗憾,还是让王健森以茶代酒,好好地敬了他三大杯,柳丽拦都拦不住。酒杯还没放下,春花已经摇摇晃晃了。

44. 小艳

　　三月初三,一场春雨过后,春花饭馆前的两株樟树喷出嫩芽,隔着窗子能闻到淡淡的香味。本来很平常,春花却觉得新鲜,深深吸了几鼻子,神灵上身似的,浑身是劲。

　　就在春花饭馆里,谢家菜酒楼项目正式启动。王健森建议成立餐饮公司,全面提升管理水平,抛掉原有小饭馆的粗放型管理模式。也许怕春花听不明白,王健森索性说得更具体。从人员招聘到内部管理,从装修风格到包厢定位,从餐具定制到餐台布置,从菜谱设计到餐巾选择,等等等等,一律标准化、专业化,为将来连锁经营打下基础。以上这些,春花觉得有道理,没有意见。但是,王健森还建议,往后春花要躲到幕后,不能再以老板娘的身份出现,高薪聘请职业经理负责日常管理。这一点,春风觉得有道理,表示支持。春花不愿意。春花说,我本来就是老板娘,眼不瞎脸不麻,没什么见不得人的,凭什么要躲在后头?!为这事,跟王健森闹得不快活。柳丽晓得后,劝了春花两回,还拿食品厂做例子,说如今大企业老板一般都躲在后头,春花才勉强同意。

　　之后,王健森抽空带着春花和春风出去转了一趟,上海的功德林、新雅,北京的全聚德、王府,凡是有名的酒楼饭店都去体验学习,感触很深,收获颇丰,姐弟俩都记了一大本笔记。回来后,春花和春风反思消化,信心大增,越发佩服王健森了。

　　酒楼装修完毕时,已经入夏。招聘高级经理的广告一起发出去,一周后应聘者一共来十个。春花心里没底,请王健森和柳丽一起来面试。前三个,春花不满意,王健森也不满意;中间三个,春花满意,柳丽不满意。再来三个,柳丽满意,王健森不满意。三个人都有点泄气,最后一个姗姗来迟,进门时春花没在意,接过简历一看,姓名一栏填着"康小艳"。春花一惊,抬头一看,果然。

确实是小艳,康跃进的二女儿。小艳如今仿佛变了一个人,洋气漂亮,个头长高不少,怎么看都跟当年那个扎羊角辫的土丫头联系不上。如果在街上碰上,春花怕是不敢相认。小艳随她妈,小时候是个单眼皮,如今成了双眼皮,是不是割出来的不晓得,总之不难看。实话实说,自从香铺流传小艳在南方挣了"不干净的钱",小艳很少回香铺,偶尔回来看一看,也是来也匆匆去也匆匆,香铺很少有人见着。去年回来帮她爸妈在滨湖世纪城买房,倒是多待了几天,很少出门,即便出门也是戴着墨镜口罩,大明星似的。春花只是听说,没有见过,那拉风的情景倒是可以想象。

小艳微微一笑,说,宁总,您不认识我了吗?

春花也笑,说,你不是小艳嘛!别叫宁总,叫婶子!

小艳说,那不行!这是在公司,不是在香铺,得叫宁总。

王健森微笑着点点头,看了看柳丽,柳丽也点点头。

春花拉着小艳的手,向王健森和柳丽介绍。小艳大大方方,一一打招呼。面试正式开始,王健森和柳丽分别问了几个问题,小艳对答如流。春花没有问,一直盯着看,看小艳的表现,也看王健森和柳丽的反应。本来说好面试每人十五分钟,结果小艳跟三位聊了个把钟头。最后,春花看了看王健森和柳丽,王健森和柳丽都点头。春花心里有数,对小艳说,小艳,先到这吧,回头等我通知!小艳站起来,一一打过招呼,转身出门前,还把用过的纸杯收起,放进门边的垃圾桶里。王健森满意地点点头,说,春花,这丫头真是香铺出来的?春花说,按辈分,她得叫我婶子!王健森说,看不出来啊!柳丽说,王总,你什么意思?别看不起香铺,我也是香铺的!王健森马上解释,说,不不不,我只是觉得,这个小艳好像见过大世面,不简单!春花说,这丫头在南方打工,前后十多年!柳丽说,说起来,我跟她家有缘,先租她家的房，后买她家的房。虽然没见过，听她爸妈说过好多回，这个丫头要强得很，在南方打工，吃过不少苦！王健森说，从气场上能看出来，这丫头憋着一股劲！柳丽有些感慨，说，女孩子做事难啊！做不好，人家说你无能无才；做好了，人家说歪门邪道，总之免不了闲话！王健森点点头，说，我建议用她。柳丽点头表示赞同。春花稍一迟疑，想了想，说，等我找她聊聊再定吧。柳丽笑了，说，春花，办事风格变化不小嘛，过去风风火火，现在稳当多了！春花指了指王健森，说，嗒！还不都是他逼的！王健森听罢哈哈大笑。

　　这些日子，因为忙着新酒楼的开业，春花把饭店的事全都交给了向阳。从做小饭馆到开大酒楼，这个步子迈得不小，春花要操心的事实在太多。好在向阳对饭店的事务早已经熟悉，春花倒也放心。这一天，春花抽空去饭店看看，一进门，没看见向阳，却见小芸坐在吧台前，哼着小曲，对着小镜子描眉画眼。见春花突然来了，小芸有点慌张，赶紧站起来，一边打招呼，一边拿起抹布干活。春花问向阳在哪，小芸支吾半天说，要账去了。这几年饭店收了好多白条，公家私人都有，向阳一直在讨，只是要钱比挣钱还难，跑了不少冤枉路。春花说声晓得了，就去后厨找春风。春风见春花来了，把饭店的情况简单说了，春花心里有数，就问向阳去哪里了。春风说，康跃进打过电话来，急吼吼的，可能是三缺一。春花有点不高兴，我这边忙得盯不开眼，他倒是有空去打牌，太不像话。春花马上打向阳的手机，连打三遍都是关机。春花恼火，于是出门去找。

　　往常，向阳偶尔也打打牌，春花一般不管。人总得有个乐趣，驴累了还要打个滚嘛，何况一个大男人？香铺人的日子越过越好，打牌成了好日子的注脚。在香铺，说打牌其实就是赌钱，或大或小，输赢先不论，敢不敢赌是检验有没有钱的标准。换句话说，敢赌说明日子过得不错，反之说明混得倒板。向阳在香铺混得可以，无须检验，所以大小牌局，都会有人邀他。向阳好脾气，只要有空，一般都给面子。不过，向阳近来打牌的次数越来越多，上瘾了似的，春花即便再开明贤惠，也不能不管了。

　　康跃进的茶楼名叫"南门茶馆"，在滨湖世纪城第一期最西头，和香铺不过一路之隔,春花陪柳丽和王健森一起去喝过几次茶,虽说不大,倒也干干净净、清清爽爽,尤其是他家的明前毛峰,王健森赞为正宗。春花对茶没研究,只当来捧康跃进的场了。从自家饭馆到的模样茶馆并不算远,春花悠悠晃晃就到了。进了茶馆,才一上楼,对面茶座里传来向阳的笑声,接着是康跃进的笑声。春花当下心里盘算,正好抓个现形,借机收拾收拾向阳。没承想推门一看,就康跃进和向阳两个人在说话,并没打牌。康跃进一惊,向阳也一惊。向阳说,你怎么来了?春花盘算落空,有点失望,说,我怎么不能来?康跃进开玩笑说,春花,来查岗还是抓赌?春花反应快,马上说,我哪有那份闲心?我来找小艳!康跃进说,哎呀,来得真巧,我请向阳来,就为那丫头的事,快坐快坐!春花一听,只好坐下来。康跃进添上一只杯子,斟上茶,慢慢叙了起来。

　　康跃进找向阳确实是为小艳的事。虽说是远房兄弟,毕竟是康家人,康跃进对向阳说了实话。小艳在南方打工,并不是像传说那样做了人家的"二奶",更没有挣"不干净"的钱。小艳到南方后,在一个广东老板开的粤菜馆打工,因为聪明能干,很受老板赏识,一步一步,从服务员到领班,又从领班到大堂经理,一直升到店长。老板是个中年人,因为跟老婆关系不好,又跟小艳走得近,结果就传出闲话。小艳也要面子,听不惯闲话,几次提出要走。老板开了三家店,找不到合适的人接手,就一再挽留,并答应给小艳股份。小艳好强,心也善良,只好留下来。去年,老板的老婆带着娘家人,突然来到店里,把小艳打了一顿,还拿硫酸毁她的容,所幸伤害不大,事情闹到公安局。老板为了稳住大局,只好同意小艳离开,私下里给了小艳一笔钱,数目不小,算是分红,也算是补偿。小艳心气高,只拿了自己的工资,一分钱补偿也没要。为这事,小艳发誓要干出名堂来,先去韩国整了容,又在深圳一家大酒店学习半年,准备大干一场。不巧的是,小艳她妈身体查出毛病,小艳只好回来陪着。本来,小艳想自己开酒楼,可在滨湖世纪城买了房子后,积蓄不多,只好等待机会。幸好春花要开大酒楼,康跃进两口子就劝小艳报了名。小艳参加面试后,没有结果,生怕春花两口子听信流言,不给小艳这个机会。想来想去,康跃进就请向阳来,想走走后门。

小艳的故事让春花一惊,不禁对小艳刮目相看,当即说,跃进哥,回去跟小艳说,只要她不嫌弃,我们就用她!康跃进说,哎呀,太好了,我打电话,让她来好好谢谢你!春花拦住,说,这事不能急,还有两个股东,明天让她到我办公室一起谈!康跃进好激动,上去要拉春花的手。春花看了看向阳。向阳拉了一下康跃进说,都是一家人,春花是婶子,还能亏待她?康跃进于是缩回手来,搓了又搓,才想起给春花倒茶。

　　三个人又说了一会儿,时候不早,春花和向阳回饭店。一出门,春花就问,你手机怎么关机?向阳一下子想起来,赶紧掏出手机,一边开机一边说,跃进哥找我谈事,老有人打电话,说是三缺一,我怕不好回绝,只好关了手机。春花一听,也就信了。就在这时,向阳的手机响了,向阳一看是饭店的电话,马上接了。小芸在电话里小心翼翼地说,向阳,春花找你去了,你要当心啊!向阳一听,说了声晓得,马上把电话挂了。春花问,哪个?向阳说,小芸。春花说,什么事?向阳有点慌,说,饭店上客了!春花不说什么,冲着向阳冷笑。向阳说,你看你,笑得好有内容,不信你打过去问!春花一把抢过向阳的手机,把电话回拨过去,向阳想拦也来不及。果然是小芸接了电话,春花不吭声,打开免提。小芸语气关切,说,喂喂,春花找到你吗?我跟你讲,你要当心,她好生气!春花翻了向阳一眼,向阳一脸无辜,冲了电话大声说,晓得了晓得了,我和春花在一起呢!话音才落,小芸啪的一声,把电话挂了。

　　本来,向阳以为这一回春花饶不了他,不闹个鸡犬不宁,也闹个昏天黑地。不料春花把手机还给他,冲他笑一笑,大大咧咧拍一拍他的肩膀,像个领导似的,转身就走。向阳愣了一愣,追上去解释,一直追到老牌坊下,春花才站住。向阳说,春花,你别乱想,我跟她真没什么,我可以对着老牌坊发誓!春花叹口气,语重心长,说,康向阳同志,你记住,你不是那个粤菜馆的老板,小芸也不是小艳,好自为之吧!说完,又快步走了。向阳追上去,说,你看你,你这话说得好像我们有什么,要不这样,回去我把她开掉!春花突然笑了,说,瞧你那倒板样,谅你有贼心没贼胆!向阳说,那你不是不放心嘛!春花说,如果有什么,她不在眼前,也在你心里。如果没什么,就算在你眼前,又有什么关系?向阳挠挠头,说,这话好绕人,还是说明白些!春花恨得直咬牙,朝他屁股狠踢一脚,说,明白了吧!向阳捂着屁股,还是稀里糊涂的。

第二天,按约定,小艳提前十分钟到春花办公室,一进门,不由分说,把桌椅都擦了一遍,连茶杯也添上水了。春花看在眼里,心里自然满意。等到柳丽和王健森来了,茶水不烫不凉,刚好可口。之前,春花跟柳丽和王健森分别沟通过,决定用小艳,关键是谈待遇。是人才,待遇高不要紧;不是人才,不要钱也不能用,这是三个人的共识。本来,根据行情,三个人商定一个谱,春花以为这样的高薪,怕是小艳不会不满意。

小艳果然见过世面,提到待遇,也不客气,大大方方把自己的想法说了。对年薪的数目,小艳满意,但是提出一个方案,三年内不拿钱,将年薪转成股份,股份多少按比例来定。这个提法有新意,王健森同意,春花不同意。

实事求是地说,春花不同意小艳提出的薪转股方案,不为别的,是嫌股东太多太杂,往后她说话不灵光。况且,如今有了柳丽和王健森这两个股东,已经让春花多少有点不适应,过去都是她一个人说了算,向阳有没有意见,只要她一拍板,事实定了。如今大小事都要商量,让她心里不太爽。柳丽和王健森劝春花,春花还是不同意。王健森没办法,搬出合作协议中"用人和投资的建议权"的条款。本来,春花以为柳丽会站在她这一边,没想到柳丽支持王健森,同意薪转股。因此,春花对柳丽就有点不高兴。

毕竟是朋友,又是股东,不高兴不好当面说,只好回家商量。春风支持薪转股,说人多力量大,风险共担更有保障。宁万三本来不想插嘴,可是又忍不住,说,呀哩,一个饼都给你吃,不一定能吃饱。要是一筐饼,你一个饼上咬一口,肯定能吃饱!春花一听,晓得宁万三又使用他的"两大法宝",想了想,觉得有道理,便勉强同意了。

谢家菜酒楼于8月8日开业。日子是春花定的,说是图个吉利。这事无伤大局,柳丽没说什么,王健森也没说什么。不出所料,开业后生意火爆,天天满座,顿顿排队等台。虽说生意忙,店内却井井有条,春花观察过多次，小艳这个店长非常了得，管理酒楼确实有一套，待人接物，自然洒脱，安排工作，行云流水。尤其穿上职业装，小艳更是显出光彩，一个微笑，一个手势，一个扭身，又像设计又自然得体，站在暗处都能发出光来。春花不禁感慨，看来这丫头当年在南方一定风光，被人家看成威胁赶走也是必然。要是早几年她在香铺开饭店，我春花怕是只能喝西北风了。于是暗暗佩服王健森和柳丽的眼光，甚至连春风一起也佩服了。

  酒楼生意火爆，在香铺自然成了新闻。康老久去接康康放学的时候，忍不住去看，见有人排队坐着等台，很不理解。不就是吃饭嘛，值得受这个罪吗？宁万三天天去，看着有人排队等台，高兴得不得了，跟大铃铛一起远远地数人头，最多一回数了六十一个，还有几个坐在车里没下来，不然超过七十也说不定。这个纪录，宁万三引以为豪，经常在老牌坊下宣传，说春花和春风如何如何厉害，当然也忘不了顺便吹一吹自己教子有方。康老久晓得他爱吹牛，很听不惯，本想跟宁万三抬杠，又一想春花是自家儿媳，春风是康康舅舅，都跟自己有关系，巴望他们都好，也就忍住了。

45. 高架

入秋,阴雨连绵大半个月,家家户户墙根湿漉漉的,一夜之间冒出好多小蘑菇。老牌坊底座上的青苔也厚了一层,几乎看不清本来面目。雨下得太久,老牌坊四周出现几处凹陷,汪着积水,镜子似的映出老牌坊的身影,以及天上的云。对这一情景,康宁博士记忆犹新。那时候,他和几个小伙伴常在老牌坊下玩水,常常搞得浑身湿淋淋的,回家没少挨骂。不过,康宁博士承认,那是人生中最美好的时光,可惜一去不复返了。

天一放晴,老牌坊下聚了好多人,晒晒霉气,互通消息。几天前,有消息说,香铺要拆迁了。这个消息不知从何而来,不过依据还是有的。报纸上写得一清二楚,市政府发布消息,将围绕开发区建设两座高架桥。巧的是,这两座高架桥都经过香铺,一东一西,相对而立。报纸上说,两座高架如同两架彩虹,将在开发区留下美丽的倩影。宁万三在报纸上看到规划图,说那不像两架彩虹,像两个篱笆,生生把香铺围住了。康老久没听明白,问什么彩虹什么篱笆。宁万三好为人师,找来一根树枝,在地上画给康老久看。康老久看了,说,嗒!明明是一双大手,怕是要掐住香铺的老颈嘛!

篱笆也好,大手也罢,总之两座高架建设定下来了。进入"十一五"的开局之年,脂城进一步扩大开发区的规模,推动开发区升级,这两座高架就是交通保障,就是信心的体现,就是希望的彩虹。香铺人不大关心升不升级,也不大在乎信心和希望,只想晓得这两座高架能为香铺带来什么好处。

这是一个实实在在的问题,只可惜谁也说不清。宁万三也说不清,但喜欢发表意见,说,改革开放嘛,黑猫白猫嘛!有人说,嗒!又是黑猫白猫,八竿子打不着的事,能不能说点新鲜的?

宁万三说不出新鲜,不等于没有新鲜。一夜之间,"拆迁"成为老牌坊下的热门话题,说是为两座高架让路,为经济发展护航。其实,自从开发区成立以来,有关香铺拆迁的消息传说不断,每一次都传得邪乎,每一次都吊足胃口,每一次都落空。唯独这一次传得猛,传得快,传得给力,听起来好像板上钉钉了。说实话,眼看着周围村庄一座座陆续拆迁,又听说一拆就拆出多少百万千万级的富豪,香铺人多少有点眼馋,有点不满,有点恨命运不公,尤其是年轻人。康宁博士在后来的调查和访问中也证实了这一点。

在香铺,"拆迁"这个消息带来两种反应。一种来自年轻人,觉得天上终于掉馅饼了,终于砸到自己头上了。一旦拆迁成功,不仅可以拿到一笔拆迁补偿款,还能搬到安置小区,毫不费力地奔上小康道路了。有人开始打起小算盘,拿到拆迁补偿款,先去港澳游还是新马泰,先买小轿车还是先买几大件,总之谋事在先了。另一种来自以康老久为代表的老家伙,坚决反对拆迁。祖祖辈辈住香铺,拆掉香铺迁出去,跟老祖宗没法交代!话又说回来,一旦拆迁,老牌坊怎么办?香樟桂花怎么办?青石铺就的香街怎么办?

最可气的是,有人偏了几句顺口溜:"不羡皇帝不羡仙,只羡墙上画个圈;拆字写在圈里边,家家户户尽开颜。"康康和伢们也学会了,张口就能背出来。康老久好气愤,跑到老牌坊下,追查作者,查来查去,没有头绪,最后目标落在宁万三身上。宁万三坚决不承认,说一听这词就不是我宁万三的风格,肯定是年轻人干的!康老久找不到碴,就站在老牌坊下骂,嗒!下贱!家都被拆了,还好意思尽开颜,简直就是不要脸!

其实,打心底说,宁万三也不赞成拆迁,这一点又跟康老久保持高度一致。两个老冤家有了共同语言,不再抬杠,召集一帮老家伙,集合在老牌坊下商量对策,商量来商量去,没有好主意。宁万三说,说到底,共产党为人民谋利益,为老百姓说话,咱得依靠共产党!康老久说,那咱就依靠共产党,实在不行,咱上访!老家伙们都赞同,说当初搞开发区,田被征了咱没话说,如今为了两座高架要拆咱的家,无论如何都说不过去。咱香铺人祖祖辈辈都住在这,根扎得好深哩,拆迁等于斩了根,岂不成了盲流!

那个秋天,在香铺和桂香一起飘散的,还有康老久这帮老家伙不安的情绪。桂花越香,这帮老家伙们的情绪越是激动,天天聚在老牌坊下开会,康老久和宁万三分别代表各自家族表态,然后还要一一表态。康老久做事一向求稳,说口头表态不牢靠,让宁万三做了一个表,每个人都要签字,不会写字按手印,搞得好像加入什么帮派似的,郑重得很。没几天,拆迁的消息传得越来越躁,老家伙们的情绪也越来越涨,经过康老久和宁万三几天的串联密谋,老家伙们终于行动了。行动前,康老久和宁万三带领这帮老家伙在老牌坊前焚香发誓,一切行动听指挥,一旦行动,不得反悔。

春花得知康老久和宁万三带头上访的时候,正在盘点酒楼上个月的账目。算下来,收入之高,大出意料,照这样下去,最多两年,就可以收回本钱。更让春花高兴的是,小艳成了股东,甚是用心,把一个月来酒楼出现的大小问题都搜集起来,写在一个本子里,一条一条,一目了然。不仅如此,小艳还准备好相应的解决办法。春花一高兴,心里就装不住事,趁上洗手间的时候,打电话与柳丽分享。柳丽当然也高兴,借机奚落春花当初拒绝薪转股的事。春花晓得错了,当下脸就红了。柳丽怕她误解,又反过来安慰她。春花假装生气,要求柳丽陪她喝几杯。柳丽晓得春花为酒楼忙了几个月,确实不容易,也该好好放松一下,于是便答应了。

就在这时候,春花的手机响了。开发区信访办打电话来,让她赶紧去领人。到信访办领人意味着辖区有人上访,有人上访意味着她的工作失职。更何况带头上访的一个是康老久一个是宁万三。春花一听,脑瓜嗡的一声,小便吓回半截儿,手机差点脱手掉进马桶里。

秋阳高照,又是大中午,春花赶到开发区信访办的时候,又急又累,口干舌燥,嗓子里冒烟。远远看见街道办的黄主任正满脸赔笑,给一帮老家伙发矿泉水,一人一瓶,发到康老久时,康老久不接,宁万三倒是接了,拧开盖就往嘴里灌,看上去口渴得不行。春花疾步快走,来到近前,又发现一帮老家伙身上都挂着一条白布带子,上面写着字,看笔迹是她爸宁万三的"杰作"。康老久身上挂的是"保卫香铺!",宁万三身上挂的是"香铺是我家!",宁歪嘴身上挂的是"救救香铺!"。春花又气又恨,不由分说,上前一把将宁万三身上的白布条扯下来。因春花下手太重,加之白布条缝得太紧,硬是把宁万三身上的灰布褂子撕个大口子。宁万三正想发作,扭头见是春花,忙撤身躲到康老久身后。

春花说,你们这些老人家,吃饱了撑得慌,跑到这来搞什么?一人背条白布,不怕人看笑话?!康老久说,笑话?家没有了才是大笑话!春花不好跟康老久顶嘴,只好催宁万三,说,走走走,赶紧回家!宁万三有点怵春花,想走又不敢走,正在犹豫。康老久突然一声断喝,我看哪个敢走!宁万三马上站住了。春花的脸登时涨得通红,终于憋不住,对康老久说,爸,您要是这样,我不得不说您了。您可晓得你们在干什么?康老久说,上访!春花说,好好的日子过着,上什么访?这不是没事找事吗?康老久说,嗒!香铺马上要拆迁,这怎叫没事找事?难道非要等拆得家都找不着再来喊冤啊?春花说,您老人家听哪个说香铺要拆迁?康老久说,香铺哪个不晓得?你年纪轻轻,耳朵不好使吗?春花说,爸,那都是谣言,谣言您也信?!康老久说,俗话说,无风不起浪,信了总比不信强!春花被气得一时接不上话,只好死拉着宁万三走。

这时候,黄主任拿着矿泉水过来,先把春花批评一顿,说,春花,别跟老人家抬杠,有话好好说嘛!先不说有没有香铺拆迁这回事,合理的上访也是法律允许的!康老久见黄主任替他说话,心里得劲,接过水来,喝了几口,说,黄主任,你给个实话,到底香铺拆迁不拆迁?黄主任说,老人家,至今为止,我们没有接到上级通知!宁万三说,真要是谣言,倒是好事,那我们就放心了,回吧回吧!康老久还不动,问,黄主任,万一香铺真要拆迁,你一定要把我们的意见反映上去,跟上级说,香铺好几百年了,不能拆!黄主任说,放心吧,你们反映的问题,我们都记下了,一定反映上去!康老久不放心,让宁万三拿出纸和笔,让黄主任写个保证。黄主任犹豫一下,还是写了。宁万三看过,冲康老久点点头。康老久也点点头,冲老家伙们一招手,老家伙们纷纷摘掉身上的白布条,跟着康老久一路回香铺去了。

回香铺的路上,春花余怒未消。街道办黄主任不仅批评了她,还提出警告,差点把这次上访上升为"群体性事件",要她写出书面检查,追查谣言的来源,防微杜渐。自从当上社居委主任,春花已经挨了两次批评,都是因为康老久。春花向来好强,觉得很没面子,由不得不生气。一是恨自己疏忽,没有及时发现苗头,把问题扼杀在摇篮里。二是气自己摊上这么一个公爹,结婚前两个人就犯冲,嫁过来摩擦不断,难道"遗传"了她爹的命运,这辈子跟康老久也成了"冤家"?!

正走着,手机响了,来电显示是向阳。若是别人倒也罢了,一见是向阳的电话,春花心头腾起一股莫名之火,就想冲着向阳出出心中这股恶气。谁让你向阳是康老久的儿子呢?没你向阳,我春花怎么有这么个公爹呢?不有这个公爹怎么会挨批评呢?想到这里,春花有点莫名冲动,有点死不讲理,有点胡搅蛮缠,拿起电话就要喊,不料话还没说出口,只听向阳带着哭腔嘶喊,康康不见啦!春花一听,先一愣,接着小腿一软,差点跪在地上。

康康确实找不着了。

康、宁两家都慌了神,炸了锅似的,慌成一片。学校的说法是,一般情况下,每次放学后,由班主任把学生送到校门口,交给家长。康康的情况特殊,有时是外公宁万三接,有时是爷爷康老久接,有时是外婆大铃铛接,有时自己走到小区大门口春花的酒楼去。中午放学后,康康跟班主任说,今天外婆来接,可是等了半天,外婆没来,康康就跟班主任说,他自己去妈妈的酒楼。这种情况并不是第一次,班主任就同意了。至于到没到酒楼,或者到了酒楼之后又去了哪里,就不得而知了。

酒楼的说法是小艳提供的。康康自己到酒楼来过多次,应该不会迷路。每次来,不管春花在不在,都是小艳安排他吃饭,吃完饭安排在办公室午睡,到时候喊他起来去上学,从来没有耽误过。问题是今天中午根本没有看到康康过来。这一点,酒楼的其他员工也能证明,也可以调大门口的监控视频求证。

事已至此，大铃铛无话可说，自然成了罪人，哭得稀里哗啦，闹着喊着不想活了。这天一大早，因为宁万三和康老久要去上访，特意安排大铃铛去接康康。大铃铛答应了，没到放学的时候，早早就到学校门口候着。这时候，一个卖保健品的小伙子过来搭讪，先夸大铃铛五官饱满必是有福之人，又"诊断"出大铃铛眼圈发暗想必肾气不足。大铃铛一直腰不好，年轻时开始酸痛不断，听他说得有理，信以为真，就想买他的保健品。因为走得急，没有带钱，又见时间还早，大铃铛就领着小伙子回家取钱。买了保健品，小伙子又"诊断"出大铃铛走路步碎，定是关节不好。大铃铛确实一到阴雨天膀子疼，自然相信。小伙子就"免费"用电磁治疗仪给她治膀子，一治就是半个钟头，等她赶到学校时，康康早已不在那里了。

宁万三气得不知说什么好，抬腿想踢了大铃铛两脚，不料身子一晃，差点跌倒，赶紧捂着胸口，生怕心脏的"搭桥"塌了。春花像只发疯的母老虎，跟谁都发火。向阳不晓得怪谁，四处打电话，喊得嗓子都哑了。康老久也很自责，不再吭声。只有春风倒还冷静，马上报警。

警方接到报案，随即赶到，问明缘由，分析出几种可能。一是康康跟别的伢们跑出去玩了。伢们玩心大，疯够了自己就会回来。二是康康可能遇上人贩子，被人下了迷药带走了。这种事新闻报道过，并不稀罕。三是方圆之内都晓得春花开饭店多年，如今又开了大酒楼，树大招风，惹人眼红，遂起歹念，绑架康康讹钱。另外，还有报复作案、变态狂作案、恋童癖作案等可能。凡此种种，除了第一种可能，其他都不是好事。一家人顿时麻爪，不敢耽误，分头去找。

46. 大湖

大湖是香铺人对雷公湖的另一种称呼。之所以这么叫，除了周围还有几个湖都比雷公湖小，还有一个原因就是表示敬重。相传，很久很久以前，天上的雷公奉玉皇大帝之命降妖除魔，追到香铺附近，用他的紫金锤镇压了妖魔，也砸出这个大湖，因此得名雷公湖。在香铺，三岁的伢们都晓得这个故事。然而故事毕竟是故事，不可当真。其实，地质研究早已有定论，雷公湖的形成是地壳运动的结果，那时候人类也许还没出现，至于香铺这个小小的村子，当然更不用提了。关于雷公湖的历史人文，康宁博士曾有专门的著作，不再一一，就此略过。

雷公湖东南方向有座小岛，形同一枝荷叶，故称荷叶洲。洲上有座雷公庙，建于明代，历来香火旺盛。近年有家公司依托雷公庙，把小洲打造成荷叶洲景区，吃喝玩乐，样样都有，生意相当不错。

自从离婚后，小芸没少到荷叶洲来，少说也有七八次。不是因为喜欢游玩，而是相亲。至于为什么相亲非得选在这里，小芸也说不清，总之人家约好，她来就是。前天，家里又来电话，说有人介绍一个小老板，人不错，务必见一见。本来小芸相亲相得伤伤够够，不想见，可是又怕父母埋怨，只好硬着头皮答应去见。小芸不愿相亲的原因很多，高不成低不就，总之说不清楚。如今又多了一条，只要一提相亲，就想到向阳，好像向阳给过她承诺似的。这个想法有点作孽，小芸也晓得不好，只是无法从心头驱除，难为得只骂自己不要脸。

头天晚上下班前,小芸跟向阳请了假,没说去相亲,说回家看看爸妈。向阳答应了,还给她带上两箱饮料。小芸不要,向阳非要给,说本来就是亲戚,算是一点心意,小芸就收下了。自从大酒楼开业之后,春花很少来饭店,向阳成了绝对的一把手,时不时给小芸带着东西回去,也没什么大不了的。

　　第二天,小芸骑着电瓶车,驮着饮料回家一趟,下午去荷叶洲相亲。在雷公庙前老槐树下,小芸见到那个小老板。说实话,比起过去相过的对象,这个小老板没什么特点,长相还说得过去,个头不高,粗手粗脚,一看就晓得是个卖劳力的人。小老板自我介绍姓蒋。小芸就笑,称呼他蒋老板。蒋老板也笑,说是小老板。开始,两个人坐在石椅上,看着湖面聊天,都有点不好意思。小芸相亲有经验,这一回却没法进入状态,眼前晃荡的全是向阳的影子,心里乱糟糟的,所以很少说话。蒋老板倒是能说,说他如何挣钱如何花钱将来如何打算。小芸脸上堆着笑,像说相声的捧哏一样,不是点头,就是嗯啊,难为得要死。就在这时候,蒋老板接到一个电话,说工地上出点事,必须马上去。小芸正想解放自己,一边催他快去,一边将蒋老板送到他的面包车前。蒋老板一拉车门,小芸看见车里堆满大大小小的工具,电锯钉枪三角尺,样样都有,便晓得他是个搞装修的。

　　天色尚早,小芸一个人在荷叶洲逛了一圈,无滋无味,又去雷公庙烧了三炷香,出门一看,已是傍晚时分。本来,小芸想回家把相亲的情况跟父母说一说,又一想说了反倒给父母添堵,索性直接回香铺,正好能赶上晚上上班。

　　从荷叶洲到开发区有两条路:走大路要绕远两个弯,远十几里路;走小路要从湖滩斜插过去,然后翻过拦洪堤,再上新修的环湖大道,近便不少。小芸走惯了小路,骑着电动车穿过湖滩,一路下来,倒也顺当,翻着拦洪堤的时候,见前面一个小孩在哭,以为谁家伢们放学路上跟人打架了,近前一看,竟然是康康。

　　康康认出小芸,马上不哭了。小芸问他怎么在这里,康康说迷路了。小芸问家里晓不晓得他在这里,康康摇头。小芸晓得向阳一家一定急疯了,马上打电话给向阳,一连打了三遍,向阳都没接,打第四个的时候,电话通了,接电话的却是春花。

春花二话不说,劈头盖脸就是一通骂,小芸,这都什么时候了!我们一家找康康急得要命,你还打电话骚扰向阳,你还是不是人,还要不要脸!

小芸明白春花误解,又晓得春花的性格,怕是插不上嘴解释,只好把电话按了免提,递给康康。

康康对着电话说,妈妈,是我。

春花说,康康,我的宝贝,你在哪里?你在哪里?!

康康说,我在大湖边。

春花说,大湖?你怎么在大湖?是不是有人绑架你?是不是?!

康康说,不是,是我自己迷路了,正好碰到小芸阿姨!

向阳这时接电话,说,康康,让小芸阿姨接电话。

康康把电话递给小芸。

小芸对着电话说,康康没事,过一会我送他回来!

向阳说,小芸,对不起!春花的脾气你晓得,她说的是气话,你千万别生气!

小芸一笑,说,晓得!

康康回来了,皆大欢喜。大铃铛松了一口气,像捡回一条命,冲着老牌坊咚咚地磕头,宁万三拦都拦不住。春花把康康搂在怀里,再不舍得松开,生怕别人抢了去似的。一家人围着康康,你一句,他一句,问了半天,才弄清康康去大湖的缘由。

康康到大湖边去,是为了贝壳。

说起来,康康并不是第一次去大湖。康康第一次去大湖,还没上一年级。那一次爷爷康老久带他去大湖边剜野菜,剜什么野菜,康康记不得,只记得大湖臭气刺鼻。当时,大湖里长满蓝藻,一团一团,一眼望不到边。湖边漂满塑料袋饮料瓶方便盒,还有一条花裤衩。爷爷愁眉苦脸,坐在湖边叹气,说好好的大湖被糟蹋喽!康康记得爷爷当时骂了一句,猪弄的!康康看出来,爷爷很生气。

康康再一次去看大湖是去年夏天。那天，康康听说去大湖，觉得没意思，就不想去。爷爷说带他去寻找宝贝，康康就同意了。这时候，大湖已经得到治理，没有什么臭味，湖水清清，水天一色，远远一望，一群水鸟飞来飞去。爷爷笑了，指着水鸟，一句接一句地骂道，猪弄的，都回来了，猪弄的，都回来了！骂完了，爷爷就笑，笑得康康莫名其妙。原来爷爷高兴也要骂脏话，真不像话！

　　那一次，康康问爷爷大湖边有什么宝贝，爷爷一会说大湖的水就是宝，一会说大湖的鱼是宝，一会又说大湖的空气也是宝，把康康说得稀里糊涂。康康不高兴，追着爷爷问到底要寻找什么宝，爷爷支吾半天也没说明白，康康理解一定是贝壳。因为大湖就像大海一样，语文老师说大海是贝壳的故乡。不过，遗憾的是，那天突然下起大雨，什么宝贝也没找到，康康就跟着爷爷回家了。不过，康康却把这个愿望记下了，将来自己去大湖边捡贝壳。

　　这天中午放学后，康康没有等着大铃铛，直接去了酒楼，才到酒楼楼下，闻到隔壁面包店里的香味，便用外公宁万三给他的零花钱买了一个大面包。康康买了面包，并不去酒楼，而是坐在路边的樟树下，一边吃面包，一边看着远处的雷公湖。天气晴好，湖面一层轻雾，水波一层一层，像一页一页地翻书。康康看着看着，想起语文老师讲的小贝壳的故事，想到小贝壳的故事就想到李紫薇。

　　李紫薇是康康的同桌，跟康康关系最好。别的同学欺负李紫薇的时候，李紫薇就来求康康保护。康康最喜欢保护李紫薇，所以每次都把别的同学打哭，为此挨过好多批评。李紫薇说要和康康做一辈子的好朋友，康康说一定要保护李紫薇一辈子。为此，两个人拉过钩，一辈子不能变的。

　　康康还喜欢在李紫薇面前吹牛。只要他吹牛，李紫薇就相信，睁着一双大眼睛，崇拜地看着他，不停地鼓掌。这时候，康康最来劲，发誓一定给李紫薇捡来一个金贝壳。本来这是两个人的小秘密，李紫薇一兴奋，把消息透露出去，一下子就在全班传开了。全班同学都晓得康康要给李紫薇一个金贝壳，如果康康搞不到金贝壳，在全班同学面前就太没面子了。李紫薇睁着一双水汪汪的大眼睛问康康，你一定会给我一个金贝壳对不对？康康张口就说,一定!李紫薇高兴得要命,说,康康你最棒!李紫薇说这话的时候,冲着康康竖起两个大拇指。李紫薇的大拇指又白又嫩,像两根豆芽一样,闪闪发光。

一定给李紫薇一个金贝壳!这个想法很给力,康康像充足电似的,朝着雷公湖走去。本来,康康记得跟爷爷一起去大湖,路途并不远。可如今正在修高架,原来的路被封闭,四周又被挖得面目全非,康康只得挑路走。明明看见湖水蓝汪汪的,就在眼前,走了半天还有好远。康康有点泄气,但是一想到李紫薇的大眼睛,浑身就来了力气,走啊走,终于来到湖边。只是康康不晓得,秋后湖水枯瘦,露出一湖滩的石子,根本见不到贝壳的影子。

康康的性格随春花,劲头上来,天不怕地不怕,越是得不到越是想得到。于是康康下了湖滩,找啊找,扒啊扒,忙了半天,一个贝壳也没找到。不过,在一堆乱石子里,康康找到一个半透明的东西,半环形,像个小动物勾着头,觉得有趣,便装了起来。

毕竟是孩子,玩着玩着,康康累了,爬到湖边的堤坝上歇一歇,不留神瞌睡来了,头一歪就睡着了,等到被凉风吹醒,已是傍晚。康康当时有点怕,既怕老师批评,也怕爸妈骂,于是赶紧跑。湖滩广大,看上去四处都一样,康康跑着跑着,便迷失方向,顿时急得直哭,这时候,正巧碰到路过的小芸。

不管怎么说,康康平安回来得感谢小芸。向阳把感谢放在心里,跟小芸没有太多客气。春花晓得冤枉了小芸,当面道歉又张不开嘴,就包了两千元钱的红包,让向阳给小芸。小芸说什么也不要,冲着春花笑,把春花搞得浑身不自在,像钻进稻糠堆里似的。小芸临走的时候,抬起手来跟康康说再见,嘴里喊着康康,眼睛却看着向阳。向阳当然也看见了,不好意思跟小芸对眼光。春花倒是大方一回,说,向阳你送送小芸,天怪黑的。向阳正要动身,小芸马上说,别别别,几步远的路,都不要送,你们一家好好亲亲吧。

康老久晓得康康回来了,摸黑来看康康。康康一见爷爷,从春花怀里跳下来,把在雷公湖边捡到的那个亮亮的石头拿出来炫耀。康老久抱着康康,一声没吭,眼泪早就流了出来。向阳头一回见父亲流泪,心里一阵发酸。康康不懂事,一个劲地让爷爷看他的宝贝。康老久揩了揩眼泪,拿起那块石头,对着灯看了看,说,宝贝啊,真是宝贝啊!向阳说,嗒!宝贝什么?也就是块石头!康老久脸一拉,说,保佑康康回来的,就是宝贝!向阳一听,没再说话。康康调皮地一笑,说,这个宝贝送给爷爷,保佑爷爷长生不老!康老久摸摸康康的头,接过石头,在身上蹭了蹭,揣进怀里。

晚上,康老久许久睡不着,拿出那块石头,看了又看,摸了又摸,找来一根红线绳系上。第二天一大早,康老久早早起来了,非要送康康上学。路上,康老久拿出那个宝贝,挂在康康的脖颈上。康康不要,非要送给爷爷。

康老久说,康康听话,老祖宗说,这个宝贝跟康康有缘,一定要康康戴上。

康康说,爷爷见到老祖宗了?

康老久说,夜里,爷爷做了个梦,梦到老祖宗了。

康康说,真的?老祖宗长什么样?

康老久说,老祖宗长得跟爷爷一样,多了白胡子和白眉毛!

康康说,那不是老寿星吗?我在电视里看过!

康老久摇头,说,老祖宗就是老祖宗!

康康说,老祖宗能说话吗?

康老久说,当然!老祖宗说,康康这伢乖,捡个宝贝!

康康问,老祖宗说没说,这宝贝叫什么名字?

康老久想了想,说,唉!老祖宗年纪大了,忘性也大,记不住叫什么。总之,这是个宝贝!

康康说,爷爷,我晓得了!

47. 璜

在香铺,第一个说康康脖子上戴的石头叫"璜"的是齐刚。

齐刚说出这个字的时候,正在孙和平的"香港发廊"里,排队等候理发。齐刚的头发越来越少,少得孙和平都不好意思下手去理,更不好意思收钱。齐刚的头发脱落不是"地方包围中央",而是一小撮一小撮,零星分布,旱地插秧似的,毫无规则。不过,齐刚每月一次理发,却从不含糊。

孙和平的"香港发廊"早已搬到滨湖世纪城,档次高了,项目多了,收入自然增加不少。除了原来的两个徒弟理发,又招了三个女孩做美容美体,生意好得很。康老久来看过几回,觉得剃头的地方装潢得又是灯光,又是镜子,简直就是糟蹋东西。不过,孙和平说每个月的收入翻了几番,康老久便无话可说了。羊毛出在羊身上,老话说得一毫不错,如今这世道,明明晓得要薅毛,偏偏羊愿意,这事到哪讲理去?最让康老久难过的是,香铺周边各大小区都开了大型超市,百货齐全,价格便宜,动不动就打折促销,害得红梅商店的生意一天不如一天,连亏几个月。没办法,上个月红梅关掉商店,过来给孙和平帮忙,正在学习美容手艺,倒是满意得很。康老久满心不如意,又不能看着红梅做亏本买卖,只好睁只眼闭只眼,安安心心带康康了。

自从上次康康走丢之后,康老久和宁万三认真研究了一个方案,轮流值班,一人一周,严格执行。春花和向阳确实忙不过来,只好把康康交给两个老家伙。不过,两个老家伙当面做了保证,绝不会再出纰漏。春花和向阳这才放心。

礼拜天,轮到康老久带康康。康老久带康康到"香港发廊"理发,正好排在齐刚后边,于是就坐下来等。齐刚正好看完当天的报纸,一抬头看见康康脖子上挂的那块石头,非要取下来看看。康康常去外公宁万三家玩,跟齐刚混得熟,爽快地取下递给齐刚。齐刚拿着石头冲着亮光,看了又看,突然一拍大腿说,璜!这是璜!

齐刚个头不大,嗓门却大,这一声把康老久吓了一跳。正在理发的孙和平也听见了,以为出了大事,放下手里的活转过来看。

齐刚说,璜,肯定是璜!

孙和平开玩笑说,齐师傅,一惊一乍的,黄什么黄?难道你也想染黄头发?

齐刚把那块石头捧在手心,说,我说的这个"璜",是王字边放个"黄"的"璜"!

康老久说,这个"璜"是什么意思?

齐刚说,宝贝啊!

康康一把抢过来,说,爷爷早说过,老祖宗跟他说过,这是宝贝!

康老久把康康搂在怀里,说,嗒!宝贝不宝贝,还要你说?

齐刚认真,说,璜是新石器时代的东西!

孙和平一听笑了,说,石头嘛,可不是新石器时代的东西!

齐刚说,你不懂!璜是几千年前的玉器,是模仿"虹"制作的。虹你晓得吧?就是天上的彩虹。两端雕龙首或兽首花纹,像这个大小,应该是小型的璜,是佩玉!

孙和平说,咦!没看出来,齐师傅你头发不多,学问不少嘛!

齐刚说,你看这器形,这花纹,看上去简单,在那个时候加工出来,很不简单的!

康老久说,照这么说,这东西是个古董喽?

齐刚说,肯定是!往晚了说,至少是西周的!

孙和平说,那就是说,比姜子牙还老!

齐刚嘴一撇,说,姜子牙见了他得叫祖宗!

康老久想了想,突然说,哎呀,你一个卖小笼汤包的,怎么晓得这些学问?

齐刚咂咂嘴,嗫嚅半天,说,在报纸上看的嘛,我喜欢看报纸嘛!

康老久点点头,看着齐刚,半天没说话。齐刚坐也不是,站也不是,突然转身往外走。孙和平在背后喊,齐师傅,马上就轮到你,你不理发了?齐刚说,回头再来,回头再来!

康老久笑了笑,把那块石头给康康戴上,说,嗒!一个卖包子的,看几张报纸就胡说八道,学问是那么好做的?!

一屋子的人都笑。康康也笑。

康康理过发,康老久送康康回家,一边走一边想,这个齐刚,不好好做小笼包,看几天报纸,冒充有学问,竟说出什么黄呀蓝的。我康老久说那是宝贝,是哄伢们玩呢,他倒当真了,孬子!走着想着,又觉得不对劲,把那块石头从康康脖子上取下来,看了又看,嘀咕道,难道这真是宝贝?!康康说,爷爷,您不是说老祖宗跟你说过嘛,肯定是宝贝!康老久想了想,笑了,又把那块石头挂在康康的脖子上,说,对对对!老祖宗说过是宝贝,那就是宝贝!哎呀,这宝贝是康康捡来的,肯定能保佑康康考上大学,考个好大学!康康兴奋,拉着康老久跑,康老久腿脚不太灵便,一步跟不上,险些跌了一跤。

等到春花和向阳各自回来,康老久把康康交给他们,这才放心地回香铺家中。如今香铺的康家大院,就剩下康老久一个人,显得空落。本来,向阳和孙和平都劝他搬到滨湖世纪城一起住,康老久不干,说那鸽子笼的房子住不惯,一个人在家住落个自在。向阳和孙和平晓得康老久脾气犟,再劝无用,也就不勉强了。

走到老牌坊下,康老久见宁万三和齐刚坐在那里闲呱。齐刚嗓门大,正说璜的事。康老久听见了,装着没听见,想早点回家歇着,便有意绕过去。没承想宁万三眼尖,见康老久来了,马上站起来,说,老久,康康捡的那块石头是个宝贝,你晓不晓得?康老久见躲不过,就停下来说,你听哪个说的？宁万三说，齐师傅正在说嘛！齐刚站起来，说，是我说的，肯定是！宁万三说，你听听，肯定是！康老久说，嗒！万三啊万三，你也是几十岁的人，跟个伢们一样，听风就是雨。你也不想一想，那一湖滩的石头，宝贝就那么容易捡到？不错！我说那是宝贝，可那是为了哄康康，你也当真？

宁万三被呛得一时答不上话，齐刚伸着老颈，据理力争，说，你可以不相信我，不能不相信报纸。走，跟我来看看！宁万三说，对对！一起看看，搞搞清楚！康老久本不想去，被齐刚和宁万三一边一个架着来到宁万三家。

大铃铛正在看电视，见两个人拖着康老久进来，以为两个老冤家又杠上了，赶紧过来劝说。宁万三摆摆手，说要研究一个大问题，大铃铛这才放心，赶紧去拿茶水。康老久和宁万三坐定，齐刚转身回自己的屋里，不多时回来，抱来一大摞报纸杂志，往桌上一放。宁万三站起来，看了看报纸和杂志。齐刚一脸严肃，从中翻出两张报纸和一本杂志，分别打开，让康老久和宁万三看。康老久晓得自己识字不多，并不去看。宁万三看了看，双手一拍，说，没错，就是这样！你看这有照片！康老久听说有照片，这才扭过头去看。果然有几张照片，跟康康捡的那块石头模样差不多。齐刚指着照片下的字，说，看看，这里写着呢，璜，新石器时期饰品！宁万三让大铃铛拿来老花镜戴上，仔细看了又看，说，就是璜，就是璜！

康老久相信了。

康康果真捡到宝贝了！

康康捡到的宝贝叫作璜！

康康捡到璜的消息不胫而走，自然成了香铺的热门话题。宁万三觉得脸上有光，在老牌坊底下开设"讲坛"，只要有人，必吹得唾沫星乱飞。齐刚收藏的报纸资料，宁万三早已研读吃透，因此吹起来自然有根有据，什么玉石文化，什么实物断代，说得有鼻子有眼。宁歪嘴说，就宁万三这水平，能上中央台的《百家讲坛》？

康老久也高兴，不过两天，就高兴不起来了。康老久心细，生怕因为戴着璜，康康出事。毕竟世态复杂、人心叵测，由不得不考虑。这天，康老久接康康放学回到家中,就跟康康商量,把那件宝贝藏起来。康康问为什么,康老久说宝贝都要藏起来。康康不干,说宝贝戴在身上能保佑自己,藏起来就不能保佑了。康老久不好跟伢们说人心叵测的话,只好叮嘱康康一定要当心,千万不能丢了宝贝。康康大大咧咧,摆了个奥特曼的造型,表示自己威力无比,没有问题。康老久也就暂时放心了。

春花遗传宁万三最明显的基因特征是爱说,也敢说。康康捡到璜的事,自然要经常提起。有一天,晚报记者到食品厂采访食品安全问题,柳丽负责接待,晚上陪记者来酒楼吃饭,春花应邀陪同。席间,春花就把康康捡到宝贝的事说了,柳丽也在一旁证实。记者很感兴趣,非要见识见识。春花好热闹,自然不会让人失望,让人把康康接到酒楼。记者一见康康脖子上戴的宝贝,也很兴奋,当场拍了实物照片,第二天在晚报文化版上发了一条图片新闻,题目叫《穿越六千年,一"璜"现香铺》。报纸一出来,春花甚是欢喜,多买了几份收藏起来,留作纪念。

然而,春花没有想到,就是这篇新闻,给她带来好多麻烦。

省考古所的沈教授来找春花时,春花正在跟小艳商量招服务员的事。酒楼生意兴隆,服务员人手不足。小艳的意思是多招几个试用,采用淘汰制。春花认为用人增加开支,还是一步到位,算好为妥。小艳在南方做过酒楼,经验丰富,说先把人招来,设两个月试用期,申明试用期内不付工资,试用期一结束,合格留下,不合格走人。春花觉得不妥,人家帮你白干不拿钱,背后不骂你缺德?!小艳说,这是管理技巧,跟缺不缺德没关系,在南方都这样干!春花说,在南方这样干我管不着,在香铺不能这样干!小艳的主意被否定,自然有些不快。春花看得出来,依然坚持用几个招几个,用人就得付钱,做生意不能讨人骂!

就在这时候,沈教授来了。和沈教授一起来的还有市文管办的崔处长。二人向春花出示了证件后,开门见山地说明来意,从晚报上看到康康捡到璜的消息后,文物相关部门非常重视,派他们来调查处理。崔处长说保护文物是政府的责任,并出示文物保护法的宣传册。春花脑瓜灵光,马上明白这事不小,一边热情接待,一边派人到学校门口等着,一再叮嘱,见到康康马上接到酒楼来。

康康来了。和康康一起来的还有宁万三。这一周轮到宁万三值班接送康康。沈教授一见康康来了,马上掏出专用手电筒,又拿出放大镜。崔处长说,小朋友,把你的宝贝拿出来,让我们看看。康康看了看春花,又看了看宁万三。春花说,康康,赶紧!康康往宁万三身边靠了靠。宁万三搂着康康,对沈教授和崔处长说,你们是哪个单位的?春花说,人家是上级派来的,搞文物的!宁万三上下打量一下沈教授和崔处长,问,有介绍信吗?沈教授一愣,崔处长笑了,掏出工作证和执法证。宁万三看了一眼,摇摇头,说,介绍信,单位开的介绍信。崔处长笑了,说,介绍信没带!宁万三说,没介绍信,不能看!如今社会复杂得很,你晓得的!崔处长有点尴尬。春花马上说,爸,人家都是正规国家工作人员,不是骗子,你就别掺和了!宁万三马上不再说话。

春花走到康康跟前,伸出手,说,康康听话,拿出来!康康还是不动。春花怕人家看笑话,伸手拉开康康的衣领,定睛一看,康康的脖子上空空如也,不见了宝贝的踪影。春花哄康康,说,康康乖,拿出来吧!康康摇头。春花语气硬了,说,康康,是不是藏起来了?康康又摇头。春花不由分说,把康康的口袋和书包翻了一遍,依然不见,顿时有点紧张,拉下脸来,说,康康,快说藏在哪了,要不然妈妈生气了!康康噘着小嘴,就是不吭声。宁万三也觉得蹊跷,蹲下来在康康身上摸了一遍,说,一大早上学的时候还戴着,怎么会没了呢?

沈教授急得直打转,崔处长抱着膀子来回踱步。春花把康康拉过来,搂在怀里,脸贴着康康,说,康康是大孩子,懂事了,跟妈妈说,宝贝在哪?康康还是不吭声。春花突然急了,推了康康一把,说,哑巴了你?快说!康康看看春花,又看了看沈教授和崔处长,眨巴眨巴着眼,半天才说,丢了!

春花一听,脑瓜嗡的一声,不由分说,拉过康康在他屁股上狠狠打起来。宁万三一见,马上奔过去护住康康。康康眼泪汪汪,咬着嘴唇,一动不动。

48. 安娜

第一个到香铺的外国人是一个俄罗斯女孩,金发碧眼,年轻漂亮,名字叫安娜。

正是春末夏初,万物蓬勃,樟冠如盖,香铺笼罩在一片嫩绿色中。那时候,香铺东西两座高架刚刚竣工,仔细一看,既像两道彩虹飞架,又像两只大手张开。至于究竟像什么,全凭各自的眼光和角度。桥体上挂满巨幅标语,标语上的字很大,站在老牌坊下看得清清楚楚,上写"庆祝高架竣工,迎接北京奥运"。

安娜就是这时候走进香铺的。那时候,阳光灿烂,柳絮轻舞,香铺一众老老小小围在老牌坊下,正在议论高架和奥运,一见安娜到来,话题自然转到这个俄罗斯丫头身上了。

安娜是亚明带回香铺的。

安娜是挽着亚明的胳膊从小汽车里下来的。

安娜一下车就冲着围观的香铺人抛了一个香喷喷的飞吻。

安娜看着老牌坊,吃惊不小,嘴张好大,说了一句"噢!妈咦高的(MY GOD)!"。

安娜。

安娜。

还是安娜。

总之,香铺人的话题都集中在安娜身上了。

亚明衣锦还乡,不仅带回了安娜这个话题,还搞了一个轰动事件,那就是亲吻康老久。这事发生在亚明回来的第二天。那天,康老久感冒,又不是他值班接送康康,所以就卧床养着。亚明敲门的时候,康老久不晓得是谁,没当回事,过了好久,听见有人扯着嗓子喊,老久伯,你还没死吧?亚明我来看你啦!康老久这才晓得,亚明来了。

香铺人都记得那天的场面。当时,亚明一见康老久开门出来,上去就把康老久紧紧抱住,不顾周围人的围观,呜呜大哭,边哭边说,老久伯啊老久伯,我宁亚明有今天,都是你这个老不死的逼出来的啊!老久伯啊老久伯,我太爱你了,我爱死你了!说罢,便在康老久胡子拉碴的老脸上亲了两口。

香铺人都说亚明变了,口音变了,模样变了,性格也变了,简直脱胎换骨变了一个人。宁歪嘴两口子当然最高兴,见人就发糖散烟,宁歪嘴的嘴也周正了许多。宁万三跟在宁歪嘴后头,追着问亚明怎么混出来这么大名堂。宁歪嘴摇头说不晓得,全是伢的命,全是伢的运!

亚明怎么混出这么大名堂,宁歪嘴确实不晓得,全香铺也只有亚明自己晓得。当初,亚明被康老久逼出香铺时就下了狠心,不混出个名堂不回来。本来,亚明先到东北去找昔日女友红红,偏偏红红已经嫁人去了国外。亚明在东北浪荡了几日,口袋里没钱,又没脸回香铺,情急之下,只好投靠大学室友冯石。冯家在东北开公司,专做俄罗斯的边贸生意,冯石在公司做副总,于是就介绍亚明到自家的公司上班。亚明心里憋着一股劲,又有同学罩着,很快在公司干出成绩。正巧冯家的公司要在俄罗斯开设分公司,亚明毛遂自荐,冯家任人唯贤,于是把亚明派到俄罗斯。毕竟受过高等教育,脑瓜又灵光,亚明在俄罗斯分公司干得风生水起,业绩出众。冯家见他是个人才,为了留住他,给他股份以资激励。亚明不忘知遇之恩,投桃报李,更加努力。正所谓越努力越幸运,亚明在俄罗斯遇到了当地的客户安娜。二人年龄相当,都是单身,渐渐由业务往来,发展成跨国恋爱。安娜父母开明,对亚明也有好感,加之羡慕中国的发展,自然支持他们恋爱。于是,当年香铺的浑蛋小子,一下子成了俄罗斯姑娘的如意郎君了。其实,亚明早就谋划衣锦还乡,只是工作太忙,无法分身。正好北京举办奥运会,安娜一直吵着要来看,亚明觉得机会难得,一是满足安娜看北京奥运的愿望,二是借机回香铺办个婚礼,也算一举两得。

亚明浪子回头事业有成,如今又结婚成家,宁歪嘴两口子高兴,把多年的积蓄都拿出来给亚明办婚礼。亚明根本看不上那点小钱,自己掏钱,自己操办。宁歪嘴两口子省钱又省心,更是高兴,其他不插嘴,只建议婚礼按照香铺的规矩办,不让人说闲话。这个要求并不过分,亚明自然答应了。

一番权衡之后,亚明决定婚礼在春花的大酒楼举行。头几天,亚明找到春花和春风,一起商量婚宴的菜肴。春风根据亚明的要求,拿出两套方案,一是纯正中餐,一是中西合璧。亚明本想选中西合璧,但安娜要见识一下中国的饮食文化,亚明当然想让安娜高兴,选定纯正中餐,这事就算定下了。

亚明的婚礼如期举行。有钱又用心,喜事自然办得热闹。按规矩,宁歪嘴两口子把香铺的老老少少都请来喝喜酒,一个都不能少,就连柳丽也从外地赶回来参加了。因为亚明娶了俄罗斯的老婆,这在香铺是头一个,有人打电话给电视台,电视台专门派记者前来报道。亚明在外闯荡多年,见过世面,面对镜头意气风发,谈吐自然,时不时还冒出一两句俄语,舌头像滚水烫着似的不停地打滚。安娜穿着中式嫁衣,一身大红,更显得皮白肉嫩,冲着镜头用中文连说几句"我爱中国,我爱亚明!"。当然,一对新人当众亲嘴也是少不了的环节。只是安娜和亚明亲嘴亲得太投入,引起康老久和宁万三等一帮老家伙的不满。宁歪嘴一直躲着不想上镜头,却被记者堵在走廊里,红着老脸咧着歪嘴,冲着镜头死笑,一句话也不说。

本来,春花私下跟记者沟通好了,专门采访一下春风,让他解释婚宴上一道"龙凤呈祥"大菜的含义,借机宣传一下酒楼,扩大一下影响。没承想春风搞死不干,决不抛头露面。春花劝半天无效,有心想自己亲自上,又怕说不好菜里的名堂,反而弄巧成拙,急得只好拉柳丽去劝春风。因为春花晓得,春风和柳丽近来打得火热,柳丽的话春风一定会听。

柳丽晓得春花的意思,也不扭捏,直接去后厨找到春风,问他这么好的事,为什么不愿意。春风黑着脸,还是那句话,不想抛头露面。柳丽说,你春风又不是十七八岁的小姑娘,对着镜头说几句,难道还能掉块肉?春风苦笑,说,就我这身份,还是不露面的好!柳丽当下明白春风的意思,自知人生有过污点,觉得没脸示人,所以才不愿接受采访。柳丽说,跟你说过多少回,人生漫长,哪个还不犯错?错归错,改了就好!往后做生意开酒楼,你总不能一辈子都躲着!春风叹口气,说,我就这命!柳丽急了,拉了一下春风,说,春风,是男人就把腰杆挺起来!春风下意识地挺了挺腰,头却低下来。柳丽说,春风,我陪着你,你敢不敢?!春风一愣,又是苦笑。柳丽突然温柔地说,我想在电视里看看,我和你站在一起是什么样子!春风擦了一把汗,疑惑半天,说,真的?柳丽说,我跟你说过假话吗?!春风定定地看着柳丽,柳丽又拉他一下。春风一咬牙,说,走!

在第二天电视台的民生新闻里,香铺人看到了一身厨师服装的春风,在他的旁边站着柳丽。春风显得有点拘谨,老是用手扶高高的帽子,好像不扶马上就会掉下来似的。好在,春风话说得倒还流利,把酒楼名菜"龙凤呈祥"的含义解释得很有意思。柳丽在旁边注视着春风,春风怕是能感觉到,后背像进了稻糠似的,时不时扭一扭身子。宁万三陪大铃铛一起看了,很是满意,说,春风随我,在电视里比真人好看!大铃铛说,柳丽也是,平时看着三十多了,电视上一看,也就二十七八。宁万三点头表示同意,大铃铛接着说,你看你看,柳丽和春风站在一起,好般配!宁万三没吭声,叹了一口气。

亚明和安娜结婚之后,香铺人的话题渐渐转移,从亚明和安娜新婚过渡到春风和柳丽重归于好。有人说电视上柳丽看春风的眼神火辣辣的,比安娜看亚明的眼神还给力。有人说,柳丽和春风是老关系,老灶底子焖旺火,热火起来自然嘛!还有人说,春风已不是过去的春风,那是大酒楼的名厨,柳丽也不是过去的柳丽,那是三十多岁的老姑娘。过去不般配,现在般配了!更有人说,你们光说那些都没用,我亲眼所见,三更半夜,春风陪着柳丽从食品厂回香铺,肩并肩,手拉手。前后好几回,回回都是。

在香铺住了半个月,安娜喜欢上中餐,三天两头由亚明陪着到酒楼,一来二去,跟春风混熟了,要拜春风为师,学做中国菜。本来春风以为安娜开玩笑,一笑了之。没承想安娜认真了,一天跑来三趟,备了礼物前来拜师。如此一来,春风为难了。

这天,正好酒楼召开股东会,王健森和柳丽都在。春风就把安娜拜师的事说了。春风的意思是,他之所以为难,不是不愿传授手艺,而是安娜是个外国人,又是亚明的老婆,实在不方便。不过,真要收下也可以,毕竟可以借机宣传一下酒楼。至于收不收,希望听听各位股东的意见。王健森和春花的意见一致,觉得这是一个宣传酒楼的好机会,支持春风收下安娜这个洋徒弟。没想到柳丽支支吾吾,就是不同意。

春花说,柳丽,你不会是怕春风被安娜迷住了吧?

柳丽拍了春花一下,说,去去去!我才没那么小气。话又说回来,他被人迷住,跟我有什么关系?

春花说,柳丽啊柳丽,事到如今你还嘴硬,你要是非说跟你没关系,回头我托亚明给春风买个俄罗斯老婆回来,到时候你可别来找我麻烦!

柳丽被说得脸红了,又拍了一下春花。春风也不好意思,装着倒茶,赶紧走开。

王健森放声大笑,笑过之后,说,春花啊春花,你这个大姑子太不够意思,你要是敢买个弟媳妇回来,柳丽不找你麻烦,我也饶不了你,不然,我在同学那里可不好交代!

柳丽这下更急了,端起茶杯要泼王健森。没承想正好春风过来续水,一下子全泼在春风身上,又惹得王健森和春花一阵大笑。柳丽当场尴尬得不行。王健森适可而止,忙把话题拉回来。

柳丽说,依我看,收安娜这个徒弟不如跟亚明谈合作,一起在俄罗斯开个分店,这也是海外扩张嘛!

春风第一个举手说同意。王健森和春花也觉得好。意见达成一致,春花当仁不让,把跟亚明谈判的事揽下来。

春花没有料到,和亚明的谈判非常顺利。亚明信心十足,认为中餐在俄罗斯大有前途。安娜当然也高兴,不当徒弟当老板娘,等于天上掉下个大馅饼。因为双方都有诚意,相关合作细节一一敲定,决定在酒楼举行一个签约仪式。柳丽做营销多年,时刻不忘宣传的机会,联系了报社的记者朋友前来现场见证,宣传报道,扩大影响。

合作协议签字的日子亚明定在他和安娜离开香铺的前一天。这一天恰好是春花的生日,算是喜上加喜。一大早,春花特意把自己打扮得喜气洋洋,从头到脚换了一身新,平时难得上身的首饰也都派上用场。一到酒楼,春花便和小艳一起安排签约仪式,大到场地布置,小到签字笔摆放,一样都不马虎。因为王健森临时出差,签约仪式委托春花和柳丽操作。柳丽早早来到,把合作协议反复看了两遍,确定无误,这才放心。

时间一到,亚明和安娜如时到来,双方坐定,仪式开始。就在这时候,小艳突然慌慌张张跑进来,跟春花耳语一番。春花的脸色顿时大变,跟柳丽匆匆交代几句,急忙跟着小艳出来了。

那天,打扮得花枝招展的春花,无论如何都没想到,两个警察会突然出现在面前,更没想到的是,警察上门是找康康,找康康是为了那件宝贝——"璜"。

上次,省文物局的沈教授和市文管办的崔处长专程一起来看那件璜,却扑了个空。春花虽然气得不行,把康康揍了一顿,还是没有问出璜的下落,康康小嘴死硬,一口咬定搞丢了,丢在哪里不晓得。沈教授和崔处长无奈,只好无功而返。按理说,这件事到此就算暂告一段落。可问题是,近日市公安局破获一起盗卖文物大案,据犯罪嫌疑人交代,他潜入脂城本来是为了购买一枚新石器时期文物"璜",已与境外买家联系好,得手便可交易,不曾想中途被捉。警方把这一信息通报省文物局,沈教授怀疑犯罪嫌疑人所说的"璜"正是他们要找的"璜"。为了不让这件宝贵文物流失,警方马上收集线索,全力侦破。在众多线索中,有一条特别重要,那枚璜在一个文物贩子手中,但这个文物贩子身份不明。因此来找康康协助调查。

春花听罢,顿时气得花枝乱颤,要是康康在面前少不了又要挨一顿饱揍。警察安慰春花一番,春花稍稍平静,马上带着警察去学校找康康。康康刚刚做完课间操,正跟李紫薇炫耀妈妈今天过生日的事,听老师说妈妈找他,以为是来接他赴生日宴,蹦蹦跳跳地跑出校门,没等跑到近前,见春花身后站着两个警察,掉头就跑。春花马上就明白,这小子一定有事瞒着,气得她顾不上体面,脱下高跟鞋,一阵狂奔,在绿化带上将康康捉住,不由分说一通猛揍。幸亏警察及时赶来将春花拉开,不然怕是康康的小屁股非肿成暄馒头不可。

49. 初雪

  日子飞快。柳丽和春风结婚的时候,已是冬天。

  早在夏天,柳丽和春风就商量好,他们结婚不定喜日子,也不办婚礼。只要当年头一场雪来了,他们就去登记结婚,当晚就入洞房。说是商量,其实是柳丽的主意,春风觉得挺好,自然服从。说起来,柳丽和春风都是三十大几的人了,过了贪图风光的年纪,办不办婚礼都看得开。婚姻跟婚礼关系不大,心里有对方,比再豪华的婚礼都实在。婚礼是别人眼里的一时风光,婚姻是两个人一辈子的用心守护。这话是柳丽说的,春风赞同。

  也许是老天眷顾,香铺今年的初雪来得特别早。冬至前一天,西北风呼呼地刮了一天一夜,把香铺四周开发商的广告牌都刮倒了。后半夜,雪花开始飘,天没亮,香铺便一地洁白。春风起来小解,隔窗看到下雪,二话不说,穿上衣服就朝康跃进家的老屋跑,来到门前正要敲门,门却突然开了。

  柳丽早已收拾妥当,等在那里了。

  春风指着天空,兴奋得像个伢们,喊道,下雪了!下雪了!

  柳丽歪着头笑,跑出门去抱住春风,把脸贴在春风的胸口上。

  春风一下子把柳丽抱住,原地转了几圈,轻轻放下,突然放声大哭,边哭边喊,老天爷啊,下雪了!下雪了!

  声音很大,仿佛惊了雪花,落在两个人的身上,转眼就化了。

  那个初雪的清晨,香铺青石老街出现两行脚印,一大一小,一浅一深,一直靠得很近。从老牌坊那里看去,像是两条缠绵的线绕在一起。

柳丽和春风手挽手去办结婚证,一路雪花相伴,倒是不会寂寞。算起来,前前后后十年,曲曲折折,两个人的心终于走到一起,实在不易。一路上,两个人都不说话。不是无话可说,是说什么都不如不说,说什么都不能表达此时此刻的心情。来到十字路口,柳丽突然像个孩子,在雪地上画了两颗心,春风弯下腰,在两颗心上画了一条线,线打了一个结。不知是手抖,还是手笨,那个结画得有点像灯泡。两个人相视而笑,便手拉着手跑开了。

在雷公湖街道办好结婚证,一出门,商量好似的,两个人一起拿出手机关机,然后一起朝大湖方向走。一路走一路看,都不说话,都明白对方在想什么。毕竟雪小,大湖的雪景略显单调,然而在两个人的眼里如同仙境,别有情调。两个人沿着湖堤,静静地走啊走,不觉得累,也不觉得冷。走到荷叶洲时,看见雷公庙瓦檐上雪白一片。柳丽说话了。柳丽说,我想去烧香。春风一听,便拉着她去。柳丽一共买了三炷香,一炷为她和春风,一炷为父母,一炷为小杨总。柳丽的心思,春风当然不晓得,不过柳丽不说,春风也不问。春风晓得,柳丽所做的一切,都有她的道理。

从大湖往回走已是傍晚时分,雪还在下。走过滨湖世纪城的超市时,柳丽拉着春风进去。春风以为柳丽会狂购,推着购物车跟在柳丽后面,一声不吭。没承想柳丽只买了三支红蜡烛,就拉着春风出来了。结账时,柳丽突然想起什么,赶紧跑回去,半天才回来,高兴得不得了。春风一看,柳丽拿着一把绢制桃花。桃花朵朵,艳得耀眼,免不了有几分俗气。没等春风问,柳丽说,桃花辟邪!

回到香铺,夜色已浓。柳丽拉着春风的手,一直朝家走。柳丽的家就在康家老屋。买下康家老屋后,柳丽请人整修过一回,修旧如旧,看上去还是原来的模样,只是整洁亮堂不少。春风过去送柳丽回来,进来看过,屋里的陈设和一般人家相比,除了西屋靠墙多了一排高大的书架,并无太大区别。无论怎么看,柳丽如今都算有钱人,至少比香铺人有钱。生活之所以如此清淡,怕是正合她的心情。春风相信是这样。

春风把柳丽送回家,手机不停地响,都是春花打来的,怕是催他到酒楼上班。柳丽没拦他,叮嘱早点回来。春风点点头,老夫老妻似的说声走了,便冒雪出门了。

自从酒楼走上正轨,春风带了几个徒弟,除了几样大菜没教,平常的菜品都已传授,即便春风不在,徒弟们也能应付。不过,春风一般都在后厨盯着,不然不放心。在劳改农场待了几年,春风养成很多习惯,习惯规律生活,习惯多听少说,习惯周围有人,习惯空间狭小,习惯听人吩咐,习惯凡事报告,包括上厕所。因为这些习惯,闹了不少笑话。有一回,春风正教徒弟们做菜,突然内急,马上立正,说,报告,我要站厕所!

来到酒楼,春风直接从后门进后厨。这也是习惯。春风刚刚换上工作服,小艳火急火燎地来了,拉起春风就走,说春花找他有急事。春风不敢怠慢,赶紧来到春花的办公室。春风一进门就看见两个警察,他条件反射,说,报告!警察不了解情况,被搞得一头雾水。春花知道春风落下的毛病,马上笑着说,我这弟弟,自小就喜欢开玩笑!警察上来跟春风握手,春风的手一直在抖。春花怕春风又犯毛病,拉他坐在自己身边。

警察来酒楼,还是跟康康捡到的那枚璜有关。不过,这回跟康康没有关系。上次,康康挨了春花一顿饱揍之后,已跟警察交代清楚。原来,康康吹牛要给李紫薇一个金贝壳之后,班上同学一直说他吹牛,搞得康康没面子,李紫薇也没面子。李紫薇一生气就不理康康。康康受不了这个,索性就把脖子上戴的璜给李紫薇押着,说定等找到金贝壳再换回来。李紫薇收了信物,这才和康康和好。问题是,李紫薇哪里晓得这宝贝重要,有一回嘴馋,身上没钱,就把这个宝贝押在小区门口的小摊上,小摊主也不晓得这东西宝贵,随便装在口袋里。有一天早上,小摊主路过香铺,看见齐刚在卖小笼包,过去买早点,一掏口袋没零钱,只有两张一百的钞票,钞票里裹着那个东西,齐刚眼尖,看见那东西,说,老板,你那大票子我找不开,不如拿那东西换吧,我喜欢这些破破烂烂。小摊主想也没想,就把那东西给了齐刚。说到齐刚,警察进一步揭秘。原来,齐刚两口子是以卖小笼包为掩护,私下干倒卖文物的勾当。据齐刚自己交代,齐刚是他的假名,他的真名叫陈家林,原为福建某市文化局局长,因好赌成性,被撤职查办,之后漂泊到缅甸一带赌石,算他走运,挣了钱后,又干上文物贩卖。他和沙小红也不是原配夫妻,是半路结识,结婚证是花两百元钱办的假证。

话说齐刚拿到那枚璜后,晓得这东西宝贝,马上和福建老家的文物贩子取得联系,要求文物贩子到脂城来交接。没料到那个文物贩子被捉住,警方根据他提供的线索,层层排查,终于将齐刚抓获。但是,齐刚狡猾,为了安全,把那宝贝藏在宁家院子一只咸菜坛子里。可是警方押着齐刚去宁家寻找时,那个咸菜坛子不在。宁万三说可能是春风把咸菜带到酒楼去了,所以才来找春风配合。

春风听警方说配合,马上站起来,笔直立正,说保证配合。事实上,那个咸菜坛子确实让春风拿到酒楼了,但春风并不晓得齐刚将宝贝藏在那里头。每年秋天,春风都要亲手腌制一坛酸菜,压上几块湖底石,腌制到来年春天,吊汤时榨汁加入,提鲜丰味。这也是谢家菜的秘密之一,至今没有教给徒弟们。前天,天气突然变冷,春风怕冻炸坛子,坏了酸菜,便带到酒楼藏起来备用了。

在警方的监督下,春风从一堆坛坛罐罐中找出那只咸菜坛,从中捞出那枚六千年前的宝贝,恭恭敬敬交到警方手中。这个过程其实并不复杂,但是春风却像扛了半天石头,出了一身汗。警察临走时,又跟春风握手,对他的积极配合表示感谢。春风马上立正,一切听政府指示。警察笑了,说,兄弟,你当大厨好可惜,要是演小品,搞不好能撑上陈佩斯!

那天晚上,春风本来可以早一点离开酒楼,可是春花不让他走,说还有事要谈。春花看上去比平常严肃,眉头皱着,眼神硬硬的。春风就晓得春花一定有事,只好等,趁空给柳丽发短信,还是老夫老妻似的,四个字:"加班迟回。"柳丽回短信更节约:"等你。"本来,春风想告诉春花他和柳丽办结婚证的事。春花一直没给他这个机会,不是哇啦哇啦打手机,就是吆东喝西,一众的服务员被春花吓得都不敢吭声,就连小艳也收着性子,看春花眼色。

酒楼打烊已过十一点,春花这才喊上春风一起出门走走。春风晓得春花说走走,其实是谈事,于是便乖乖地跟着。果然,春花和春风刚走到街拐角僻静处,春花一把把春风抱住,嗷嗷地哭起来。春风晓得姐姐的性格,由着她哭,哭完了才会说事。春花哭够了,把事情一五一十地说了。

春花说向阳出轨了,跟小芸。按春花所说,向阳和小芸的关系肯定到那地步了,因为春花偷偷看了向阳的手机短信,内容都是歌词,她一句月亮代表我的心,他回一句春花秋月何时了;她来一句女人花开放在风中,他回一句我是一只小小鸟。如此等等,好几十条。问题是,向阳死不承认,昨个夜里,两口子大干一场,春花下手重,把向阳的脸抓烂了。春花说,我跟他离!

春风听完一点也不吃惊。春花说,你不觉得奇怪吗?春风说,不觉得。春花说,你不觉得向阳过分吗?春风说,可以理解。春花说,向阳干这种不要脸的事,你还理解?春风说,非常理解。春花给了春风一拳,说,你到底屁股坐在哪一边?春风说,我坐在理这边。春花说,滚!春风说,姐,你得好好想想,向阳为什么出轨?春花说,这还用想?他不要脸!春风摇头说,你也有责任!春花又给春风一拳,说,放屁!他出轨,怎么我有责任!春风说,男人出轨,大多是因为女人轨道出了问题!春花说,春风,你脑瓜坏了,你说这话什么意思?春风说,婚姻就像开火车,男人是火车只管跑,女人是轨道,轨道通向哪,火车跑到哪,中途火车突然出轨,能是火车的责任吗?春花愣了愣,说,这话好像柳丽说的。春风说,就是柳丽说的。春花叹口气,说,嗒!不管什么火车轨道的,这回非跟他离,不然出不了这口气!春风说,姐,你要是为了出气离婚,那就更有问题,等于你把火车让给别人,一车的货也不要了,划不来!春花说,嗒!他有什么货?!春风说,十几年的感情,一个男人的心,关键还有康康!春花一下子闷了,半天才说,春风,你说我到底怎么办嘛!

春风拉着春花回家,向阳刚把康康哄睡下。春风一看,向阳的脸果然被抓烂了,横几道竖几道,跟红格子呢似的。春风跟向阳一直谈得来,平时既当姐夫也当朋友,说话也不见外。春风说,姐夫,你的脸是不是我姐抓的?向阳翻了春花一眼,没好气地说,不是她是哪个?春风说,为什么嘛!

向阳说,她说我出轨！春风说,跟哪个？向阳说,小芸！春风说,那得有证据嘛。向阳把手机往桌上一扔,说,短信,你看看就晓得了。春风看了一眼,确实如春花所说,好几十条往来的歌词,有点好奇,说,你们搞这么多歌词干什么？向阳说,小芸一直在相对象,相了好几个都没成。最近,有人介绍她参加电视台的相亲节目,上节目要展示才艺,小芸只会唱几首歌,就让我帮忙,陪她练一练歌词,你说这个忙能不帮吗？春花说,帮忙可以,得有限度！向阳说,小芸在饭店干得不错,又救过康康,我对她好一点不过分吧？春风,你来评评理,就凭这些歌词,怎么非要说我出轨了？春花往前一冲,说,这不是出轨,难道非要等翻车啊？春风马上插在二人中间,说,听我说几句好不好？两口子回身坐下。春风说,你们两个结婚多少年了？向阳说,十年出头了。春风说,你们太幸福了！春花说,什么意思你？春风说,我三十多岁,到现在还没尝过结婚的滋味啊！姐夫,姐,你们要是想离就离吧。反正我要结婚,不然白活一辈子！春花以为春风惹事了,说,春风,你和柳丽不会又出问题了吧？春风说,我们今天领了结婚证,说好今晚入洞房,你们两口子这一闹,我也觉得没意思了！春花一听,大吃一惊,说,春风,这么大的事,你怎么不跟姐说？春风说,你也没给我机会说！向阳挽起袖子,说,大喜事啊,我亲自操办！春花照向阳屁股踢一脚,说,我们宁家的事,不要你管！向阳捂着屁股,说,康康舅舅的事,我必须管！春花气得扑哧一声笑起来。

正在这时,康康迷迷糊糊地跑出来,揉着眼睛说,妈妈,我做梦了,梦到老祖宗了！春花搂过康康,说,梦都是假的,哪有老祖宗？康康说,不对不对！老祖宗说,那个宝贝找到了！

春花看了看春风,春风看了看向阳,三个人一下子呆住了。

雪还在下。春风披着一身雪花回到柳丽那里已是凌晨。柳丽一直在等他。春风没有说因为春花和向阳打架的事耽误,柳丽也没问原因。两个人像老夫老妻,一个说声回来了,一个说声辛苦了,然而相视一笑,心里全明白了。

春风洗漱好了出来,屋内的灯全关了,三支红蜡烛已经点起,映得老屋像寺庙似的。柳丽盘起了头发,拉起春风,对着那把绢制的桃花三鞠躬。春风不晓得什么意思,也不去问,只是跟着做。之后,柳丽拿起那把绢制的桃花,有意无意地给了春风一个解释,意思是小杨总一生见过的唯一一次桃花雪是在香铺。小杨总一直想参加柳丽的婚礼,柳丽也答应过,遗憾的是终未如愿。现在这把桃花摆在这里,就代表小杨总参加了婚礼,柳丽也算兑现了承诺。

春风突然有些感动,说,那就把桃花摆在这里吧。

柳丽摇摇头,羞涩地说,婚礼结束,现在我们要入洞房了!

说完,把那把桃花摆在窗外,然后将窗帘轻轻拉上。

50. 辣椒

康宁博士曾发表过多篇文章,回忆爷爷康老久的晚年生活,多次提及鸽子与鸽子棚。在一篇文章中,康宁博士把爷爷康老久的鸽子棚描述为香铺最后人文风景,一座与都市文明抗衡的坚固堡垒。如此评价显然带有感情色彩,不过却道出了一个事实:康老久的鸽子棚确实存在,对康老久来说,确实重要。

康老久的鸽子棚搭在自家二楼屋顶,上下两层,铁丝网围着,左右各开一扇门。孙和平一向孝顺,给他买来十二只鸽子,两个品种,纯白和瓦灰各六只。每天早上,康老久起来头一件事,爬上屋顶喂鸽子,一坐就是半天。鸽子吃饱,康老久把棚门打开。鸽子扑棱棱地飞出去,康老久伸着颈子,目送鸽子远去,直到望不见才罢。

香铺地上的人少了,天空中热闹了。这是鸽子的功劳。康老久越来越喜欢热闹,换句话说,越来越怕寂寞了。

自从向阳一家和红梅一家搬到滨湖世纪城之后,康家院子空了。其实,如今在香铺,空下来的不止一家两家。大多数年轻人或因孩子上学或因上班方便,纷纷搬走,房子出租,留下一帮老家伙坐镇收房租。宁万三开玩笑说,香铺成了老人铺,想一想也不过分。曾经来过好多人要租康老久家的房子,出价也不错,康老久坚决不租。向阳一家的房间、红梅一家的房间都原样保持不动,康老久每天打扫,也是一个乐趣。

康康上中学了。春花望子成龙,把康康送到一所寄宿学校,说是贵族学校，双语教学，花钱是免不了的，不过免了接送的麻烦。六六刚上小学，因为是女孩，红梅把她婆婆接来带六六，生活起来方便。两个孩子都不要康老久操心，康老久一下子有点不适应，又想起自己的老本行，打起种菜的主意。如今，院子空了，康老久索性沿围墙开出一个小菜园，虽说不大，却能过过瘾，三翻两晒之后，再施上鸽子粪，小菜园看上去很像回事。康老久专门跑了一趟南七，买回二十根辣椒苗二十根茄子苗，回来用心栽上，心里便有盼头了。毕竟是种菜的老把式，辣椒、茄子长势喜人，康老久喜欢得要命，一天欣赏几回。红梅来给康老久送酒，想摘几个回去尝尝鲜，康老久死活不给。

小菜园里的活毕竟不多，一闲下来，康老久就心里发慌。本来红梅商店已经关张，康老久又把店开起来，改名叫"老久商店"，经营烟酒日杂，小打小闹，不图赚钱，权当解闷。生意小了，商店的场子显得空，康老久摆了几张小方桌，香铺的一帮老家伙没事就来，喝茶打牌。宁万三也来。康老久有言在先，在这里打牌，茶水免费，只是不许赌钱，大小都不行。康老久一辈子不赌钱，不是不会，麻将牌九扑克样样精通，就是不喜欢。康老久说，嗒！再好的人，往赌桌前一坐就不是人了！宁万三打牌喜欢搞点刺激，悄悄小赌，有一回被人揭发，康老久上去就把桌子掀了。

从那以后，宁万三还来打牌，再不敢当面赌钱。一帮老家伙打牌，不赌钱精神尤其放松，废话因此也就多了。香铺的话题中心渐渐从老牌坊转移到老久商店。新闻旧闻，只要能插上嘴，就都说几句，从早到晚，热闹得很。有段时间，话题集中在酒楼的俄罗斯分店上。这件事跟宁万三有关。宁万三话语权在握，少不了吹一通，说酒楼分店开在莫斯科红场旁边，推开窗子就能看见克里姆林宫，还说俄罗斯政府对酒楼分店非常重视，开业的时候普京要去剪彩，如此等等。好在宁歪嘴嘴歪，不爱说话，从不提亚明和春花合作的事。宁万三吹得更是放心，至于听者相信不相信，各自心里有数。

事实上，酒楼的俄罗斯分店开业和柳丽临产，几乎一前一后，前脚跟后脚的事。这时候已是又一年的秋天了。

酒楼的俄罗斯分店从筹备到开业，时间拖得长一些，投资稍稍增加一些,基本还算顺利。这一点亚明和春花都还满意。王健森认为投资就要承担风险,关键是风险评估,俄罗斯分店项目的风险在可控范围,算是成功。柳丽怀孕后,妊娠反应强烈,又是高龄孕妇,懒得操心,况且有春风在,她也放心,自然无话可说。

柳丽不想操酒楼的心,还有另外一个原因。食品厂的事她必须操心,因为没有其他人可以代替。食品厂"内讧"问题,经过几年的发酵,终于得到妥善解决。范林不愧是从政府下海的老手,先隐忍后发力,终将对手联盟各个击破,一一瓦解,稳稳地将食品厂控制在手中。当然,有这个结果,范林要感谢柳丽。范林说柳丽不仅是小杨总的贵人,还是他范林的贵人,因此让她出任副董事长兼总经理,并着手收购周边两家小食品企业,成立集团,力争尽快上市,走进资本市场。柳丽知恩图报,自然全力以赴。也许正如范林所说,拜小杨总保佑,食品厂这几年路子越走越顺,想做什么就做什么,做什么成什么。柳丽也觉得是这样,不然无法解释。由于资金和技术准备充足,又有开发区政策的支持,收购兼并一路绿灯,集团成立后,随即筹备上市。本来打算上 A 股,中途出些岔子,转到新加坡上市,一举成功。从此,食品厂又创一个纪录,成为开发区第一个上市的食品企业。

按理说,企业发展的前景如此美好,柳丽个人的前景自然如画。然而,步入资本市场后,范林的作风大变,柳丽越来越跟不上他的思维,总是对不上点。柳丽不是能将就的人,在有些问题上不会妥协,于是二人产生矛盾。人总是会变的,柳丽发现,范林的变化有点特别,特别之处在于时刻都要有对手,不管内部还是外部,不然他就不能兴奋,就找不到存在感。对于范林来说,外部对手是国内外的竞争企业,内部对手自然就是她柳丽了。这时候,柳丽已经怀孕,前思后想,得出结论,腹中的宝贝才是她最大的事业,于是选择退出。

柳丽承认,范林是个好人,但不是每一个好人都适合合作。柳丽决心已定,借口也有,毕竟是高龄产妇,又是头胎,不能马虎,一心不能二用,占着位置会影响企业发展。这些理由听起来冠冕堂皇,范林想必明白这不过是借口,套路都懂,只是心照不宣而已。同样是套路,范林表示极力挽留,柳丽再三谢绝,如此三番之后,范林答应柳丽的要求,柳丽除保留上市公司的部分股份外,拿到一笔补偿金,清清爽爽,离开食品厂。

按说,有了这笔钱,柳丽可以安心过日子了。可是,柳丽总觉得心神不安,总觉得小杨总在看着自己,她不想动那笔钱。有一天,脂城大学 EMBA 同学聚会,议论最多的是年轻人创业的话题,柳丽就动了心思,向王健森咨询成立创业基金的事。王健森是投资业界的行家,三言两语便说明白了。于是,在王健森的帮助下,柳丽用那笔补偿金成立了"小白杨创业基金",专门支持年轻人创业。

所有这些忙完,柳丽的肚皮也鼓起来了。无论对个人或家庭,这一切都是大事,按理说应该跟春风商量,但是柳丽没有商量,等事情办妥后才跟春风说,说得轻描淡写。春风听后一笑,也轻描淡写地说,不工作不受累,往后我养着你和宝宝!简单一句话,柳丽听罢,感动得眼泪下来了。

柳丽的肚子越来越大,像扣了一口锅,低头看不见脚,走路要扶着腰。大铃铛摸过几回柳丽的肚子,一口咬定是双胞胎,是不是龙凤胎不敢肯定。宁万三为此高兴得要死,要不是怕心脏搭桥塌了,非得好好喝几杯不可。不过,宁万三不喝酒,也有办法传递快乐,跟那帮老家伙在一起,张口闭口说的都是孙子孙女的事。康老久不爱听,却不好顶嘴,只好远远躲开。

柳丽闲在家里养胎,无聊的时候便出来在香铺走一走。对于柳丽来说,香铺有多重要,只有柳丽自己晓得。不过,柳丽也想让肚子里的宝宝晓得,一边走一边进行"胎教",这是什么树,那是什么花,前面是哪户,后头是谁家,走到哪说到哪,跟个导游似的。至于肚子里的宝宝是不是听得明白,她且不管了。

从康家老屋到康老久家隔着两三个院子,柳丽扶腰捧肚,走走停停,停停走走,不多时就到了。柳丽之所以到康老久家来,是因为辣椒。往常,柳丽不敢吃辣椒,怕脸上长疙瘩,怀孕后特别想吃,无辣不欢。虽说医生一再叮嘱少吃刺激性食物,可柳丽还是忍不住,一想到辣椒就流口水。春风心疼孩子,更心疼柳丽,不想让柳丽嘴上受委屈,从酒楼带回好多辣椒,各式各样,柳丽尝了都不满意。其实,柳丽最想吃小时候在乡下从菜地里刚摘的辣椒,凉拌或炒菜,香得刻骨,辣得过瘾。不过她没跟春风说,怕给春风添麻烦。有一回,柳丽听说康老久在院子里开了小菜园,就想去参观参观,学习学习,回来自己种辣椒。都说女人怀孕就变蠢,柳丽不晓得自己是不是,反正不到康老久的小菜园去看看,心里总是过不去,着了魔似的。

  柳丽来到康老久家的时候,已是傍晚。在老久商店打牌的老家伙们已经散去,康老久正在给菜园浇水。柳丽一进院门,先喊了一声康叔。康老久一看柳丽挺着大肚子,便要给她拿板凳。柳丽不要,直直走到小菜园前看。这时候,小菜园的辣椒已红半截,夕阳一照更是可爱。柳丽看着看着,忍不住伸手摸了摸辣椒,又揩了揩嘴角。康老久看在眼里,心里有数,转身找来一只竹篮递给柳丽。柳丽不好意思,笑着摇头。康老久说,摘吧!入秋了,这是最后一茬辣椒喽!柳丽还是不好意思,抚着大肚子憨笑。康老久弯下腰,挑又大又红的辣椒,摘了半篮子,递给柳丽。柳丽的脸有点发烧,侧身躲着不要。康老久笑了,说,伢哩,喜欢吃就吃,晓得吧!柳丽好感动,一下子想起她死去的父亲,顿时眼泪直涌,接过篮子,竟忘了说声谢谢。康老久送柳丽到门口,突然说,柳丽,谢谢你。柳丽笑问,谢我什么?康老久说,谢谢你没有拆康家老屋!柳丽说,康叔放心,有我在,康家老屋永远是康家老屋!

  那天晚上,柳丽挺着大肚子亲自下厨,打算按照小时候的吃法,做两盘菜,一盘辣椒炒干丝,一盘辣椒炒鸡蛋。毕竟下厨不多,手艺一般,身子又不方便,柳丽一上灶台手忙脚乱。灶火太旺,辣椒一下锅,又辣又呛,搞得咳嗽不止,眼泪直淌。不过,香味正宗,菜没出锅,口水早已泛滥了。有这两个菜,柳丽一口气吃了三碗饭,要不是想留一点给春风尝尝,恨不得把盘子底也舔了。

51. 玛特罗什卡

廖彬"倒板"了,或者说破产了。

这个消息是春花告诉柳丽的。廖彬过去在春花饭店消费,打了好多白条。向阳碍于面子,一直打电话催讨。廖彬总有理由,不是出差在外,就是忙得走不开,总之一直拖欠。春花晓得向阳拉不下脸,亲自上阵,不打招呼上门讨账,没料到廖彬的公司门上贴着封条,手机成了空号,到隔壁一打听,才晓得廖彬跑路了。不久,电视里出现廖彬"跑路"的新闻。虽说新闻里使用的是"廖某",柳丽还是认定就是廖彬。何况新闻里还曝光了"廖某"的历史,点明"廖某"是丽达公司的前总经理。

柳丽确认廖彬出事的时候,春风不在身边。俄罗斯分店即将开业,亚明要求春风带两个徒弟前去试菜。这一条是合作协议中的约定,春风必须履约。本来,柳丽即将临产,春风不想去也不能去。柳丽说协议里写着,不去就是违约,做生意不能没信用,便催春风快去快回。按照行前的计划,春风在那边忙完就走,刚好能赶在柳丽临产之前回来。可是春风去后,俄罗斯大雪不停,开业一拖再拖。春风等不了,急着要走,亚明又是求又是劝,最后把协议都拿出来了。春风打电话回来,柳丽晓得他急,劝他既去了就安心把事办好,家里有春花帮忙照应,不必担心。春风无奈,只好如此。

距预产期还有一个礼拜,柳丽提前约好了医院产房,春花也备齐了应用物品。可是,就在看到廖彬出事的电视新闻的那天夜里,柳丽突然肚子疼得受不了,赶紧打电话给春花,春花找来120,马上送柳丽去医院。医生考虑柳丽是高龄产妇,又是头胎,征求本人意见后,实施剖腹产。好在有惊无险,母子平安。

正如大铃铛所预言,柳丽生了双胞胎,还是龙凤胎。男孩是哥哥,女孩是妹妹。柳丽高兴,春花高兴,宁万三更高兴。柳丽打电话给春风报平安,春风在电话里高兴得直哭,柳丽肚皮上的刀口疼得受不了,没多说话,只在电话里说了春风一句,真没出息!

柳丽产后半个月,春风回来了。俄罗斯分店开业顺利,菜品也颇受当地人的欢迎,生意比预想还要火爆。不过,事实不像宁万三说的那样。分店址确实在莫斯科,但不在红场旁边,打开窗子看不见克里姆林宫,倒是能看到一个生意不错的红肠店,门口经常躺着醉汉。当然,普京也没亲临现场剪彩。毕竟分店在莫斯科显得太小,普京要关心的事太多。

春风是个有心人,给家里人都带了礼物。春风给柳丽带回来的是两套俄罗斯套娃,一红一蓝,都是十二个娃娃,大大小小,摆开来像娃娃搬家。春风在俄罗斯学了几句俄语,把俄罗斯套娃叫作"玛特罗什卡"。毕竟学得半生不熟,听起来像说"妈的啰唆啥",实在好笑。柳丽肚皮上的刀口尚未愈合,不敢大笑,捂着肚皮求春风不要再说了。

春风做了爸爸,宁万三当了爷爷,都升了一辈,却为给孩子起名闹得不快活。春风说,爸爸姓宁,男孩叫宁宁;妈妈姓柳,女孩叫柳柳。一个姓一个,这样公平。宁万三不同意,说什么拧拧扭扭的,听着就难受,干脆一个叫大龙,一个叫小凤,龙凤胎嘛!柳丽开始不吭声,见父子俩争得脸红脖子粗,说,伢的名字我早想好了,哥哥叫宁可,妹妹叫宁愿!父子俩一听,都说好。春花也说好,大铃铛觉得不好,什么宁可宁愿?将来喊伢们,"宁可过来吃饭","宁愿赶紧上学",听起来跟小学生练造句似的,别扭!不过,大铃铛的意见不管用,于是便不再多嘴了。

宁可和宁愿的满月酒早就定下了。柳丽和春风结婚没办婚礼没办酒席,虽说省了钱,宁万三一直觉得遗憾,想借这个机会补偿,所以一把揽过来,亲自操办。柳丽想满足宁万三的愿望,春风自然也没意见。宁万三拿出积蓄交给春花,在酒楼办最高档的酒宴。春花本来不想收宁万三的钱,又一想与其让他赌钱输掉,不如花掉买个热闹,于是说,爸,亲归亲,财分清。您老人家给孙子孙女办满月酒,花钱图个吉利,钱我就收下了!宁万三双手插在腰间,像个富豪似的说,嗒!拿去拿去,记着把事情办好!

柳丽在康家老屋住惯了,坐月子也在这里。因为柳丽妈妈生病不陪侍,大铃铛当仁不让前来侍候月子。毕竟大铃铛既是远房姑姑又是续娶的婆婆,从哪头算都是应当。好在柳丽懂事,和大铃铛相处下来,都很满意。满月酒的前一天,柳丽肚皮上的刀口好了,可以下床,哄孩子睡了,便出门走走,才一出门,见围墙外人影一晃,没太在意,又走几步,人影又一晃,柳丽觉得有问题,问了一声,是哪个?这时候,一个浑身脏兮兮的人站了起来,轻轻叫了一声,柳丽。柳丽一看,吓一跳,原来是廖彬。廖彬小声说,柳丽,是我。我有事求你!柳丽定了定神,说,说吧,什么事?廖彬说,能进屋说吗?这里来往的人好多!柳丽回头看了看屋门,说,不行!伢在睡觉!廖彬说,难怪院里晾了好多尿布,你当妈妈了?!柳丽说,我不能当妈妈吗?廖彬低下头。柳丽说,就这事吗?廖彬说,不不,还有事!柳丽说,赶紧说!廖彬从怀里掏出一份材料递过来,说,我的事你应该听说了,这是一份申诉材料,麻烦你帮忙找个好律师,我上当受骗,也是受害者!柳丽说,你自己不能找律师?廖彬说,我身上没钱!柳丽冷笑一声,说,这不像你廖总说的话嘛!廖彬一脸惭愧,把材料往柳丽面前一扔,说了声电话联系,转身跑了。

廖彬的申诉材料写得非常详细,柳丽看完大体明白了。当年廖彬从丽达公司撤走后,自己成立了一家房产中介公司,并挖走了丽达公司的好多业务骨干。开始,廖彬的公司发展势头不错,几乎可以和丽达抗衡,但是廖彬的心思不在做中介,一心想搞开发赚大钱,经人介绍与外地一家开发公司签订联合开发协议,对方出地皮,廖彬出资金。廖彬没有那么多钱,只好四处挪借,甚至借用部分高利贷。按理说,如果正常开发,坚持到预售就可资金回笼,廖彬完全可以大赚一笔。问题是,合作方事先有意做局,巧妙隐瞒了土地性质没有变更的信息,项目进展大半,遭到当地政府相关部门的查处,所有违建限期拆除。这边协调公关无效,那边借款到期,廖彬没钱还债,债主们纷纷上门,有的甚至动用了黑势力。最后几个债主将廖彬的公司告到法院,法院查封了廖彬的公司,并把廖彬列入"老赖"黑名单。廖彬待不下去,只好跑路。

事实上,柳丽早就预料到廖彬会遭报应,但是沦落到如此地步确实出乎意料。不过,柳丽并不同情廖彬,不是记仇,而是看透了廖彬欲壑难填。小杨总当年没有见过廖彬,就有预感,说他脾胃不好,如今看是他胃口太大。当初假如小杨总见过廖彬,会看得更准,那样柳丽就不会有那一段刻骨铭心的伤痛。然而,她经历了,便认了,这个人从此与自己无关了,就像看完报纸上随便一篇故事,连一声叹息都没有,随手把那份材料扔在墙根前。

因为满月酒的事,第二天春风早早起来,无意间在墙根处看见那份材料,拿起来看了,又扔在原处。吃过早饭,春风帮忙照顾孩子,然后和柳丽一人抱一个伢,一起去酒楼。有宁万三的监督,有春花的安排,加上有小艳的张罗,满月酒办得热闹体面。按香铺的规矩,满月是大喜事,家家都来贺喜。宁万三脸上有光,也不管心脏搭桥会不会塌,端着酒杯逐桌敬酒,喝得尽兴。大铃铛劝了几回,他都不听。康老久也喝不少,不过没过量,临走时没忘给两个伢一人一个红包。

酒席散了。春风留在酒店忙事,柳丽跟大铃铛带孩子回家。走到街上,大铃铛推着婴儿车在前面走,柳丽跟几个人跟在后头说说笑笑。康老久喝了酒,晕晕乎乎地走在最后。来到老牌坊附近,柳丽的手机响了,是个陌生电话,柳丽不想接。手机叫得不屈不挠,柳丽只好接听,原来是廖彬。柳丽不想跟廖彬说话,要挂掉电话。廖彬说,柳丽,你穿的风衣是我原来买的吧?你胖了,显得紧!柳丽一惊,转身四处看,却没发现人影。柳丽说,有事直说。廖彬说,帮我找律师了吗?柳丽说,我在家带伢,没空!廖彬说,那不急,等你有空吧。不过,现在能不能借点钱给我?柳丽果断拒绝,说,不行!廖彬说,看在当初的面子,多少都行!柳丽说,不行就是不行!廖彬冷冷一笑,说,柳丽,你非说不行,那我只好找春风去借,顺便把我们当初的事跟他说一说!柳丽迟疑一下,四下看了看,还是没发现廖彬。廖彬说，你看不见我，我能看见你。再问一句，借还是不借？柳丽气得浑身发抖，说，廖彬，你是不是人，有没有脸?！廖彬说，我现在鬼都不如，还要什么脸！柳丽无可奈何，恨不得摔了手机。就在这时，只听老牌坊后头的树丛中，哎哟一声。接着，就听康老久大喊，快来人，抓坏蛋啊！

　　老牌坊下几个年轻人循声追过去，一转眼，从树丛后面扭出一个人，把那人的帽子口罩扯下来，原来是廖彬。柳丽看了看廖彬，转身就走。廖彬扯着嗓子喊，柳丽，相信我，只要项目盘活，肯定能挣大钱的！肯定的！柳丽头也不回，一拐弯朝康家老屋走去。

　　好多人围过来看热闹。毕竟在香铺住了好几年，香铺人一眼就把廖彬认出来。这不是喜欢带着一群售楼小姐到处跳舞的廖总吗？这不是跟柳丽搞过对象的廖彬吗？你咋沦落到这步田地呢？你那帮售楼小姐到哪里去了？柳丽生了双胞胎你怎么还没成家？一连串的发问，一连串的回顾，廖彬无法回答，又挣脱不了，只好低下头来。

　　有人拨打110报警，警车随后就到。廖彬被警察带上车，康老久气还没消，指着廖彬骂，猪弄的！你就是作！七混八混，混成这样，骗子就骗你这样的人，眼里没规矩，活该！宁万三老酒吃多了，走路一摇三晃，由大铃铛扶着过来发表观点，张嘴就让警察把这东西拉去毙了，还声称回头就跟春花说，开除这东西的村籍，香铺容不下这种不要脸的东西！

　　柳丽看上去倒是平静，回到家，该奶伢就奶伢，该歇着就歇着，没看出有什么不一样。晚上，春风从酒楼回来，柳丽正给宁可宁愿喂奶。春风剥了一根香蕉，坐在旁边逗孩子。本来，柳丽打算把廖彬的事跟春风说一说，不然对春风不公平。没想到话才开头，春风把半截香蕉送到柳丽嘴边。柳丽没再说，咬了一口香蕉，嚼了半天没咽下去。春风侧过身，一边帮她捶背一边说，人嘛，都不容易啊！柳丽没吭声。春风说，那个老谢杀过人，但是他帮过我，我得感谢他！柳丽慢慢把嘴里的香蕉咽下，轻轻叹了一口气。

　　宁可和宁愿吃饱，含着奶嘴睡了。柳丽坐在床上，突然对春风说，把你带回来的套娃拿来，我想玩玩。春风把套娃拿来，递给柳丽。柳丽把套娃摆在床上，突然说，都是一样的娃娃，只是大小区别，俄罗斯人为什么喜欢这种东西？春风说,明明晓得一样,一层一层地取,心里有数,安心！柳丽笑了笑,未置可否,又问,用俄罗斯话说,这叫什么？春风很得意,非要教柳丽说"玛特罗什卡"。柳丽一个一个往外取娃娃,有心无肝的,取着取着,嘴里突然蹦出一句"妈的啰唆啥"。春风一听,笑得仰面倒在床上,差点压着床上的两个伢。

柳丽没笑,被自己突如其来的一句话吓了一跳。

52. 地铁

　　地铁成为香铺的话题,已是五年后的事了。这五年里,周围变化很大,香铺变化不大。不过话又说回来,变化不大不等于没变化。这时候,康宁博士已经长大,亲眼所见,亲身体验,自然更为真切。

　　比如,换届时,春花的社居委主任一职由柳丽接任了,也是公开选举。春花和柳丽先后登台演讲,讲得都很好,台下的掌声都热烈,投票结果,柳丽胜出。别人那一票投给谁不晓得,康老久那一票没有投给儿媳妇春花,投给了柳丽。在康老久看来,柳丽这伢有才干,有公心,香铺交给她放心!至于春花,还是安心开酒楼好,毕竟一心不能二用。宁万三和大铃铛各有一票,都选择弃权。宁万三好自信,说,嗒!随便怎么选,选上哪个都是我宁家的人!

　　说起来,柳丽参加竞选不是心血来潮,也不是为了把春花顶掉,更不是闲着无聊找事做。事实上,柳丽太喜欢香铺,一直想为香铺做点事。如今,虽说柳丽在家带孩子,看上去就是家庭妇女,但她要管的事很多。丽达公司虽有职业经理人操作,但她是法人;酒楼虽说有春风在,但她是股东;还有"小白杨创业基金"是她最想做的事,更要操心。然而,为香铺做点什么,是柳丽的一个心愿,也是一个承诺。况且,小杨总生前曾预言香铺迟早要发光,柳丽想亲眼看看,更想亲身经历。

　　除了人事变化,老牌坊那里也有变化。不知从何时起,老牌坊那里成了广场舞的天下,一早一晚,一帮妇女在那跳舞,一排一排,扭得死欢。康老久看过几回,好不好看不说,倒是热闹,看得多了,也不觉得烦。只是老牌坊周围的坑坑洼洼一年比一年多,找不出原因,难道是跳广场舞那帮人踩出来的?康老久有点担心,便和宁万三商量,商量半天没结果,就反映到柳丽那里。柳丽责任心强,当面打电话安排工程队来维修。同时,柳丽透露,市里大力推广文化创意小镇建设,她正积极把香铺申报上去,打印好多表格,征求大家的意见。康老久打听清楚后,觉得是好事,当场就按了手印。

俗话说,男大当婚,女大当嫁。香铺人在婚姻问题上也有变化。小芸的婚事有了着落,春花和向阳的关系也就安生了。小芸的对象不是别人,是廖彬。廖彬被关了半年后,通过柳丽帮他找的律师,打赢了官司,虽说还是没挣到钱,倒是把一屁股烂账还清了。小芸和廖彬的婚事,是春花做的媒,当然柳丽也出了力。香铺人都没想到,小芸看上去柔柔弱弱,却是一个驾驭男人的好手,结婚后把廖彬管理得服服帖帖。春风很大度,觉得廖彬有才,把他介绍到俄罗斯的分店去搞管理。亚明正好需要人,自然同意。当然,小芸也要跟着去,不然她不放心。毕竟俄罗斯出美女。

小艳的幸福也有了归宿,嫁给了钻石王老五王健森。康跃进两口子高兴得不得了,非要感谢向阳和春花。王健森虽说比小艳大十多岁,但是岁数大晓得疼人,况且小艳看中王健森的人品和才干,当然包括钱。女人喜欢钱没错,关键看喜欢谁的钱!王健森如是说。其实,王健森和小艳的感情,是在推进酒楼连锁项目过程中逐渐加深的。用春风的话说,是慢慢煨出来的。当初,王健森拿出来的酒楼连锁方案,小艳一口气提了二十条意见,让王健森大失颜面,但让他面临的困局豁然开朗,从此爱上这个爱抬杠的姑娘。王健森曾跟柳丽感叹,原来男人沦陷如此简单,只要找准他的软肋,就一击即中。一旦中招,再牛×的高人,武功全废!

当然,香铺的下一代也有变化。变化最大的当是康康。康康上中学后,跟李紫薇断了关系,发奋读书,一不留神成了学霸。高中毕业,本来可以保送上海一所财经大学,康康自作主张,偏偏选报山东一所大学,还是考古系。向阳和春花虽说不满意,晓得反对无效,只好选择尊重。康老久不晓得考古是什么，搞清楚之后说，伢哩，学这个好，将来好好"考古考古"老祖宗。一个人搞不清楚老祖宗，再大的本事也不算本事！

六六的变化也不小。上小学时，六六喜欢上京剧，初中毕业上了省艺术学校，专门学京剧。孙和平和红梅望女成凤，希望六六将来能成为大明星，为自己长长脸。康老久不满意，说，好好一个丫头学什么不好，偏偏学唱戏，如今都在跳广场舞，还有哪个去听戏？六六不管，就爱唱京戏，唱程派青衣。

宁可和宁愿也该上学了。柳丽和春风想法一致，尊重孩子的个性发展，孩子将来喜欢什么就学什么。宁万三未雨绸缪，从娃娃抓起，有空就给两个孩子灌输，说宁家没出过当大官的，将来你们一定要当大官，至少要比你妈的官大。两个孩子不懂事，说将来要当班长。宁万三鼻子差点气歪了。大铃铛笑得开心，说，你呀你，等你们老宁家祖坟上冒烟吧！

此外，康老久在屋顶养的鸽子，已经发展成鸽群，又搭了两个鸽棚，勉强够用。鸽子进进出出，成群结队，康老久数过几回，高低没有数清多少只。向阳有一次要逮几只做汽锅鸽子汤，想卖个好价钱，被康老久骂走了。康老久说，嗒！如今香铺地面空了，天上再没有鸽子，日子过得还有意思吗？！

至于春花的酒楼，变化更大。在王健森的推动下，五年内在脂城东西南北各开了连锁店，还有两家在外地，已在筹备之中。经过股东会一致通过，连锁项目由小艳负责。小艳事业心强，一直不要孩子，急坏了康跃进两口子，找到春花和柳丽，请他们做做小艳的工作。宁万三说，嗒！跃进这是想拿人口红利嘛！

变，变，变。一切都在变，唯一不变的是变。

春分已过，香铺三个月滴雨未落，气温却节节攀升。康老久院子里的小菜园早晚浇水，才勉强保住。宁万三天天看天气预报，今个说有雨，明个说有雨，最后一滴也没下。康老久相信经验，说如今老天爷也变了，该下它不下，不该下它偏下。依我看，不过夏至，别想下雨，不信等着瞧！

老天爷的事都说不清，于是围绕旱情这一话题，一帮老家伙躲在老久商店,热烈讨论过一阵子。好在不要种田,有雨无雨,问题不大,渴了打开自来水,饿了掏钱买菜买米,日子照样过得滋润,因此嘴上说说,并不往心里去,慢慢地,事情也就过去了。

地铁的消息就在这时候传来了。

消息是柳丽从街道带回来的,当然不是小道消息。市里相关文件已经传达,地铁七号线建设正式得到国家批复,从规划图上看,有一站经过香铺,目前正在选址。柳丽拿出文件,念了一段。地铁七号线是"十三五"期间脂城的重点工程,是脂城现代化国际大都市建设的重要组成部分,是融入长三角经济圈的重要举措。总之,地铁七号线不是哪个人的事,是全市人民的大事。因此,也是香铺的大事。

事实上,关于"地铁"这个词,香铺人已不陌生。几年前,脂城地铁开建,目前一二号线已经开通运营,好多香铺人都去坐过,宁万三喜欢新鲜,陪大铃铛坐过,回来就宣传,乖乖!那东西好先进哟,跟个钻地龙似的,眨巴眼就到了,一毫也不差!康老久本来不想赶新鲜,康康和六六非得缠着他坐一回。那一回是红梅陪着他们一起坐的。康康和六六兴奋得不得了,康老久没感觉,就是有点胸闷。从扶梯上到地面,康老久长长出了一口气,说,嗒!什么地铁,不就是把地上的火车搬到地下开嘛!

无论怎么说,地铁这个话题让香铺又兴奋起来了。和当初建设高架一样,最兴奋的是年轻人。年轻人高兴,是因为修地铁站就要占地,占地就要拆迁,只要一拆迁,就能直接奔"小康"了。远的不说,就说香铺周边,前村后庄都是这样,一拆就拆出一批"百万富翁","千万富翁"也不稀罕了。拆,赶紧拆!

年轻人这边热血沸腾,老家伙们也不闲着,聚在老久商店讨论拆迁问题。老家伙就是老家伙,依然关心拆迁之后,香铺没了,老牌坊怎么办?青石香街怎么办?樟树桂树怎么办?见到老祖宗没法交代怎么办?这么多怎么办,康老久也不晓得怎么办。康老久还有自己的"怎么办":一旦拆迁,屋顶那些鸽子怎么办?院子里的小菜园怎么办?实话实说,一下子搞出这么多怎么办,别说康老久,神仙也不晓得怎么办。讨论一时陷入僵局,有人提议,不行咱们还去上访,就像修高架那一回,一上访就灵光！康老久还没表态,宁万三马上反对,说,上访不行！市里管得紧,那不是给柳丽添麻烦嘛,她带两个伢,忙得很！大家都看着康老久,康老久想了又想,说,这事不小,找柳丽商量商量再说吧！

柳丽是在街道开会的时候接到康老久的电话的。康老久没在电话里说拆迁的事,只说有事找她商量。往常,康老久很少给柳丽打电话,柳丽明白康老久一定有事,事还不小,所以一散会直奔康老久家来了。

一进门看见一帮老家伙聚在一起,柳丽心里就明白了八九分。康老久开门见山,代表老家伙们把一大堆"怎么办"亮了来,问柳丽怎么办。柳丽不晓得怎么办,答应想办法,同时还带来一个好消息,那就是香铺的文化创意小镇批复下来了。也就是说,香铺被市里定为文化创意小镇了。康老久一听,马上来劲,一拍桌子说,放心吧,香铺不拆了！宁万三说,咦！你怎么晓得？康老久呵呵一笑,说,嗒！就你宁万三还冒充有文化！动动脑瓜嘛,文化小镇,拆了还有文化吗？！

三天后,香铺来了勘测队,前前后后,照来照去,忙了两天,最后一句话没说就走了。很快,消息又传来,说地铁七号线从香铺经过已确定,但是从地下经过,站址选在开发区大门口,因此香铺不拆迁。康老久那帮老家伙们高兴,年轻人不高兴,谋划去上访。康老久刺探到这一情报,马上报告给柳丽。柳丽不敢怠慢,把几个年轻人代表请到家里,好好做了一番工作,打开电脑,放了一段PPT,举了宏村周庄婺源几个古村的例子,介绍了人家的经验和模式,最后总结一句话,只要肯动脑子,甩开膀子加油干,不拆迁照样奔小康,我柳丽对香铺充满信心！

众人一听,柳丽人家是大老板,管过那么多企业,见过那么多世面,她说有信心,一定有信心,于是都表示有信心。至于上访也就免了,把一堆写好的上访材料当面撕了,扔进垃圾桶里了。

53. 大雨

那场暴雨下了七天七夜,下得地都松软了。

康老久说,活了七十多年,头一回经见,老天爷那不是下雨是倒水嘛!其实,那场大雨早有征兆,只是好多香铺人没有在意。康老久在意了。康老久之所以在意,是因为康康说的梦话。

康康自小就跟爷爷康老久亲密,喜欢跟康老久屁股后头问这问那,上大学后经常给康老久打电话,一说就是半天,用康老久的话说,把电话打得烫手。康老久喜欢听康康说,不管说什么都喜欢,过几天接不到康康的电话,像丢了魂似的。暑假开始,康康没有回香铺,来电话说学校组织一个考察队去西北搞社会实践。康老久最看重实践,大力支持,瞒着向阳和春花,悄悄给康康寄去两千元钱。康老久嘴上不说,心里明白,伢越懂事,越要舍得给他花钱,花得越多,伢越有出息。这好比种田,好苗自然多吃肥嘛。

康康到了西北,第二天晚上给康老久来电话,说他做了一个梦,梦里回想起当初在湖滩捡那枚璜的时候,曾经发生过一件事。就在他弯腰的时候,从湖底发出一道光,转眼就不见了。那道光像一架彩虹,比彩虹亮,刺得他眼前一黑。康老久问康康还有什么,康康说还有就是再睁开眼时,看见了那枚璜。康老久笑了,说,伢哩,怕是当时你饿得眼花哟!康康说,不对不对,当时我记得吃了一个大面包,一点也不饿!康老久说,伢哩,那就是你跟那件宝贝有缘,是福气!康康说声晓得了,就把电话挂了。

这时候,地铁七号线已经开工,分段施工,日夜不停。开发区那个站址已经挖出一个大坑。香铺有好多人去看过,说那大坑深不见底,渣土能堆一座山。工地上机器轰鸣,香铺人早就适应,康老久不适应,夜里老是睡不好。有一天夜里,康老久好不容易睡着,康康又来电话,说又做梦了,这回梦到老祖宗了,老祖宗说香铺要下大雨了!康老久说,伢哩,老祖宗要是老天爷多好,香铺干得当当响,再不下雨,爷爷的小菜园就完蛋了!康康就笑,说,那我再做一个梦,跟老祖宗说说,让他老人家求求老天爷,赶紧给香铺下一场雨,保住爷爷的小菜园!康老久喜欢听这话,说,伢哩,累了一天,辛苦吧,赶紧歇着,睡着才能梦见老祖宗嘛!

毕竟上了岁数,中途醒了,再睡就难,康老久早已习惯,披衣下床。往常,康老久夜里睡不着就出去散步,一般先去老牌坊底下走一走,再去香街转一转,一来一回,差不多也累了。可是这天蚊虫多,康老久又怕出汗,便想上屋顶纳凉。门外有个拐弯梯子,下半截十五阶,上半截十五阶,康老久天天喂鸽子,爬得烂熟,摸黑都能轻松地爬上去。

在香铺的老房子中,康老久家的屋顶最高,比排名第二的宁万三的小楼高一米二,这曾是康老久一家的骄傲。当然,如今跟四周的高楼相比,不值一提,可是站在上面,依然可以把香铺一览无余,要是没有滨湖世纪城高楼遮着,可以看到雷公湖上点点渔火。当年,盖这幢两层楼的时候,康老久也是下了狠心的。虽说那时他是香铺唯一的万元户,要盖起四间两层的楼房还是吃力。不过当时康老久想,香铺几百上千年,世世代代,哪个住过这么高的楼?哪个能站在这么高的地方看大湖?哪个能像现在这样站在这里吼一嗓子全香铺都听见?就冲这些,苦就苦吧,累就累吧,划得来!况且,我康老久这辈子盖楼,这最后一回,一步到位,儿孙后代都够住,咬咬牙,挺一挺,一步迈上康庄大道!

想到这里,康老久觉得自己当年好可笑,毕竟见识少眼光短啊!要是能站在滨湖世纪城的楼顶,那还不一眼看到天边去?康老久叹了一声,惊了鸽棚里的鸽子咕咕直叫,扑打翅膀。康老久看着鸽子们,自言自语道,伢哩,你们别笑话我,看得更高更远,全靠你们喽!鸽子们想必听不懂康老久的话,咕咕半天,不晓得算不算回应。

夜风轻轻,有一丝清凉,有一丝腥味,应该是从雷公湖那里吹过来。康老久想,人要是像风一样多好,再高的大楼也挡不住,再远的地方都能走到。只可惜,人就是人,人不是风。康老久倚着围栏,一点一点看着夜幕下的香铺,像侦察员一样。从柳丽住的康家老屋上的挑檐,宁万三家门前的老樟树,到宁歪嘴家房顶的霓虹灯,这一切康老久再熟悉不过。不过,最熟悉的还是老牌坊。过去,想在夜里看清老牌坊,得靠月亮帮忙,看着舒服,庄重威严。如今有没有月亮都一样,四周的灯光零零星星,把老牌坊的身影映出来,花花搭搭,也能看得清,可总是别扭。至于别扭在哪,康老久也说不清。

远远地,天边有电光一闪一闪,在雷公湖的方向,像电焊的弧光。雷公湖这几年一直在治理,附近在建一座大型污水处理厂,怕是正在连夜施工。康老久闲逛时去看过,那场面大得吓人,听说要花几十个亿。乖乖!几十个亿是多少钱?康老久算不出来,便想象成一座金山,算是给自己一个答案。

电光又在一闪一闪,慢慢移动,像火绳跳动。康老久觉得那光不像电焊,像打闪。阴雨起风天放晴,旱天打闪候大雨。康老久自小就晓得这个道理。怕是真的要下雨了。康老久想,也该下雨了,不下雨,就是老天爷不讲理!

下雨了。

雨是第二天午后开始下的。先是零星小雨,有一滴无一滴,知了撒尿似的。不多久,乌云铺天,雷公湖方向传来阵阵炸雷,接着一股大风刮来。大风带着水腥味,那是大湖的味道。康老久冲到大门外,大喊一声,老天爷下雨啦!

雨,确实下了,而且是暴雨。电闪雷鸣之中,天像裂了口子,雨水倾倒,转眼之间,香铺便笼进雨雾之中,对面的屋檐也看不清了。当天上半夜,康康又来电话,说,爷爷,我想起来了,当初捡那枚璜的时候,那道光不是从大湖发出来的,是从香铺,是从老牌坊底下!康老久说,伢哩,是不是又做梦了?康康说,我也不晓得到底是梦还是事实。康老久说,伢哩,一个人在外,要休息好,别胡思乱想,睡吧! 康康说,爷爷,您那边哗啦哗啦地响,是不是下雨了? 康老久说,下雨了,好大! 康康好兴奋,说,看看,还是老祖宗说得对吧? 他说下就下了! 康老久也笑,说,就是就是,所以才要敬重老祖宗嘛! 康康说,我要赶紧做个梦,谢谢老祖宗他老人家! 康老久说,伢哩,时候不早了,睡吧睡吧!

暴雨一直在下。香铺东西两条小河涨满,大水漫进香铺,香铺被泡在水中,像一片浮在水面的荷叶。香街水深没膝,好多租房客跑到广场张网捉鱼。第七天后半夜,康老久伴着雨声慢慢睡着了。也许是受康康的影响,康老久也做梦了,也梦见老祖宗了。梦里,老祖宗把康老久好好夸了一通,说康老久孝顺懂事有眼光,鼓励康老久把小菜园搞好,把鸽子养好,说有这两样在,香铺还是原来的香铺! 康老久答应了,保证一定照老祖宗说的办,还像春风似的,给老祖宗来了一个标准的立正。

要不是有人突然敲门,康老久的梦还会继续,说不定还能跟老祖宗再说一说。康老久活了大半辈子,有些事还搞不明白,想请教老祖宗。可是,偏偏这时候门被敲得哐哐响,康老久醒了。天光放亮,雨也停了,窗檐还在滴水。康老久听宁万三隔着门大喊,老久,赶紧去看看吧,香铺出大事了!

香铺确实出大事了。

一场暴雨,香铺被淹了。康老久跟着宁万三来到老牌坊前,一下子就傻了。老牌坊下塌了一个大坑,小广场陷下去大半,积了一坑浑水,水面漂着枯枝败叶,看不清深浅。好在老牌坊没倒,依然稳稳地立在那里。康老久松了一口气。

这时候,柳丽到了,因为走得急,下半身湿透,裙子贴在腿上,粘了好多草末。柳丽也没见过这阵势,吃惊不小,一边让围观的人往后撤,一边打电话向街道报告。宁万三趁空把康老久拉到一旁,说,老久,你看这怎么办? 康老久挠挠头,又摇摇头。宁万三说,会不会是搞地铁把下面挖空了? 康老久一下子皱起眉头,拍了拍宁万三,宁万三会意,跟着康老久走到僻静处。康老久说,地铁真从香铺底下走? 宁万三说,我在报纸上看过规划图,确实在香铺边上画了一条线。康老久认真,让宁万三画给他看。宁万三折了一根樟树枝,蹲下来画,一边画一边讲解。康老久看了看,又皱皱眉头,说,这是大事,先问问柳丽,看看她怎么说！就在这时,柳丽挂了电话,对大家说,都别紧张,注意安全,上级答应,马上派抢修队来！

　　康老久没再说什么,靠着老牌坊的石柱,慢慢蹲下来,望着那个大坑发呆。有年轻人拿手机拍照片发朋友圈,因为离得近,把康老久也拍进去了。照片中,康老久像尊泥塑,眼盯着大坑,好像随时准备跳进去。康老久不晓得这些,也管不了这些。此时此刻,康老久想起之前这一片增多的坑坑洼洼,好像早有预兆,后悔没有及时提醒柳丽,找人来勘测一下,早做防备,不然也许不会发生这么大的事。祖祖辈辈多少代,头一回发生这事,偏偏让康老久赶上,不晓得是好还是坏是祸还是福。康老久想起夜里做的梦,不知如何跟老祖宗交代,一时间脑瓜里好乱。

　　抢修队来了。队长是个瘦高个,绕着大坑看了看,量了量,拿出图来看了看,手一挥,下令抢修队排水。三台水泵下去,一起开动,差不多个把小时才见底。队长腰上系上绳,由人拉着下到坑里,在里面查看半天,突然冲上面喊,快快快！上面的人以为出事了,赶紧把队长拉上来。

　　队长一头大汗,对柳丽说,乖乖！这事我们搞不了,赶紧找专家！

　　柳丽说,怎么回事？

　　队长说,底下好像有个宝藏！

　　所有人都听到了,齐刷刷地看着队长。队长揩了一把汗,提高嗓门说,看我搞什么嘛,底下有宝藏！

53. 大雨

54. 光芒

　　出乎香铺人的意料,老牌坊下那个大坑跟地铁七号线没有关系。如果非要说有关系,那就是两者相距不远,都赶在同一时间段。换句话说,巧合!这是专家的结论,有根有据。确实,世上巧合的事太多,有理由也没理由,巧合就是理由。

　　不过,巧合也好,必然也罢,香铺人兴趣不大。香铺人感兴趣的是大坑下面到底是什么宝藏。是金山还是银山?是钻石还是翡翠?是珍珠还是玛瑙?

　　都不是!专家说,这个宝藏比金山银山还宝贵,比钻石翡翠还值钱,至于珍珠玛瑙更不用提了。

　　香铺人搞不懂,还有比金山银山宝贵的东西?还有比翡翠玛瑙值钱的东西?还有珍珠玛瑙不能相提并论的东西?

　　有!专家说,就在这里!这里是五千多年前新石器时代晚期人类生活遗址,老牌坊下的那个大坑就是当时建造祭坛的地方。从祭祀坑和出土的玉器来看,其工艺水平可以将中华文明史提前到五千三百年前!想一想,五千三百年前香铺的祖先就在这里生活,说明这是一块风水宝地啊!风水宝地,你说金贵不金贵?话又说回来,五千多年前的人,那就是老祖宗,找到祖宗就是找到根,天底下还有比这更珍贵的吗?

　　香铺人懂了。

　　康老久更懂。因为康老久经常梦到老祖宗。

香铺出名了,出大名了,名气响到国外了。亚明打电话回来,说在俄罗斯,一提到香铺人家就竖大拇指,直喊"乌拉"。事实上,香铺这一回确实争面子。因为香铺的重大发现,联系到当年康康捡到的那枚璜,考古专家顺藤摸瓜,在雷公湖滩发现了更大规模的新石器时期人类生活遗址,一时间在国内外引起强烈的反响。专家给这一考古发现命名为雷公湖遗址,当然包括香铺在内。

康康从网上得知这一消息,非常兴奋,跟康老久在电话里聊到后半夜。康老久说,伢哩,你学考古学对了,要不是你当年捡到那枚璜,哪有如今这么大的发现?康康心里得意,嘴上谦虚,说,巧了巧了!康老久说,不是巧了,是你的福气!伢哩,好好干吧。康康马上表态,一定好好干,等到放假,马上回来考察,写一篇香铺的论文。康老久听着高兴,说,伢哩,你要写好香铺的文章,老祖宗都会保佑你!康康说,我肯定写,而且还不止写一篇,也许是十篇一百篇!康老久说,好好好,这才是香铺的后代,康家的后代!

康老久越来越认定,这一切都是老祖宗的安排。包括那场暴雨和那个大坑。过去,宁万三不相信康老久梦见老祖宗这事,以为那是康老久耍弄他。如今,康康也经常打电话跟他说梦到老祖宗,说得有鼻子有眼,宁万三就相信了。为此,宁万三试过几回,想做个梦,见一见宁家的老祖宗。可是梦做了,却没有见到老祖宗。大铃铛说,可能康家的老祖宗好热闹,喜欢出来转转,你宁家的老祖宗比较宅,不爱抛头露面。宁万三未置可否,只好作罢,不过同意康老久的说法,与康老久达成一致,并且补充说,这是老祖宗给香铺办的好事,说明老祖宗心疼香铺啊!

说到好事,香铺的好事接二连三,先是省市两级将香铺列入重点保护古村落,接着开发区派专家组来调研,准备把香铺打造成区里的文化名片。报纸广播电视网络,天天派记者来报道,一打开手机就有香铺的消息。有几个网红闻风而动,在香铺搭起帐篷,驻扎下来拍短视频,听说狠赚了一笔。有一回,他们要拍康老久的鸽子,被康老久拿着棍子撵走了。不为别的,就因为有两个丫头染着蓝头发,戴着鼻环,前露肚皮后露腚,小妖精似的,太不像话。

生意人眼光毒辣，有机会自然不会错过。多家企业盯上了香铺，想利用这一题材运作商业项目。从早到晚，大车小车进进出出，纷纷联系合作，柳丽再大的本事也忙不过来。话又说回来，毕竟不是小事，柳丽不敢擅自做主，召开几次社区大会，征求意见。康老久和宁万三代表老家伙们，认为香铺的事是香铺人自己的事，自己的事就得自己干！春花和小艳代表年轻人认为，现在是合作的时代，借船出海，实现共赢才是方向。柳丽等双方静下来，打开笔记本电脑，给大家放了一段PPT。这是她自费请专业环境设计公司做的方案。大家看了都说好。柳丽这才谈自己的观点。柳丽的意思是，老一辈的观点她接受，年轻一代的观点她也接受，所以想把两方的观点综合一下，由她的"小白杨创业基金"牵头，创办一个文化公司，只要是香铺人，都可以入股，共同经营。大家都说好。之后，柳丽打报告到街道和开发区，得到大力支持。

　　柳丽做事向来有条不紊层层推进，公司筹备进展顺利。股东自愿，应者甚多。股东确定后，柳丽建了一个股东微信群，便于集思广益，沟通交流，还一再强调纪律，不许在群里发表不当议论，更不许发红包。入秋之后，香铺文化发展公司成立，柳丽是董事长，春花是总经理，大家都没意见。柳丽推荐康老久做监事，会上没人反对。这事就算定下，等下一步公示后确认。可就第二天，公司股东群里有人发了一段视频，视频里宁万三对康老久做公司监事发表议论。

　　视频内容大致如下：

　　时间：星期日，晴

　　地点：老牌坊下

　　人物：宁万三等几位牌友

　　嘈杂的背景声，宁万三抓起一牌，眯起眼摸牌。

　　某男（画外）：嗒！你要的牌在我手上，摸不出来！

　　宁万三：（突然兴奋地打出牌）自摸！给钱给钱！（收钱，数钱）打仗我不行，打牌你不行！

　　某女（画外）：切！吹吧你，有本事跟康老久搞去！人家康老久又当官了,你跟我们一样,什么也不是!洗牌洗牌!

宁万三:(一边洗牌一边说)嗒!康老久他一个大老粗,又没文化,种田还可以,怎么能当文化公司的监事呢?瞎搞嘛!

某男(画外):瞎搞也是搞,一个萝卜一个坑,事总得有人干。康老久不行,那你说怎么办?

宁万三:竞选嘛!公开竞选!

某女(笑):竞选?你以为是美国选总统?!放眼看看香铺,有人敢上台嘛?!

某男(画外):就是,哪个敢!

宁万三:(拍桌子)我就敢!

这段视频发出来后,群里讨论热烈,主要针对两个问题,一是香铺赌博之风要刹一刹,不然跟几千年的文明不般配。二是公司监事要民主选举,至少有几个人出来竞选,这样才公平!柳丽没料到会出这个岔子,又一想,既然事情出来了,不妨借机整顿一下赌博风气。当天,柳丽在群里对宁万三等人点名批评,语气严厉,一毫不留情面,并严正警告,再发现此类事情,按乡规民约一律罚款。其他人无话可说,都看着宁万三如何下台阶。儿媳妇批评公公,宁万三觉得没面子,因有错在先,自然不好跟柳丽较劲,但是宁万三毕竟是宁万三,富有斗争经验,在公司监事竞选一事上也不让步,带头在群里吵吵。柳丽以理服人,跟春花商量后,又报街道同意,便安排竞选。

宁万三想在香铺挽回面子,头一个报名参加竞选。大铃铛得知,又气又笑,说,老头子哟,你好大岁数?竞什么选?当心把你那"搭桥"竞塌了!宁万三说,改革开放嘛,黑猫白猫嘛!大铃铛说,我看你不是黑猫也不是白猫,是猴,不折腾不快活!宁万三嘿嘿一笑,拿起扫把,在大铃铛面前学着孙悟空,做了一个"猴子望月",老腿不稳,差点摔倒,引得大铃铛一通责怪。

宁万三花了两个晚上写了一篇竞选演讲稿,念给大铃铛听,大铃铛捂起耳朵懒得听。宁万三还不放心,四下活动拉票,先跟春花打招呼,意思让春花投他一票。春花不干,说,一个是亲爹,一个是公爹,两个爹都不能得罪,我弃权!宁万三无奈,又做春风的工作。春风说,柳丽的意见就是我的意见,我听她的!大铃铛明确表态,不支持,不投票。还没竞选就痛失几票,宁万三被搞得很无奈很狼狈,只好死马当作活马医,索性不再张罗了。

照例,选举在老牌坊下进行。这是香铺的规矩。之前,为了保护文物遗迹,市里相关部门在那个大坑上安装一个大玻璃罩子,形似月亮,衬托得老牌坊更加威武雄壮。按相关规定,选举采用无记名投票,先由竞选人公开演讲,后由群众投票,得票多者胜出。本来,宁万三要和康老久抓阄分先后,康老久手一挥,说你先你先!宁万三也不客气,首先上台,拿出稿子来念,念一段停下看谁不鼓掌,结果他看到哪里,哪里就鼓掌,于是心里便有底了,之后给众人鞠了一躬。

康老久上台后,看了看众人,笑了笑,说,老少爷们,我先说一句,我不是来竞选的,是来搅屎的!你们都别选我,我没文化,干不了!你们都晓得,我忙得很,家里有鸽子,还有小菜园。

大家哄笑,鼓掌。

康老久接着说,不过,话又说回来,你们不要选我,也别选他宁万三。为什么呢?我说说,你们听听,有没有道理。就说这个公司,董事长是他宁万三儿媳妇,总经理是他宁万三的丫头,都是一家人,他宁万三做监事监督谁?不合适嘛!

台下一阵骚动。春花有点不安,看了看柳丽。柳丽倒是平静,托着腮,看着康老久的一举一动。

康老久说,老少爷们,世道变了,香铺变了,可香铺还是香铺,在香铺做事,得有规矩!在这里,我推荐一个人,就是宁歪嘴!这个人,大家都了解,嘴歪心不歪,我相信他!

台下掌声响起,柳丽和春花都站起来鼓掌,康老久背着双手走了好远,掌声还没停下来。不过,事情定下了,大家一致通过,宁歪嘴当选首届公司监事。宁万三多少有点失落,气得晚饭也不吃,只喝了几杯老酒,早早就睡下了。

那天,天气晴好,晚饭时康老久喝几杯,就着小菜园里现摘的空心菜,美得很。吃过晚饭,康老久接到康康打来的电话。康康正在读研,将来就是博士。康老久脸上有光,把康康夸了一夸,康康却低调,说将来还要多跟爷爷学。康老久心里更是美得不行。挂了康康的电话,康老久心情大好,借着酒劲爬到屋顶照看鸽子。鸽子归巢,咕咕叫着,扑打翅膀,十分热闹。康老久喜欢这种热闹,这才像过日子嘛,这看着才踏实嘛。康老久跟鸽子们说话,鸽子们听不懂,又给鸽子们唱戏,还是《小辞店》里那一段:

送哥哥送到大街东,
又得见一坰韭菜一坰葱。
哥好比韭菜割了刀刀发,
妹好比快刀切葱两头皆空……

　　说起来惭愧,康老久这辈子只会唱这一段。向阳妈在世时喜欢唱这一段,康老久听多了,也就学会了,高兴时唱上一回,也是难得。唱完戏,康老久突然想起向阳妈,心里空落落的,就对鸽子们说,伢哩,如今的好日子她没赶上哟!鸽子们咕咕叫,有点像嘲笑。康老久有点恼,便骂一句,嗒!你们不懂,睡觉睡觉!

　　康老久丢下鸽子,坐在围栏边看风景。香铺的风景,康老久烂熟于心,闭上眼都晓得哪块有树,哪块有屋。可是,康老久还是看不够,毕竟几十年了,看到哪里都能想起好多人与事,这怕是一辈子的风景了。一阵风吹来,一缕桂香扑来。康老久一提鼻子便晓得,桂花开了。康老久熟悉这味道,差不多能分辨出香味从哪棵桂树飘来,又从哪家窗前飘过。猛一抬头,月亮从滨湖世纪城的高楼间升起来。月亮从大湖方向升起,又大又圆,热腾腾的,湿润润的。康老久有点激动,好久没见过这么好看的月亮了!

　　这是他小时候坐在雷公湖边看过的月亮。
　　这是他结婚成家那天窗外的挂着的月亮。
　　这是他当年得奖归来时头顶悬着的月亮。
　　这是他心里一直装着一直照着的那轮月亮。

这也应该是五千多年前老祖宗看过的月亮吧！

康老久看着看着，眼睛便湿润了。

月上中天，康老久靠着围栏，不知不觉地睡着了，睡得好香。当然又做梦了，又梦见老祖宗。老祖宗从一道光芒里走出来，冲着康老久叫了一声，伢哩！康老久马上跪下磕头，问，老祖宗，您老人家是从五千多年前过来吗？老祖宗呵呵一笑，说，伢哩，聪明得很嘛！康老久说，那您老人家是坐高铁还是飞机？老祖宗说，那东西我都愿不坐，怕吵！我坐的是回忆。康老久有点糊涂，回忆也能坐？老祖宗呵呵一笑，说，回忆长着翅膀哩！康老久说，老祖宗，您老人家身上挂的那块石头是不是璜？老祖宗吃惊，说，伢哩，这你也晓得?！康老久很得意，捧起老祖宗拖在地上的白胡子，掸了掸，壮着胆子说，老祖宗，都怪您老人家，把那些宝贝埋得太深，要不然早发现，香铺早就出大名了，那该多好！老祖宗生气了，拿起拐杖，照他头上敲一下，说，嗒！伸手就得，那不金贵，好东西留在后头！晓不晓得？康老久摸摸头，笑着说，晓得了！晓得了！老祖宗满意，在康老久的头上揉了揉，说，伢哩，你们算是赶上好时候喽！康老久说，晓得了！晓得了！老祖宗伸个懒腰，又打了喷嚏，说，天凉了，去家！说罢，一转身，化作一道光芒，转眼不见了。

那道光芒比彩虹广大，越过雷公湖，越过南门，朝天边而去。那道光芒比彩虹耀眼，刺得他想流眼泪。康老久动了动眼皮，揉了揉，慢慢睁开双眼。

天光已大亮。秋日的阳光越过周围林立的高楼，照在他的脸上，香喷喷的，一片温暖。

55. 声明

香铺的故事还将继续,和光阴一起。

需要说明的是,本文中所有涉及"康宁博士"名下的情节,源于康康在大学宿舍上铺所做的一个梦。人人都有做梦的权利和自由,尤其是年轻人,谁也不能剥夺。在大学男生宿舍特有的雄性味道中,康康做的这个梦尤为清晰,仿佛触手可及。

康康这个梦的上半部分情节大意是,他获得博士学位后,访学世界多国,虽有多方盛情挽留,还是毅然回国,后任教于北京一所大学。当然,这时候,康康的名片、社交网络和个人网页上写的都是"康宁 人类学博士"。

那是一个月光皎洁的夜晚。夜半醒来,意犹未尽。康康的鼻炎犯了,起床时连打三个喷嚏。于是来到外面,望着一轮明月,给爷爷康老久打电话,想说说自己的梦,但是康老久一直没有接听。

此时,爷爷康老久一定和香铺人一样,正沉睡在梦乡之中。康康想,在爷爷康老久的梦中,一定会出现,一群鸽子展翅飞过老牌坊的生动情景。鸽群在香铺的上空盘旋,久久不去,成为一方蓝天上唯一的装饰。想到这里,康康仿佛看到,梦中的爷爷康老久笑得纯真可爱,如同初生的婴儿。

2020年1月31日大年初七,改毕于合肥